本教材系嘉兴学院文法学院中文系『汉语言文学专业复合型人才培养模式探索』成果。

中国现代文学名著选读

主编 汪娟
副主编 彭海云 周敏 马琳

西安交通大学出版社
XI'AN JIAOTONG UNIVERSITY PRESS

图书在版编目(CIP)数据

中国现代文学名著选读/汪娟主编. —西安:西安交通大学出版社,2016.9(2025.9重印)
ISBN 978-7-5605-6210-0

Ⅰ.①中… Ⅱ.①汪… Ⅲ.①中国文学—现代文学—文学欣赏 Ⅳ.①I206.6

中国版本图书馆CIP数据核字(2016)第203319号

书　　名 中国现代文学名著选读
主　　编 汪　娟
责任编辑 何　园

出版发行 西安交通大学出版社
(西安市兴庆南路1号　邮政编码710048)
网　　址 http://www.xjtupress.com
电　　话 (029)82668357　82667874(市场营销中心)
(029)82668315(总编办)
传　　真 (029)82668280
印　　刷 西安日报社印务中心

开　　本 850 mm×1168 mm　1/32　**印张** 12　**字数** 315千字
版次印次 2016年9月第1版　2025年9月第4次印刷
书　　号 ISBN 978-7-5605-6210-0
定　　价 32.00元

如发现印装质量问题,请与本社市场营销中心联系。
订购热线:(029)82665248　(029)82667874
投稿热线:(029)82668525
读者信箱:xjtu_rw@163.com

教材说明：

1. 本书既可用于全校公共选修课程的教材，也可用于中文系《中国现当代文学史》的配套教材。

2. 本书选收中国现代文学作品范围为：1917—1949 年，作品按小说、诗歌、散文、戏剧四大部分选编，以便于与文学史教材同步。

3. 本书所选篇目，均为中国现当代文学各个时期流派风格的代表性作品。通过作品的选读及相关介绍，使本科学生对中国现当代文学的名篇能有初步的认识，从而提高本科学生的文学水平及审美能力，本教材的重心是引导学生如何有目的地去阅读作品，思考作品，从而对中国现当代文学的基本面貌有所了解。

4. 因篇幅有限，长篇小说、多幕剧只节选重点内容。选目如有不当之处，敬请各方批评指正。

目　录

小说

诗歌

散文

戏剧

小说

鲁迅

鲁迅(1881—1936),浙江绍兴人,原名周树人,“鲁迅”是他发表《狂人日记》时第一次使用的笔名。鲁迅一生共有三部小说集:《呐喊》《彷徨》与《故事新编》。其为数不多的小说,在思想和艺术、观念和技术等方面,成为中国现代小说的典范。严家炎称:“中国现代小说在鲁迅手中开始,又在鲁迅手中成熟,这在历史上是一种并不多见的现象”。《野草》是鲁迅的散文诗集,它以简约凝练的诗性话语囊括了复杂深邃的思想感情,鲁迅曾说他的“哲学”就在《野草》里面。杂文是鲁迅一生倾注精力最多的文体,鲁迅杂文全面而深刻地反映了中国人痛苦地忍受挣扎与热情地创造相交织的心灵轨迹,称得上经纬现代中国人思想生活的大典。

鲁迅是中国现代文学之父,其作品中刻骨铭心的生命感、绝望的反抗及由此形成的繁复、丰厚的艺术美感,向20世纪的世界文学提供了一个真正的中国现代文学的范式。鲁迅在《论睁了眼看》里说:“没有冲破一切传统思想和手法的闯将,中国是不会有真的新文艺的。”这也可以说是他自己在新文学中的意义、价值与历史地位的一个最恰当的评价。鲁迅正是以其非凡的创造力与想象力,创造了完全不同于传统并且可以与之并肩而立,在思想和手法上都全新的现代小说、现代散文(包括杂文)。鲁迅以其辉煌的创作实绩,为中国现代文学奠定了基础,显示了现代汉语的可能性,这对现代文学在中国这块土地上立足、扎根,几乎起了决定性的作用。

狂人日记

某君昆仲,今隐其名,皆余昔日在中学时良友;分隔多年,消息渐阙。日前偶闻其一大病;适归故乡,迂道往访,则仅晤一人,言病者其弟也。劳君远道来视，然已早愈，赴某地候补矣。因大笑，出示日记二册，谓可见当日病状，不妨献诸旧友。持归阅一过，知所患盖“迫害狂”之类。语颇错杂无伦次，又多荒唐之言；亦不著月日，惟墨色字体不一，知非一时所书。间亦有略具联络者，今撮录一篇，以供医家研究。记中语误，一字不易；惟人名虽皆村人，不为世间所知，无关大体，然亦悉易去。至于书名，则本人愈后所题，不复改也。七年四月二日识。

一

今天晚上，很好的月光。

我不见他，已是三十多年；今天见了，精神分外爽快。才知道以前的三十多年，全是发昏；然而须十分小心。不然，那赵家的狗，何以看我两眼呢？

我怕得有理。

二

今天全没月光，我知道不妙。早上小心出门，赵贵翁的眼色便怪：似乎怕我，似乎想害我。还有七八个人，交头接耳的议论我，张着嘴，对我笑了一笑；我便从头直冷到脚根，晓得他们布置，都已妥当了。

我可不怕，仍旧走我的路。前面一伙小孩子，也在那里议论我；眼色也同赵贵翁一样，脸色也铁青。我想我同小孩子有什么仇，他也这样。忍不住大声说，“你告诉我！”他们可就跑了。

我想：我同赵贵翁有什么仇，同路上的人又有什么仇；只有廿年以前，把古久先生的陈年流水簿子，踹了一脚，古久先生很不高兴。赵贵翁虽然不认识他，一定也听到风声，代抱不平；约定路上的人，同我作冤对。但是小孩子呢？那时候，他们还没有出世，何以今天也睁着怪眼睛，似乎怕我，似乎想害我。这真教我怕，教我纳罕而且伤心。

我明白了。这是他们娘老子教的!

三

晚上总是睡不着。凡事须得研究,才会明白。

他们——也有给知县打枷过的,也有给绅士掌过嘴的,也有衙役占了他妻子的,也有老子娘被债主逼死的;他们那时候的脸色,全没有昨天这么怕,也没有这么凶。

最奇怪的是昨天街上的那个女人,打他儿子,嘴里说道,“老子呀!我要咬你几口才出气!”他眼睛却看着我。我出了一惊,遮掩不住;那青面獠牙的一伙人,便都哄笑起来。陈老五赶上前,硬把我拖回家中了。

拖我回家,家里的人都装作不认识我;他们的脸色,也全同别人一样。进了书房,便反扣上门,宛然是关了一只鸡鸭。这一件事,越教我猜不出底细。

前几天,狼子村的佃户来告荒,对我大哥说,他们村里的一个大恶人,给大家打死了;几个人便挖出他的心肝来,用油煎炒了吃,可以壮壮胆子。我插了一句嘴,佃户和大哥便都看我几眼。今天才晓得他们的眼光,全同外面的那伙人一模一样。

想起来,我从顶上直冷到脚跟。

他们会吃人,就未必不会吃我。

你看那女人“咬你几口”的话,和一伙青面獠牙人的笑,和前天佃户的话,明明是暗号。我看出他话中全是毒,笑中全是刀。他们的牙齿,全是白厉厉的排着,这就是吃人的家伙。

照我自己想,虽然不是恶人,自从踹了古家的簿子,可就难说了。他们似乎别有心思,我全猜不出。况且他们一翻脸,便说人是恶人。我还记得大哥教我做论,无论怎样好人,翻他几句,他便打上几个圈;原谅坏人几句,他便说“翻天妙手,与众不同”。我那里猜得到他们的心思,究竟怎样;况且是要吃的时候。

凡事总须研究,才会明白。古来时常吃人,我也还记得,可是不甚清楚。我翻开历史一查,这历史没有年代,歪歪斜斜的每叶上都写着"仁义道德"几个字。我横竖睡不着,仔细看了半夜,才从字缝里看出字来,满本都写着两个字是"吃人"!

书上写着这许多字,佃户说了这许多话,却都笑吟吟的睁着怪眼看我。

我也是人,他们想要吃我了!

四

早上,我静坐了一会儿。陈老五送进饭来,一碗菜,一碗蒸鱼;这鱼的眼睛,白而且硬,张着嘴,同那一伙想吃人的人一样。吃了几筷,滑溜溜的不知是鱼是人,便把他兜肚连肠的吐出。

我说"老五,对大哥说,我闷得慌,想到园里走走。"老五不答应,走了;停一会,可就来开了门。

我也不动,研究他们如何摆布我;知道他们一定不肯放松。果然!我大哥引了一个老头子,慢慢走来;他满眼凶光,怕我看出,只是低头向着地,从眼镜横边暗暗看我。大哥说,"今天你仿佛很好。"我说"是的。"大哥说,"今天请何先生来,给你诊一诊。"我说"可以!"其实我岂不知道这老头子是刽子手扮的!无非借了看脉这名目,揣一揣肥瘠:因这功劳,也分一片肉吃。我也不怕;虽然不吃人,胆子却比他们还壮。伸出两个拳头,看他如何下手。老头子坐着,闭了眼睛,摸了好一会,呆了好一会;便张开他鬼眼睛说,"不要乱想。静静的养几天,就好了。"

不要乱想,静静的养!养肥了,他们是自然可以多吃;我有什么好处,怎么会"好了"?他们这群人,又想吃人,又是鬼鬼祟祟,想法子遮掩,不敢直截下手,真要令我笑死。我忍不住,便放声大笑起来,十分快活。自己晓得这笑声里面,有的是义勇和正气。老头子和大哥,都失了色,被我这勇气正气镇压住了。

但是我有勇气,他们便越想吃我,沾光一点这勇气。老头子跨出门,走不多远,便低声对大哥说道,"赶紧吃罢!"大哥点点头。

原来也有你！这一件大发见，虽似意外，也在意中：合伙吃我的人，便是我的哥哥！

吃人的是我哥哥！

我是吃人的人的兄弟！

我自己被人吃了，可仍然是吃人的人的兄弟！

五

这几天是退一步想：假使那老头子不是刽子手扮的，真是医生，也仍然是吃人的人。他们的祖师李时珍做的“本草什么”上，明明写着人肉可以煎吃；他还能说自己不吃人么？

至于我家大哥，也毫不冤枉他。他对我讲书的时候，亲口说过可以“易子而食”；又一回偶然议论起一个不好的人，他便说不但该杀，还当“食肉寝皮”。我那时年纪还小，心跳了好半天。前天狼子村佃户来说吃心肝的事，他也毫不奇怪，不住的点头。可见心思是同从前一样狠。既然可以“易子而食”，便什么都易得，什么人都吃得。我从前单听他讲道理，也糊涂过去；现在晓得他讲道理的时候，不但唇边还抹着人油，而且心里满装着吃人的意思。

六

黑漆漆的，不知是日是夜。赵家的狗又叫起来了。

狮子似的凶心，兔子的怯弱，狐狸的狡猾，……

七

我晓得他们的方法，直捷杀了，是不肯的，而且也不敢，怕有祸祟。所以他们大家连络，布满了罗网，逼我自戕。试看前几天街上男女的样子，和这几天我大哥的作为，便足可悟出八九分了。最好是解下腰带，挂在梁上，自己紧紧勒死；他们没有杀人的罪名，又偿了心愿，自然都欢天喜地的发出一种呜呜咽咽的笑声。

否则惊吓忧愁死了，虽则略瘦，也还可以首肯几下。

他们是只会吃死肉的！——记得什么书上说，有一种东西，叫“海乙那”的，眼光和样子都很难看；时常吃死肉，连极大的骨头，都细细嚼烂，咽下肚子去，想起来也教人害怕。“海乙那”是狼的亲眷，狼是狗的本家。前天赵家的狗，看我几眼，可见他也同谋，早已接洽。老头子眼看着地，岂能瞒得我过。

最可怜的是我的大哥，他也是人，何以毫不害怕；而且合伙吃我呢？还是历来惯了，不以为非呢？还是丧了良心，明知故犯呢？

我诅咒吃人的人，先从他起头；要劝转吃人的人，也先从他下手。

八

其实这种道理，到了现在，他们也该早已懂得，……

忽然来了一个人；年纪不过二十左右，相貌是不很看得清楚，满面笑容，对了我点头，他的笑也不像真笑。我便问他，“吃人的事，对么？”他仍然笑着说，“不是荒年，怎么会吃人。”我立刻就晓得，他也是一伙，喜欢吃人的；便自勇气百倍，偏要问他。

“对么？”

“这等事问他什么。你真会……说笑话。……今天天气很好。”

天气是好，月色也很亮了。可是我要问你，“对么？”

他不以为然了。含含胡胡的答道，“不……”

“不对？他们何以竟吃？！”

“没有的事……”

“没有的事？狼子村现吃；还有书上都写着，通红斩新！”

他便变了脸，铁一般青。睁着眼说，“有许有的，这是从来如此……”

“从来如此，便对么？”

“我不同你讲这些道理；总之你不该说，你说便是你错！”

我直跳起来，张开眼，这人便不见了。全身出了一大片汗。他的年纪，比我大哥小得远，居然也是一伙；这一定是他娘老子先教的。还怕已经教给他儿子了；所以连小孩子，也都恶狠狠的看我。

九

自己想吃人，又怕被别人吃了，都用着疑心极深的眼光，面面相觑。……

去了这心思，放心做事走路吃饭睡觉，何等舒服。这只是一条门槛，一个关头。他们可是父子兄弟夫妇朋友师生仇敌和各不相识的人，都结成一伙，互相劝勉，互相牵掣，死也不肯跨过这一步。

十

大清早，去寻我大哥；他立在堂门外看天，我便走到他背后，拦住门，格外沉静，格外和气的对他说，

“大哥，我有话告诉你。”

“你说就是，”他赶紧回过脸来，点点头。

“我只有几句话，可是说不出来。大哥，大约当初野蛮的人，都吃过一点人。后来因为心思不同，有的不吃人了，一味要好，便变了人，变了真的人。有的却还吃，——也同虫子一样，有的变了鱼鸟猴子，一直变到人。有的不要好，至今还是虫子。这吃人的人比不吃人的人，何等惭愧。怕比虫子的惭愧猴子，还差得很远很远。

易牙蒸了他儿子，给桀纣吃，还是一直从前的事。谁晓得从盘古开辟天地以后，一直吃到易牙的儿子；从易牙的儿子，一直吃到徐锡林；从徐锡林，又一直吃到狼子村捉住的人。去年城里杀了犯人，还有一个生痨病的人，用馒头蘸血舐。

他们要吃我，你一个人，原也无法可想；然而又何必去入伙。

吃人的人，什么事做不出；他们会吃我，也会吃你，一伙里面，也会自吃。但只要转一步，只要立刻改了，也就是人人太平。虽然从来如此，我们今天也可以格外要好，说是不能！大哥，我相信你能说，前天佃户要减租，你说过不能。”

当初，他还只是冷笑，随后眼光便凶狠起来，一到说破他们的隐情，那就满脸都变成青色了。大门外立着一伙人，赵贵翁和他的狗，也在里面，都探头探脑的挨进来。有的是看不出面貌，似乎用布蒙着；有的是仍旧青面獠牙，抿着嘴笑。我认识他们是一伙，都是吃人的人。可是也晓得他们心思很不一样，一种是以为从来如此，应该吃的；一种是知道不该吃，可是仍然要吃，又怕别人说破他，所以听了我的话，越发气愤不过，可是抿着嘴冷笑。

这时候，大哥也忽然显出凶相，高声喝道，“都出去！疯子有什么好看！”

这时候，我又懂得一件他们的巧妙了。他们岂但不肯改，而且早已布置；预备下一个疯子的名目罩上我。将来吃了，不但太平无事，怕还会有人见情。佃户说的大家吃了一个恶人，正是这方法。这是他们的老谱！

陈老五也气愤愤的直走进来。如何按得住我的口，我偏要对这伙人说，“你们可以改了，从真心改起！要晓得将来容不得吃人的人，活在世上。

你们要不改，自己也会吃尽。即使生得多，也会给真的人除灭了，同猎人打完狼子一样！——同虫子一样！”

那一伙人，都被陈老五赶走了。大哥也不知那里去了。陈老五劝我回屋子里去。屋里面全是黑沉沉的。横梁和椽子都在头上发抖；抖了一会，就大起来，堆在我身上。

万分沉重，动弹不得；他的意思是要我死。我晓得他的沉重是假的，便挣扎出来，出了一身汗。可是偏要说，“你们立刻改了，从真心改起！你们要晓得将来是容不得吃人的人，……”

十一

太阳也不出，门也不开，日日是两顿饭。

我捏起筷子，便想起我大哥；晓得妹子死掉的缘故，也全在他。那时我妹子才五岁，可爱可怜的样子，还在眼前。母亲哭个不住，他却劝母亲不要哭；大约因为自己吃了，哭起来不免有点过意不去。如果还能过意不去，……妹子是被大哥吃了，母亲知道没有，我可不得而知。

母亲想也知道；不过哭的时候，却并没有说明，大约也以为应当的了。记得我四五岁时，坐在堂前乘凉，大哥说爷娘生病，做儿子的须割下一片肉来，煮熟了请他吃，才算好人；母亲也没有说不行。一片吃得，整个的自然也吃得。但是那天的哭法，现在想起来，实在还教人伤心，这真是奇极的事！

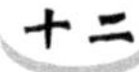

十二

不能想了。

四千年来时时吃人的地方，今天才明白，我也在其中混了多年；大哥正管着家务，妹子恰恰死了，他未必不和在饭菜里，暗暗给我们吃。

我未必无意之中，不吃了我妹子的几片肉，现在也轮到我自己，……有了四千年吃人履历的我，当初虽然不知道，现在明白，难见真的人！

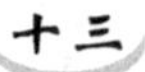

十三

没有吃过人的孩子，或者还有？

救救孩子……

一九一八年四月

（选自《鲁迅全集》第 1 卷，人民文学出版社 1981 年版）

作品简析

《狂人日记》是鲁迅的第一篇白话小说，也是新文学第一篇典范之作。在中国现代小说史上具有“开山”意义。鲁迅曾自述说，《狂人日记》以“表现的深切和格式的特别，抨击了一部分青年读者的心”。茅盾在《读＜呐喊＞》一文中回忆，《狂人日记》在当时文坛上其实不曾“掀起了显著的风波”，可它是“前无古人的文艺作品”。茅盾还判断说，“鲁迅的《狂人日记》在《新青年》上出现的时候，也还没有第二个同样惹人注意的作家，更找不出同样成功的第二篇创作小说”。的确，《狂人日记》日后的影响“显示了文学革命的实绩”，开创了中国新文学批判现实主义创作的传统。

小说由十三则日记组成，主人公是一个“迫害狂”患者——狂人，主要内容是描述狂人的心理感受以及被迫害发狂的原因。虽然，狂人的感受带有猜忌、臆想成分，如赵贵翁眼色很怪，似乎想害我；街上的女人打骂儿子，眼睛看着他，以为要咬他；大哥请何医生来为他看病，他却认为医生是刽子手扮的，大哥和何医生想合伙吃他；才五岁的妹妹是被大哥和母亲吃了；连赵家的狗、路上玩耍的小孩、街上的陌生人，仿佛都和他有仇似得，想吃他。但是，狂人对历史和社会现实又有清醒而深刻的认识，他说，中国历史每页上都写着“仁义道德”几个字，仔细看了半夜，才从字缝里看出满本都写着两个字“吃人”！又说，“从易牙的儿子，一直吃到徐锡林；……去年城里杀了犯人，还有一个生痨病的人，用馒头蘸血舐。”作品由此揭露出了家族制度和礼教秩序下的中国旧社会“吃人”的本质。

《狂人日记》的思想内涵深刻杂复，振聋发聩，表现了鲁迅对中国历史和社会独特的发现和精辟的领悟。不仅如此，小说在艺术形式上的创新也是多层面的。首先，是“日记体”技法的借鉴与创新，鲁迅受果戈理同名小说《狂人日记》影响，在中国传统“笔记体”“章回体”小说基础上又创造了“日记体”小说新形式；其次，是鲁迅第一次运用现代白话文进行创作；再次，小说是现实主义与象征主义相交融的描叙手法以及主人公心理意识流的表达方式，如狂人的形象以及狂人的“荒唐之言”与奇怪行为，各种错觉、臆想都含有较强的象征意味。鲁迅在译介安特莱夫作品时就曾说：“安特莱夫的创作里，又都含着严肃的现实性以及深刻和纤细，使象征印象主义与写实主义相调和。”这句话用来说明鲁迅本人的《狂人日记》小说也是适用的。《狂人日记》是新文学的开山之作，也是一部里程碑式的小说杰作。

 **研习导引**

关于《狂人日记》的象征色彩

《狂人日记》的现实性内容众人皆知，但其现代艺术意识人言言殊，长久未有定论。不过，随着探究的深入，《狂人日记》在现代艺术形式上之尝试与创新，尤其是其中的象征意味逐渐得到大部分学人的赞同。1923 年，茅盾用象征主义评价了《狂人日记》，他指出：“这奇文中的冷隽的句子，挺峭的文调，对照着那含蓄半吐的意义，和淡淡的象征主义色彩，便构成了异样的风格，使人一见就感着不可言喻的悲哀的愉快。”[①]陈涌认为：“狂人不过是一个象征，鲁迅并不是把他作为一个现实主义的正面人物或英雄人物来创造的。否则，这个狂人为什么的确具有病理学上的狂人的特点，便成了不可解释的了。”[②]此后，关注该小说形式中象征色彩的学者越来越多，范伯群、曾华鹏认为，《狂人日记》同时使用了现实主义和象征主义手法，而且后者在小说中更是居于主导地位。[③]的确，除现实性内容之外，《狂人日记》最大的影响在形式上，象征

---

① 雁冰：《读〈呐喊〉》，《文学周报》1923 年 10 月 8 日第 91 期。

② 陈涌：《鲁迅与五四文学运动的现实主义问题》，《文学评论》1979 年第 8 期。

③ 范伯群，曾华鹏：《论〈狂人日记〉二题》，《苏州大学学报》1986 年第 4 期。

色彩是理解《狂人日记》另一把关键的钥匙。

思考题

小说中的狂人是现代文学史上一个不朽的形象。狂人究竟是个什么样的形象？从小说问世至今，各执一说，见仁见智。有人说是真“迫害狂”，有人说是假狂，有人说是精神病人，有人说是“精神界之战士”，有人说是一个旧社会叛逆者，有人说是一个进步知识分子。试回到小说本身，从作者的创作目的、主题以及人物语言、叙事手法等形式上，多角度去体味这一艺术形象。

伤逝
——涓生的手记

如果我能够，我要写下我的悔恨和悲哀，为子君，为自己。

会馆里的被遗忘在偏僻里的破屋是这样地寂静和空虚。时光过得真快，我爱子君，仗着她逃出这寂静和空虚，已经满一年了。事情又这么不凑巧，我重来时，偏偏空着的又只有这一间屋。依然是这样的破窗，这样的窗外的半枯的槐树和老紫藤，这样的窗前的方桌，这样的败壁，这样的靠壁的板床。深夜中独自躺在床上，就如我未曾和子君同居以前一般，过去一年中的时光全被消灭，全未有过，我并没有曾经从这破屋子搬出，在吉兆胡同创立了满怀希望的小小的家庭。

不但如此。在一年之前，这寂静和空虚是并不这样的，常常含着期待；期待子君的到来。在久待的焦躁中，一听到皮鞋的高底尖触着砖路的清响，是怎样地使我骤然生动起来呵！于是就看见带着笑涡的苍白的圆脸，苍白的瘦的臂膊，布的有条纹的衫子，玄色的裙。她又带了窗外的半枯的槐树的新叶来，使我看见，还有挂在铁似的老干上的一房一房的紫白的藤花。

然而现在呢，只有寂静和空虚依旧，子君却决不再来了，而且永远，永远地！……

子君不在我这破屋里时，我什么也看不见。在百无聊赖中，顺手抓过一本书来，科学也好，文学也好，横竖什么都一样；看下去，看下去，忽而自己觉得，已经翻了十多页了，但是毫不记得书上所说的事。只是耳朵却分外地灵，仿佛听到大门外一切往来的履声，从中便有子君的，而且橐橐地逐渐临近，——但是，往往又逐渐渺茫，终于消失在别的步声的杂沓中了。我憎恶那不像子君鞋声的穿布底鞋的长班的儿子，我憎恶那太像子君鞋声的常常穿着新皮鞋的邻院的搽雪花膏的小东西！

莫非她翻了车么？莫非她被电车撞伤了么？……

我便要取了帽子去看她，然而她的胞叔就曾经当面骂过我。

蓦然，她的鞋声近来了，一步响于一步，迎出去时，却已经走过紫藤棚下，脸上带着微笑的酒窝。她在她叔子的家里大约并未受气；我的心宁帖了，默默地相视片时之后，破屋里便渐渐充满了我的语声，谈家庭专制，谈打破旧习惯，谈男女平等，谈伊孛生，谈泰戈尔，谈雪莱……。她总是微笑点头，两眼里弥漫着稚气的好奇的光泽。壁上就钉着一张铜板的雪莱半身像，是从杂志上裁下来的，是他的最美的一张像。当我指给她看时，她却只草草一看，便低了头，似乎不好意思了。这些地方，子君就大概还未脱尽旧思想的束缚，——我后来也想，倒不如换一张雪莱淹死在海里的记念像或是伊孛生的罢；但也终于没有换，现在是连这一张也不知那里去了。

“我是我自己的，他们谁也没有干涉我的权利！”

这是我们交际了半年，又谈起她在这里的胞叔和在家的父亲时，她默想了一会之后，分明地，坚决地，沉静地说了出来的话。其时是我已经说尽了我的意见，我的身世，我的缺点，很少隐瞒；她也完全了解的了。这几句话很震动了我的灵魂，此后许多天还在耳中发响，而且说不出的狂喜，知道中国女性，并不如厌世家所说那样的无法可施，在不远的将来，便要看见辉煌的曙色的。

送她出门，照例是相离十多步远；照例是那鲇鱼须的老东西的脸又紧帖在脏的窗玻璃上了，连鼻尖都挤成一个小平面；到外院，照例又是明晃晃的玻璃窗里的那小东西的脸，加厚的雪花膏。她目不邪视地骄傲地走了，没有看见；我骄傲地回来。

"我是我自己的，他们谁也没有干涉我的权利！"这彻底的思想就在她的脑里，比我还透澈，坚强得多。半瓶雪花膏和鼻尖的小平面，于她能算什么东西呢？

我已经记不清那时怎样地将我的纯真热烈的爱表示给她。岂但现在，那时的事后便已模胡，夜间回想，早只剩了一些断片了；同居以后一两月，便连这些断片也化作无可追踪的梦影。我只记得那时以前的十几天，曾经很仔细地研究过表示的态度，排列过措辞的先后，以及倘或遭了拒绝以后的情形。可是临时似乎都无用，在慌张中，身不由己地竟用了在电影上见过的方法了。后来一想到，就使我很愧恧，但在记忆上却偏只有这一点永远留遗，至今还如暗室的孤灯一般，照见我含泪握着她的手，一条腿跪了下去……。

不但我自己的，便是子君的言语举动，我那时就没有看得分明；仅知道她已经允许我了。但也还仿佛记得她脸色变成青白，后来又渐渐转作绯红，——没有见过，也没有再见的绯红；孩子似的眼里射出悲喜，但是夹着惊疑的光，虽然力避我的视线，张皇地似乎要破窗飞去。然而我知道她已经允许我了，没有知道她怎样说或是没有说。

她却是什么都记得：我的言辞，竟至于读熟了的一般，能够滔滔背诵；我的举动，就如有一张我所看不见的影片挂在眼下，叙述得如生，很细微，自然连那使我不愿再想的浅薄的电影的一闪。夜阑人静，是相对温习的时候了，我常是被质问，被考验，并且被命复述当时的言语，然而常须由她补足，由她纠正，像一个丁等的学生。

这温习后来也渐渐稀疏起来。但我只要看见她两眼注视空中，出神似的凝想着，于是神色越加柔和，笑窝也深下去，便知道她又在自修旧课了，只是我很怕她看到我那可笑的电影的一闪。但我又知道，她一定要看见，而且也非看不可的。

然而她并不觉得可笑。即使我自己以为可笑，甚而至于可鄙的，她也毫不以为可笑。这事我知道得很清楚，因为她爱我，是这样地热烈，这样地纯真。

去年的暮春是最为幸福，也是最为忙碌的时光。我的心平静下去了，但又有别一部分和身体一同忙碌起来。我们这时才在路上同行，也到过几回公园，最多的是寻住所。我觉得在路上时时遇到探索，讥笑，猥亵和轻蔑的眼光，一不小心，便使我的全身有些瑟缩，只得即刻提起我的骄傲和反抗来支持。她却是大无畏的，对于这些全不关心，只是镇静地缓缓前行，坦然如入无人之境。

寻住所实在不是容易事，大半是被托辞拒绝，小半是我们以为不相宜。起先我们选择得很苛酷，——也非苛酷，因为看去大抵不像是我们的安身之所；后来，便只要他们能相容了。看了二十多处，这才得到可以暂且敷衍的处所，是吉兆胡同一所小屋里的两间南屋；主人是一个小官，然而倒是明白人，自住着正屋和厢房。他只有夫人和一个不到周岁的女孩子，雇一个乡下的女工，只要孩子不啼哭，是极其安闲幽静的。

我们的家具很简单，但已经用去了我的筹来的款子的大半；子君还卖掉了她唯一的金戒指和耳环。我拦阻她，还是定要卖，我也就不再坚持下去了；我知道不给她加入一点股分去，她是住不舒服的。

和她的叔子，她早经闹开，至于使他气愤到不再认她做侄女；我也陆续和几个自以为忠告，其实是替我胆怯，或者竟是嫉妒的朋友绝了交。然而这倒很清静。每日办公散后，虽然已近黄昏，车夫又一定走得这样慢，但究竟还有二人相对的时候。我们先是沉默的相视，接着是放怀而亲密的交谈，后来又是沉默。大家低头沉思着，却并未想着什么事。我也渐渐清醒地读遍了她的身体，她的灵魂，不过三星期，我似乎于她已经更加了解，揭去许多先前以为了解而现在看来却是隔膜，即所谓真的隔膜了。

子君也逐日活泼起来。但她并不爱花，我在庙会时买来的两盆小草花，四天不浇，枯死在壁角了，我又没有照顾一切的闲暇。然而她爱动物，也许是从官太太那里传染的罢，不一月，我们的眷属便骤然加得很多，四只小油鸡，在小院子里和房主人的十多只在一同走。但她们却认识鸡的相貌，各知道那一只是自家的。还有一只花白的叭儿狗，从庙会买来，记得似乎原有名字，子君却给它另起了一个，叫作阿随。我就叫它阿随，但我不喜欢这名字。

这是真的，爱情必须时时更新，生长，创造。我和子君说起这，她也领会地点点头。

唉唉，那是怎样的宁静而幸福的夜呵！

安宁和幸福是要凝固的，永久是这样的安宁和幸福。我们在会馆里时，还偶有议论的冲突和意思的误会，自从到吉兆胡同以来，连这一点也没有了；我们只在灯下对坐的怀旧谭中，回味那时冲突以后的和解的重生一般的乐趣。

子君竟胖了起来，脸色也红活了；可惜的是忙。管了家务便连谈天的工夫也没有，何况读书和散步。我们常说，我们总还得雇一个女工。

这就使我也一样地不快活，傍晚回来，常见她包藏着不快活的颜色，尤其使我不乐的是她要装作勉强的笑容。幸而探听出来了，也还是和那小官太太的暗斗，导火线便是两家的小油鸡。但又何必硬不告诉我呢？人总该有一个独立的家庭。这样的处所，是不能居住的。

我的路也铸定了，每星期中的六天，是由家到局，又由局到家。在局里便坐在办公桌前钞，钞，钞些公文和信件；在家里是和她相对或帮她生白炉子，煮饭，蒸馒头。我的学会了煮饭，就在这时候。

但我的食品却比在会馆里时好得多了。做菜虽不是子君的特长，然而她于此却倾注着全力；对于她的日夜的操心，使我也不能不一同操心，来算作分甘共苦。况且她又这样地终日汗流满面，短发都粘在脑额上；两只手又只是这样地粗糙起来。

况且还要饲阿随，饲油鸡，……都是非她不可的工作。我曾经忠告她：我不吃，倒也罢了；却万不可这样地操劳。她只看了我一眼，不开口，神色却似乎有点凄然；我也只好不开口。然而她还是这样地操劳。

我所豫期的打击果然到来。双十节的前一晚，我呆坐着，她在洗碗。听到打门声，我去开门时，是局里的信差，交给我一张油印的纸条。我就有些料到了，到灯下去一看，果然，印着的就是：

> 奉
> 局长谕史涓生着毋庸到局办事
> 秘书处启　十月九号

这在会馆里时，我就早已料到了；那雪花膏便是局长的儿子的赌友，一定要去添些谣言，设法报告的。到现在才发生效验，已经要算是很晚的了。其实这在我不能算是一个打击，因为我早就决定，可以给别人去钞写，或者教读，或者虽然费力，也还可以译点书，况且《自由之友》的总编辑便是见过几次的熟人，两月前还通过信。但我的心却跳跃着。那么一个无畏的子君也变了色，尤其使我痛心；她近来似乎也较为怯弱了。

“那算什么。哼，我们干新的。我们……。”她说。

她的话没有说完；不知怎地，那声音在我听去却只是浮浮的；灯光也觉得格外黯淡。人们真是可笑的动物，一点极微末的小事情，便会受着很深的影响。我们先是默默地相视，逐渐商量起来，终于决定将现有的钱竭力节省，一面登"小广告"去寻求钞写和教读，一面写信给《自由之友》的总编辑，说明我目下的遭遇，请他收用我的译本，给我帮一点艰辛时候的忙。

"说做，就做罢！来开一条新的路！"

我立刻转身向了书案，推开盛香油的瓶子和醋碟，子君便送过那黯淡的灯来。我先拟广告；其次是选定可译的书，迁移以来未曾翻阅过，每本的头上都满漫着灰尘了；最后才写信。

我很费踌躕，不知道怎样措辞好，当停笔凝思的时候，转眼去一瞥她的脸，在昏暗的灯光下，又很见得凄然。我真不料这样微细的小事情，竟会给坚决的，无畏的子君以这么显著的变化。她近来实在变得很怯弱了，但也并不是今夜才开始的。我的心因此更缭乱，忽然有安宁的生活的影像——会馆里的破屋的寂静，在眼前一闪，刚刚想定睛凝视，却又看见了昏暗的灯光。

许久之后，信也写成了，是一封颇长的信；很觉得疲劳，仿佛近来自己也较为怯弱了。于是我们决定，广告和发信，就在明日一同实行。大家不约而同地伸直了腰肢，在无言中，似乎又都感到彼此的坚忍崛强的精神，还看见从新萌芽起来的将来的希望。

外来的打击其实倒是振作了我们的新精神。局里的生活，原如鸟贩子手里的禽鸟一般，仅有一点小米维系残生，决不会肥胖；日子一久，只落得麻痹了翅子，即使放出笼外，早已不能奋飞。现在总算脱出这牢笼了，我从此要在新的开阔的天空中翱翔，趁我还未忘却了我的翅子的扇动。

小广告是一时自然不会发生效力的；但译书也不是容易事，先前看过，以为已经懂得的，一动手，却疑难百出了，进行得很慢。然而我决计努力地做，一本半新的字典，不到半月，边上便有了一大片乌黑的指痕，这就证明着我的工作的切实。《自由之友》的总编辑曾经说过，他的刊物是决不会埋没好稿子的。

可惜的是我没有一间静室，子君又没有先前那么幽静，善于体帖了，屋子里总是散乱着碗碟，弥漫着煤烟，使人不能安心做事，但是这自然还只能怨我自己无力置一间书斋。然而又加以阿随，加以油鸡们。加以油鸡们又大起来了，更容易成为两家争吵的引线。

加以每日的“川流不息”的吃饭；子君的功业，仿佛就完全建立在这吃饭中。吃了筹钱，筹来吃饭，还要喂阿随，饲油鸡；她似乎将先前所知道的全都忘掉了，也不想到我的构思就常常为了这催促吃饭而打断。即使在坐中给看一点怒色，她总是不改变，仍然毫无感触似的大嚼起来。

使她明白了我的作工不能受规定的吃饭的束缚，就费去五星期。她明白之后，大约很不高兴罢，可是没有说。我的工作果然从此较为迅速地进行，不久就共译了五万言，只要润色一回，便可以和做好的两篇小品，一同寄给《自由之友》去。只是吃饭却依然给我苦恼。菜冷，是无妨的，然而竟不够；有时连饭也不够，虽然我因为终日坐在家里用脑，饭量已经比先前要减少得多。这是先去喂了阿随了，有时还并那近来连自己也轻易不吃的羊肉。她说，阿随实在瘦得太可怜，房东太太还因此嗤笑我们了，她受不住这样的奚落。

于是吃我残饭的便只有油鸡们。这是我积久才看出来的，但同时也如赫胥黎的论定“人类在宇宙间的位置”一般，自觉了我在这里的位置：不过是叭儿狗和油鸡之间。

后来，经多次的抗争和催逼，油鸡们也逐渐成为肴馔，我们和阿随都享用了十多日的鲜肥；可是其实都很瘦，因为它们早已每日只能得到几粒高粱了。从此便清静得多。只有子君很颓唐，似乎常觉得凄苦和无聊，至于不大愿意开口。我想，人是多么容易改变呵！

但是阿随也将留不住了。我们已经不能再希望从什么地方会有来信，子君也早没有一点食物可以引它打拱或直立起来。冬季又逼近得这么快，火炉就要成为很大的问题；它的食量，在我们其实早是一个极易觉得的很重的负担。于是连它也留不住了。

倘使插了草标到庙市去出卖，也许能得几文钱罢，然而我们都不能，也不愿这样做。终于是用包袱蒙着头，由我带到西郊去放掉了，还要追上来，便推在一个并不很深的土坑里。

我一回寓，觉得又清静得多多了；但子君的凄惨的神色，却使我很吃惊。那是没有见过的神色，自然是为阿随。但又何至于此呢？我还没有说起推在土坑里的事。

到夜间，在她的凄惨的神色中，加上冰冷的分子了。

"奇怪。——子君，你怎么今天这样儿了?"我忍不住问。

"什么?"她连看也不看我。

"你的脸色……。"

"没有什么，——什么也没有。"

我终于从她言动上看出，她大概已经认定我是一个忍心的人。其实，我一个人，是容易生活的，虽然因为骄傲，向来不与世交来往，迁居以后，也疏远了所有旧识的人，然而只要能远走高飞，生路还宽广得很。现在忍受着这生活压迫的苦痛，大半倒是为她，便是放掉阿随，也何尝不如此。但子君的识见却似乎只是浅薄起来，竟至于连这一点也想不到了。

我拣了一个机会，将这些道理暗示她；她领会似的点头。然而看她后来的情形，她是没有懂，或者是并不相信的。

天气的冷和神情的冷，逼迫我不能在家庭中安身。但是，往那里去呢？大道上，公园里，虽然没有冰冷的神情，冷风究竟也刺得人皮肤欲裂。我终于在通俗图书馆里觅得了我的天堂。

那里无须买票；阅书室里又装着两个铁火炉。纵使不过是烧着不死不活的煤的火炉，但单是看见装着它，精神上也就总觉得有些温暖。书却无可看：旧的陈腐，新的是几乎没有的。

好在我到那里去也并非为看书。另外时常还有几个人，多则十余人，都是单薄衣裳，正如我，各人看各人的书，作为取暖的口实。这于我尤为合式。道路上容易遇见熟人，得到轻蔑的一瞥，但此地却决无那样的横祸，因为他们是永远围在别的铁炉旁，或者靠在自家的白炉边的。

那里虽然没有书给我看，却还有安闲容得我想。待到孤身枯坐，回忆从前，这才觉得大半年来，只为了爱，——盲目的爱，——而将别的人生的要义全盘疏忽了。第一，便是生活。人必生活着，爱才有所附丽。世界上并非没有为了奋斗者而开的活路；我也还未忘却翅子的扇动，虽然比先前已经颓唐得多……。

屋子和读者渐渐消失了，我看见怒涛中的渔夫，战壕中的兵士，摩托车中的贵人，洋场上的投机家，深山密林中的豪杰，讲台上的教授，昏夜的运动者和深夜的偷儿……。子君，——不在近旁。她的勇气都失掉了，只为着阿随悲愤，为着做饭出神；然而奇怪的是倒也并不怎样瘦损……。

冷了起来，火炉里的不死不活的几片硬煤，也终于烧尽了，已是闭馆的时候。又须回到吉兆胡同，领略冰冷的颜色去了。近来也间或遇到温暖的神情，但这却反而增加我的苦痛。记得有一夜，子君的眼里忽而又发出久已不见的稚气的光来，笑着和我谈到还在会馆时候的情形，时时又很带些恐怖的神色。我知道我近来的超过她的冷漠，已经引起她的忧疑来，只得也勉力谈笑，想给她一点慰藉。然而我的笑貌一上脸，我的话一出口，却即刻变为空虚，这空虚又即刻发生反响，回向我的耳目里，给我一个难堪的恶毒的冷嘲。

子君似乎也觉得的，从此便失掉了她往常的麻木似的镇静，虽然竭力掩饰，总还是时时露出忧疑的神色来，但对我却温和得多了。

我要明告她，但我还没有敢，当决心要说的时候，看见她孩子一般的眼色，就使我只得暂且改作勉强的欢容。但是这又即刻来冷嘲我，并使我失却那冷漠的镇静。

她从此又开始了往事的温习和新的考验，逼我做出许多虚伪的温存的答案来，将温存示给她，虚伪的草稿便写在自己的心上。我的心渐被这些草稿填满了，常觉得难于呼吸。我在苦恼中常常想，说真实自然须有极大的勇气的；假如没有这勇气，而苟安于虚伪，那也便是不能开辟新的生路的人。不独不是这个，连这人也未尝有！

子君有怨色，在早晨，极冷的早晨，这是从未见过的，但也许是从我看来的怨色。我那时冷冷地气愤和暗笑了；她所磨练的思想和豁达无畏的言论，到底也还是一个空虚，而对于这空虚却并未自觉。她早已什么书也不看，已不知道人的生活的第一着是求生，向着这求生的道路，是必须携手同行，或奋身孤往的了，倘使只知道捶着一个人的衣角，那便是虽战士也难于战斗，只得一同灭亡。

我觉得新的希望就只在我们的分离；她应该决然舍去，——我也突然想到她的死，然而立刻自责，忏悔了。幸而是早晨，时间正多，我可以说我的真实。我们的新的道路的开辟，便在这一遭。

我和她闲谈，故意地引起我们的往事，提到文艺，于是涉及外国的文人，文人的作品：《诺拉》，《海的女人》。称扬诺拉的果决……。也还是去年在会馆的破屋里讲过的那些话，但现在已经变成空虚，从我的嘴传入自己的耳中，时时疑心有一个隐形的坏孩子，在背后恶意地刻毒地学舌。

她还是点头答应着倾听，后来沉默了。我也就断续地说完了我的话，连余音都消失在虚空中了。

"是的。"她又沉默了一会，说，"但是，……涓生，我觉得你近来很两样了。可是的？你，——你老实告诉我。"

我觉得这似乎给了我当头一击，但也立即定了神，说出我的意见和主张来：

新的路的开辟，新的生活的再造，为的是免得一同灭亡。

临末，我用了十分的决心，加上这几句话：

"……况且你已经可以无须顾虑，勇往直前了。你要我老实说；是的，人是不该虚伪的。我老实说罢：因为，因为我已经不爱你了！但这于你倒好得多，因为你更可以毫无挂念地做事……。"

我同时豫期着大的变故的到来，然而只有沉默。她脸色陡然变成灰黄，死了似的；瞬间便又苏生，眼里也发了稚气的闪闪的光泽。这眼光射向四处，正如孩子在饥渴中寻求着慈爱的母亲，但只在空中寻求，恐怖地回避着我的眼。我不能看下去了，幸而是早晨，我冒着寒风径奔通俗图书馆。在那里看见《自由之友》，我的小品文都登出了。这使我一惊，仿佛得了一点生气。我想，生活的路还很多，——但是，现在这样也还是不行的。

我开始去访问久已不相闻问的熟人，但这也不过一两次；他们的屋子自然是暖和的，我在骨髓中却觉得寒冽。夜间，便蜷伏在比冰还冷的冷屋中。冰的针刺着我的灵魂，使我永远苦于麻木的疼痛。生活的路还很多，我也还没有忘却翅子的扇动，我想。——我突然想到她的死，然而立刻自责，忏悔了。

在通俗图书馆里往往瞥见一闪的光明，新的生路横在前面。她勇猛地觉悟了，毅然走出这冰冷的家，而且，——毫无怨恨的神色。我便轻如行云，漂浮空际，上有蔚蓝的天，下是深山大海，广厦高楼，战场，摩托车，洋场，公馆，晴明的闹市，黑暗的夜……。

而且，真的，我豫感得这新生面便要来到了。

我们总算度过了极难忍受的冬天，这北京的冬天；就如蜻蜓落在恶作剧的坏孩子的手里一般，被系着细线，尽情玩弄，虐待，虽然幸而没有送掉性命，结果也还是躺在地上，只争着一个迟早之间。

写给《自由之友》的总编辑已经有三封信，这才得到回信，信封里只有两张书券：两角的和三角的。我却单是催，就用了九分的邮票，一天的饥饿，又都白挨给于己一无所得的空虚了。

然而觉得要来的事，却终于来到了。

这是冬春之交的事，风已没有这么冷，我也更久地在外面徘徊；待到回家，大概已经昏黑。就在这样一个昏黑的晚上，我照常没精打采地回来，一看见寓所的门，也照常更加丧气，使脚步放得更缓。但终于走进自己的屋子里了，没有灯火；摸火柴点起来时，是异样的寂寞和空虚！

正在错愕中，官太太便到窗外来叫我出去。

“今天子君的父亲来到这里，将她接回去了。”她很简单地说。

这似乎又不是意料中的事，我便如脑后受了一击，无言地站着。

“她去了么？”过了些时，我只问出这样一句话。

“她去了。”

“她，——她可说什么？”

“没说什么。单是托我见你回来时告诉你，说她去了。”

我不信；但是屋子里是异样的寂寞和空虚。我遍看各处，寻觅子君；只见几件破旧而黯淡的家具，都显得极其清疏，在证明着它们毫无隐匿一人一物的能力。我转念寻信或她留下的字迹，也没有；只是盐和干辣椒，面粉，半株白菜，却聚集在一处了，旁边还有几十枚铜元。这是我们两人生活材料的全副，现在她就郑重地将这留给我一个人，在不言中，教我借此去维持较久的生活。

我似乎被周围所排挤，奔到院子中间，有昏黑在我的周围；正屋的纸窗上映出明亮的灯光，他们正在逗着孩子玩笑。我的心也沉静下来，觉得在沉重的迫压中，渐渐隐约地现出脱走的路径：深山大泽，洋场，电灯下的盛筵；壕沟，最黑最黑的深夜，利刃的一击，毫无声响的脚步……。

心地有些轻松，舒展了，想到旅费，并且嘘一口气。

躺着，在合着的眼前经过的豫想的前途，不到半夜已经现尽；暗中忽然仿佛看见一堆食物，这之后，便浮出一个子君的灰黄的脸来，睁了孩子气的眼睛，恳托似的看着我。我一定神，什么也没有了。

但我的心却又觉得沉重。我为什么偏不忍耐几天，要这样急急地告诉她真话的呢？现在她知道，她以后所有的只是她父亲——儿女的债主——的烈日一般的严威和旁人的赛过冰霜的冷眼。此外便是虚空。负着虚空的重担，在严威和冷眼中走着所谓人生的路，这是怎么可怕的事呵！而况这路的尽头，又不过是——连墓碑也没有的坟墓。

我不应该将真实说给子君，我们相爱过，我应该永久奉献她我的说谎。如果真实可以宝贵，这在子君就不该是一个沉重的空虚。谎语当然也是一个空虚，然而临末，至多也不过这样地沉重。

我以为将真实说给子君，她便可以毫无顾虑，坚决地毅然前行，一如我们将要同居时那样。但这恐怕是我错误了。她当时的勇敢和无畏是因为爱。

我没有负着虚伪的重担的勇气，却将真实的重担卸给她了。她爱我之后，就要负了这重担，在严威和冷眼中走着所谓人生的路。

我想到她的死……。我看见我是一个卑怯者，应该被摈于强有力的人们，无论是真实者，虚伪者。然而她却自始至终，还希望我维持较久的生活……。

我要离开吉兆胡同，在这里是异样的空虚和寂寞。我想，只要离开这里，子君便如还在我的身边；至少，也如还在城中，有一天，将要出乎意表地访我，像住在会馆时候似的。

然而一切请托和书信，都是一无反响；我不得已，只好访问一个久不问候的世交去了。他是我伯父的幼年的同窗，以正经出名的拔贡，寓京很久，交游也广阔的。

大概因为衣服的破旧罢，一登门便很遭门房的白眼。好容易才相见，也还相识，但是很冷落。我们的往事，他全都知道了。

"自然，你也不能在这里了，"他听了我托他在别处觅事之后，冷冷地说，"但那里去呢？很难。——你那，什么呢，你的朋友罢，子君，你可知道，她死了。"

我惊得没有话。

"真的？"我终于不自觉地问。

"哈哈。自然真的。我家的王升的家，就和她家同村。"

"但是，——不知道是怎么死的？"

“谁知道呢。总之是死了就是了。”

我已经忘却了怎样辞别他，回到自己的寓所。我知道他是不说谎话的；子君总不会再来的了，像去年那样。她虽是想在严威和冷眼中负着虚空的重担来走所谓人生的路，也已经不能。她的命运，已经决定她在我所给与的真实——无爱的人间死灭了！

自然，我不能在这里了；但是，“那里去呢？”

四围是广大的空虚，还有死的寂静。死于无爱的人们的眼前的黑暗，我仿佛一一看见，还听得一切苦闷和绝望的挣扎的声音。

我还期待着新的东西到来，无名的，意外的。但一天一天，无非是死的寂静。我比先前已经不大出门，只坐卧在广大的空虚里，一任这死的寂静侵蚀着我的灵魂。死的寂静有时也自己战栗，自己退藏，于是在这绝续之交，便闪出无名的，意外的，新的期待。

一天是阴沉的上午，太阳还不能从云里面挣扎出来；连空气都疲乏着。耳中听到细碎的步声和咻咻的鼻息，使我睁开眼。大致一看，屋子里还是空虚；但偶然看到地面，却盘旋着一匹小小的动物，瘦弱的，半死的，满身灰土的……。

我一细看，我的心就一停，接着便直跳起来。

那是阿随。它回来了。

我的离开吉兆胡同，也不单是为了房主人们和他家女工的冷眼，大半就为着这阿随。但是，“那里去呢？”新的生路自然还很多，我约略知道，也间或依稀看见，觉得就在我面前，然而我还没有知道跨进那里去的第一步的方法。

经过许多回的思量和比较，也还只有会馆是还能相容的地方。依然是这样的破屋，这样的板床，这样的半枯的槐树和紫藤，但那时使我希望，欢欣，爱，生活的，却全都逝去了，只有一个虚空，我用真实去换来的虚空存在。

新的生路还很多，我必须跨进去，因为我还活着。但我还不知道怎样跨出那第一步。有时，仿佛看见那生路就像一条灰白的长蛇，自己蜿蜒地向我奔来，我等着，等着，看看临近，但忽然便消失在黑暗里了。

初春的夜，还是那么长。长久的枯坐中记起上午在街头所见的葬式，前面是纸人纸马，后面是唱歌一般的哭声。我现在已经知道他们的聪明了，这是多么轻松简捷的事。

然而子君的葬式却又在我的眼前，是独自负着虚空的重担，在灰白的长路上前行，而又即刻消失在周围的严威和冷眼里了。

我愿意真有所谓鬼魂，真有所谓地狱，那么，即使在孽风怒吼之中，我也将寻觅子君，当面说出我的悔恨和悲哀，祈求她的饶恕；否则，地狱的毒焰将围绕我，猛烈地烧尽我的悔恨和悲哀。

我将在孽风和毒焰中拥抱子君，乞她宽容，或者使她快意……。

但是，这却更虚空于新的生路；现在所有的只是初春的夜，竟还是那么长。我活着，我总得向着新的生路跨出去，那第一步，——却不过是写下我的悔恨和悲哀，为子君，为自己。

我仍然只有唱歌一般的哭声，给子君送葬，葬在遗忘中。

我要遗忘；我为自己，并且要不再想到这用了遗忘给子君送葬。

我要向着新的生路跨进第一步去，我要将真实深深地藏在心的创伤中，默默地前行，用遗忘和说谎做我的前导……。

一九二五年十月二十一日毕

（选自《鲁迅全集》第 2 卷，人民文学出版社 1981 年版）

作品简析

《伤逝》写于 1925 年 10 月 21 日，后收入由北京北新书局于 1926 年出版的小说集《彷徨》中。它是鲁迅小说中唯一的以爱情为题材的小说，也是一篇非常有特色的小说。作家王西彦曾评论说：“《伤逝》是一首深刻的抒情诗，是鲁迅全部小说中一个特异的存在，一朵色彩艳丽的奇葩。”[①]

小说的主人公涓生和子君是两个深受新思想影响的“五四”新青年形象。子君认识涓生后，经常拜访他，倾听他讲“男女平等”“家庭专制”、新文学等新文化、新观念，由此深受其影响并与之相恋。随后，子君不顾家人反对而勇敢地与涓生同居在一起，喊出了“我是我自己的，他们谁也没有干涉我的权利”的时代最强音。两人度过了一段美好幸福的家庭生活，但涓生和子君婚后的“安宁和幸福”并未维持多久，他们的爱情悲剧恰恰发生在恋爱成功，婚姻自主之后不久。首先来临的打击是涓生被解聘。失去职业后，他们的生计成了问题。虽然他们尝试用其他方法“来开一条新路”，但都没有走通。这使他们的爱情生活蒙上了阴影。加上结婚后，子君以为追求的目标达到了，便日渐沉浸在小家庭琐碎的生活中，不再上进，甘愿做靠丈夫养活的附属品。实际上，子君尚未得到真正的自由就停止了追求。软弱而自私的涓生在感受到婚后生活的平庸和生活的压迫时，只想着“救出自己”，并自欺欺人地把抛弃子君作为自己“向着新的生路跨出去”的第一步，结果是导致了子君的死亡，而他自己也并未真的跨入新的生活，整日在悔恨与悲哀中消磨着生命。由此我们可以看出，涓生和子君的爱情悲剧的原因，既是那个不合理的社会制度和黑暗势力的破坏与迫害，也与他们本身的弱点——如软弱、自私、目光短浅和狭隘自私的个人主义等有关。

就内容上来说，《伤逝》不仅仅叙述了一个涓生与子君的现代爱情悲剧故事，更着重揭示了这一爱情悲剧背后所存在的社会、思想、经济等多方面深层次的原因。在艺术特色上，小说也独具一格，如小说采用了手记这样独特的文体形式；在叙事人称上使用第一人称写法；对主人公细腻的心理描写；结构上前后呼应，脉

---

① 王西彦：《关于学习和研究鲁迅的二三问题》，《论阿 Q 和他的悲剧》，上海新文艺出版社 1957 年版，第 236 页。

络清晰；还有就是整部小说虽然是以心理叙事为主，但是字里行间弥漫着浓郁的抒情气息等。

研习导引

关于《伤逝》

关于《伤逝》这篇小说，有两个不大受人关注的意见，一个是周作人在其晚年的著作《知堂回想录》中认为："《伤逝》不是普通的恋爱小说，乃是假借了男女的死亡来哀悼兄弟恩情的断绝的。"而夏志清的解读更独特，他在接受《南方周末》的采访中说："《伤逝》写的是许广平之外的另外一个女朋友，没有人提过。……开始看《伤逝》，就觉得很有真实性，你感觉到了吗？他的经验就是靠自己嘛。"这篇小说中很难看到鲁迅个人创作的社会指向与目标，大多是情感和经验的摹写。鲁迅为什么会写出这样的小说？其中既没有《呐喊》中的那种启蒙的意识，也与他在《彷徨》中大多数小说所表现的内容和个人的状态存在着距离，尤其是他在小说中所表达的浓烈的情感其来源何在？

鲁迅曾在《叶紫〈丰收〉序》中说："作者写出创作来，对于其中的事情，虽然不必亲历过，最好是经历过。……我所谓经历，是所遇，所见，所闻，并不一定是所作，但所作自然也可以包含在里面。天才们无论怎样说大话，归根结蒂，还是不能凭空创造。"显然《伤逝》也不是鲁迅凭空创造的。一方面我们可以说《伤逝》不是通常意义上鲁迅式的小说，另一方面也可以说这是一篇极具鲁迅氛围的小说。[①]

思考题

1. 请阅读并分析回答鲁迅《伤逝》有哪几重思想内涵及哪些

---

① 曾子柄：《＜伤逝＞中的鲁迅》，载《文学报》2012年12月20日。

突出的艺术特色？

2. “五四”初期，因呼唤女性个性解放，写爱情题材小说成为一种时尚，如罗家伦的《是爱情还是苦痛》，郁达夫的《沉沦》，冯沅君的《旅行》等，而鲁迅的《伤逝》是其中独特超群的一篇。请分析《伤逝》在爱情题材小说中的独特性何在？它仅仅只是一篇爱情小说吗？

拓展阅读

1. 王富仁：《中国反封建思想革命的一面镜子——〈呐喊〉〈彷徨〉综论》，北京师范大学出版社 1986 年版。

2. 汪晖：《反抗绝望：鲁迅的精神结构与〈呐喊〉〈彷徨〉研究》，上海人民出版社 1991 年版。

3. 钱理群：《心灵的探寻》，北京大学出版社 1999 年版。

4. 李欧梵：《铁屋中的呐喊》，岳麓书社 1999 年版。

5. 鲁迅博物馆，鲁迅研究室编：《鲁迅年谱》，人民文学出版社 2000 年版。

6. 王晓明：《无法直面的人生——鲁迅传》，上海文艺出版社 2001 年版。

7. 郜元宝：《鲁迅精读》，复旦大学出版社 2006 年版。

8. 林非：《鲁迅与中国文化》，南开大学出版社 2007 年版。

9. 刘再复，林非：《鲁迅传》，福建教育出版社 2010 年版。

10. 曹聚仁：《鲁迅评传》，生活读书新知三联书店 2011 年版。

11. 李长之：《鲁迅批判》，生活·读书·新知三联书店 2014 年版。

视频资料：

电影《伤逝》，水华导演，北京电影制片厂 1981 年上映。

纪录片《先生鲁迅》(8 集)，中央电视台 2011 年上映。

郁达夫

郁达夫(1896—1945),浙江富阳人,现代著名小说家、散文家,在古体诗词方面也卓有成就。1921年,郁达夫在日本留学期间,与郭沫若、张资平等人发起成立创造社,同年出版短篇小说集《沉沦》,这是中国现代文学史上的第一部短篇小说集。抗战爆发后,郁达夫积极参加了救亡运动,1945年辗转南洋在苏门答腊岛被日本宪兵秘密杀害。

郁达夫在现代文坛上是以惊世骇俗、自我暴露的小说而出名。《沉沦》中收集的三篇短篇小说在大致相同的叙事中表现了一种“余零者”的病态人格及其苦闷心理,这些小说以违反传统道德的大胆的自我暴露(尤其是性心理的暴露),引起社会轰动。

从题材和内容来说,郁达夫在艺术上的贡献最突出的是其“自叙体现代抒情小说”的创造。郁达夫的小说全无完整的情节,似乎没有周密的构思,也不讲究章法,只努力写出个人情绪的流动和心理的变化,并随意插入主观浸润的景物描写,随时发表议论性的长篇独白,全靠激情和才气信笔写去,松散和粗糙也在所不顾,却以真实、真挚、真诚的情感、姿态,打动了无数读者。郁达夫的小说不仅从道德观念上对传统意识进行了解构,而且将一种完全不同于传统的小说叙述方式带进了新文学创作中,开创了自叙体浪漫抒情小说形式,在当时影响了一批青年作家,而浪漫抒情也成为“五四”时期小说创作中一个相当壮观的潮流。

春风沉醉的晚上

一

在沪上闲居了半年，因为失业的结果，我的寓所迁移了三处。最初我住在静安寺路南的一间同鸟笼似的永也没有太阳晒着的自由的监房里。这些自由的监房的住民，除了几个同强盗小窃一样的凶恶裁缝之外，都是些可怜的无名文士，我当时所以送了那地方一个 Yellow Grub Street（黄种人的寒士街，寒士街是伦敦过去的一条街名）的称号。在这 Grub Street 里住了一个月，房租忽涨了价，我就不得不拖了几本破书，搬上跑马厅附近一家相识的栈房里去。后来在这栈房里又受了种种逼迫，不得不搬了，我便在外白渡桥北岸的邓脱路中间，日新里对面的贫民窟里，寻了一间小小的房间，迁移了过去。

邓脱路的这几排房子，从地上量到屋顶，只有一丈几尺高。我住的楼上的那间房间，更是矮小得不堪。若站在楼板上伸一伸懒腰，两只手就要把灰黑的屋顶穿通的。从前面的衖里踱进了那房子的门，便是房主的住房。在破布，洋铁罐，玻璃瓶，旧铁器堆满的中间，侧着身子走进两步，就有一张中间有几根横档跌落的梯子靠墙摆在那里。用了这张梯子往上面的黑黝黝的一个二尺宽的洞里一接，即能走上楼去。黑沉沉的这层楼上，本来只有猫额那样大，房主人却把它隔成了两间小房，外面一间是一个 N 烟公司的女工住在那里，我所租的是梯子口头的那间小房，因为外间的住者要从我的房里出入，所以我的每月的房租要比外间的便宜几角小洋。

我的房主，是一个五十来岁的弯腰老人。他的脸上的青黄色里，映射着一层暗黑的油光。两只眼睛是一只大一只小，颧骨很高,额上颊上的几条皱纹里满砌着煤灰,好像每天早晨洗也洗不掉的样子。他每日于八九点钟的时候起来,咳嗽一阵,便挑了一双竹篮出去,到午后的三四点钟总仍旧是挑了一双空篮回来的;有时挑了满担回来的时候,他的竹篮里便是那些破布,破铁器,玻璃瓶之类。像这样的晚上,他必要去买些酒来喝喝,一个人坐在床沿上瞎骂出许多不可捉摸的话来。

我与间壁的同寓者的第一次相遇,是在搬来的那天午后。春天的急景已经快晚了的五点钟的时候,我点了一支蜡烛,在那里安放几本刚从栈房里搬过来的破书。先把它们叠成了两方堆,一堆小些,一堆大些,然后把两个二尺长的装画的画架覆在大一点的那堆书上。因为我的器具都卖完了,这一堆书和画架白天要当写字台,晚上可当床睡的。摆好了画架的板,我就朝着了这张由书叠成的桌子,坐在小一点的那堆书上吸烟,我的背系朝着梯子的接口的。我一边吸烟,一边在那里呆看放在桌上的蜡烛火,忽而听见梯子口上起了响动。回头一看,我只见了一个自家的扩大的投射影子,此外什么也辨不出来,但我的听觉分明告诉我说:"有人上来了。"我向暗中凝视了几秒钟,一个圆形灰白的面貌,半截纤细的女人的身体,方才映到我的眼帘上来。一见了她的容貌,我就知道她是我的间壁的同居者了。因为我来找房子的时候,那房主的老人便告诉我说,这屋里除了他一个人外,楼上只住着一个女工。我一则喜欢房价的便宜,二则喜欢这屋里没有别的女人小孩,所以立刻就租定了的。等她走上了梯子,我才站起来对她点了点头说:

"对不起,我是今朝才搬来的,以后要请你照应。"

她听了我这话,也并不回答,放了一双漆黑的大眼,对我深深的看了一眼,就走上她的门口去开了锁,进房去了。我与她不过这样的见了一面,不晓是什么原因,我只觉得她是一个可怜的女子。她的高高的鼻梁,灰白长圆的面貌,清瘦不高的身体,好像都是表明她是可怜的特征。但是当时正为了生活问题在那里操心的我，也无暇去怜惜这还未曾失业的女工，过了几分钟我又动也不动的坐在那一小堆书上看蜡烛光了。

在这贫民窟里过了一个多礼拜，她每天早晨七点钟去上工和午后六点多钟下工回来，总只见我呆呆的对着了蜡烛或油灯坐在那堆书上。大约她的好奇心被我那痴不痴呆不呆的态度挑动了罢，有一天她下了工走上楼来的时候，我依旧和第一天一样的站起来让她过去。她走到了我的身边忽而停住了脚，看了我一眼，吞吞吐吐好像怕什么似的问我说：

"你天天在这里看的是什么书?"

（她操的是柔和的苏州音，听了这一种声音以后的感觉，是怎么也写不出来的，所以我只能把她的言语译成普通的白话。）

我听了她的话，反而脸上涨红了。因为我天天呆坐在那里，面前虽则有几本外国书摊着，其实我的脑筋昏乱得很，就是一行一句也看不进去。有时候我只用了想像在书的上一行与下一行中间的空白里，填些奇异的模型进去。有时候我只把书里边的插画翻开来看看，就了那些插画演绎些不近人情的幻想出来。我那时候的身体因为失眠与营养不良的结果，实际上已经成了病的状态了。况且又因为我的惟一的财产的一件棉袍子已经破得不堪，白天不能走出外面去散步和房里全没有光线进来，不论白天晚上，都要点着油灯或蜡烛的缘故，非但我的全部健康不如常人，就是我的眼睛和脚力，也局部的非常萎缩了。在这样状态下的我，听了她这一问，如何能够不红起脸来呢? 所以我只是含含糊糊的回答说：

"我并不在看书，不过什么也不做呆坐在这里，样子一定不好看，所以把这几本书摊放着的。"她听了这话，又深深的看了我一眼，作了一种不了解的形容，依旧的走到她的房里去了。

那几天里，若说我完全什么事情也不去找，什么事情也不曾干，却是假的。有时候，我的脑筋稍微清新一点下来，也曾译过几首英法的小诗，和几篇不满四千字的德国的短篇小说，于晚上大家睡熟的时候,不声不响的出去投邮,寄投给各新开的书局。因为当时我的各方面就职的希望,早已经完全断绝了,只有这一方面,还能靠了我的枯燥的脑筋,想想法子看。万一中了他们编辑先生的意,把我译的东西登了出来,也不难得着几块钱的酬报。所以我自迁移到邓脱路以后,当她第一次同我讲话的时候,这样的译稿已经发出了三四次了。

二

在乱昏昏的上海租界里住着,四季的变迁和日子的过去是不容易觉得的。我搬到了邓脱路的贫民窟之后,只觉得身上穿在那里的那件破棉袍子一天一天的重了起来,热了起来,所以我心里想:

"大约春光也已经老透了罢!"

但是囊中很羞涩的我,也不能上什么地方去旅行一次,日夜只是在那暗室的灯光下呆坐。有一天,大约是午后了,我也是这样的坐在那里,间壁的同住者忽而手里拿了两包用纸包好的物件走了上来,我站起来让她走的时候,她把手里的纸包放了一包在我的书桌上说:

"这一包是葡萄浆的面包,请你收藏着,明天好吃的。另外我还有一包香蕉买在这里,请你到我房里来一道吃罢!"

我替她拿住了纸包,她就开了门邀我进她的房里去。共住了这十几天,她好像已经信用我是一个忠厚的人的样子。我见她初见我的时候脸上流露出来的那一种疑惧的形容完全没有了。我进了她的房里,才知道天还未暗,因为她的房里有一扇朝南的窗,太阳反射的光线从这窗里投射进来,照见了小小的一间房,由二条板铺成的一张床,一张黑漆的半桌,一只板箱,一只圆凳。床上虽则没有帐子,但堆着有二条洁净的青布被褥。半桌上有一只小洋铁箱摆在那里,大约是她的梳头器具,洋铁箱上已经有许多油污的点子了。她一边把堆在圆凳上的几件半旧的洋布棉袄,粗布裤等收在床上，一边就让我坐下。我看了她那殷勤待我的样子，心里倒不好意思起来，所以就对她说：

“我们本来住在一处，何必这样的客气。”

“我并不客气，但是你每天当我回来的时候，总站起来让我，我却觉得对不起得很。”

这样的说着，她就把一包香蕉打开来让我吃。她自家也拿了一只，在床上坐下，一边吃一边问我说：

“你何以只住在家里，不出去找点事情做做？”

“我原是这样的想，但是找来找去总找不着事情。”

“你有朋友吗？”

“朋友是有的，但是到了这样的时候，他们都不和我来往了。”

“你进过学堂吗？”

“我在外国的学堂里曾经念过几年书。”

“你家在什么地方？何以不回家去？”

她问到了这里，我忽而感觉到我自己的现状了。因为自去年以来，我只是一日一日的委靡下去，差不多把“我是什么人”，“我现在所处的是怎么一种境遇”，“我的心里还是悲还是喜”这些观念都忘掉了。经她这一问，我重新把半年来困苦的情形一层一层的想了出来。所以听她的问话以后，我只是呆呆的看她，半晌说不出话来。她看了我这个样子，以为我也是一个无家可归的流浪人，脸上就立时起了一种孤寂的表情，微微的叹着说：

“唉！你也是同我一样的吗？”

微微的叹了一声之后，她就不说话了。我看她的眼圈上有些潮红起来，所以就想了一个另外的问题问她说：

“你在工厂里做的是什么工作？”

“是包纸烟的。”

“一天作几个钟头工？”

“早晨七点钟起，晚上六点钟止，中午休息一个钟头，每天一共要作十个钟头的工。少作一点钟就要扣钱的。”

“扣多少钱？”

“每月九块钱，所以是三块钱十天，三分大洋一个钟头。”

“饭钱多少？”

“四块钱一月。”

“这样算起来，每月一个钟头也不休息，除了饭钱，可省下五块钱来。够你付房钱买衣服的吗？”

“哪里够呢！并且那管理人又……啊啊！我……我所以非常恨工厂的。你吃烟的吗？”

“吃的。”

“我劝你顶好还是不吃。就吃也不要去吃我们工厂的烟。我真恨死它在这里。”

我看看她那一种切齿怨恨的样子，就不愿意再说下去。把手里捏着的半个吃剩的香蕉咬了几口，向四边一看，觉得她的房里也有些灰黑了，我站起来道了谢，就走回到了我自己的房里。她大约作工倦了的缘故，每天回来大概是马上就入睡的，只有这一晚上，她在房里好像是直到半夜还没有就寝。从这一回之后，她每天回来，总和我说几句话。我从她自家的口里听得，知道她姓陈，名叫二妹，是苏州东乡人，从小系在上海乡下长大的。她父亲也是纸烟工厂的工人，但是去年秋天死了。她本来和她父亲同住在那间房里，每天同上工厂去的，现在却只剩了她一个人了。她父亲死后的一个多月，她早晨上工厂去也一路哭了去，晚上回来也一路哭了回来的。她今年十七岁，也无兄弟姊妹，也无近亲的亲戚。她父亲死后的葬殓等事，是他于未死之前把十五块钱交给楼下的老人，托这老人包办的。她说：

“楼下的老人倒是一个好人，对我从来没有起过坏心，所以我得同父亲在日一样的去作工；不过工厂的一个姓李的管理人却坏得很，知道我父亲死了，就天天的想戏弄我。”

她自家和她父亲的身世，我差不多全知道了，但她母亲是如何的一个人，死了呢还是活在那里，假使还活着，住在什么地方等等，她却从来还没有说及过。

三

天气好像变了。几日来我那独有的世界，黑暗的小房里的腐浊的空气，同蒸笼里的蒸气一样，蒸得人头昏欲晕。我每年在春夏之交要发的神经衰弱的重症，遇了这样的气候，就要使我变成半狂。所以我这几天来，到了晚上，等马路上人静之后，也常常走出去散步去。一个人在马路上从狭隘的深蓝天空里看看群星，慢慢的向前行走，一边作些漫无涯涘的空想，倒是于我的身体很有利益。当这样的无可奈何，春风沉醉的晚上，我每要在各处乱走，走到天将明的时候才回家里。我这样的走倦了回去就睡，一睡直可睡到第二天的日中，有几次竟要睡到二妹下工回来的前后方才起来。睡眠一足，我的健康状态也渐渐的回复起来了。平时只能消化半磅面包的我的胃部，自从我的深夜游行的练习开始之后，进步得几乎能容纳面包一磅了。这事在经济上虽则是一大打击，但我的脑筋，受了这些滋养，似乎比从前稍能统一。我于游行回来之后，就睡之前，却做成了几篇 Allan Poe 式的短篇小说，自家看看，也不很坏。我改了几次，抄了几次，一一投邮寄出之后，心里虽然起了些微细的希望，但是想想前几回的译稿的绝无消息，过了几天，也便把它们忘了。

邻住者的二妹，这几天来，当她早晨出去上工的时候，我总在那里酣睡，只有午后下工回来的时候，有几次有见面的机会。但是不晓是什么原因，我觉得她对我的态度，又回到从前初见面的时候的疑惧状态去了。有时候她深深的看我一眼，她的黑晶晶，水汪汪的眼睛里，似乎是满含着责备我规劝我的意思。

我搬到这贫民窟里住后，约摸已经有二十多天的样子。一天午后我正点上蜡烛，在那里看一本从旧书铺里买来的小说的时候，二妹却急急忙忙的走上楼来对我说：

“楼下有一个送信的在那里，要你拿了印子去拿信。”

她对我讲这话的时候，她的疑惧我的态度更表示得明显，她好像在那里说："啊啊，你的事件是发觉了啊！"我对她这种态度，心里非常痛恨，所以就气急了一点，回答她说：

"我有什么信？不是我的！"

她听了我这气愤愤的回答，更好像是得了胜利似的，脸上忽涌出了一种冷笑说：

"你自家去看罢！你的事情，只有你自家知道的！"

同时我听见楼底下门口果真有一个邮差似的人在催着说：

"挂号信！"

我把信取来一看，心里就突突的跳了几跳，原来我前回寄去的一篇德文短篇的译稿，已经在某杂志上发表了，信中寄来的是五元钱的一张汇票。我囊里正是将空的时候，有了这五元钱，非但月底要预付的来月的房金可以无忧，并且付过房金以后，还可以维持几天食料。当时这五元钱对我的效用的广大，是谁也不能推想得出来的。

第二天午后，我上邮局去取了钱，在太阳晒着的大街上走了一会，忽而觉得身上就淋出了许多汗来。我向我前后左右的行人一看，复向我自家的身上一看，就不知不觉的把头低俯了下去。我颈上头上的汗珠，更同盛雨似的，一颗一颗的钻出来了。因为当我在深夜游行的时候，天上并没有太阳，并且料峭的春寒，于东方微白的残夜，老在静寂的街巷中留着，所以我穿的那件破棉袍子，还觉得不十分与节季违异。如今到了阳和的春日晒着的这日中，我还不能自觉，依旧穿了这件夜游的敝袍，在大街上阔步，与前后左右的和节季同时进行的我的同类一比，我哪得不自惭形秽呢？我一时竟忘了几日后不得不付的房金，忘了囊中本来将尽的些微的积聚，便慢慢的走上了闸路的估衣铺去。好久不在天日之下行走的我，看看街上来往的汽车人力车，车中坐着的华美的少年男女，和马路两边的绸缎铺金银铺窗里的丰丽的陈设，听听四面的同蜂衙似的嘈杂的人声，脚步声，车铃声，一时倒也觉得是身到了大罗天上的样子。我忘记了我自家的存在，也想和我的同胞一样的欢歌欣舞起来，我的嘴里便不知不觉的唱起几句久忘了的京调来了。这一时的涅盘幻境，当我想横越过马路，转入闸路去的时候，忽而被一阵铃声惊破了。我抬起头来一看，我的面前正冲来了一乘无轨电车，车头上站着的那肥胖的机器手，伏出了半身，怒目的大声骂我说：

"猪头三！侬(你)艾(眼)睛勿散(生)咯！跌杀时，叫旺(黄)够(狗)抵侬(你)命噢！"

我呆呆的站住了脚，目送那无轨电车尾后卷起了一道灰尘，向北过去之后，不知是从何处发出来的感情，忽而竟禁不住哈哈哈哈的笑了几声。等得四面的人注视我的时候，我才红了脸慢慢的走向了闸路里去。

我在几家估衣铺里，问了些夹衫的价钱，还了他们一个我所能出的数目。几个估衣铺的店员，好像是一个师父教出的样子，都摆下了脸面，嘲弄着说：

"侬(你)寻萨咯(什么)凯(开)心！马(买)勿起好勿要马(买)咯！"

一直问到五马路边上的一家小铺子里，我看看夹衫是怎么也买不成了，才买定了一件竹布单衫，马上就把它换上。手里拿了一包换下的棉袍子，默默的走回家来。一边我心里却在打算着："横竖是不够用了，我索性来痛快的用它一下罢。"同时我又想起了那天二妹送我的面包香蕉等物。不等第二次的回想，我就寻着了一家卖糖食的店，进去买了一块钱巧格力，香蕉糖，鸡蛋糕等杂食。站在那店里，等店员在那里替我包好来的时候，我忽而想起我有一月多不洗澡了，今天不如顺便也去洗一个澡罢。

洗好了澡，拿了一包棉袍子和一包糖食，回到邓脱路的时候，马路两旁的店家，已经上电灯了。街上来往的行人也很稀少，一阵从黄浦江上吹来的日暮的凉风，吹得我打了几个冷痉。我回到了我的房里，把蜡烛点上，向二妹的房门一照，知道她还没有回来。那时候我腹中虽则饥饿得很,但我刚买来的那包糖食怎么也不愿意打开来,因为我想等二妹回来同她一道吃。我一边拿出书来看,一边口里尽在咽唾液下去。等了许多时候,二妹终不回来,我的疲倦不知什么时候出来战胜了我,就靠在书堆上睡着了。

四

二妹回来的响动把我惊醒的时候,我见我面前的一支十二盎司一包的洋蜡烛已经点去了二寸的样子,我问她是什么时候了?她说:

"十点的汽管刚刚放过。"

"你何以今天回来得这样迟?"

"厂里因为销路大了,要我们作夜工。工钱是增加的,不过人太累了。"

"那你可以不去做的。"

"但是工人不够,不做是不行的。"

她讲到这里,忽而滚了两粒眼泪出来,我以为她是作工作得倦了,故而动了伤感,一边心里虽在可怜她,但一边看了她这同小孩似的脾气,却也感着了些儿快乐。把糖食包打开,请她吃了几颗之后,我就劝她说:

"初作夜工的时候不惯,所以觉得困倦,作惯了以后,也没有什么的。"

她默默的坐在我的半高的由书叠成的桌上,吃了几颗巧格力,对我看了几眼,好像是有话说不出来的样子。我就催她说:

"你有什么话说?"

她又沉默了一会,便断断续续的问我说:

"我……我……早想问你了,这几天晚上,你每晚在外边,可在与坏人作伙友吗?"

我听了她这话,倒吃了一惊,她好像在疑我天天晚上在外面与小窃恶棍混在一块。她看我呆了不答,便以为我的行为真的被她看破了,所以就柔柔和和的连续着说:

"你何苦要吃这样好的东西，要穿这样好的衣服？你可知道这事情是靠不住的。万一被人家捉了去，你还有什么面目做人。过去的事情不必去说它，以后我请你改过了罢。……"

我尽是张大了眼睛，张大了嘴，呆呆的在看她，因为她的思想太奇突了，使我无从辩解起。她沉默了数秒钟，又接着说：

"就以你吸的烟而论，每天若戒绝了不吸，岂不可省几个铜子。我早就劝你不要吸烟，尤其是不要吸那我所痛恨的N工厂的烟，你总是不听。"

她讲到了这里，又忽而落了几滴眼泪。我知道这是她为怨恨N工厂而滴的眼泪，但我的心里，怎么也不许我这样的想，我总要把它们当作因规劝我而洒的。我静静儿的想了一会，等她的神经镇静下去之后，就把昨天的那封挂号信的来由说给她听，又把今天的取钱买物的事情说了一遍，最后更将我的神经衰弱症和每晚何以必要出去散步的原因说了。她听了我这一番辩解，就信用了我，等我说完之后，她颊上忽而起了两点红晕，把眼睛低下去看着桌上，好像是怕羞似的说：

"噢，我错怪你了，我错怪你了。请你不要多心，我本来是没有歹意的。因为你的行为太奇怪了，所以我想到了邪路里去。你若能好好儿的用功，岂不是很好么？你刚才说的那——叫什么的——东西，能够卖五块钱，要是每天能做一个，多么好呢？"

我看了她这种单纯的态度，心里忽而起了一种不可思议的感情，我想把两只手伸出去拥抱她一回，但是我的理性却命令我说：

"你莫再作孽了！你可知道你现在处的是什么境遇！你想把这纯洁的处女毒杀了吗？恶魔，恶魔，你现在是没有爱人的资格的呀！"

我当那种感情起来的时候，曾把眼睛闭上了几秒钟，等听了理性的命令以后，才把眼睛开了开来，我觉得我的周围，忽而比前几秒钟更光明了。对她微微的笑了一笑，我就催她说：

"夜也深了，你该去睡了罢！明天你还要上工去的呢！我从今天起，就答应你把纸烟戒下来罢！”

她听了我的话，就站了起来，很喜欢的回到她的房里去睡了。

她去之后，我又换上一支洋蜡烛，静静儿的想了许多事情：

“我的劳动的结果，第一次得来的这五块钱已经用去了三块了。连我原有的一块多钱合起来，付房钱之后，只能省下二三角小洋来，如何是好呢！

“就把这破棉袍子去当罢！但是当铺里恐怕不要。”

“这女孩子真是可怜，但我现在的境遇，可是还赶她不上，她是不想作工而工作要强迫她做，我是想找一点工作，终于找不到。”

“就去作筋肉的劳动罢！啊啊，但是我这一双弱腕，怕吃不下一部黄包车的重力。”

“自杀！我有勇气，早就干了。现在还能想到这两个字，足证我的志气还没有完全消磨尽哩！”

“哈哈哈哈！今天的那无轨电车的机器手！他骂我什么来？”

“黄狗，黄狗倒是一个好名词，……”

我想了许多零乱断续的思想，终究没有一个好法子，可以救我出目下的穷状来。听见工厂的汽笛，好像在报十二点钟了，我就站了起来，换上了白天脱下的那件破棉袍子，仍复吹熄了蜡烛，走出外面去散步。

贫民窟里的人已经睡眠静了。对面日新里的一排临邓脱路的洋楼里，还有几家点着了红绿的电灯，在那里弹罢拉拉衣加。一声二声清脆的歌音，带着哀调，从静寂的深夜的冷空气里传到我的耳膜上来，这大约是俄国的飘泊的少女，在那里卖钱的歌唱。天上罩满了灰白的薄云，同腐烂的尸体似的沉沉的盖在那里。云层破处也能看得出一点两点星来，但星的近处，黝黝看得出来的天色，好像有无限的哀愁蕴藏着的样子。

一九二三年七月十五日

（选自《郁达夫文集》第1卷，花城出版社、香港三联书店1983年版）

作品简析

《春风沉醉的晚上》是郁达夫后期小说中的一篇具有独特风格的作品。它在显示郁达夫小说的基本特色及其发展变化等方面有特殊意义，而这些都与作品的抒情主人公的思想蕴涵有着密切的关联。这篇作品遵循了郁达夫创作的基本原则：即“自叙传”的书写。

作品中的“我”是一个穷困潦倒，一文不名的底层知识分子，在很大程度上闪现着作者自身的人生感受。“我”的种种不幸实则映现了作者对社会与人生多重的悲哀。小说中的“我”，不仅是作者本人的写照，也是“五四”时期一大群染了“时代病”的彷徨、苦闷的青年们的典型。这篇作品是郁达夫小说由主观浪漫抒情向现实主义转变途中的重要作品，作品中的“我”虽然是作者自身的人生经历、主观情感的多方重合，但这个“我”毕竟多了一份冷静与清醒，作品透过“我”的感受对人生与社会有了比较透彻的体认，以一种严肃的批判眼光来透视社会。“我”与烟厂女工陈二妹的情感交流，不再是郁达夫许多作品中常见的那种男女之情，而是上升为一种纯真的关爱与体贴，是一种同命相怜的真诚理解，尽管“我”对人生与社会仍然存有无限的哀愁，但毕竟从陈二妹身上得到了几许人间的温暖。陈二妹与“我”同是无处安身，当陈二妹以孤寂的表情叹出“唉！你也是同我一样的么”时，有一种格外动人的力量，“同是天涯沦落人”的千古绝唱，被赋予了鲜明、丰富的现代意义，发人深省。

主人公“我”仍是一个“于质夫”（指郁达夫作品中一类相同性格的人物：忧郁、自卑、怯懦、敏感的性格，神经质般的人格，遭遇性苦闷及怀才不遇的尴尬后的自我暴露、愤世嫉俗的病态人格等）式的潦倒文人，作品中不乏主人公的自省、自责。与郁达夫前期作品相比而言，《春风沉醉的晚上》中性苦闷方面的夸张的渲泄少了，作品中生活细节的描绘增加了，表现出社会底层的人的痛苦生活和质朴的情感，此篇作品是郁达夫小说中最富戏剧性也最有诗意的篇什之一。

郁达夫的作品以自我的个体经验，情感生活为单纯的线索，宣泄一己的情怀，既有卢梭式的自白，也有维特式的自怜。自惭、自卑与自尊、自傲相纠结，构成了时代“余零者”的心史、情绪史。作者深信透过自我心灵的观照，也折射出大千世界的真实面貌。

研习导引

关于郁达夫小说的争议

郁达夫小说《沉沦》中不仅表现了生之苦闷（生活的极度贫困），还表现了性的苦闷（精神苦闷的集中体现），而且还有大胆的描写，包括对人的情欲的正面肯定，病态心理的暴露，变态性欲等，展现了现代小说里少见的性描写。文学界当时对此进行了激烈的批判。周作人曾撰文为郁达夫辩护，认为他真实地反映了“青年的现代的苦闷”，“生的意志与现实冲突是这一切苦闷的基本”。[①] 苏雪林在《郁达夫论》中则进行了批评，她认为：“郁达夫的《沉沦》只充满了‘肉’的臭味，丝毫嗅不见‘灵’的馨香。……但照我的意见郁氏原来意旨实在是想描写灵肉冲突，无奈对于心理学太无研究，自己一向作着肉的奴隶，对于灵的意义原也没有体会过，写的技巧又幼稚拙劣得非常，所以成了这本非马非驴的作品。其博得好谈，‘性’问题的周作人的鉴赏，以至成为传诵一时的著作，实在是他意外的收获。”[②]类似对《沉沦》的批评一直存在着。夏志清曾指出郁达夫作品中：“维特式的自怜，夸张了主角对大自

---

① 周作人：《沉沦》，李杭春、陈建新、陈力君编：《中外郁达夫研究文选》（上），浙江大学出版社 2006 年版，第 3 页。

② 苏雪林：《郁达夫论》，李杭春、陈建新、陈力君编：《中外郁达夫研究文选》（上），浙江大学出版社 2006 年版，第 31 页。

然的爱好和内心的苦痛。”“这种文体暴露了最糟的矫揉造作的伤感；可是唯其情感过分激动和微不足道的行动绝不调和，《沉沦》反而让人感染到一种神经质的紧张状态，抵消了小说里的伤感气味。”[①]直到20世纪80年代以后，大陆学界对郁达夫的作品从各种不同的角度进行分析和评价，使他的作品的意义和价值得到充分呈现，但这并不意味着过去人们对它的批评就毫无价值，这些争议反而促成了郁达夫作品经典化的过程。

思考题

1.《春风沉醉的晚上》中的叙述带有鲜明的主观色彩，结合作品分析作者如何通过“我”的听觉、视觉和感觉，写出陈二妹的面貌、身材、眼睛和声音的？又怎样通过“好久不在天日下行走的我”的生理反应、感觉以至幻境，描写都市街景的？

2. 在陈二妹解除了对“我”的误解后，小说有两段“零乱断续的思想”独白，通过这些描写，你如何理解郁达夫式的“欲情净化”和自我选择的困惑？

拓展阅读

1. 李杭春，陈建新，陈力君编：《中外郁达夫研究文选》（上），浙江大学出版社2006年版。

2. 李杭春：《郁达夫研究资料索引（1915—2005）》，浙江大学出版社2006年版。

3. 王自立，陈子善：《中国文学史资料全编现代卷：郁达夫研究资料》，知识产权出版社2010年版。

4. 许子东：《张爱玲·郁达夫·香港文学》（卷2），人民文学出版社2011年版。

---

① 夏志清：《中国现代小说史》，刘绍铭等译，复旦大学出版社2005年版，第75—76页。

5. 郁达夫:《郁达夫自传》,江苏文艺出版社 2012 年版。
6. 方忠:《郁达夫传》,复旦大学出版社 2012 年版。

视频资料:

电影《郁达夫传奇》,方令导演,1988 年上映。

茅盾

茅盾(1896—1981),浙江桐乡人,原名沈德鸿,字雁冰。茅盾是他 1927 年发表第一篇小说《幻灭》时使用的笔名。1920 年曾主持《小说月报》“小说新潮”栏目,后主编《小说月报》。1921 年与郑振铎等发起文学研究会,是新文学运动的积极拥护和参与者,提倡“文学为人生”的艺术主张。茅盾是现代文学第二个十年(20 世纪 30 年代)最具代表性的作家。由于茅盾在文学上的杰出贡献,被誉为“二十世纪的巴尔扎克”和“二十世纪的别林斯基”。

在中国现代文学史上,鲁迅等人的小说创作,主要关注的是老中国暗陬的乡村中的儿女,较少表现都市的生活。茅盾是都市文学的开拓者,小说《子夜》对 20 世纪以上海为中心的现代都市进行描写,反映了当时都市的社会结构、经济结构、现代生活方式以及生活在都市中各阶级、阶层的人物。

茅盾的影响在于他创造了文学的新范式。首先是重视题材的社会性、主题的重大性,创作和历史尽量同步;其次是着重从经济生活的变动反映都市社会的演变,用阶级及阶级斗争的观念来观察、分析、表现处于复杂的社会关系中的人物典型,并鲜明地表现出作者的政治倾向性。茅盾将小说艺术与社会科学相结合,创造了“社会剖析小说”模式,有别于都市新感觉派、张爱玲、老舍式的都市小说。现代文学史上,茅盾是继鲁迅之后影响最大的一位长篇小说作家。

子夜(节选)

太阳刚刚下了地平线。软风一阵一阵地吹上人面,怪痒痒的。苏州河的浊水幻成了金绿色,轻轻地,悄悄地,向西流去。黄浦的夕潮不知怎的已经涨上了，现在沿这苏州河两岸的各色船只都浮得高高地，舱面比码头还高了约莫半尺。风吹来外滩公园里的音乐，却只有那炒豆似的铜鼓声最分明，也最叫人兴奋。暮霭挟着薄雾笼罩了外白渡桥的高耸的钢架，电车驶过时，这钢架下横空架挂的电车线时时爆发出几朵碧绿的火花。从桥上向东望，可以看见浦东的洋栈像巨大的怪兽，蹲在暝色中，闪着千百只小眼睛似的灯火。向西望，叫人猛一惊的，是高高地装在一所洋房顶上而且异常庞大的霓虹电管广告，射出火一样的赤光和青燐似的绿焰：Light，Heat，Power！

这时候——这天堂般五月的傍晚，有三辆一九三〇年式的雪铁笼汽车像闪电一般驶过了外白渡桥，向西转弯，一直沿北苏州路去了。

过了北河南路口的上海总商会以西的一段，俗名唤作“铁马路”，是行驶内河的小火轮的汇集处。那三辆汽车到这里就减低了速率。第一辆车的汽车夫轻声地对坐在他旁边的穿一身黑拷绸衣裤的彪形大汉说：

“老关！是戴生昌罢？”

“可不是！怎么你倒忘了？您准是给那只烂污货迷昏了啦！”

老关也是轻声说，露出一口好像连铁梗都咬得断似的大牙齿。他是保镖的。此时汽车戛然而止，老关忙即跳下车去，摸摸腰间的勃郎宁，又向四下里瞥了一眼，就过去开了车门，威风凛凛地站在旁边。车厢里先探出一个头来，紫酱色的一张方脸，浓眉毛，圆眼睛，脸上有许多小疱。看见迎面那所小洋房的大门上正有“戴生昌轮船局”六个大字，这人也就跳下车来，一直走进去。老关紧跟在后面。

“云飞轮船快到了么？”

紫酱脸的人傲然问，声音宏亮而清晰。他大概有四十岁了，身材魁梧，举止威严，一望而知是颐指气使惯了的“大亨”。他的话还没完，坐在那里的轮船局办事员霍地一齐站了起来，内中有一个瘦长子堆起满脸的笑容抢上一步，恭恭敬敬回答：

“快了，快了！三老爷，请坐一会儿罢。——倒茶来。”

瘦长子一面说，一面就拉过一把椅子来放在三老爷的背后。三老爷脸上的肌肉一动，似乎是微笑，对那个瘦长子瞥了一眼，就望着门外。这时三老爷的车子已经开过去了，第二辆汽车补了缺，从车厢里下来一男一女，也进来了。男的是五短身材，微胖，满面和气的一张白脸。女的却高得多，也是方脸，和三老爷有几分相像，但颇白嫩光泽。两个都是四十开外的年纪了，但女的因为装饰入时，看来至多不过三十左右。男的先开口：

“荪甫，就在这里等候么？”

紫酱色脸的荪甫还没回答，轮船局的那个瘦长子早又陪笑说：

“不错，不错，姑老爷。已经听得拉过回声。我派了人在那里看着，专等船靠了码头，就进来报告。顶多再等五分钟，五分钟！”

“呀，福生，你还在这里么？好！做生意要有长性。老太爷向来就说你肯学好。你有几年不见老太爷罢？”

“上月回乡去，还到老太爷那里请安。——姑太太请坐罢。”

叫做福生的那个瘦长男子听得姑太太称赞他，快活得什么似的，一面急口回答，一面转身又拖了两把椅子来放在姑老爷和姑太太的背后，又是献茶，又是敬烟。他是荪甫三老爷家里一个老仆的儿子，从小就伶俐，所以荪甫的父亲——吴老太爷特嘱荪甫安插他到这戴生昌轮船局。但是荪甫他们三位且不先坐下，眼睛都看着门外。门口马路上也有一个彪形大汉站着，背向着门，不住地左顾右盼；这是姑老爷杜竹斋随身带的保镖。

杜姑太太轻声松一口气，先坐了，拿一块印花小丝巾，在嘴唇上抹了几下，回头对荪甫说：

“三弟，去年我和竹斋回乡去扫墓，也坐这云飞船。是一条快船。单趟直放，不过半天多，就到了；就是颠得厉害。骨头痛。这次爸爸一定很辛苦的。他那半肢疯，半个身子简直不能动。竹斋，去年我们看见爸爸坐久了就说头晕——”

姑太太说到这里一顿，轻轻吁了一口气，眼圈儿也像有点红了。她正想接下去说，猛的一声汽笛从外面飞来。接着一个人跑进来喊道：

“云飞靠了码头了！”

姑太太也立刻站了起来，手扶着杜竹斋的肩膀。那时福生已经飞步抢出去，一面走，一面扭转脖子，朝后面说：

“三老爷，姑老爷，姑太太；不忙，等我先去招呼好了，再出来！”

轮船局里其他的办事人也开始忙乱；一片声唤脚夫。就有一架预先准备好的大藤椅由两个精壮的脚夫抬了出去。荪甫眼睛望着外边，嘴里说：

“二姊，回头你和老太爷同坐一八八九号，让四妹和我同车，竹斋带阿萱。”

姑太太点头，眼睛也望着外边，嘴唇翕翕地动：在那里念佛！竹斋含着雪茄，微微地笑着，看了荪甫一眼，似乎说“我们走罢”。恰好福生也进来了，十分为难似的皱着眉头：

“真不巧。有一只苏州班的拖船停在里挡……”

“不要紧。我们到码头上去看罢！”

荪甫截断了福生的话，就走出去了。保镖的老关赶快也跟上去。后面是杜竹斋和他的夫人，还有福生。本来站在门口的杜竹斋的保镖就作了最后的“殿军”。

云飞轮船果然泊在一条大拖船——所谓“公司船”的外边。那只大藤椅已经放在云飞船头，两个精壮的脚夫站在旁边。码头上冷静静地，没有什么闲杂人：轮船局里的两三个职员正在那里高声吆喝，轰走那些围近来的黄包车夫和小贩。荪甫他们三位走上了那“公司船”的甲板时，吴老太爷已经由云飞的茶房扶出来坐上藤椅子了。福生赶快跳过去，做手势，命令那两个脚夫抬起吴老太爷，慢慢地走到“公司船”上。于是儿子，女儿，女婿，都上前相见。虽然路上辛苦，老太爷的脸色并不难看，两圈红晕停在他的额角。可是他不作声，看看儿子，女儿，女婿，只点了一下头，便把眼睛闭上了。

这时候，和老太爷同来的四小姐蕙芳和七少爷阿萱也挤上那“公司船”。

“爸爸在路上好么?”

杜姑太太——吴二小姐，拉住了四小姐，轻声问。

“没有什么。只是老说头眩。”

“赶快上汽车罢！福生，你去招呼一八八九号的新车子先开来。”

荪甫不耐烦似的说。让两位小姐围在老太爷旁边，荪甫和竹斋，阿萱就先走到码头上。一八八九号的车子开到了，藤椅子也上了岸，吴老太爷也被扶进汽车里坐定了，二小姐——杜姑太太跟着便坐在老太爷旁边。本来还是闭着眼睛的吴老太爷被二小姐身上的香气一刺激，便睁开眼来看一下，颤着声音慢慢地说：

“芙芳，是你么？要蕙芳来！蕙芳！还有阿萱!”

荪甫在后面的车子里听得了，略皱一下眉头，但也不说什么。老太爷的脾气古怪而且执拗，荪甫和竹斋都知道。于是四小姐蕙芳和七少爷阿萱都进了老太爷的车子。二小姐芙芳舍不得离开父亲，便也挤在那里。两位小姐把老太爷夹在中间。马达声音响了，一八八九号汽车开路，已经动了，忽然吴老太爷又锐声叫了起来：

“《太上感应篇》!”

这是裂帛似的一声怪叫。在这一声叫喊中，吴老太爷的残余生命力似乎又复旺炽了；他的老眼闪闪地放光，额角上的淡红色转为深朱，虽然他的嘴唇簌簌地抖着。

一八八九号的汽车夫立刻把车煞住，惊惶地回过脸来。荪甫和竹斋的车子也跟着停止。大家都怔住了。四小姐却明白老太爷要的是什么。她看见福生站在近旁，就唤他道：“福生，赶快到云飞的大餐间里拿那部《太上感应篇》来！是黄绫子的书套!”

吴老太爷自从骑马跌伤了腿，终至成为半肢疯以来，就虔奉《太上感应篇》，二十余年如一日；除了每年印赠而外，又曾恭楷手抄一部，是他坐卧不离的。

一会儿，福生捧着黄绫子书套的《感应篇》来了。吴老太爷接过来恭恭敬敬摆在膝头，就闭了眼睛，干瘪的嘴唇上浮出一丝放心了的微笑。

“开车!”

二小姐轻声喝，松了一口气，一仰脸把后颈靠在弹簧背垫上，也忍不住微笑。这时候，汽车愈走愈快，沿着北苏州路向东走，到了外白渡桥转弯朝南，那三辆车便像一阵狂风，每分钟半英里，一九三〇年式的新纪录。

坐在这样近代交通的利器上，驱驰于三百万人口的东方大都市上海的大街，而却捧了《太上感应篇》，心里专念着文昌帝君的“万恶淫为首，百善孝为先”的诰诫，这矛盾是很显然的了。而尤其使这矛盾尖锐化的，是吴老太爷的真正虔奉《太上感应篇》，完全不同于上海的借善骗钱的“善棍”。可是三十年前，吴老太爷却还是顶括括的“维新党”。祖若父两代侍郎，皇家的恩泽不可谓不厚，然而吴老太爷那时却是满腔子的“革命”思想。普遍于那时候的父与子的冲突，少年的吴老太爷也是一个主角。如果不是二十五年前习武骑马跌伤了腿，又不幸而渐渐成为半身不遂的毛病，更不幸而接着又赋悼亡，那么现在吴老太爷也许不至于整天捧着《太上感应篇》罢？然而自从伤腿以后，吴老太爷的英年浩气就好像是整个儿跌丢了；二十五年来，他就不曾跨出他的书斋半步！二十五年来，除了《太上感应篇》，他就不曾看过任何书报！二十五年来，他不曾经验过书斋以外的人生！第二代的“父与子的冲突”又在他自己和荪甫中间不可挽救地发生。而且如果说上一代的侍郎可算得又怪僻，又执拗，那么，吴老太爷正亦不弱于乃翁；书斋便是他的堡寨，《太上感应篇》便是他的护身法宝，他坚决的拒绝了和儿子妥协，亦既有十年之久了！

虽然此时他已经坐在一九三〇年式的汽车里，然而并不是他对儿子妥协。他早就说过，与其目击儿子那样的“离经叛道”的生活，倒不如死了好！他绝对不愿意到上海。荪甫向来也不坚持要老太爷来，此番因为土匪实在太嚣张，而且邻省的共产党红军也有燎原之势，让老太爷高卧家园，委实是不妥当。这也是儿子的孝心。吴老太爷根本就不相信什么土匪，什么红军，能够伤害他这虔奉文昌帝君的积善老子！但是坐卧都要人扶持，半步也不能动的他，有什么办法？他只好让他们从他的“堡寨”里抬出来，上了云飞轮船，终于又上了这“子不语”的怪物——汽车。正像二十五年前是这该诅咒的半身不遂使他不能到底做成“维新党”，使他不得不对老侍郎的“父”屈服，现在仍是这该诅咒的半身不遂使他又不能“积善”到底，使他不得不对新式企业家的“子”妥协了！他就是那么样始终演着悲剧！

但毕竟尚有《太上感应篇》这护身法宝在他手上，而况四小姐蕙芳，七少爷阿萱一对金童玉女，也在他身旁，似乎虽入“魔窟”，亦未必竟堕“德行”，所以吴老太爷闭目养了一会神以后，渐渐泰然怡然睁开眼睛来了。

汽车发疯似的向前飞跑。吴老太爷向前看。天哪！几百个亮着灯光的窗洞像几百只怪眼睛，高耸碧霄的摩天建筑，排山倒海般地扑到吴老太爷眼前，忽地又没有了；光秃秃的平地拔立的路灯杆，无穷无尽地，一杆接一杆地，向吴老太爷脸前打来，忽地又没有了；长蛇阵似的一串黑怪物，头上都有一对大眼睛放射出叫人目眩的强光，啵——啵——地吼着，闪电似的冲将过来，准对着吴老太爷坐的小箱子冲将过来！近了！近了！吴老太爷闭了眼睛，全身都抖了。他觉得他的头颅仿佛是在颈脖子上旋转；他眼前是红的，黄的，绿的，黑的，发光的，立方体的，圆锥形的，——混杂的一团，在那里跳，在那里转；他耳朵里灌满了轰，轰，轰！轧，轧，轧！啵，啵，啵！猛烈嘈杂的声浪会叫人心跳出腔子似的。

不知经过了多少时候，吴老太爷悠然转过一口气来，有说话的声音在他耳边动荡：

“四妹，上海也不太平呀！上月是公共汽车罢工，这月是电车了！上月底共产党在北京路闹事，捉了几百，当场打死了一个。共产党有枪呢！听三弟说，各工厂的工人也都不稳。随时可以闹事。时时想暴动。三弟的厂里，三弟公馆的围墙上，都写满了共产党的标语……”

“难道巡捕不捉么？”

“怎么不捉！可是捉不完。啊哟！真不知道哪里来的这许多不要性命的人！——可是，四妹，你这一身衣服实在看了叫人笑。这还是十年前的装束！明天赶快换一身罢！”

是二小姐芙芳和四小姐蕙芳的对话。吴老太爷猛睁开了眼睛，只见左右前后都是像他自己所坐的那种小箱子——汽车。都是静静地一动也不动。横在前面不远，却像开了一道河似的，从南到北，又从北到南，匆忙地杂乱地交流着各色各样的车子；而夹在车子中间，又有各色各样的男人女人，都像有鬼赶在屁股后似的跌跌撞撞地快跑。不知从什么高处射来的一道红光，又正落在吴老太爷身上。

这里正是南京路同河南路的交叉点，所谓“抛球场”。东西行的车辆此时正在那里静候指挥交通的红绿灯的命令。

“二姊，我还没见过三嫂子呢。我这一身乡气，会惹她笑痛了肚子罢。”

蕙芳轻声说，偷眼看一下父亲，又看看左右前后安坐在汽车里的时髦女人。芙芳笑了一声，拿出手帕来抹一下嘴唇。一股浓香直扑进吴老太爷的鼻子，痒痒地似乎怪难受。

“真怪呢！四妹。我去年到乡下去过，也没看见像你这一身老式的衣裙。”

“可不是。乡下女人的装束也是时髦得很呢，但是父亲不许我——”

像一枝尖针刺入吴老太爷迷惘的神经，他心跳了。他的眼光本能地瞥到二小姐芙芳的身上。他第一次意识地看清楚了二小姐的装束；虽则尚在五月，却因今天骤然闷热，二小姐已经完全是夏装；淡蓝色的薄纱紧裹着她的壮健的身体，一对丰满的乳房很显明地突出来，袖口缩在臂弯以上，露出雪白的半只臂膊。一种说不出的厌恶，突然塞满了吴老太爷的心胸，他赶快转过脸去，不提防扑进他视野的，又是一位半裸体似的只穿着亮纱坎肩，连肌肤都看得分明的时装少妇，高坐在一辆黄包车上，翘起了赤裸裸的一只白腿，简直好像没有穿裤子。"万恶淫为首"！这句话像鼓槌一般打得吴老太爷全身发抖。然而还不止此。吴老太爷眼珠一转，又瞥见了他的宝贝阿萱却正张大了嘴巴，出神地贪看那位半裸体的妖艳少妇呢！老太爷的心卜地一下狂跳，就像爆裂了似的再也不动，喉间是火辣辣地，好像塞进了一大把的辣椒。

此时指挥交通的灯光换了绿色，吴老太爷的车子便又向前进。冲开了各色各样车辆的海，冲开了红红绿绿的耀着肉光的男人女人的海，向前进！机械的骚音，汽车的臭屁，和女人身上的香气，霓虹电管的赤光——一切梦魇似的都市的精怪，毫无怜悯地压到吴老太爷朽弱的心灵上，直到他只有目眩，只有耳鸣，只有头晕！直到他的刺激过度的神经像要爆裂似的发痛，直到他的狂跳不歇的心脏不能再跳动！

呼卢呼卢的声音从吴老太爷的喉间发出来，但是都市的骚音太大了，二小姐，四小姐和阿萱都没有听到。老太爷的脸色也变了，但是在不断的红绿灯光的映射中，谁也不能辨别谁的脸色有什么异样。

汽车是旋风般向前进。已经穿过了西藏路，在平坦的静安寺路上开足了速率。路旁隐在绿荫中射出一点灯光的小洋房连排似的扑过来，一眨眼就过去了。五月夜的凉风吹在车窗上，猎猎地响。四小姐蕙芳像是摆脱了什么重压似的松一口气，对阿萱说：

“七弟，这可长住在上海了。究竟上海有什么好玩，我只觉得乱烘烘地叫人头痛。”

“住惯了就好了。近来是乡下土匪太多，大家都搬到上海来。四妹，你看这一路的新房子，都是这两年内新盖起来的。随你盖多少新房子，总有那么多的人来住。”

二小姐接着说，打开她的红色皮包，取出一个粉扑，对着皮包上装就的小镜子便开始化起妆来。

“其实乡下也还太平。谣言还没有上海那么多。七弟，是么？”

“太平？不见得罢！两星期前开来了一连兵，刚到关帝庙里驻扎好了，就向商会里要五十个年青的女人——补洗衣服；商会说没有，那些八太爷就自己出来动手拉。我们隔壁开水果店的陈家嫂不是被他们拉了去么？我们家的陆妈也是好几天不敢出大门……”

“真作孽！我们在上海一点不知道。我们只听说共产党要掳女人去共。”

“我在镇上就不曾见过半个共军。就是那一连兵，叫人头痛！”

“吓，七弟，你真糊涂！等到你也看见，那还了得！竹斋说，现在的共产党真厉害，九流三教里，到处全有。防不胜防。直到像雷一样打到你眼前，你才觉到。”

这么说着，二小姐就轻轻吁一声。四小姐也觉毛骨悚然。只有不很懂事的阿萱依然张大了嘴胡胡地笑。他听得二小姐把共产党说成了神出鬼没似的，便觉得非常有趣；“会像雷一样的打到你眼前来么？莫不是有了妖术罢！”他在肚子里自问自答。这位七少爷今年虽已十九岁，虽然长的极漂亮，却因为一向就做吴老太爷的“金童”，很有几分傻。

此时车上的喇叭突然呜呜地叫了两声，车子向左转，驶入一条静荡荡的浓荫夹道的横马路，灯光从树叶的密层中洒下来，斑

斑驳驳地落在二小姐她们身上。车子也走得慢了。二小姐赶快把化妆皮包收拾好,转脸看着老太爷轻声说:

“爸爸,快到了。”

“爸爸睡着了!”

“七弟,你喊得那么响!二姊,爸爸闭了眼睛养神的时候,谁也不敢惊动他!”

但是汽车上的喇叭又是呜呜地连叫三声,最后一声拖了个长尾巴。这是暗号。前面一所大洋房的两扇乌油大铁门霍地荡开,汽车就轻轻地驶进门去。阿萱猛的从坐位上站起来,看见荪甫和竹斋的汽车也衔接着进来,又看见铁门两旁站着四五个当差,其中有武装的巡捕。接着,砰——的一声,铁门就关上了。此时汽车在花园里的柏油路上走,发出细微的丝丝的声音。黑森森的树木夹在柏油路两旁,三三两两的电灯在树荫间闪烁。蓦地车又转弯,眼前一片雪亮,耀的人眼花,五开间三层楼的一座大洋房在前面了,从屋子里散射出来的无线电音乐在空中回翔,咕——的一声,汽车停下。

有一个清脆的声音在汽车旁边叫:

“太太!老太爷和老爷他们都来了!”

从晕眩的突击中方始清醒过来的吴老太爷吃惊似的睁开了眼睛。但是紧抓住了这位老太爷的觉醒意识的第一刹那却不是别的,而是刚才停车在“抛球场”时七少爷阿萱贪婪地看着那位半裸体似的妖艳少妇的那种邪魔的眼光,以及四小姐蕙芳说的那一句“乡下女人装束也时髦得很呢,但是父亲不许我——”的声浪。

刚一到上海这“魔窟”,吴老太爷的“金童玉女”就变了!

无线电音乐停止了,一阵女人的笑声从那五开间洋房里送出来,接着是高跟皮鞋错落地阁阁地响,两三个人形跳着过来,内中有一位粉红色衣服,长身玉立的少妇,袅着细腰抢到吴老太爷的汽车边,一手拉开了车门,娇声笑着说:

“爸爸,辛苦了!二姊,这是四妹和七弟么?”

同时就有一股异常浓郁使人窒息的甜香，扑头压住了吴老太爷。而在这香雾中，吴老太爷看见一团蓬蓬松松的头发乱纷纷地披在白中带青的圆脸上，一对发光的滴溜溜转动的黑眼睛，下面是红得可怕的两片嘻开的嘴唇。蓦地这披发头扭了一扭，又响出银铃似的声音：

"荪甫！你们先进去。我和二姊扶老太爷！四妹，你先下来！"

吴老太爷集中全身最后的生命力摇一下头。可是谁也没有理他。四小姐擦着那披发头下去了，二小姐挽住老太爷的左臂，阿萱也从旁帮一手，老太爷身不由主的便到了披发头的旁边了，就有一条滑腻的臂膊箍住了老太爷的腰部，又是一串艳笑，又是兜头扑面的香气。吴老太爷的心只是发抖，《太上感应篇》紧紧地抱在怀里。有这样的意思在他的快要炸裂的脑神经里通过："这简直是夜叉，是鬼！"

超乎一切以上的憎恨和忿怒忽然给与吴老太爷以长久未有的力气。仗着二小姐和吴少奶奶的半扶半抱，他很轻松的上了五级的石阶，走进那间灯火辉煌的大客厅了。满客厅的人！迎面上前的是荪甫和竹斋。忽然又飞跑来两个青年女郎，都是披着满头长发，围住了吴老太爷叫唤问好。她们嘈杂地说着笑着，簇拥着老太爷到一张高背沙发椅里坐下。

吴老太爷只是瞪出了眼睛看。憎恨，忿怒，以及过度刺激，烧得他的脸色变为青中带紫。他看见满客厅是五颜六色的电灯在那里旋转，旋转，而且愈转愈快。近他身旁有一个怪东西，是浑圆的一片金光，荷荷地响着，徐徐向左右移动，吹出了叫人气噎的猛风，像是什么金脸的妖怪在那里摇头作法。而这金光也愈摇愈大，塞满了全客厅，弥漫了全空间了！一切红的绿的电灯，一切长方形，椭圆形，多角形的家具，一切男的女的人们，都在这金光中跳着转着。粉红色的吴少奶奶，苹果绿色的一位女郎，淡黄色的又一女郎，都在那里疯狂地跳，跳！她们身上的轻绡掩不住全身肌肉的轮廓，高耸的乳峰，嫩红的乳头，腋下的细毛！无数的高耸的乳峰，颤动着，颤动着的乳峰，在满屋子里飞舞了！而夹在这乳峰的舞阵中间的，是荪甫的多疱的方脸，以及满是邪魔的阿萱的眼光。突然吴老太爷又看见这一切颤动着飞舞着的乳房像乱箭一般射到他胸前，堆积起来，堆积起来，重压着，重压着，压在他胸脯上，压在那部摆在他膝头的《太上感应篇》上，于是他又听得狂荡的艳笑，房屋摇摇欲倒。

"邪魔呀！"吴老太爷似乎这么喊，眼里迸出金花。他觉得有千万斤压在他胸口，觉得脑袋里有什么东西爆裂了，碎断了；猛的拔地长出两个人来，粉红色的吴少奶奶和苹果绿色的女郎，都嘻开了血色的嘴唇像要来咬。吴老太爷脑壳里梆的一响，两眼一翻，就什么都不知道了。

一九三二年十二月

（选自《茅盾选集》第 3 卷，人民文学出版社 1984 年版）

作品简析

《子夜》是茅盾的代表作，瞿秋白评价它是"中国第一部写实主义的成功的长篇小说"，并且断言"1933 年在将来的文学史上，没有疑问的要记录《子夜》的出版"。《子夜》的出版为中国半个多世纪的现实主义文学确立了一个经典的写作模式。

小说展现的是 20 世纪 30 年代中国都市的全景图：在世界经济大危机下，中国各阶级的现状。文中涉及到了上海社会的各个角落，如公司营业厅、交易所、银行、工厂、码头、公园、舞场、大饭店、跑马厅，密室、书房、客厅等。小说围绕着主人公吴荪甫的命运，对上海社会各阶级、各阶层的人进行了百科全书式的展示。

本文所选为作品第一章，以久居乡下的吴老太爷从动乱农村到城市避难拉开了小说的序幕。《子夜》一开始就写出一个金碧辉煌的时代和场景，还有高度的物质文明带来的现代都市意识。"太阳刚刚下了地平线。软风一阵一阵地吹上人面，怪痒痒的"，接着陆续出现了外滩公园的音乐、外白渡桥的钢架,出现了电车,出现了电线。这些东西在那个时代都是现代化的象征。茅盾的描写非常细腻,洋房顶上异常庞大的电管广告,“射出火一样的赤光和青磷似的绿焰:Light,Heat,Power!”,这些视觉展现的都是现代化的标志——感官刺激的颜色。这是30年代上海的场景,在这里面,那些繁华的、最现代化的景观都表现出来了。

随着故事的展开,吴老太爷坐了小火轮从农村到上海,看到那么多霓虹灯,汽车,听到喇叭声音,还有看到他的女儿、马路上的小姐都穿了很短的衣服,特别是看到他精心培育的接班人,一个女儿,一个儿子,一接触这些花花世界马上都走样了,他又气又急,痰迷心窍,中风死了。吴老大爷之死象征了一个封建传统的中国,在殖民化、现代化的欧风美雨中已经风化和终结。本文节选的《子夜》的第一段通过一个恪守封建伦理道德的乡下的地主的眼光,将一个现代化都市的现代、繁华、糜烂都写出来了,这段文字非常精彩,为我们勾勒出了一幅30年代中国现代都市的真实图景,而吴荪甫的家庭则不啻是“现代社会”外表下畸形社会关系、社会意识的缩影。

《子夜》在长篇小说的艺术尝试方面也是多方面的。它以宏大的结构和丰富的内容全面展示了20世纪30年代大上海的社会生活,开启了中国现代文学都市小说之先河,在中国小说史上,意义非常重大。

研习导引

《子夜》所开创的范示

《子夜》开创了社会剖析小说的新的文学范式。事实上,在五四新文学运动中,为人生而写作、剖析社会问题已经成为一股强劲的文学潮流,甚至早在梁启超等人提倡“小说界革命”之时,小说之启蒙、新民的社会功能也已经被高度强调。关键的问题在于,《子夜》展开社会剖析所依赖的观念、思维和方法。对此,瞿秋白在《子夜》的出版伊始就曾提出:“应用真正的社会科学,在文艺上表现中国的社会关系和阶级关系,在《子夜》上不能够不说是很大的成绩。”[①]吴组缃也认为:“《子夜》是在作者摸出了那条虚无迷惘的路,找着了新的康庄大道,以其正确锐利的观察对社会与时代有了进一步的具体了解后,用一种振起向上的精神与态度去写的;它在消极的意义上暴露了民族资产阶级的没落,在积极的意义上宣示着下层阶级的兴起——这后面一点是非常重要的。”[②]无产阶级的革命的立场与倾向,马克思的阶级论与历史观,与现实革命斗争的直接联系,是理解《子夜》的社会剖析及其开创的新的文学范式的关键。后来有学者所言:“构成《子夜》与‘五四’小说的第一个区别,也即《子夜》范式的第一个特点的是小说呈现出的政治意识形态的明晰性、系统性,从小说的功能方面说,它大大地强化文学的意识形态的论辩性。中国小说的政治意识形态和党派性的传统是从《子夜》开始重新确立的。”[③]

 **思考题**

1. 本文中关于吴老太爷的“都市感觉”的描写是最为精彩的,从语言的声色及节奏等方面极具特色。而新感觉派作家穆时英《夜总会里的五个人》也有对都市光影声色的描写,试比较二者的异同。

2. 试仔细阅读相关文字,体味“社会剖析小说”的特点。

 **拓展阅读**

1. 孙中田,查国华合著:《茅盾研究资料》,知识产权出版社

---

① 瞿秋白:《<子夜>和国货年》,《申报·自由谈》1933年4月2、3日。

② 吴组缃:《<子夜>》,《文艺月报》创刊号,1933年6月。

③ 汪晖:《关于<子夜>的几个问题》,《中国现代文学研究丛刊》1989年第1期。

2010 年版。

2. 王嘉良:《茅盾小说论》,上海文艺出版社 1989 年版。

3. 程光炜:《茅盾经典作品导读》,花山文艺出版社 2009 年版。

4. 沈卫威:《茅盾:1896—1981》,江苏文艺出版社 1999 年版。

5. 钟桂松:《茅盾评传》,南京大学出版社 2013 年版。

6. 万树玉:《茅盾年谱》,浙江文艺出版社 1989 年版。

视频资料:

电影《子夜》,桑弧导演,1981 年上映。

巴金

巴金(1904—2005),四川成都人,祖籍浙江嘉兴,原名李尧棠,字沛甘。中国现当代杰出的小说家、散文家和翻译家。巴金的中长篇小说代表了他在新中国成立前的主要成就。比较著名的有:《灭亡》《死去的太阳》,“爱情三部曲”(《雾》《雨》《电》),“激流三部曲”(《家》《春》《秋》),“人生三部曲”(《憩园》《第四病室》《寒夜》)等。

1931年发表的长篇小说《家》标志着巴金小说内容方面的一个重要领域——表现自己熟悉的封建家庭生活。青春、家庭、激情构成了巴金早期小说创作的主要特征。这段时期的作品显示了他率真的人格,饱满的激情及热烈的理想主义追求。如巴金在《〈激流〉总序》中声称:“在这里我所欲展示给读者的乃是描写过去十多年的一幅图画,自然这里只有生活的一部分。但已经可以看见那一股由爱与恨,欢乐与受苦所组织成的生活之激流是如何地在动荡了”。

以1942年为界,巴金的创作由青春激情的倾诉转向中年深沉的悲剧艺术,他开始写没有英雄色彩的小人小事,写社会重压下的“委顿的生命”,由热情奔放的抒情咏叹变得悲戚而悒郁。他的作品从侧重于对人性的探索,转向了对人生世相的思考。巴金的《寒夜》成为这一时期的代表作。美国汉学家夏志清认为:“《寒夜》是他创作的最伟大的爱的故事。因为爱能超越愤怒,代表了较为广泛的了解,《寒夜》的成功,因此更见高超,更见成熟。”巴金认为在《寒夜》里,人性的秘密终于被他发掘出来了。

巴金是一个追求真理的作家,他在写作中深深地体会到:一个艺术家,只有照实的去描写生命,去探索人心的隐蔽处,去灼照人生中爱的道路,才能够为真理服务。

家(节选)

天井里只有一片黑。鸣凤看不见一个人影。黯淡的灯光从觉慧的房间里射出来。她本来想回到仆婢室里去睡,却被这灯光引诱着轻脚轻手地走到了觉慧的窗下。三扇玻璃窗都被白纱窗帷遮住,灯光从细孔里漏出来,投了美丽的花纹在地上。这窗帷,这玻璃窗,这房间,如今在她的眼前变得非常可爱了。她不闪眼地立在窗前石阶上,仰望着白纱窗帷。她不做出一点声音,唯恐惊动里面的人。过了一些时候,白纱窗帷渐渐地带了空幻的色彩,而变得更加美丽了。模糊中在里面出现了美丽的人物,男男女女,穿得很漂亮,态度也很轩昂。他们走过她的面前,带着轻视的眼光看她一眼,便急急地掉过头走开了。忽然在人丛中出现了她朝夕想念的那个人,他投了一瞥和善的眼光在她的脸上。他站住,好像要跟她说话,但是后面一群人猛然拥挤过来,把他挤得不见了。她注意地用眼光去找寻他,然而在她面前白纱窗帷静静地遮住了房里的一切。她看不见别的什么。她走近窗户想伸起头去望里面,但是窗台较高,她的头达不到。她试了两次,都没有用,便绝望地退了几步。一个不留心,她把手触到了窗板,发出一个低微的响声,接着房里起了一声咳嗽,正是那个人的声音。她才知道他还没有睡。她盼望他走到窗前揭起窗帷来看她,她在那里等待着。然而里面又寂然了,只有笔落在纸上的极其低微的声音。她又走去在窗板上敲了两下,她盼望他会听见敲声。但是这一次他只在里面做出两三下响声,好像是移动了椅子,接着落笔的声音更勤了些。她知道轻敲是没有用的,待要重敲,又害怕惊动了别人。因为他和他的哥哥同住在这间屋里。然而她还怀着最后的希望,又一次走到窗前轻轻敲了三下,又低声叫了一次:“三少爷”,便退后两步,静静地站着。她想这一次他一定会出现了。但是过了一些时候还是没有动静,只是落笔的声音更急了。

接着她又听见他放下笔,用惊讶的声音自言自语:“怎么就两点钟了? …… 明早晨八点钟还有课。……”于是落笔的声音又起了。

她痴痴地立在那里,她明白她再要敲也是没有用的,他不会听见。她并不怨他,她反而更加爱他。他的这两句话还在她的耳边荡漾,在她,它们比音乐还好听。她默默地回味着这两句话,她觉得他就在她的身边,活泼的,热烈的,跟平时一样。忽然另一个思想又来到她的脑子里,她想,他正需要着一个女人来爱他,来照料他,来服侍他。她又知道在这个世界上并没有人像她这样地爱他,她真愿意为他做一切的事情。然而同时她又知道有一堵墙横在她跟他的中间,而且现在人们就要送她到冯家去了,并不要多久,就在三天以后。那时候她便成了冯家的人。她再没有机会看见他了。任她怎样受人侮辱,怎样呻吟哀叫,他也不会知道,也不会来救她了。分离,永久的分离,这种情形比死别还要难堪。她觉得这样的生活是值不得留恋的了。当她向太太说“宁死也不要到冯家去”的时候,她并非拿这句话来威胁太太,她确实想到了那个“死”字。大小姐教过她,这个“死”字便是薄命女子的唯一的出路,她很相信这个。

房里一声长叹把她从纷乱的思想中唤醒过来。她凄凉地朝四面望了一下。周围静寂寂没有人声,黑魆魆没有光明。她忽然记起来几个月以前也曾经有过跟这相似的情景,那时候是他在窗外而她在房里。而且那时的传闻如今却成了事实。她又细细地回味着那一晚的情景。她想起他对她的态度,又想起她对他说过的话:“我向你赌咒,我决不去跟别人……”她的心好像被什么东西绞着,刺着,痛得厉害,她的眼睛又被泪珠打湿了。房里的灯光爱怜地抚着她的眼睛。她带着贪婪的眼光看那灯光,一种欲望渐渐地抓住了她。她想不顾一切地跑进房里,跪在他的面前,向他哭诉她的痛苦,并且哀求他把她从不幸的遭遇中拯救出来。她愿意永远做他的奴隶,爱他,服侍他。

她决定要跑进去了。然而……眼前一阵漆黑。房里的灯光突然灭了。她睁大眼睛，但是她什么也看不见。她拔不动脚，孤零零地立在黑暗里。无情的黑暗从四面八方包围过来。过了一些时候，她才提起脚，慢慢地走回自己的房间去。一路上什么都不存在了。她只顾在黑暗中摸索着，费了许久的功夫，她才摸到自己的房间，推开半掩着的门进去。

瓦油灯上结了一个大灯花，使微弱的灯光变得更加阴暗。屋子里到处都是阴影。两边的几张木板床上摆了一些死尸似的身体。粗促的鼾声从肥胖的张嫂的床上发出来，四处撞击，显得很可怕。鸣凤一进门便吃了一惊，连忙站住，打起精神四面一看。她懒洋洋地走到桌子前、把灯芯朝外拨，去掉灯花。屋子里马上亮了许多。她正要解衣服，忽然一阵悲哀压倒了她，她支持不住就扑倒在床上哭起来，头紧紧地压在被上，不多几时就把被褥弄湿了一滩。她愈想愈伤心。后来她的哭声把老黄妈惊醒了。老黄妈用不十分清楚的声音问："鸣凤，你在哭什么？"她不回答，只顾哭着。老黄妈劝了她两句，翻一个身又睡熟了，剩下鸣凤一个人伤心地哭着，一直哭到她进入梦中的时候。

从第二天起鸣凤的态度完全改变了。她整天不露一个笑脸，做事情也是没精打采的，而且害怕跟人接近。她看见一个人，马上就疑心她的事情已经被那个人知道了，她就在那个人的脸上看见了轻视或嘲笑的表情，她连忙躲开。她看见两三个女佣或仆人轿夫在一起谈话，她就疑心她们（或他们）在谈论她的事情。"姨太太"、"小老婆"、"小"，这些字眼好像到处都有人在讲，后来甚至主人们也谈论起来了。她好像听见五老爷对人说："好个标致的姑娘，白白送给老头子做姨太太，真可惜。"又有一次她似乎在厨房里听见那个肥胖的张嫂鄙夷地说："呸，年纪轻轻就给死老头子做小。再有多少钱我才不干嘞！"到处她都听见这一类的嘲骂的语句。她什么地方都不敢去了，除了每天两顿饭以外，其余的时间里她不是躲在自己房中就是藏在花园里。有时候婉儿、倩儿或喜儿来找她谈些话。但是她们也很忙，只能够偷偷地抽出一点空时间来看她，安慰她。老黄妈温和地跟她谈过一次话。她不等老黄妈讲完就借故跑开了。她害怕多听安分守己、顺从命运这一类的话。

这两天鸣凤很想找到觉慧，跟他谈谈她的事。她时时刻刻等着这个机会。然而近来觉慧弟兄似乎比从前更忙，他们每天早晨绝早就出去上学，下午很迟才回来，在家里吃过饭，马上又出去，往往到九、十点钟才回家，回来就关在房里写文章、读书。她难得见到觉慧一面，即使两人遇见了，也不过是他投一瞥爱怜的眼光过来，温和地看她几眼，或者对她微笑，却难得对她讲几句话。自然这些也是爱的表示。她觉得他的忙碌是正当的，虽然因此对她疏远一点，她也并不怪他。

然而实际上她就只有两天的时间。这么短！她必须跟觉慧谈一次话，把她的痛苦告诉他，看他有什么意见。无论如何她必须同他商量。然而他仿佛完全不知道这一回事情，他并不给她一个这样的机会。花园里没有他的脚迹。只有在吃午饭的时候，她才可以见到他，但是他放下饭碗就匆忙地走了，她待要追上去说话也来不及。晚上他回家很迟。再要找像从前那样的跟他一起谈笑的机会，是不可能的了。

三十日终于到了。鸣凤的事公馆里知道的人并不太多，觉慧一点也不知道，因为：一则，在外面他们的周报社里发生了变故，他用了全副精神去应付这件事，就没有心肠管家里的事情；二则，他在家里时也忙着写文章或者读书，没有机会听见别人谈鸣凤的事。三十日在觉慧看来不过是这个月的最后一日，然而在鸣凤却是她一生的最后一天了，她的命运就要在这一天决定了：或者永远跟他分离，或者永远和他厮守在一起。然而事实上后一个希望却是非常渺茫。她自己也知道。自然她满心希望他来拯救她，让她永远和他厮守在一起；但是在他们两个人的中间横着那一堵不能推倒的墙，使他们不能够接近。这就是身份的不同。她是知道的。她从前在花园里对他说“不，不……我没有那样的命”时，她就已经知道这个了。虽然他答应要娶她，然而老太爷、太太们以及所有公馆里的人全隔在他们两个人的中间，他又有什么办法？在老太爷的命令下现在连太太也没有办法，何况做孙儿的他？她的命运似乎已经决定，是无可挽回的了。然而她还不能放弃最后的希望，她不能甘心情愿地走到毁灭的路上去，而没有一点留恋。她还想活下去，还想好好地活下去。她要抓住任何的希望。她好像是在欺骗自己，因为她明明知道连一点希望也没有了，而且也不能够有了。

这一天她怀着颤抖的心等着跟觉慧见面。然而觉慧回来的时候已经是晚上九点钟了。她走到他的窗下，听见他的哥哥说话的声音，她觉得胆怯了。她在那里徘徊着，不敢进去，但是又不忍走开，因为要是这一晚再错过机会，不管是生与死，她永远不能再看见他了。

好容易挨过了一些时候，屋里起了脚步声，她知道有人走出，便往角落里一躲，果然看见一个黑影从里面闪出来。这是觉民。她看见他走远了，连忙走进房里去。

觉慧正埋着头在电灯光下面写文章，他听见她的脚步声并不抬起头，也不分辨这是谁在走路。他只顾专心写文章。

鸣凤看见他不抬头，便走到桌子旁边胆怯地但也温柔地叫了一声："三少爷。"

"鸣凤，是你？"他抬起头惊讶地说，对她笑了笑。"什么事？"

"我想看看你……"她说话时两只忧郁的眼睛呆呆地望着他的带笑的脸。她的话没有说完，就被他接下去说：

"你是不是怪我这几天不跟你说话？你以为我不理你吗？"他温和地笑道，"不是，你不要起疑心。你看我这几天真忙，又要读书，又要写文章，还有别的事情。"他指着面前一大堆稿件，几份杂志和一叠原稿纸对她说："你看我忙得跟蚂蚁一样。……再过两天就好了，我就把这些事情都做完了，再过两天。……我答应你，再过两天。"

"再过两天……"她绝望地悲声念着这四个字,好像不懂它们的意义,过后又茫然地问道:"再过两天?……"

"对,"他笑着说,"再过两天,我的事情就做完了。只消等两天。再过两天,我要跟你谈许许多多的事情。"他又埋下头去写字。

"三少爷,我想跟你说两句话。……"她极力忍住眼泪,不要哭出声来。

"鸣凤,你不看见我这样忙?"他短短地说,便抬起头来。看见她的眼里闪着泪光,他马上心软了。他伸手去捏了捏她的手,又站起来,关心地问道:"你受了什么委屈吗?不要难过。"他真想丢开面前的原稿纸,带着她到花园里好好地安慰她。可是他马上又想起明天早晨就要交出去的文章,想起周报社的斗争,便改变了主意说:"你忍耐一下,过两天我们好好地商量,我一定给你帮忙。我明天会找你,现在你让我安安静静地做事情。"他说完,放下她的手,看见她还用期待的眼光在看他,他一阵感情冲动,连自己说不出是为了什么,他忽然捧住她的脸,轻轻地在她的嘴上吻了一下,又对她笑了笑。他回到座位上,又抬起头看了她一眼、然后埋下头,拿起笔继续做他的工作。但是他的心还怦怦地跳动,因为这是他第一次吻她。

鸣凤不说一句话,她痴呆地站在那里。她甚至不知道自己在这时候想些什么,又有什么样的感觉。她轻轻地摩抚她的第一次被他吻了的嘴唇。过了一会儿她又喃喃地念着:"再过两天……"

这时外面起了吹哨声,觉慧又抬起头催促鸣凤:"快去,二少爷来了。"

鸣凤好像从梦中醒过来似的,她的脸色马上变了。她的嘴唇微微动着,但是并没有说出什么。她的非常温柔而略带忧郁的眼光留恋地看了他几眼,忽然她的眼睛一闪,眼泪流了下来,她的口里迸出了一声:"三少爷。"声音异常凄惨。觉慧惊奇地抬起头来看,只看见她的背影在门外消失了。

“女人的心理真古怪，”他叹息地自语道，过后又埋下头写字。

觉民走进房里，第一句话就问：“刚才鸣凤来过吗？”

“嗯，”觉慧过了半晌才简单地答道。他依旧在写字，并不看觉民。

“她一点也不像丫头，又聪明，又漂亮，还认得字。可惜得很！……”觉民自语似地叹息道。

“你说什么？你可惜什么？”觉慧放下笔，吃惊地问。

“你还不晓得？鸣凤就要嫁了。”

“鸣凤要嫁了！哪个说的？我不相信！她这样年轻！”

“爷爷把她送给冯乐山做姨太太了。”

“冯乐山？我不相信！他不是孔教会里的重要分子吗？他六十岁了，还讨小老婆？”

“你忘记了去年他们几个人发表梨园榜，点小旦薛月秋做状元，被高师的方继舜在《学生潮》上面痛骂了一顿？他们那种人什么事都做得出来，横竖他们是本省的绅士，名流。明天就是他接人的日子。我真替鸣凤可惜。她今年才十七岁！”

“我怎么早不晓得？……哦，我明明听见过这样的消息，怎么我一点儿也记不起来？”觉慧大声说，他马上站起来，一直往外面走，一面拚命抓自己的头发，他的全身颤抖得厉害。

“明天！”“嫁！”“做姨太太！”“冯乐山！”这些字像许多根皮鞭接连地打着觉慧的头，他觉得他的头快要破碎了。他走出门去，耳边顿时起了一阵悲惨的叫声。突然他发见在他的面前是一个黑暗的世界。四周真静，好像一切生物全死灭了。在这茫茫天地间他究竟走向什么地方去？他徘徊着。他抓自己的头发，打自己的胸膛，这都不能够使他的心安静。一个思想开始来折磨他。他恍然明白了。她刚才到他这里来，是抱了垂死的痛苦来向他求救。她因为相信他的爱，又因为爱他，所以跑到他这里来要求他遵守他的诺言，要求他保护她，要求他把她从冯乐山的手里救出来。然而他究竟给了她什么呢？他一点也没有给。帮助，同情，怜悯，他一点也没有给。他甚至不肯听她的哀诉就把她遣走了。如今她是去了，永久地去了。明天晚上在那个老头子的怀抱里，她会哀哀地哭着她的被摧残的青春，同时她还会诅咒那个骗去她的纯洁的少女的爱而又把她送进虎口的人。这个思想太可怕了，他不能够忍受。

去，他必须到她那里去，去为他自己赎罪。

他走到仆婢室的门前，轻轻地推开了门。屋里漆黑。他轻轻地唤了两声“鸣凤”，没有人答应。难道她就上床睡了？他不能够进去把她唤起来，因为在那里还睡着几个女佣。他回到屋里，却不能够安静地坐下来，马上又走出去。他又走到仆婢室的门前，把门轻轻地推开，只听见屋里的鼾声。他走进花园，黑暗中在梅林里走了好一阵，他大声唤：“鸣凤”，听不见一声回答。他的头几次碰到梅树枝上，脸上出了血，他也不曾感到痛。最后他绝望地走回到自己的房里，他看见屋子开始在他的四周转动起来……

其实这时候他所寻找的她并不在仆婢室，却在花园里面。鸣凤从觉慧的房里出来，她知道这一次真正是：一点希望也没有了。她并不怨他，她反而更加爱他。而且她相信这时候他依旧像从前那样地爱她。她的嘴唇还热，这是他刚才吻过的；她的手还热，这是他刚才捏过的。这证明了他的爱，然而同时又说明她就要失掉他的爱到那个可怕的老头子那里去了。她永远不能够再看见他了。以后的长久的岁月只是无终局的苦刑。这无爱的人间还有什么值得留恋？她终于下了决心了。

她不回自己的房间，却一直往花园里走去。她一路上摸索着，费了很大的力，才走到她的目的地——湖畔。湖水在黑暗中发光，水面上时时有鱼的唼喋声。她茫然地立在那里，回想着许许多多的往事。他跟她的关系一幕一幕地在她的脑子里重现。她渐渐地可以在黑暗中辨物了。一草一木，在她的眼前朦胧地显露出来，变得非常可爱，而同时她清楚地知道她就要跟这一切分开了。世界是这样静。人们都睡了。然而他们都活着。所有的人都活着，只有她一个人就要死了。过去十七年中她所能够记忆的是打骂，流眼泪，服侍别人，此外便是她现在所要身殉的爱。在生活里她享受的比别人少，而现在在这样轻的年纪，她就要最先离开这个世界了。明天，所有的人都有明天，然而在她的前面却横着一片黑暗，那一片、一片接连着一直到无穷的黑暗，在那里是没有明天的。是的，她的生活里是永远没有明天的。明天，小鸟在树技上唱歌，朝日的阳光染黄树梢，在水面上散布无数明珠的时候，她已经永远闭上眼睛看不见这一切了。她想，这一切是多么可爱，这个世界是多么可爱。她从不曾伤害过一个人。她跟别的少女一样，也有漂亮的面孔，有聪明的心，有血肉的身体。为什么人们单单要蹂躏她，伤害她，不给她一瞥温和的眼光，不给她一颗同情的心，甚至没有人来为她发出一声怜悯的叹息！她顺从地接受了一切灾祸，她毫无怨言。后来她终于得到了安慰，得到了纯洁的、男性的爱，找到了她崇拜的英雄。她满足了。但是他的爱也不能拯救她，反而给她添了一些痛苦的回忆。他的爱曾经允许过她许多美妙的幻梦，然而它现在却把她丢进了黑暗的深渊。她爱生活，她爱一切，可是生活的门面面地关住了她，只给她留下那一条堕落的路。她想到这里，那条路便明显地在她的眼前伸展，她带着恐怖地看了看自己的身子。虽然在黑暗里她看不清楚，然而她知道她的身子是清白的。好像有什么人要来把她的身子投到那条堕落的路上似的，她不禁痛惜地、爱怜地摩抚着它。这时候她下定决心了。她不再迟疑了。她注意地看那平静的水面。她要把身子投在晶莹清澈的湖水里，那里倒是一个很好的寄身的地方，她死了也落得一个清白的身子。她要跳进湖水里去。

忽然她又站住了。她想她不能够就这样地死去，她至少应该再见他一面，把自己的心事告诉他，他也许还有挽救的办法。她觉得他的接吻还在她的唇上燃烧，他的面颜还在她的眼前荡漾。她太爱他了，她不能够失掉他。在生活中她所得到的就只有他的爱。难道这一点她也没有权利享受？为什么所有的人都还活着，她在这样轻的年纪就应该离开这个世界？这些问题一个一个在她的脑子里盘旋。同时在她的眼前又模糊地现出了一幅乐园的图画，许多跟她同年纪的有钱人家的少女在那里嬉戏，笑谈，享乐。她知道这不是幻象，在那个无穷大的世界中到处都有这样的幸福的女子，到处都有这样的乐园，然而现在她却不得不在这里断送她的年轻的生命。就在这个时候也没有一个人为她流一滴同情的眼泪，或者给她送来一两句安慰的话。她死了，对这个世界，对这个公馆并不是什么损失，人们很快地就忘记了她，好像她不曾存在过一般。“我的生存就是这样地孤寂吗？”她想着，她的心里充满着无处倾诉的哀怨。泪珠又一次迷糊了她的眼睛。她觉得自己没有力量支持了，便坐下去，坐在地上。耳边仿佛有人接连地叫“鸣凤”，她知道这是他的声音，便止了泪注意地听。周围是那样地静寂，一切人间的声音都死灭了。她静静地倾听着，她希望再听见同样的叫声，可是许久，许久，都没有一点儿动静。她完全明白了。他是不能够到她这里来的。永远有一堵墙隔开他们两个人。他是属于另一个环境的。他有他的前途，他有他的事业。她不能够拉住他，她不能够妨碍他，她不能够把他永远拉在她的身边。她应该放弃他。他的存在比她的更重要。她不能让他牺牲他的一切来救她。她应该去了，在他的生活里她应该永久地去了。她这样想着，就定下了最后的决心。她又感到一阵心痛。她紧紧地按住了胸膛。她依旧坐在那里，她用留恋的眼光看着黑暗中的一切。她还在想。她所想的只是他一个人。她想着，脸上时时浮出凄凉的微笑，但是眼睛里还有泪珠。

最后她懒洋洋地站起来，用极其温柔而凄楚的声音叫了两声：“三少爷，觉慧。”便纵身往湖里一跳。平静的水面被扰乱了，湖里起了大的响声，荡漾在静夜的空气中许久不散。接着水面上又发出了两三声哀叫，这叫声虽然很低，但是它的凄惨的余音已经渗透了整个黑夜。不久，水面在经过剧烈的骚动之后又恢复了平静。只是空气里还弥漫着哀叫的余音，好像整个的花园都在低声哭了。

一九三一年

（选自《巴金选集》第1卷，人民文学出版社1986年版）

作品简析

《家》是巴金“激流三部曲”的第一部，集中体现了封建大家庭制度的典型形态。在高老太爷的统治下，这个家庭内部充满着虚伪和罪恶。大家庭中的各种矛盾在潜滋暗长，逐步激化。在这一背景下，作品描写了高氏三兄弟的恋爱故事。其中高觉慧与婢女鸣凤构成了第一个悲剧事件，高觉新与钱梅芬及瑞珏构成了另两个悲剧事件。这几个悲剧事件虽然原因各异，但在一个基点上却是共同的：他们都为追求幸福的爱情而和封建礼教和封建专制发生了不可调和的矛盾，从而导致了她们的悲剧命运，特别是高老太爷与她们的不幸直接或间接地联系着。

本章节选自《家》第二十六章的“鸣凤之死”。鸣凤是高家的婢女，她聪明善良，善解人意，是一个纯净的少女。她虽然知道高觉慧真心爱她，但是她却不敢有这种感情的奢望。她一方面压制自己感情，另一方面又有所期待。对于高觉慧，鸣凤有一种少女式的朦胧而纯洁的渴望。但鸣凤被高老太爷的朋友冯乐山看中，要被送去给冯乐山做妾。此章描述了鸣凤在出嫁前的晚上悄悄去寻求高觉慧的援助，但高觉慧却专心沉浸于自己的写作之中，完全忽视了鸣凤正处于危难之中，鸣凤在绝望之余，选择了投湖自尽。鸣凤虽然也受到传统文化的影响，在常态生活中并不显出过于鲜明的性格，但是当自己所追求的理想受到威胁、个人坚守的目标无法实现时，她却体现了坚强、刚烈和强韧的抗争力，甘愿为了自己的爱情发出最厉声的呼号，鸣凤在决意追求爱情的时候，她已经下定了决心要抗争到底，“她爱生活，她爱一切……她要把身子投在晶莹清澈的湖水里，那里倒是一个很好的寄身的地方，她死了也得落得一个清白的身子”。这个为了理想而生存、奋斗的女性，面对社会的压力时敢于挺身而出，发出自己的独立的声音，即使最后失败，仍然让人肃然起敬。

“鸣凤之死”是中国现代小说中最感人的一幕，在全书中起着重要的作用。鸣凤的死激化了家庭内部的矛盾，直接唤醒了家的第一个叛逆者——高觉慧，觉慧的愤怒完全燃烧起来。鸣凤的死与觉慧的叛逆是这个家族盛极而衰的转折点。

研习导引

《家》的文化反思

关于《家》的研究，有学者指出：“长期以来……把《家》放在五四时期中外文化碰撞的背景下，从人类文化学的方位来审视小说中人物的文化心理，考察小说文化价值的论文却很罕见”。并从“新旧时代转型期的异质环境；文化心理的嬗变”，“悲剧的根源：家族宗法制的钳制和封建文化在心理上的积淀”，“病态文化心理：畸形、懦弱性的基因”三个方面探讨了小说的文化价值。[①] 还有学者认为：“在中国现代小说史上，能够成功地对中国传统家族文化提供其全部特征，并展现其最终命运归宿的长篇小说，当首推巴金‘激流三部曲’。”理由有三：首先，小说在形式、内容和功能诸方面“展示出了中国传统家族文化完备而具体的一般特征”；其次，通过揭示传统家族文化的本质和展示传统家族文化的命运，“巴金挖出了传统家族文化深刻而厚重的内蕴”；最后，“巴金也在‘激流三部曲’中对还处在萌芽状态的新的家族文化作了热情洋溢的赞誉”[②]。

---

① 吴定宇：《现代意识与传统观念相撞击的火光》，《中国现代文学研究丛刊》1988年第2期。

② 李金涛：《巴金〈激流三部曲〉对中国传统家族文化的表现艺术》，《湖北民族学院学报》1998年第2期。

思考题

1.《家》中的女性承担着悲剧命运的表现职能，将这些女性形象与《红楼梦》中的女性形象进行比较，有何发现？

2. 高觉慧是巴金自我影子的投射，这个形象无疑具有重要意义，分析觉慧形象寄寓了巴金对人的思考的内涵。

寒夜(节选)

将近两个月以后的一个夜晚，在山城里说是因为修理锅炉全市停电。早晨下过一阵雨，下半天气候骤然转寒，冷风一阵一阵地吹过市空，赶走了摊头的顾客。电石灯的臭味随着风四处飘送，火光孤寂地打着寒颤。

一辆人力车经过阴暗、寒冷、荒凉的市街，到了一所大楼的门前。从车上走下来一个装束入时的女人。她夹着手提包走进弹簧门去。她用手电光照路，走过了黑洞似的过道，上了二楼，又走上三楼。

在一间屋子的门前她站住了。她兴奋地敲着房门。

没有应声。她看见房内有亮，门上没有锁，心里想屋子里不会没有人，也许他们睡着了，她便用力再敲两下。

“哪个？”屋子里一个女人的声音问道。这个声音似乎是她熟习的，但是她又说不出是谁的声音来。

“我，”她顺口答应了一个字。

门开了，射出一道微光。她瞥见方桌上燃着一支蜡烛。开门的也是一个女人，脸背着光，她认不清楚是谁的脸孔。

“找哪个？”开门人惊讶地问。

“请问汪家是不是住在这儿？”叩门人更惊讶地问。

“这儿没有姓汪的，”开门人回答。

“以前不是汪家住在这儿吗？明明是这一间屋，家具也是，”叩门人说，她的惊奇更大了。

“啊，你是汪太太！请进来坐！今天停电，我没有看清楚，”开门人笑着说，她闪开身子，把叩门人让了进去。

“方太太，你们不是在二楼住吗？几时搬上来的？”叩门人想起开门人原来是住在二楼的方太太，毕竟遇到了一个熟人，她稍微心安一点。房间里的陈设没有多大的改变，就是四壁白了许多，看起来顺眼些。

“就是这个月月半，”方太大回答。“汪太太，啊，我不晓得现在要怎样叫你才好，你不是在兰州吗？几时回来的？”

“今天刚到的，方太太，我还是从前那样，”树生红了脸说。接着她声音发颤地问：“方太太，他们搬到哪儿去了？我说文宣他们。”

“你说汪先生吗？你还不晓得？”方太太惊问道。

“我的确不晓得。我两个月没有接到他们的信了，”树生不安地说。

“汪先生不在了，”方太太低声说。

“他不在了？什么时候？”树生身子一动，变了脸色，惊叫道。

“就在上个月庆祝胜利那一天，”方太太说。树生的身子猛然抖了一下。“老太太带小少爷走了。我们这间房子就是老太太让给我们的，家具也是她让的，我们出了一点钱。”

树生好像让人迎头浇了一桶冷水似的，她全身发冷，脸色惨白。她呆了半天才吐出一句问话：“他们搬到哪儿去了？”她连忙伸手擦揉眼睛，一面把脸掉开。

“我也不晓得。我问过老太太，她说是先搬到一个亲戚家去住几天，又说要去昆明，又好像听她说在托什么人买船票，”方太太一边想，一边答道，她的声音平淡，好像她对自己的话并没有把握似的。

“去昆明也用不着买船票，他们在这个地方并没有什么亲戚,”树生怀疑地说,“不晓得他们到哪儿去了?”

“老太太是这样说的,”方太太说;“不过我想他们到昆明去的成分居多。他们搬走以前,差不多把东西都卖光了,就在这个门口摆地摊卖了的。啊,汪太太,你坐了半天,我还没有倒茶,”她抱歉似地说,就站起来,走向一个茶几,那里放着热水瓶、茶壶和茶杯。

“方太太,你不要客气,我不渴,”树生连忙欠身阻止道。“我请问你,你知道我们文宣临死的情形吗?他现在葬在哪里?”

“汪太太,你不要难过,你歇歇,先吃杯茶罢,”方太太温和地说,端了一杯茶放在树生的面前。

“谢谢你,请你告诉我他临死的情形。我在兰州还以为他的病渐渐好起来了。他每封信都说他身体不坏。请你告诉我,我不怕,你说真话罢。”

“其实我不晓得。我实在不晓得。汪先生生病的时候我只去看过老太太一次。我只晓得他声音哑了,睡了不到两个多月就死了。我那次看见他睡在床上,说不出话,瘦得可怜——”方太太用了一种类似悒郁的声调说。

“他葬在哪儿?我要去看他!”树生忘了一切地打岔道。她感到一阵剧烈的心痛,她后悔,她真想立刻就到他的墓地去。

“我不晓得。我听说汪先生临死身边没有什么钱,尸首搁在房里,什么东西都没有预备。也亏得老太太,她跑了两个整天,才弄到一点钱,买了棺材装好抬出去葬了。我不晓得汪先生葬在哪儿。我问过老太太,她也不说。老太太也真苦,这两个多月她瘦得多,头发全白了,”方太太一面说,一面用同情的眼光看她。

树生一边听,一边咬嘴唇。她的鼻头酸痛,悔恨的情感扭绞着她的心。眼泪顺着脸颊流下来。她还竭力控制自己。“那么隔壁邻舍总有人知道他葬在哪里罢?他不能够就这样失踪的。公司里一定有人知道,至少钟先生总晓得,”她像同谁争论般地说。她不知道钟老已经不在这个世界上了。

"这儿的人都不晓得。棺材是大清早抬出去的。没有人跟去送葬。老太太也没有通知我们。不过汪先生公司里总有人晓得,"方太太好心地说,她很愿意给这位客人帮忙,可是自己也知道没有办法。

"我明天到公司去打听明白,"树生失望地说。她埋下头用手帕揩泪痕。她又问:"老太太他们哪天搬出去的?"

我记得是十二。她头天搬走,我们第二天粉刷墙壁,第四天就搬进来。楼下那一间,我们先生拿来做会客、办公、讲生意用。啊,汪太太,还没有问你住在哪儿?"方太太关心地问。

"我暂时住在……朋友家里……我过几天就要回去,"树生迟疑地说。

"那么你还去不去找老太太他们?"方太太继续问道。

婴孩的哭声突然从小屋里传来。方太太不等客人回答马上站起来,着急地说:"我女儿醒了,你请坐一下罢。"她忙忙慌慌地走进小屋里面去了。

树生免去了回答一个难题的痛苦。她仍旧坐着,一个人伴着一支蜡烛。她忽然起了一种似在梦中的感觉。这是她自己住过的屋子,自己用过的家具:方桌,书桌,小书架,碗橱,床……一切都是她熟悉的,虽然破的修理好了,旧的弄干净了,墙壁刷得白白的。可是她坐在她坐了几年的凳子上,现在却变成了一个陌生人,一个生客。甚至在那一切熟习的东西上面她也找不到过去的痕迹了。同样燃着一支蜡烛,可是现在却比从前亮了许多。不到一年的功夫,一切都改变了。他死了,母亲和孩子走了。他葬在哪里?他们去到哪里?她不知道。为什么不让她知道?她还有什么办法知道?别人的孩子在她的屋子里哭。多么新奇的声音!现在那个年轻的母亲在小屋里抱着小孩走来走去,唱催眠曲。她从前也这样做过的。那是十几年前的事了,为了小宣。可是现在她的小宣又在哪儿呢?那个孩子,他并不依恋她,她也没有对他充分地表示过母爱。她忽略了他。现在她要永远失掉他了。她就只有这么一个孩子啊！方太太还不出来，婴孩仍旧不时地哭叫，方太太有耐心地继续唱催眠曲，一面走一面拍拍孩子。那个女人似乎忘了她的存在，只顾着孩子，就忘记了客人，让她冷清清地坐在外屋里，被回忆包围、折磨。她忽然想起了楼梯口的一幕。他们在黑暗中握手。她含着眼泪扑到他的身上去吻他。"我要你保重！为什么病到那样还不让我知道呢？"她痛苦地想道。"只要对你有好处，我可以回来，我并没有做过对不起你的事情，"她今天下飞机的时候，还这样想过。她可以坦白地对他说这种话。然而现在太迟了。她不敢想象他临死的情形。太迟了，太迟了。她为了自己的幸福，却帮忙毁了别一个人的……她想着，想着，她突然站起来，她为什么还要留在这里？她再受不了这个房间和这些家具，每件东西都在叙说他和她的故事，每件东西都在刺痛她。她甚至受不了那个年轻母亲的催眠歌。歌声使她想起她自己也曾经做过母亲，给她唤起她久已埋葬了的回忆。她应该走了。

"方太太，我走了，你不要出来，"她大声说，便拿起手提包朝房门外走。

方太太抱着婴孩赶出耒，诚恳地叫道：

"汪太太，你再坐一会儿。还早嘛！"树生停了脚步回过头来。

"我走了，谢谢你，"树生说。

"慢走啊，"方太太柔声说，接着又加一句："你还再来耍罢。"

"谢谢你，我不来了，"树生摇摇头说。这次她不曾流泪，可是她觉得比流了泪还更痛苦。

"那么你等等，我拿蜡烛来送你，外面很黑，"方太太殷勤地说，她一只手抱婴孩，一只手拿起了烛台。

"方太太，你请留步。我有电筒，看得见，这个地方我住惯了的，"树生客气地说，就急急往门外廊上走去。

"汪太太！等等，等等啊！我送你到楼梯口，"方太太大声唤道。接着她又在抱怨："真讨厌，现在还停电。胜利了两个多月，什么事都没有变好，有的反而更坏。"

树生已经走到了楼梯口。她回过头，朝着方太太打了一下手电，大声说："方太太，请回去，我走罗！"她也不等回答，就急急走下楼去了。的确这是她走惯了的地方，走起来并不费力。

她刚走出大门，迎面一股寒风使她打了一个冷噤。"怎么才阳历十月底，夜里就这样冷！"她想道，她觉得身上那件秋大衣不够暖了。门前连一辆车子也看不见。她回头看了看大门和那盏闭着眼睛似的门灯，她轻轻叹了一口气。她不知道现在到什么地方去好。她心里空虚得很。她只想找个地方关上门大哭一场。但是没有办法。她只好慢慢地在人行道上走着。

"小姐，我们是从桂林逃难来的，东西都丢光了……"突然从黑暗里闪出一个黑影，一下子就跑到她的身边，一只枯瘦的手伸到她的面前，使她大吃一惊。她仔细一看，说话的原来是一个老太婆。

她打开手提包，拿出一张钞票递到那只黑手上。

"小姐，谢谢啊，"老太婆说，又把身子缩进黑暗里去了。

她摇了摇头，又继续往前面走。于是她看见了亮光。

"相因卖，相因卖，五百块钱……三百块钱……两百块钱……"

电石灯的臭味随着寒风扑上她的鼻端。从那些带笑的嘴唇里发出哀叫似的声音。一个年轻女人坐在矮凳上，怀里抱一个睡着的婴孩，正在用沉滞的目光望着面前一堆卖不出去的东西。

她又打一个冷噤。"夜真冷啊！"她想道："人家也是母亲啊，"她又想。她在那个地摊前站了片刻，她用同情的眼光看那个女人和怀里的孩子。"我总得要找到小宣，"她在心里说。她又看看眼前的母亲和孩子，"他们也摆过这样的地摊，"她再想到，这个"他们"不用说是指老太太和小宣，她心里更加难受了。

"你哪天走？"旁边有人在讲话。

"走不了。船票哪有我们老百姓的份！"另一个人说。

"想办法噻，当黄鱼总行！"

"现在是官复员，不是老百姓复员。我有个亲戚买不到票当黄鱼，上了船给人抓下来了。白出了船钱。"

"你还好，走不了，在四川多住几个月也不愁没饭吃。我下个月再走不了，就要饿饭了。东西快卖尽吃光了。原先以为一胜利就可以回家。"

"胜利是他们胜利，不是我们胜利。我们没有发过国难财，却倒了胜利楣。早知道，那天真不该参加胜利游行……"

她又打了一个冷噤。她好像突然落进了冰窖里似的，浑身发冷。她茫然回顾，她觉得眼前的一切都是假的。她好像在做梦。昨天这个时候她还在另一个城市的热闹酒楼上吃饭，听一个男人的奉承话。今天她却立在寒夜的地摊前，听这些陌生人的诉苦。她为着什么回来？现在又怀着怎样的心情走出那间屋子？……以后又该怎样？……她等待着明天。

死的死了，走的走了。就是到了明天，她至多也不过找到一个人的坟墓。可是她能够找回她的小宣吗？她能够改变眼前的一切吗？她应该怎样办呢？走遍天涯地角去作那明知无益的找寻吗？还是回到兰州去答应另一个男人的要求呢？

她只有两个星期的假期。她应该在这两个星期内决定自己的事情。……至少她还有十二三天的功夫，而且事情又是不难决定的。为什么她必须站在地摊前忍受寒风的吹打呢？

"我会有时间来决定的，"她终于这样对自己说。她走开了。她走得慢，然而脚步相当稳。只是走在这条阴暗的街上，她忽然起了一种奇怪的感觉，她不时掉头朝街的两旁看，她担心那些摇颤的电石灯光会被寒风吹灭。夜的确太冷了。她需要温暖。

一九四六年十二月三十一日

（选自《巴金选集》第 8 卷，人民文学出版社 1989 年版）

作品简析

《寒夜》是一部沉思之作，它以抗战为背景，描写了小家庭在社会磨难中的毁灭。小说探讨了一种熟悉的处境，那便是中国尚有许多家庭，并没有完全摆脱传统的家庭生活方式。汪文宣，大学毕业生，无法在社会中出头，以菲薄的收入来维持一家的生计。他的问题倒不是不能安贫乐业，而是无法协调妻子和母亲间的龃龉，这两个女人同时热爱着他，只不过彼此之间仇隙甚深而已。中国传统家庭中常见的婆媳矛盾是这部作品中最吸引人的地方，在这个漩涡中，人物的挣扎和煎熬让人同情，这实在是反映了中国传统文化心理的缺陷。在《寒夜》里，巴金从儿子、媳妇、婆婆这三个中国家庭常见的角色间，编织了一出动人心弦的戏剧来。

汪文宣的妻子曾树生活泼、漂亮，对生活有所渴望。但是，她并不是那种具有崇高理想的知识女性，而是那种世俗化的知识女性。她大学毕业，也有过雄心理想，但是，这种青春理想和朝气很快被世俗生活消解。她不是那种庸俗的为了金钱就可以出卖身体的女性，但又不甘于沉重而贫困的生活。从女性的角度而言，曾树生对生活的要求，无非是有一个可以依靠的丈夫，温暖的家庭。汪文宣却无法给她这种生活，婆媳矛盾，夫妻矛盾，最终导致曾树生远走兰州。作品中女主人公曾树生的性格较为复杂，她始终处于两难之中。本文节选自《寒夜》的尾声，抗战胜利前汪文宣病死，曾树生回到家中，但家中已人去楼空，婆婆带着儿子不知踪影，在寒夜中她徘徊在街头，作品最后写到："夜，的确太冷了，她需要温暖。"寒夜里的凄凉悲郁，力透纸背、感人肺腑。在这段节选中，作者借曾树生之耳让读者听到的街谈巷议："胜利了两个月了，什么事都没有变好，有的反而变坏"，"我们没有发过国难财，却倒了胜利楣"——无不透露出作家对现实的悲愤与忧患。

这部小说中充满着压抑和厌倦的情绪，"寒夜"构成了一个整体象征。小说深刻地描写了抗战时期知识分子的苦难生活和悲剧命运。巴金以此记录了这个时代，并与这个时代告别。

研习导引

《寒夜》的相关评论

夏志清说:“《寒夜》是牢牢植根于日常生活中的创作。读者在目击男主角一步步走向身心交瘁的境地时,简直不忍卒读。因为和一般中国家庭生活太过逼肖,所有柔和、伤痛的场面,遂具备了动人的力量。凭着这一小说,巴金成为一个极出色的心理写实派小说家。又由于他仅仅致力于表现他所了解的真相,并无意于追索更具野心的哲理意义,他遂同时增添了一层象征上的意义:故事中三个人物的命运,不单是中国最失败、最绝望的黑暗时期内的一则寓言,同时也是一出道德剧,写平常人在行‘仁爱之路’时所必要面对而无法克服的困难。《秋》是巴金所写的表达愤怒最好的小说,《寒夜》则是他创作的最伟大的爱的故事。因为爱能够超越愤怒,代表了较为广泛的了解,《寒夜》的成功,因此更见高超,更见成熟。”①司马长风认为:“《寒夜》是平民的史诗,真正的史诗,巴金因之由小说家进而为艺术家。”②

思考题

1. 中国现代小说中的抗日战争话语是纷繁复杂的,请以《寒夜》为例,对其中的抗战话语分析。

2. 思考小说中男女主人公婚姻悲剧的深层文化根源。

---

① 夏志清:《中国现代小说史》,刘绍铭等译,复旦大学出版社 2005 版,第 252 页。

② 司马长风:《中国新文学史》下卷,(香港)昭明出版社 1978 年版,第 73—74 页。

拓展阅读

1. 贾植芳:《巴金专集》,江苏人民出版社 1982 年版。

2. 巴金:《巴金写作生涯》,百花文艺出版社 1984 年版。

3. 陈建功主编:《巴金文库目录》,文化艺术出版社 2008 年版。

4. 陈思和,李辉著:《巴金研究论稿》,复旦大学出版社 2009 年版。

5. 李存光:《巴金研究资料》,知识产权出版社 2010 年版。

6. 陈思和,李存光主编:《五四新文学精神的薪传》,上海三联书店 2010 年版。

7. 陈丹晨:《巴金全传》,人民文学出版社 2014 年版。

8. 陆正伟:《永远的巴金》,复旦大学出版社 2015 年版。

视频资料:

电视剧《家》(21 集),汪俊导演,2007 年上映。

电视剧《寒夜》,孔刚导演,赵文瑄、刘涛主演,2009 年上映。

老舍

老舍(1899—1966),满族,北京人,原名舒庆春,字舍予。现代小说家、戏剧家。小说创作的代表性作品有:《二马》《离婚》《骆驼祥子》《断魂枪》《四世同堂》《月芽儿》等。新中国成立之后,老舍创作的话剧《茶馆》是中国当代戏剧史上的经典之作。1951年,老舍被北京市人民政府授予“人民艺术家”的称号。1966年8月24日,因不堪忍受屈辱而自沉于北京太平湖。

在中国现代文学史上,老舍的主要创作成绩在长篇小说,其与茅盾、巴金的长篇小说一起被称为现代长篇小说的三大高峰。独特的文体风格,作品中的幽默风、“北京味儿”的叙事语言共同构成了老舍小说的风味。

老舍的小说展现了一个极为生动而丰富的市民世界,其中主要活跃着处在社会下层的各色人物,三教九流,无所不包。老舍总是能从世俗文化的角度来观察“城”与“人”的关系,将世态人情放在特定城市的(传统/现代转型期的北京城)文化风俗与特定城市的日常生活空间(大杂院、贫民窟等)中表现。老舍冷静地审视着处在转型期的市民世界,毫不留情地批判其中的狭隘、封闭、胆怯、苟且等国民性弱点,同时又注意发掘世俗文化中的不屈与良善,对其有所眷念。老舍所创造的全新市民文学的出现,使现代文学开始在市民阶层中立足,从而获得了雅俗共赏的特质。

骆驼祥子(节选)

第一章

我们所要介绍的是祥子,不是骆驼,因为“骆驼”只是个外号;

那么，我们就先说祥子，随手儿把骆驼与祥子那点关系说过去，也就算了。

北平的洋车夫有许多派：年轻力壮，腿脚灵利的，讲究赁漂亮的车，拉“整天儿”，爱什么时候出车与收车都有自由；拉出车来，在固定的“车口”或宅门一放，专等坐快车的主儿；弄好了，也许一下子弄个一块两块的；碰巧了，也许白耗一天，连“车份儿”也没着落，但也不在乎。这一派哥儿们的希望大概有两个：或是拉包车；或是自己买上辆车，有了自己的车，再去拉包月或散座就没大关系了，反正车是自己的。

比这一派岁数稍大的，或因身体的关系而跑得稍差点劲的，或因家庭的关系而不敢白耗一天的，大概就多数的拉八成新的车；人与车都有相当的漂亮，所以在要价儿的时候也还能保持住相当的尊严。这派的车夫，也许拉“整天”，也许拉“半天”。在后者的情形下，因为还有相当的精气神，所以无论冬天夏天总是“拉晚儿”。夜间，当然比白天需要更多的留神与本事；钱自然也多挣一些。

年纪在四十以上，二十以下的，恐怕就不易在前两派里有个地位了。他们的车破，又不敢“拉晚儿”，所以只能早早的出车，希望能从清晨转到午后三四点钟，拉出“车份儿”和自己的嚼谷。他们的车破，跑得慢，所以得多走路，少要钱。

到瓜市，果市，菜市，去拉货物，都是他们；钱少，可是无须快跑呢。

在这里，二十岁以下的——有的从十一二岁就干这行儿——很少能到二十岁以后改变成漂亮的车夫的，因为在幼年受了伤，很难健壮起来。他们也许拉一辈子洋车，而一辈子连拉车也没出过风头。那四十以上的人，有的是已拉了十年八年的车，筋肉的衰损使他们甘居人后，他们渐渐知道早晚是一个跟头会死在马路上。他们的拉车姿式，讲价时的随机应变，走路的抄近绕远，都足以使他们想起过去的光荣，而用鼻翅儿扇着那些后起之辈。可是这点光荣丝毫不能减少将来的黑暗，他们自己也因此在擦着汗的时节常常微叹。不过，以他们比较另一些四十上下岁的车夫，他们还似乎没有苦到了家。这一些是以前决没想到自己能与洋车发生关系，而到了生和死的界限已经不甚分明，才抄起车把来的。被撤差的巡警或校役，把本钱吃光的小贩，或是失业的工匠，到了卖无可卖，当无可当的时候，咬着牙，含着泪，上了这条到死亡之路。这些人，生命最鲜壮的时期已经卖掉，现在再把窝窝头变成的血汗滴在马路上。没有力气，没有经验，没有朋友，就是在同行的当中也得不到好气儿。他们拉最破的车，皮带不定一天泄多少次气；一边拉着人还得一边儿央求人家原谅，虽然十五个大铜子儿已经算是甜买卖。

此外，因环境与知识的特异，又使一部分车夫另成派别。

生于西苑海甸的自然以走西山，燕京，清华，较比方便；同样，在安定门外的走清河，北苑；在永定门外的走南苑……

这是跑长趟的，不愿拉零座；因为拉一趟便是一趟，不屑于三五个铜子的穷凑了。可是他们还不如东交民巷的车夫的气儿长，这些专拉洋买卖的讲究一气儿由东交民巷拉到玉泉山，颐和园或西山。气长也还算小事，一般车夫万不能争这项生意的原因，大半还是因为这些吃洋饭的有点与众不同的知识，他们会说外国话。英国兵，法国兵，所说的万寿山，雍和宫，“八大胡同”，他们都晓得。他们自己有一套外国话，不传授给别人。他们的跑法也特别，四六步儿不快不慢，低着头，目不旁视的，贴着马路边儿走，带出与世无争，而自有专长的神气。因为拉着洋人，他们可以不穿号坎，而一律的是长袖小白褂，白的或黑的裤子，裤筒特别肥，脚腕上系着细带；脚上是宽双脸千层底青布鞋；干净，利落，神气。一见这样的服装，别的车夫不会再过来争座与赛车，他们似乎是属于另一行业的。

有了这点简单的分析，我们再说祥子的地位，就像说——我们希望——一盘机器上的某种钉子那么准确了。祥子，在与“骆驼”这个外号发生关系以前，是个较比有自由的洋车夫，这就是说，他是属于年轻力壮，而且自己有车的那一类：

自己的车，自己的生活，都在自己手里，高等车夫。

这可绝不是件容易的事。一年，二年，至少有三四年；一滴汗，两滴汗，不知道多少万滴汗，才挣出那辆车。从风里雨里的咬牙，从饭里茶里的自苦，才赚出那辆车。那辆车是他的一切挣扎与困苦的总结果与报酬，像身经百战的武士的一颗徽章。在他赁人家的车的时候，他从早到晚，由东到西，由南到北，像被人家抽着转的陀螺；他没有自己。可是在这种旋转之中，他的眼并没有花，心并没有乱，他老想着远远的一辆车，可以使他自由，独立，像自己的手脚的那么一辆车。有了自己的车，他可以不再受拴车的人们的气，也无须敷衍别人；有自己的力气与洋车，睁开眼就可以有饭吃。

他不怕吃苦，也没有一般洋车夫的可以原谅而不便效法的恶习，他的聪明和努力都足以使他的志愿成为事实。假若他的环境好一些，或多受着点教育，他一定不会落在“胶皮团”里，而且无论是干什么，他总不会辜负了他的机会。不幸，他必须拉洋车；好，在这个营生里他也证明出他的能力与聪明。他仿佛就是在地狱里也能作个好鬼似的。生长在乡间，失去了父母与几亩薄田，十八岁的时候便跑到城里来。带着乡间小伙子的足壮与诚实，凡是以卖力气就能吃饭的事他几乎全作过了。可是，不久他就看出来，拉车是件更容易挣钱的事；作别的苦工，收入是有限的；拉车多着一些变化与机会，不知道在什么时候与地点就会遇到一些多于所希望的报酬。自然，他也晓得这样的机遇不完全出于偶然，而必须人与车都得漂亮精神，有货可卖才能遇到识货的人。想了一想，他相信自己有那个资格：他有力气，年纪正轻；所差的是他还没有跑过，与不敢一上手就拉漂亮的车。但这不是不能胜过的困难，有他的身体与力气作基础，他只要试验个十天半月的，就一定能跑得有个样子，然后去赁辆新车，说不定很快的就能拉上包车，然后省吃俭用的一年二年，即使是三四年，他必能自己打上一辆车，顶漂亮的车！看着自己的青年的肌肉，他以为这只是时间的问题，这是必能达到的一个志愿与目的，绝不是梦想！

他的身量与筋肉都发展到年岁前边去；二十来的岁，他已经很大很高，虽然肢体还没被年月铸成一定的格局，可是已经像个成人了——一个脸上身上都带出天真淘气的样子的大人。看着那高等的车夫，他计划着怎样杀进他的腰去，好更显出他的铁扇面似的胸，与直硬的背；扭头看看自己的肩，多么宽，多么威严！杀好了腰，再穿上肥腿的白裤，裤脚用鸡肠子带儿系住，露出那对"出号"的大脚！是的，他无疑的可以成为最出色的车夫；傻子似的他自己笑了。

他没有什么模样，使他可爱的是脸上的精神。头不很大，圆眼，肉鼻子，两条眉很短很粗，头上永远剃得发亮。腮上没有多余的肉，脖子可是几乎与头一边儿粗；脸上永远红扑扑的，特别亮的是颧骨与右耳之间一块不小的疤——小时候在树下睡觉，被驴啃了一口。他不甚注意他的模样，他爱自己的脸正如同他爱自己的身体，都那么结实硬棒；他把脸仿佛算在四肢之内，只要硬棒就好。是的，到城里以后，他还能头朝下，倒着立半天。这样立着，他觉得，他就很像一棵树，上下没有一个地方不挺脱的。

他确乎有点像一棵树，坚壮，沉默，而又有生气。他有自己的打算，有些心眼，但不好向别人讲论。在洋车夫里，个人的委屈与困难是公众的话料，"车口儿"上，小茶馆中，大杂院里，每人报告着形容着或吵嚷着自己的事，而后这些事成为大家的财产，像民歌似的由一处传到一处。祥子是乡下人，口齿没有城里人那么灵便；设若口齿灵利是出于天才，他天生来的不愿多说话，所以也不愿学着城里人的贫嘴恶舌。他的事他知道，不喜欢和别人讨论。因为嘴常闲着，所以他有工夫去思想，他的眼仿佛是老看着自己的心。只要他的主意打定，他便随着心中所开开的那条路儿走；假若走不通的话，他能一两天不出一声，咬着牙，好似咬着自己的心！

他决定去拉车，就拉车去了。赁了辆破车，他先练练腿。

第一天没拉着什么钱。第二天的生意不错，可是躺了两天，他的脚脖子肿得像两条瓠子似的，再也抬不起来。他忍受着，不管是怎样的疼痛。他知道这是不可避免的事，这是拉车必须经过的一关。非过了这一关，他不能放胆的去跑。

脚好了之后，他敢跑了。这使他非常的痛快，因为别的没有什么可怕的了：地名他很熟习，即使有时候绕点远也没大关系，好在自己有的是力气。拉车的方法，以他干过的那些推，拉，扛，挑的经验来领会，也不算十分难。况且他有他的主意：多留神，少争胜，大概总不会出了毛病。至于讲价争座，他的嘴慢气盛，弄不过那些老油子们。知道这个短处，他干脆不大到“车口儿”上去；哪里没车，他放在哪里。

在这僻静的地点，他可以从容的讲价，而且有时候不肯要价，只说声：“坐上吧，瞧着给！”他的样子是那么诚实，脸上是那么简单可爱，人们好像只好信任他，不敢想这个傻大个子是会敲人的。即使人们疑心，也只能怀疑他是新到城里来的乡下老儿，大概不认识路，所以讲不出价钱来。及至人们问到，“认识呀？”他就又像装傻，又像要俏的那么一笑，使人们不知怎样才好。

两三个星期的工夫，他把腿溜出来了。他晓得自己的跑法很好看。跑法是车夫的能力与资格的证据。那撇着脚，像一对蒲扇在地上扇乎的，无疑的是刚由乡间上来的新手。那头低得很深，双脚蹭地，跑和走的速度差不多，而颇有跑的表示的，是那些五十岁以上的老者们。那经验十足而没什么力气的却另有一种方法：胸向内含，度数很深；腿抬得很高；一走一探头；这样，他们就带出跑得很用力的样子，而在事实上一点也不比别人快；他们仗着“作派”去维持自己的尊严。祥子当然决不采取这几种姿态。他的腿长步大，腰里非常的稳，跑起来没有多少响声，步步都有些伸缩，车把不动，使座儿觉到安全，舒服。说站住，不论在跑得多么快的时候，大脚在地上轻蹭两蹭，就站住了；他的力气似乎能达到车的各部分。脊背微俯，双手松松拢住车把，他活动，利落，准确；看不出急促而跑得很快，快而没有危险。就是在拉包车的里面，这也得算很名贵的。

他换了新车。从一换车那天，他就打听明白了，像他赁的那辆——弓子软，铜活地道，雨布大帘，双灯，细脖大铜喇叭——值一百出头；若是漆工与铜活含忽一点呢，一百元便可以打住。大概的说吧，他只要有一百块钱，就能弄一辆车。猛然一想，一天要是能剩一角的话，一百元就是一千天，一千天！把一千天堆到一块，他几乎算不过来这该有多么远。

但是，他下了决心，一千天，一万天也好，他得买车！第一步他应当，他想好了，去拉包车。遇上交际多，饭局多的主儿，平均一月有上十来个饭局，他就可以白落两三块的车饭钱。加上他每月再省出个块儿八角的，也许是三头五块的，一年就能剩起五六十块！这样，他的希望就近便多多了。他不吃烟，不喝酒，不赌钱，没有任何嗜好，没有家庭的累赘，只要他自己肯咬牙，事儿就没有个不成。他对自己起下了誓，一年半的工夫，他——祥子——非打成自己的车不可！是现打的，不要旧车见过新的。

他真拉上了包月。可是，事实并不完全帮助希望。不错，他确是咬了牙，但是到了一年半他并没还上那个愿。包车确是拉上了，而且谨慎小心的看着事情；不幸，世上的事并不是一面儿的。他自管小心他的，东家并不因此就不辞他；不定是三两个月，还是十天八天，吹了！他得另去找事。自然，他得一边儿找事，还得一边儿拉散座；骑马找马，他不能闲起来。在这种时节，他常常闹错儿。他还强打着精神，不专为混一天的嚼谷，而且要继续着积储买车的钱。可是强打精神永远不是件妥当的事：拉起车来，他不能专心一志的跑，好像老想着些什么，越想便越害怕，越气不平。假若老这么下去，几时才能买上车呢？为什么这样呢？难道自己还算个不要强的？在这么乱想的时候，他忘了素日的谨慎。皮轮子上了碎铜烂磁片，放了炮；只好收车。更严重一些的，有时候碰了行人，甚至有一次因急于挤过去而把车轴盖碰丢了。设若他是拉着包车，这些错儿绝不能发生；一搁下了事，他心中不痛快，便有点楞头磕脑的。碰坏了车，自然要赔钱；这更使他焦躁，火上加了油；为怕惹出更大的祸，他有时候懊睡一整天。及至睁开眼，一天的工夫已白白过去，他又后悔，自恨。还有呢，在这种时期，他越着急便越自苦，吃喝越没规则；他以为自己是铁作的，可是敢情他也会病。病了，他舍不得钱去买药，自己硬挺着；结果，病越来越重，不但得买药，而且得一气儿休息好几天。这些个困难，使他更咬牙努力，可是买车的钱数一点不因此而加快的凑足。

整整的三年，他凑足了一百块钱！

他不能再等了。原来的计划是买辆最完全最新式最可心的车，现在只好按着一百块钱说了。不能再等；万一出点什么事再丢失几块呢！恰巧有辆刚打好的车（定作而没钱取货的）跟他所期望的车差不甚多；本来值一百多，可是因为定钱放弃了，车铺愿意少要一点。祥子的脸通红，手哆嗦着，拍出九十六块钱来："我要这辆车！"铺主打算挤到个整数，说了不知多少话，把他的车拉出去又拉进来，支开棚子，又放下，按按喇叭，每一个动作都伴着一大串最好的形容词；最后还在钢轮条上踢了两脚，"听听声儿吧，铃铛似的！拉去吧，你就是把车拉碎了，要是钢条软了一根，你拿回来，把它摔在我脸上！一百块，少一分咱们吹！"祥子把钱又数了一遍：

"我要这辆车，九十六！"铺主知道是遇见了一个心眼的人，看看钱，看看祥子，叹了口气："交个朋友，车算你的了；保六个月：除非你把大箱碰碎，我都白给修理；保单，拿着！"

祥子的手哆嗦得更厉害了，揣起保单，拉起车，几乎要哭出来。拉到个僻静地方，细细端详自己的车，在漆板上试着照照自己的脸！越看越可爱，就是那不尽合自己的理想的地方也都可以原谅了，因为已经是自己的车了。把车看得似乎暂时可以休息会儿了,他坐在了水簸箕的新脚垫儿上,看着车把上的发亮的黄铜喇叭。他忽然想起来,今年是二十二岁。因为父母死得早,他忘了生日是在哪一天。自从到城里来,他没过一次生日。好吧,今天买上了新车,就算是生日吧,人的也是车的,好记,而且车既是自己的心血,简直没什么不可以把人与车算在一块的地方。

怎样过这个"双寿"呢?祥子有主意:头一个买卖必须拉个穿得体面的人,绝对不能是个女的。最好是拉到前门,其次是东安市场。拉到了,他应当在最好的饭摊上吃顿饭,如热烧饼夹爆羊肉之类的东西。吃完,有好买卖呢就再拉一两个;没有呢,就收车;这是生日!

自从有了这辆车,他的生活过得越来越起劲了。拉包月也好,拉散座也好,他天天用不着为"车份儿"着急,拉多少钱全是自己的。心里舒服,对人就更和气,买卖也就更顺心。拉了半年,他的希望更大了:照这样下去,干上二年,至多二年,他就又可以买辆车,一辆,两辆……他也可以开车厂子了!

可是,希望多半落空,祥子的也非例外。

写于一九三六年

(选自《骆驼祥子》,人民文学出版社 2006 年版)

作品简析

《骆驼祥子》是老舍的长篇代表作,它是老舍最为满意的作品,也是现代长篇小说中的经典之一。自 1939 年出版单行本以来,至今常销不衰,并被翻译成英、法、德、日、俄等多国语言,为老舍赢得了国际性声誉。

《骆驼祥子》在展现下层市民的生存状态方面,称得上是最杰出的作品。《骆驼祥子》讲述的是从乡间进入北平谋生的青年祥子在尝试诸多"卖力气能吃饭"的事儿之后,选择了拉"洋车"作为自己的出路,并且把买一辆属于自己的车当成个人奋斗的目标。祥子年轻力壮、不怕吃苦,也没有沾染一般车夫的恶习,经过三年艰辛,终于买下一辆新车。不料,才过半年,连人带车被匪兵劫走。幸好,祥子有惊无险,逃过一劫,在归途上捡到三匹骆驼,卖了三十五块大洋,准备继续攒钱买第二辆车,却在不久后被孙侦探敲诈走。这时,祥子恰被车厂老板刘四爷的女儿虎妞看上,虽然并不喜欢虎妞,觉得她又老又丑,却未能抵抗住性诱惑陷阱,不得不与其结婚。在虎妞私房钱的资助下,祥子又买到了一辆新车,但随后虎妞在难产中死去,却使祥子拥有一辆车的愿望再次破产,祥子只能卖掉车子料理丧事。最终,祥子背弃了他最初的理想,彻底堕落,懒惰、贪婪、麻木、打架、使坏、逛窑子……完全成为了一具行尸走肉。

老舍在祥子身上寄予了对下层劳动者悲惨命运的深切同情。祥子有着作为劳动者的尊严与自豪,"他觉得用力拉车去挣口饭吃,是天下最有骨气的事",同时相信靠自己的力气、个人的奋斗就能过上想要的自食其力的生活,不再受气、也无需敷衍。但三次买车却无一不化为泡影的遭遇却一步步地粉碎了祥子的迷梦,迫使其向地狱的深渊中一步步滑落。老舍通过祥子残酷的人生经历发出了如下的悲声与控诉:"一个拉车的吞的是粗粮,冒出来的是血;他要卖最大的力气,得最低的报酬;要立在人间的最低处,等着一切人一切法一切困苦的击打。"

在祥子身上,无论是其作为劳动者的美好品质,还是其个人奋斗的理想都值得尊重与同情,作者也不惜在小说第一章和随后的合适场合运用较多笔墨去刻画祥子的美好人格。在这一情形下,祥子的悲剧就主要指向了对社会的批判。老舍借此不仅批判了二十世纪二三十年代社会的混乱与黑暗,而且在更深层次上也表达了自己对人性被现代都市文明所腐蚀的担忧与反思。

同时,老舍也上接近代以来梁启超、鲁迅的"国民性批判"命题,对祥子身上不合群、别扭、自私、死命要赚钱等在宗法社会就已形成的固有缺点也毫不客气地予以揭示与批判。这些缺点被"破产农民"祥子带入都市之中,经过都市文明的浸染,又进一步成为套在其心灵上的一把枷锁，加剧了其堕落的过程，最终变成“个人主义的末路鬼”。

《骆驼祥子》全书共 24 章，15 万字，此处所选为该书第一章。老舍在此章开头详细描述了北平洋车夫的各种“派别”及其生存状况，目的是给主角祥子在其中准确定位，从而向读者和盘托出祥子的样貌、性格、“自己打上一辆车，顶漂亮的车”的人生理想以及第一次实现理想的经历。一切显得从容、按部就班，似乎作者正在讲述一个激动人心的个人发家致富故事，但在本章结尾处，老舍笔锋一转，说道：“可是，希望多半落空，祥子的也非例外。”为整个故事定下了基调，让读者准备好接受一个悲剧故事。这种放弃悬念的做法使叙事者跳向前台，向读者传达出一股强烈的悲悯与评判意味。

研习导引

关于虎妞与祥子

怎样评价虎妞这一形象，怎样认识她和祥子悲剧命运之间的关系，一直是一个有争议性的问题。有研究者认为，虎妞“对于祥子的兴趣和爱好，仅仅在于年轻而又老实的祥子能够弥补她自己被耽误的青春需要。这种做法本身，明显地暴露出剥削阶级的唯我主义的丑恶本质”。这位研究者还进一步指出，与大兵和特务相比，虎妞在祥子堕落的过程中发挥了更为重要的作用。[①] 这种看法是较为普遍的。虎妞通过威逼利诱和欺骗等手段达到跟祥子结婚的目的，彻底改变了祥子的人生道路，所以说祥子的人生悲剧是虎妞和黑暗社会共同造成的。但后来的研究者也提出了相反的看法，尤其女权主义文论兴起后，从性别角度论述《骆驼祥

---

① 樊骏：《论〈骆驼祥子〉的现实主义——纪念老舍先生八十诞辰》，载于《文学评论》1979 年第 1 期。

子》的研究者发现“受思维方式局限特别是男性中心意识等因素的影响，《骆驼祥子》中的人物研究长期存在重祥子而轻虎妞这一现象，这不仅指关注程度，更指长期存在同情祥子的命运而轻视虎妞的人生悲剧这一情感倾向”①。所以有研究者开始为虎妞“翻案”，指出在虎妞与祥子的婚姻关系中，祥子并非仅仅是一个无辜的受害者，甚至有研究者直接指出，虎妞“恰恰是中国现代文学史上最有光彩的女性形象”②。

思考题

1. 五四时期有不少作家表现过人力车夫，如胡适的新诗《人力车夫》、鲁迅的散文《一件小事》、郁达夫的《薄奠》等，通过对照阅读，试比较《骆驼祥子》与这些作品的异同。

2. 老舍以幽默著称，《骆驼祥子》中对刘四爷与虎妞的描写不无幽默之处，尤其虎妞为了嫁给祥子，与刘四爷吵架的情节，颇有喜剧的成分，对祥子的态度也是在充满温情的语调中透露着揶揄，你如何认识和评价老舍的幽默？

拓展阅读

1. 吴怀斌，曾广灿编：《老舍研究资料》，北京十月文艺出版社1986年版。

2. 关纪新：《老舍评传》，重庆出版社2003年版。

3. 张桂兴：《老舍评说七十年》，中国华侨出版社2005年版。

4. 王德威著：《写实主义小说的虚构——茅盾 老舍 沈从文》，复旦大学出版社2011年版。

---

① 李城希：《性格、问题与命运：虎妞形象再认识》，载于《文学评论》2009年第6期。

② 陈思和：《民间视角下的启蒙悲剧：〈骆驼祥子〉》，《中国现当代文学名篇十五讲》，北京大学出版社2003年版。

5. 傅光明:《老舍与中国现代知识分子的命运》,复旦大学出版社 2011 年版。

6. 杨剑龙:《老舍与都市文化》,广西师范大学出版社 2012 年版。

7. 王本朝:《老舍研究》,重庆大学出版社 2013 年版。

8. 赵园:《北京:城与人》,北京大学出版社 2014 年版。

视频资料:

电影《骆驼祥子》,凌子风导演,1982 年上映。

沈从文

沈从文(1902—1988),湖南凤凰人,原名沈岳焕,现代小说家,散文家。沈从文是中国最重要的现代乡土作家,他所提供的“湘西文学世界”已成为中国现代文学中最具特色与光彩的文学景观之一,创造了中国文坛一个“乡下人”的神话。其代表作有《柏子》《萧萧》《边城》《长河》等。

沈从文的创作,生动复现了湘西地域特色的乡土风貌。他力图以湘西本真和原初的眼光去呈现那个世界,在外人眼里,湘西是陌生而新鲜的,而沈从文的笔下,却保留了湘西的自在性和自足性。沈从文笔下的湘西世界完整地展现了一个地区的特征与面貌,他以乡下人的固执的目光,为我们保留了本土文化的最后的背影。

沈从文的小说通过对生命、人性的揭示和披露以及对城乡的对照性观照,其深层次指向的是作家对文化的理解、思考和理想的建构。沈从文在城市和乡村的比照中体现出强烈的文化关怀意识。其中集中表现为以小说《边城》为诠释的“边城文化”理想的追寻、失落和解体的悲剧性体认。沈从文的小说在中国现代文学史上有其独特的文学价值,他的小说体现了远离时代主流的价值追求,对乡土中国的关注以及对从容、静穆的民族文化品格的追寻。

边城(节选)

由四川过湖南去,靠东有一条官路。这官路将近湘西边境到了一个地方名为“茶峒”的小山城时,有一小溪,溪边有座白色小塔,塔下住了一户单独的人家。这人家只一个老人,一个女孩子,一只黄狗。

小溪流下去，绕山岨流，约三里便汇入茶峒的大河。人若过溪越小山走去，则只一里路就到了茶峒城边。溪流如弓背，山路如弓弦，故远近有了小小差异。小溪宽约二十丈，河床为大片石头作成。静静的水即或深到一篙不能落底，却依然清澈透明，河中游鱼来去皆可以计数。小溪既为川湘来往孔道，水常有涨落，限于财力不能搭桥，就安排了一只方头渡船。这渡船一次连人带马，约可以载二十位搭客过河，人数多时则反复来去。渡船头竖了一枝小小竹竿，挂着一个可以活动的铁环，溪岸两端水槽牵了一段废缆，有人过渡时，把铁环挂在废缆上，船上人就引手攀缘那条缆索，慢慢的牵船过对岸去。船将拢岸了，管理这渡船的，一面口中嚷着“慢点慢点”，自己霍的跃上了岸，拉着铁环，于是人货牛马全上了岸，翻过小山不见了。渡头为公家所有，故过渡人不必出钱。有人心中不安，抓了一把钱掷到船板上时，管渡船的必为一一拾起，依然塞到那人手心里去，俨然吵嘴时的认真神气：“我有了口量，三斗米，七百钱，够了。谁要这个！”

但不成，凡事求个心安理得，出气力不受酬谁好意思，不管如何还是有人把钱的。管船人却情不过，也为了心安起见，便把这些钱托人到茶峒去买茶叶和草烟，将茶峒出产的上等草烟，一扎一扎挂在自己腰带边，过渡的谁需要这东西必慷慨奉赠。有时从神气上估计那远路人对于身边草烟引起了相当的注意时，便把一小束草烟扎到那人包袱上去，一面说，“不吸这个吗，这好的，这妙的，味道蛮好，送人也合式！”茶叶则在六月里放进大缸里去，用开水泡好，给过路人解渴。

管理这渡船的，就是住在塔下的那个老人。活了七十年，从二十岁起便守在这小溪边，五十年来不知把船来去渡了若干人。年纪虽那么老了。本来应当休息了，但天不许他休息，他仿佛便不能够同这一分生活离开。他从不思索自己的职务对于本人的意义，只是静静的很忠实的在那里活下去。代替了天，使他在日头升起时，感到生活的力量，当日头落下时，又不至于思量与日头同时死去的，是那个伴在他身旁的女孩子。他唯一的朋友为一只渡船与一只黄狗，唯一的亲人便只那个女孩子。

女孩子的母亲，老船夫的独生女，十五年前同一个茶峒军人，很秘密的背着那忠厚爸爸发生了暧昧关系。有了小孩子后，这屯戍军士便想约了她一同向下游逃去。但从逃走的行为上看来，一个违悖了军人的责任，一个却必得离开孤独的父亲。经过一番考虑后，军人见她无远走勇气自己也不便毁去作军人的名誉，就心想：一同去生既无法聚首，一同去死当无人可以阻拦，首先服了毒。女的却关心腹中的一块肉，不忍心，拿不出主张。事情业已为作渡船夫的父亲知道，父亲却不加上一个有分量的字眼儿，只作为并不听到过这事情一样，仍然把日子很平静的过下去。女儿一面怀了羞惭一面却怀了怜悯，仍守在父亲身边，待到腹中小孩生下后，却到溪边吃了许多冷水死去了。在一种近于奇迹中，这遗孤居然已长大成人，一转眼间便十三岁了。为了住处两山多篁竹，翠色逼人而来，老船夫随便为这可怜的孤雏拾取了一个近身的名字，叫作“翠翠”。

翠翠在风日里长养着，把皮肤变得黑黑的，触目为青山绿水，一对眸子清明如水晶。自然既长养她且教育她，为人天真活泼，处处俨然如一只小兽物。人又那么乖，如山头黄麂一样，从不想到残忍事情，从不发愁，从不动气。平时在渡船上遇陌生人对她有所注意时，便把光光的眼睛瞅着那陌生人，作成随时皆可举步逃入深山的神气，但明白了人无机心后，就又从从容容的在水边玩耍了。

老船夫不论晴雨，必守在船头。有人过渡时，便略弯着腰，两手缘引了竹缆，把船横渡过小溪。有时疲倦了，躺在临溪大石上睡着了，人在隔岸招手喊过渡，翠翠不让祖父起身，就跳下船去，很敏捷的替祖父把路人渡过溪，一切皆溜刷在行，从不误事。有时又和祖父黄狗一同在船上，过渡时和祖父一同动手，船将近岸边，祖父正向客人招呼："慢点，慢点"时，那只黄狗便口衔绳子，最先一跃而上，且俨然懂得如何方为尽职似的，把船绳紧衔着拖船拢岸。

风日清和的天气，无人过渡，镇日长闲，祖父同翠翠便坐在门前大岩石上晒太阳。或把一段木头从高处向水中抛去，嗾使身边黄狗自岩石高处跃下，把木头衔回来。或翠翠与黄狗皆张着耳朵，听祖父说些城中多年以前的战争故事。或祖父同翠翠两人，各把小竹作成的竖笛，逗在嘴边吹着迎亲送女的曲子。过渡人来了，老船夫放下了竹管，独自跟到船边去，横溪渡人，在岩上的一个，见船开动时，于是锐声喊着：

"爷爷，爷爷，你听我吹，你唱！"

爷爷到溪中央便很快乐的唱起来，哑哑的声音同竹管声振荡在寂静空气里，溪中仿佛也热闹了一些。（实则歌声的来复，反而使一切更寂静一些了。）

有时过渡的是从川东过茶峒的小牛，是羊群，是新娘子的花轿，翠翠必争看作渡船夫，站在船头，懒懒的攀引缆索，让船缓缓的过去。牛羊花轿上岸后，翠翠必跟着走，站到小山头，目送这些东西走去很远了，方回转船上，把船牵靠近家的岸边。且独自低低的学小羊叫着，学母牛叫着，或采一把野花缚在头上，独自装扮新娘子。

茶峒山城只隔渡头一里路，买油买盐时，逢年过节祖父得喝一杯酒时，祖父不上城，黄狗就伴同翠翠入城里去备办东西。到了卖杂货的铺子里，有大把的粉条，大缸的白糖，有炮仗，有红蜡烛，莫不给翠翠很深的印象，回到祖父身边，总把这些东西说个半天。那里河边还有许多上行船，百十船夫忙着起卸百货。这种船只比起渡船来全大得多，有趣味得多，翠翠也不容易忘记。

……

翠翠一天比一天大了，无意中提到什么时会红脸了。时间在成长她，似乎正催促她，使她在另外一件事情上负点儿责。她欢喜看扑粉满脸的新嫁娘，欢喜说到关于新嫁娘的故事，欢喜把野花戴到头上去，还欢喜听人唱歌。茶峒人的歌声，缠绵处她已领略得出。她有时仿佛孤独了一点，爱坐在岩石上去，向天空一起云一颗星凝眸。祖父若问："翠翠，想什么？"她便带着点儿害羞情绪，轻轻的说："在看水鸭子打架！"照当地习惯意思就是"翠翠不想什么"。但在心里却同时又自问："翠翠，你真在想什么？"同是自己也在心里答着："我想的很远，很多。可是我不知想些什么。"她的确在想，又的确连自己也不知在想些什么。这女孩子身体既发育得很完全，在本身上因年龄自然而来的一件"奇事"，到月就来，也使她多了些思索，多了些梦。

祖父明白这类事情对于一个女子的影响，祖父心情也变了些。祖父是一个在自然里活了七十年的人，但在人事上的自然现象，就有了些不能安排外。因为翠翠的长成，使祖父记起了些旧事，从掩埋在一大堆时间里的故事中，重新找回了些东西。

翠翠的母亲，某一时节原同翠翠一个样子。眉毛长，眼睛大，皮肤红红的。也乖得使人怜爱——也懂在一些小处，起眼动眉毛，使家中长辈快乐。也仿佛永远不会同家中这一个分开。但一点不幸来了，她认识了那个兵。到末了丢开老的和小的，却陪那个兵死了。这些事从老船夫说来谁也无罪过，只应"天"去负责。翠翠的祖父口中不怨天，心却不能完全同意这种不幸的安排。摊派到本身的一份，说来实在不公平！说是放下了，也正是不能放下的莫可奈何容忍到的一件事！

那时还有个翠翠。如今假若翠翠又同妈妈一样，老船夫的年龄，还能把小雏儿再育下去吗？人愿意神却不同意！人太老了，应当休息了，凡是一个良善的乡下人，所应得到的劳苦与不幸，全得到了。假若另外高处有一个上帝，这上帝且有一双手支配一切，很明显的事，十分公道的办法，是应把祖父先收回去，再来让那个年青的在新的生活上得到应分接受那幸或不幸，才合道理。

可是祖父并不那么想。他为翠翠担心。他有时便躺到门外岩石上，对着星子想他的心事。他以为死是应当快到了的，正因为翠翠人已长大了，证明自己也真正老了。无论如何，得让翠翠有个着落。翠翠既是她那可怜母亲交把他的，翠翠大了，他也得把翠翠交给一个人，他的事才算完结！交给谁？必需什么样的人方不委屈她？

前几天顺顺家天保大老过溪时，同祖父谈话，这心直口快的青年人，第一句话就说：

“老伯伯，你翠翠长得真标致，像个观音样子。再过两年，若我有闲空能留在茶峒照料事情，不必像老鸦到处飞，我一定每夜到这溪边来为翠翠唱歌。”

祖父用微笑奖励这种自白。一面把船拉动，一面把那双小眼睛瞅着大老。

于是大老又说：

“翠翠太娇了，我担心她只宜于听点茶峒人的歌声，不能作茶峒女子做媳妇的一切正经事。我要个能听我唱歌的情人，却更不能缺少个照料家务的媳妇。‘又要马儿不吃草，又要马儿走得好，’唉，这两句话恰是古人为我说的！”

祖父慢条斯理把船掉了头，让船尾傍岸，就说：

“大老，也有这种事儿！你瞧着吧。”

究竟是什么事，祖父可并不明白说下去。那青年走去后，祖父温习着那些出于一个男子口中的真话，实在又愁又喜。翠翠若应当交把一个人，这个人是不是适宜于照料翠翠？当真交把了他，翠翠是不是愿意？

……

老船夫做事累了睡了，翠翠哭倦了也睡了。翠翠不能忘记祖父所说的事情，梦中灵魂为一种美妙歌声浮起来了，仿佛轻轻的各处飘着，上了白塔，下了菜园，到了船上，又复飞窜过悬崖半腰——去作什么呢？摘虎耳草！白日里拉船时，她仰头望着崖上那些肥大虎耳草已极熟习。崖壁三五丈高，平时攀折不到手，这时节却可以选顶大的叶子作伞。

一切皆像是祖父说的故事,翠翠只迷迷胡胡的躺在粗麻布帐子里草荐上,以为这梦做得顶美顶甜。祖父却在床上醒着,张起个耳朵听对溪高崖上的人唱了半夜的歌。他知道那是谁唱的,他知道是河街上天保大老走马路的第一着,又忧愁又快乐的听下去。翠翠因为日里哭倦了,睡得正好,他就不去惊动她。

第二天天一亮,翠翠就同祖父起身了,用溪水洗了脸,把早上说梦的忌讳去掉了,翠翠赶忙同祖父去说昨晚上所梦的事情。

“爷爷,你说唱歌,我昨天就在梦里听到一种顶好听的歌声,又软又缠绵,我像跟了这声音各处飞,飞到对溪悬崖半腰,摘了一大把虎耳草,得到了虎耳草,我可不知道把这个东西交给谁去了。我睡得真好,梦的真有趣!”

祖父温和悲悯的笑着,并不告给翠翠昨晚上的事实。

祖父心里想:“做梦一辈子更好,还有人在梦里作宰相中状元咧。”

昨晚上唱歌的,老船夫还以为是天保大老,日来便要翠翠守船,借故到城里去送药,探听情况。在河街见到了大老,就一把拉住那小伙子,很快乐的说:

“大老,你这个人,又走车路又走马路,是怎样一个狡猾东西!”

但老船夫却作错了一件事情,把昨晚唱歌人“张冠李戴”了。这两弟兄昨晚上同时到碧溪岨去,为了作哥哥的走车路占了先,无论如何也不肯先开腔唱歌,一定得让那弟弟先唱。弟弟一开口,哥哥却因为明知不是敌手,更不能开口了。翠翠同她祖父晚上听到的歌声,便全是那个傩送二老所唱的。大老伴弟弟回家时,就决定了同茶峒地方离开,驾家中那只新油船下驶,好忘却了上面的一切。这时正想下河去看新船装货。老船夫见他神情冷冷的,不明白他的意思,就用眉眼做了一个可笑的记号,表示他明白大老的冷淡是装成的,表示他有消息可以奉告。

他拍了大老一下，轻轻的说：

“你唱得很好，别人在梦里听着你那个歌，为那个歌带得很远，走了不少的路！你是第一号，是我们地方唱歌第一号。”

大老望着弄渡船的老船夫涎皮的老脸，轻轻的说：

“算了吧，你把宝贝女儿送给了会唱歌的竹雀吧。”

这句话使老船夫完全弄不明白它的意思。大老从一个吊脚楼甬道走下河去了，老船夫也跟着下去。到了河边，见那只新船正在装货，许多油篓子搁到岸边。一个水手正在用茅草扎成长束，备作船舷上挡浪用的茅把，还有人在河边用脂油擦桨板。老船夫问那个坐在大太阳下扎茅把的水手，这船什么日子下行，谁押船。那水手把手指着大老。老船夫搓着手说：

“大老，听我说句正经话，你那件事走车路，不对；走马路，你有分的！”

那大老把手指着窗口说：“伯伯，你看那边，你要竹雀做孙女婿，竹雀在那里啊！”

老船夫抬头望到二老，正在窗口整理一个鱼网。

回碧溪岨到渡船上时，翠翠问：

“爷爷，你同谁吵了架，脸色那样难看！”

祖父莞尔而笑，他到城里的事情，不告给翠翠一个字。

大老坐了那只新油船向下河走去了，留下傩送二老在家。

……

老船夫把酒拿走，到了河街后，低头向河码头走去，到河边天保大前天上船处去看看。杨马兵还在那里放马到沙地上打滚，自己坐在柳树荫下乘凉。老船夫就走过去请马兵试试那大兴场的烧酒，两人喝了点酒后，兴致似乎皆好些了，老船夫就告给杨马兵，十四夜里二老过碧溪岨唱歌那件事情。

那马兵听到后便说：

“伯伯，你是不是以为翠翠愿意二老应该派归二老……”

话没说完，傩送二老却从河街下来了。这年青人正像要远行的样子，一见了老船夫就回头走去。杨马兵就喊他说："二老，二老，你来，有话同你说呀！"

二老站定了，很不高兴神气，问马兵"有什么话说"。马兵望望老船夫，就向二老说："你来，有话说！"

"什么话？"

"我听人说你已经走了——你过来我同你说，我不会吃掉你！"

那黑脸宽肩膊，样子虎虎有生气的傩送二老，勉强笑着，到了柳荫下时，老船夫想把空气缓和下来，指着河上游远处那座新碾坊说："二老，听人说那碾坊将来是归你的！归了你，派我来守碾子，行不行？"

二老仿佛听不惯这个询问的用意，便不作声。杨马兵看风头有点儿僵，便说："二老，你怎么的，预备下去吗？"那年青人把头点点，不再说什么，就走开了。

老船夫讨了个没趣，很懊恼的赶回碧溪岨去，到了渡船上时，就装作把事情看得极随便似的，告给翠翠。

"翠翠，今天城里出了件新鲜事情，天保大老驾油船下辰州，运气不好，掉到茨滩淹坏了。"

翠翠因为听不懂，对于这个报告最先好像全不在意。祖父又说：

"翠翠，这是真事。上次来到这里做保山的杨马兵，还说我早不答应亲事，极有见识！"

翠翠瞥了祖父一眼，见他眼睛红红的，知道他喝了酒，且有了点事情不高兴，心中想："谁撩你生气？"船到家边时，祖父不自然的笑着向家中走去。翠翠守船，半天不闻祖父声息，赶回家去看看，见祖父正坐在门槛上编草鞋耳子。

翠翠见祖父神气极不对，就蹲到他身前去。

"爷爷，你怎么的？"

"天保当真死了！二老生了我们的气，以为他家中出这件事情，是我们分派的！”

有人在溪边大声喊渡船过渡，祖父匆匆出去了。翠翠坐在那屋角隅稻草上，心中极乱，等等还不见祖父回来，就哭起来了。

……

碧溪岨的白塔，与茶峒风水有关系，塔圮坍了，不重新作一个自然不成。除了城中营管，税局以及各商号各平民捐了些钱以外，各大寨子也有人拿册子去捐钱。为了这塔成就并不是给谁一个人的好处，应尽每个人来积德造福，尽每个人皆有捐钱的机会，因此在渡船上也放了个两头有节的大竹筒，中部锯了一口，尽过渡人自由把钱投进去，竹筒满了马兵就捎进城中首事人处去，另外又带了个竹筒回来。过渡人一看老船夫不见了，翠翠辫子上扎了白线，就明白那老的已作完了自己分上的工作，安安静静躺到土坑里去了，必一面用同情的眼色瞧着翠翠，一面就摸出钱来塞到竹筒中去。“天保佑你，死了的到西方去，活下的永保平安。”翠翠明白那些捐钱人的意思，心里酸酸的，忙把身子背过去拉船。

到了冬天，那个圮坍了的白塔，又重新修好了。可是那个在月下唱歌，使翠翠在睡梦里为歌声把灵魂轻轻浮起的年青人，还不曾回到茶峒来。

……

这个人也许永远不回来了，也许“明天”回来！

一九三三年冬至一九三四年春完成

（选自《沈从文全集》第 8 卷，北岳文艺出版社 1982 年版）

作品简析

如果说沈从文早期笔下的湘西是对于民俗的展览，那么，《边城》在 1934 年的出现，则标志着沈从文“湘西世界”已上升为一个具有人类学价值的文学世界，一个由高超想象力建构的想象的王国。

《边城》的基本情节是二男一女的小儿女爱情。掌管码头的团总的两个儿子天保和傩送同时爱上了渡船老人的孙女翠翠，最终兄弟俩却一个身亡，一个出走，老人也在一个暴风雨之夜死去。这是一个具有传奇因素的悲剧故事。但沈从文没有把它单纯地处理成爱情悲剧。除了小儿女的爱情框架之外，使小说的情节容量得以拓展的还有少女和老人的故事以及翠翠已逝母亲的故事。小说的母题也正是在这几个原型故事中得以延伸，最终容纳了现在和过去、生存和死亡、恒久与变动、天意与人为等诸种命题。此外，小说还精心设计了主要情节发生的时节——端午和中秋，充分营造了具有地域色彩的民俗环境和背景。这一切的构想最终生成了一个完整而自足的湘西世界。

笼罩在小说之上的是一种无奈的命运感。小说中的人物都有淳朴、美好的天性，悲剧的具体的起因似乎是一连串的误解。沈从文没有试图挖掘其深层的原因。他更倾向于把根源归为一种人事无法左右的天意，这里分明有古希腊命运悲剧的影子。但如果从沈从文笔下湘西世界的总体的大叙事的角度考察《边城》，则不难发现他的真正的命意在于建构一个诗意的田园牧歌世界，支撑其底蕴的则是一种美好而自然的人性，他把《边城》看成是一座供奉着人性的希腊小庙，而翠翠便是这种自然人性的化身，是沈从文的理想人物。在这些理想人物的身上，闪耀着一种神性之光，既体现着人性中庄严、健康、美丽、虔诚的一面，也同时反映了沈从文身上的浪漫主义和古典主义的情怀。

沈从文同时还是具有现代意识的作家，他在思索湘西世界常态的一面的同时，又在反思变动的一面。他一方面试图在文本中挽留湘西的神话，另一方面已经预见到湘西世界的无法挽回的历史命运。从这个意义而言，《边城》正是“失乐园”母题的再现。小说结尾写作为小城标志的白塔在祖父死去的那个夜晚轰然圮坍。白塔显然不仅关系着小城的风水，而且已成为湘西世界的一个象征。塔的倒掉由此预示了一个田园牧歌神话的必然终结。这个诗意神话的破灭虽无西方式的剧烈的戏剧性，但却有最地道的中国式的地久天长的悲凉，沈从文的湘西世界中沉静深远的无言之美正越来越显出超拔的价值与魅力，正越来越显示出一种难以被淹没被同化的对人类的贡献。

研习导引

《边城》究竟传达了怎样的“牧歌情调”？

通常认为，《边城》显著的艺术特色之一就是其自然舒卷的牧歌情调。但沈从文的学生汪曾祺却认为：“提起边城和沈先生的许多其他作品，人们往往愿意和‘牧歌’这个词联在一起。这有一半是误解，沈先生的文章有一点牧歌的调子。所写的多涉及自然美和爱情，这也有点近似牧歌。但就本质来说，和中世纪的田园诗不是一回事，不是那样恬静无为。有人说《边城》写的是一个世外桃源，更全部是误解（沈先生在《桃源与沅州》中就把来到桃源县访幽探胜的‘风雅’人狠狠嘲笑了一下）。《边城》（和沈先生的其他作品）不是挽歌，而是希望之歌。民族品德会回来吗？”[①]以《沈从文传》名世的汉学家金介甫同样重视《边城》的道德力量：“沈从文宣称他的小说解释了‘爱’，我们可以肯定他指的不仅仅是浪漫的爱情，因为故事围绕着一个渡船公和他的孙女的关系展开。不管描写用的是现实主义手法，还是体现他的理想，沈从文坚持信仰美的力量，认为他在为社会的改善做出贡献。他以一种方式推进了社会和道德的上升。”[②]而另一部《沈从文传》的著者凌宇，则提出了“《边城》中的苗汉文化的对立与冲突……《边城》在骨子里，是一场苗汉文化冲突的悲剧。”[③]

---

① 汪曾祺：《沈从文的寂寞》，《读书》1984 年第 4 期。

② [美]金介甫：《沈从文笔下的中国》，邵华强编：《沈从文研究资料》，花城出版社 1991 年版，第 801 页。

③ 凌宇：《沈从文创作的思想价值论》，《文学评论》2002 年第 6 期。

思考题

1. 如何理解沈从文《边城》中描述的“自然”与现实自然中的“边城”?

2. 通过《边城》的文本细读,感受沈从文的语言魅力,体会沈从文的语言风格。

媚金·豹子·与那羊

不知道麻梨场麻梨的甜味的人,告他白脸苗的女人唱的歌是如何好听也是空话。听到摇橹的声音觉得很美是有人。听到雨声风声觉得美的也有人。听到小孩子半夜哭喊,以及芦苇在小风中说梦话那样细细的响,以为美,也总不缺少那呆子。这些是诗。但更其是诗,更其容易把情绪引到醉里梦里的,就是白脸族苗女人的歌。听到这歌的男子,把流血成为自然的事,这是历史上相传下来的魔力了。一个熟习苗中掌故的人,他可以告你五十个有名美男子被丑女人的好歌声缠倒的故事,他又可以另外告你五十个美男子被白脸苗女人的歌声唱失魂的故事。若是说了这些故事的人,还有故事不说,那必定是他还忘了把媚金的事情相告。

媚金的事是这样。她是一个白脸苗中顶美的女人,同到凤凰族相貌极美又顶有一切美德的一个男子,因唱歌成了一对。两方面在唱歌中把热情交流了。于是女人就约他夜间往一个洞中相会。男子答应了。这男子名叫豹子。豹子答应了女人夜里到洞中去,因为是初次,他预备牵一匹小山羊去送女人,用白羊换媚金贞女的红血,所作的纵是罪恶,似乎神也许可了。谁知到夜豹子把事情忘了,等了一夜的媚金,因无男子的温暖,就冷死在洞中。豹子在家中睡到天明才记起,赶即去,则女人已死了,豹子就用自己身边的刀自杀在女人身旁。尚有一说则豹子的死,为此后仍然常听到媚金的歌，因寻不到唱歌人，所以自杀。

但是传闻全为人所撰拟，事情并不那样。看看那遗传下来据说是豹子临死已前用树枝画在洞里地面沙上最后的一首诗，那意思，却是媚金有怨豹子爽约的语气。媚金是等候豹子不来，以为自己被欺，终于自杀了。豹子是因了那一只羊的原故，爽了约，到时则媚金已死，所以豹子就从媚金胸上拔出那把刀来，陷到自己胸里去，也倒在洞中。至于羊此后的消息，以及为什么平时极有信用的豹子，却在这约会上成了无信的男子，是应当问那一只羊了。都因为那一只羊，一件喜事变成了一件悲剧，无怪乎白脸族苗人如今有不吃羊肉的理由。

但是问羊又到什么地方去问？每一个情人送他情妇的全是一只小小白山羊，而且为了表示自己的忠诚，与这恋爱的坚固，男人总说这一只羊是当年豹子送媚金姑娘那一只羊的血族。其实说到当年那一只羊，究竟是公山羊或母山羊，谁也还不能够分明。

让我把我所知道的写来罢。我的故事的来源是得自大盗吴柔。吴柔是当年承受豹子与媚金遗下那一只羊的后人，他的祖先又是豹子的拳棍师傅，所传下来的事实，可靠的自然较多。后面是那故事。

媚金站在山南，豹子站在山北，从早唱到晚。山就是现在还名为唱歌山的山。当年名字是野菊，因为菊花多，到秋来满山一片黄。如今还是一样黄花满山，名字是因为媚金的事而改了。唱到后来的媚金，承认是输了，是应当把自己交把与豹子，尽豹子如何处置了，就唱道：红叶过冈是任那九秋八月的风，把我成为妇人的只有你。

豹子听到这歌，欢喜得踊跃。他明白他胜利了。他明白这个白脸族中最美丽风流的女人，心归了自己所有，就答道：

白脸族一切全属第一的女人，
请你到黄村的宝石洞里去。
天上大星子能互相望到时，

那时我看见你你也能看见我。

媚金又唱：

我的风，我就照到你的意见行事。

我但愿你的心如太阳光明不欺，

我但愿你的热如太阳把我融化。

莫让人笑凤凰族美男子无信，

你要我做的事自己也莫忘记。

豹子又唱：

放心，我心中的最大的神。

豹子的美丽你眼睛曾为证明。

豹子的信实有一切人作证。

纵天空中到时落的雨是刀，

我也将不避一切来到你身边与你亲嘴。

天是渐渐夜了。野猪山包围在紫雾中如今日黄昏景致一样。天上剩一些起花的红云，送太阳回地下，太阳告别了。到这时打柴人都应归家，看牛羊人应当送牛羊归栏，一天已完了。过着平静日子的人，在生命上翻过一页，也不必问第二页上面所载的是些什么，他们这时应当从山上，或从水边，或从田坝，回到家中吃饭时候了.

豹子打了一声呼哨，与媚金告别，匆匆赶回家，预备吃过饭时找一只新生的小羊到宝石洞里去与媚金相会。媚金也回了家。

回到家中的媚金，吃过了晚饭，换过了内衣，身上擦了香油，脸上擦了宫粉，对了青铜镜把头发挽成一个大髻，缠上一匹长一丈六尺的绉绸首帕，一切已停当，就带了一个装满了酒的长颈葫芦，以及一个装满了钱的绣花荷包，一把锋利的小刀，走到宝石洞去了。

宝石洞当年，并不与今天两样。洞中是干燥，铺满了白色细沙，有用石头做成的床同板凳，有烧火地方，有天生凿空的窟窿，可以望星子，所不同，不过是当年的洞供媚金豹子两人做新房，如今变成圣地罢了。时代是过去了。好的风俗是如好的女人一样，都要渐渐老去的。一个不怕伤风，不怕中暑，完完全全天生为少年情人预备的好地方，如今却供奉了菩萨，虽说菩萨就是当年殉爱的两人，但媚金豹子若有灵，都会以为把这地方盘据为不应当吧。这样好地方，既然是两个情人死去的地方，为了纪念这一对情人，除了把这地方来加以人工，好好布置，专为那些唱歌互相爱悦的少男少女聚会方便外，真没有再适当的用处了。不过我说过，地方的好习惯是消灭了，民族的热情是下降了，女人也慢慢的像中国女人，把爱情移到牛羊金银虚名虚事上来了，爱情的地位显然是已经堕落，美的歌声与美的身体同样被其他物质战胜成为无用东西了，就是有这样好地方供年青人许多方便，恐怕媚金同豹子，也见不惯这些假装的热情与虚伪的恋爱，倒不如还是当成圣地，省得来为现代的爱情脏污好！

如今且说媚金到宝石洞的情形。

她是早先来，等候豹子的。她到了洞中，就坐到那大青石做成的床边。这是她行将做新妇的床。石的床，铺满了干麦杆草，又有大草把做成的枕头，干爽的穹形洞顶仿佛是帐子，似乎比起许多床来还合用。她把酒葫芦挂到洞壁钉上，把绣花荷包放到枕边，(这两样东西是她为豹子而预备的)就在黑暗中等候那年青壮美的情人。洞口微微的光照到外面，她就坐着望到洞口有光处，期待那黑的巨影显现。

她轻轻的唱着一切歌，娱悦到自己。她用歌去称赞山中豹子的武勇与人中豹子的美丽，又用歌形容到自己此时的心情与豹子的心情。她用手揣自己身上各处，又用鼻子闻嗅自己各处；揣到的地方全是丰腴滑腻如油如脂，嗅到的气味全是一种甜香气味。她又把头上的首巾除去，把髻拆松，比黑夜还黑的头发一散就拖地。媚金原是白脸族极美的女人，男子中也只有豹子，才配在这样女人身上作一切撒野的事。

这女人，全身发育到成圆形，各处的线全是弧线，整个的身材却又极其苗条相称。有小小的嘴与圆圆的脸，有一个长长的鼻子。有一个尖尖的下巴。还有一对长长的眉毛。样子似乎是这人的母亲，照到荷仙姑捏塑成就的，人间决不应当有这样完全的精致模型。请想想，再过一点钟，两点钟，就应当把所有衣衫脱去，做一个男子的新妇，这样的女人，在这种地方，略为害着羞，容纳了一个莽撞男子的热与力，是怎样动人的事！

生长于二十世纪，一九二八年，在中国上海地方，善于在朋友中刺探消息，各处造谣，天生一张好嘴，得人怜爱的文学家，聪明伶俐为世所惊服，但请他来想想媚金是如何美丽的一个女人，仍然是很难的一件事。

白脸族苗女人的秀气清气，是随到媚金灭了多日了。这事是谁也能相信的。如今所见到的女人，只不过是下品中的下品，还足使无数男子倾心，使有身分的汉人低头，媚金的美貌也就可以仿佛得知了。

爱情的字眼，是已经早被无数肮脏的虚伪的情欲所玷污，再不能还到另一时代的纯洁了。为了说明当时媚金的心情，我们是不愿再引用时行的话语来装饰，除了说媚金心跳着在等候那男子来压她以外，她并不如一般天才所想象的叹气或独白！

她只望豹子快来，明知是豹子要咬人她也愿意被吃被咬。

那一只人中豹子呢？

豹子家中无羊，到一个老地保家买羊去了。他拿了四吊青钱，预备买一只白毛的小母山羊，进了地保的门就说要羊。

地保见到豹子来问羊，就明白是有好事了，向豹子说，“年青的标致的人，今夜是预备作什么人家的新郎？”

豹子说，“在伯伯眼中，看得出豹子的新妇所在。”

“是山茶花的女神，才配为豹子屋里人。是大鬼洞的女妖，才配与豹子相爱。人中究竟是谁，我还不明白。”

“伯伯，人人都说凤凰族的豹子相貌堂堂，但是比起新妇来，简直不配为她做垫脚蒲团！”“年青人，不要太自谦卑。一个人投降在女人面前时，是看起自己来本就一钱不值的。”“伯伯说的话正是！我是不能在我那个人面前说到自己的。得罪伯伯，我今夜里就要去作丈夫了。对于我那人，我的心，要怎样来诉说呢？我来此是为伯伯匀一只小羊，拿去献给那给我血的神。”

地保是老年人，是预言家，是相面家，听豹子在喜事上说到血，就一惊。这老年人似乎就有一种预兆在心上明白了，他说，“年青人，你神气不对。”

“伯伯呵！今夜你的儿子是自然应当与往日两样的。”

“你把脸到灯下来我看。”

豹子就如这老年人的命令，把脸对那大青油灯。地保看过后，把头点点，不做声。

豹子说，“明于见事的伯伯，可不可以告我这事的吉凶？”

“年青人，知识只是老年人的一种消遣，于你们是无用的东西！你要羊，到栏里去拣选，中意的就拿去吧。不要给我钱。不要致谢。我愿意在明天见到你同你新妇的……”地保不说了，就引导豹子到屋后羊栏里去。豹子在羊群中找取所要的羔羊，地保为掌灯相照。羊栏中，羊数近五十，小羊占一半，但看去看来却无一只小羊中豹子的意。毛色纯白的又嫌稍大，较小的又多脏污。大的羊不适用那是自然的事，毛色不纯的羊又似乎不配送给媚金。

“随随便便罢，年青人，你自己选。”

“选过了。”

“羊是完全不合用么？”

“伯伯，我不愿意用一只驳杂毛色的羊与我那新妇洁白贞操相比。”

“不过我愿意你随随便便选一只，赶即去看你那新妇。”

“我不能空手，也不能用伯伯这里的羊，还是要到别处去找！”

“我是愿意你随便点。”

“道谢伯伯，今天是豹子第一次与女人取信的事，我不好把一只平常的羊充数。”

“但是我劝你不要羊也成。使新妇久候不是好事。新妇所要的并不是羊。”

“我不能照伯伯的忠告行事,因为我答应了我的新妇。”

豹子谢了地保,到别一人家去看羊。送出大门的地保,望到这转瞬即消失在黑暗中的豹子,叹了一口气,大数所在这预言者也无可奈何,只有关门在家等消息了。他走了五家,全无合意的羊,不是太大就是毛色不纯。好的羊在这地方原是如好的女人一样,使豹子中意全是偶然的事!

当豹子出了第五家养羊人家的大门时,星子已满天,是夜静时候了。他想,第一次答应了女人做的事,就做不到,此后尚能取信于女人么?空手的走去,去与女人说羊是找遍了全个村子还无中意的羊,所以空手来,这谎话不是显然了么?

他于是下了决心,非找遍全村不可。

凡是他所知道的地方他都去拍门,把门拍开时就低声柔气说出要羊的话。豹子是用着他的壮丽在平时就使全村人皆认识了的,听到说要羊,送女人,所以人人无有不答应。像地保那样热心耐烦的引他到羊栏去看羊,是村中人的事。羊全看过了,很可怪的事是无一只合式的小羊。

在洞中等候的媚金着急情形,不是豹子所忘记的事。见了星子就要来的临行嘱托,也还在豹子耳边停顿。但是,答应了女人为抱一只小羔羊来,如今是羊还不曾得到,所以豹子这时着急的,倒只是这羊的寻找,把时间忘了。

想在本村里找寻一只净白小羊是办不到的事,若是一定要,那就只有到离此三里远近的另一个村里询问了。他看看天空,以为时间尚早。豹子为了守信,就决心一气跑到另一村里去买羊。

到别一村去道路在豹子走来是极其熟习的,离了自己的村庄,不到半里,大路上,他听到路旁草里有羊叫的声音。声音极低极弱,这汉子一听就明白这是小羊的声音。他停了。又详细的侧耳探听，那羊又低低的叫了一声。他明白是有一只羊掉在路旁深坑里了，羊是独自留在坑中有了一天，失了娘，念着家，故在黑暗中叫着哭着。

豹子藉到星光拨开了野草，见到了一个地口。羊听到草动，就又叫，那柔弱的声音从地口出来。豹子欢喜极了。豹子知道近来天气晴明，坑中无水，就溜下去。坑只齐豹子的腰，坑底的土已干硬了，豹子下到坑中以后稍过一阵，就见到那羊了。羊知道来了人便叫得更可怜，也不走拢到豹子身边来，原来羊是初生不到十天的小羔，看羊人不小心，把羊群赶走，尽它掉下了坑，把前面一只脚跌断了。

豹子见羊已受了伤，就把羊抱起，爬出坑来，以为这羊无论如何是用得着了，就走向媚金约会的宝石洞路上去。在路上，羊却仍然低低的喊叫。豹子悟出羊的痛苦来了，心想只有抱它到地保家去，请地保为敷上一点药，再带去。他就又反向地保家走去。

到了地保家，拍门时，正因为豹子事无从安睡的老人，还以为是豹子的凶信来了。老人隔门问是谁。

“伯伯，是你的侄儿。羊是得到了，因为可怜的小东西受了伤，跌坏了脚，所以到伯伯处求治。”

“年青人，你还不去你新妇那里吗？这时已半夜了，快把羊放到这里，不要再耽搁一分一秒罢。”

“伯伯，这一只羊我断定是我那新妇所欢喜的。我还不能看清楚它的毛色，但我抱了这东西时，就猜得这是一只纯白的羊！它的温柔与我的新妇一样，它的……”那地保真急了，见到这汉子对于无意中拾来一只受伤的羊，像对这羊在做诗，就把门闩抽去砰的把门打开。一线灯光照到豹子怀中的小羊身上，豹子看出了小羊的毛色。

羊的一身白得像大理的积雪。豹子忙把羊抱起来亲嘴。

“年青人，你这是作什么？你忘了你是应当在今夜做新郎了。”

“伯伯，我并不忘记！我的羊是天赐的。我请你赶紧为设法把脚搽一点药水，我就应当抱它去见我的新人了。”

地保只摇头，把羊接过手来在灯下检视，这小羊见了灯光再也不喊了，只闭了眼睛，鼻孔里咻咻的出气。

过了不久豹子已在向宝石洞的一条路上走着了。小羊在他怀中得了安眠。豹子满心希望到宝石洞时见到媚金，同到媚金说到天赐这羊的事。他把脚步放宽，一点不停，一直上了山，过了无数高崖，过了无数水涧，走到宝石洞。

到得洞外时东方的天已经快明了。这时天上满是星，星光照到洞门，内中冷冷清清不见人。他轻轻的喊，“媚金，媚金，媚金！”

他再走进一点，则一股气味从洞中奔出，全无回声，多经验的豹子一嗅便知道这是血腥气。豹子愕然了。稍稍发痴，即刻把那小羊向地下一掼，奔进洞中去。

到了洞中以后，向床边走去，为时稍久，豹子就从天空星子的微光返照下望到媚金倒在床上的情形了。血腥气也就从那边而来。豹子扑拢去，摸到媚金的额，摸到脸，摸到口；口鼻只剩了微热。

“媚金！媚金！”

喊了两声以后，媚金微微的嘤的应了一声。

“你做什么了呢？”

先是听嘘嘘的放气，这气似乎并不是从口鼻出，又似乎只是在肚中响，到后媚金转动了，想爬起不能，就幽幽的继续的说道，“喊我的是日里唱歌的人不？”

“是的，我的人！他日里常常是忧郁的唱歌，夜里则常是孤独的睡觉；他今天这时却是预备来做新郎的……为什么你是这个样子了呢？”

“为什么？”

“是！是谁害了你？”

“是那不守信实的凤凰族年青男子，他说了谎。一个美丽的完人，总应当有一些缺点，所以菩萨就给他一点说谎的本能。我不愿在说谎人前面受欺，如今我是完了。”

“并不是！你错了！全因为凤凰族男子不愿意第一次对一个女人就失信，所以他找了一整夜才无意中把那所答应的羊找到，如今是得了羊倒把人失了。天啊，告我应当在什么事情上面守着那信用。”

临死的媚金听到这语，知道豹子迟来的理由是为了那羊，知道并不是失约了，对于自己在失望中把刀陷进胸膛里的事是觉得做错了。她就要豹子扶她起来，把头靠到豹子的胸前，让豹子的嘴放到她额上。

女人说，“我是要死了。……我因为等你不来，看看天已快亮，心想自己是被欺了，……所以把刀放进胸膛里了。……你要我的血我如今是给你血了。我不恨你。……你为我把刀拔去，让我死。……你也乘天未大明就逃到别处去，因为你并无罪。”

豹子听着女人断断续续的说到死因，流着泪，不做声。他想了一阵，轻轻的去摸媚金的胸，摸着了全染了血的媚金的奶，奶与奶之间则一把刀柄浴着血。豹子心中发冷，打了一个战。

女人说，“豹子，为什么不照到我的话行事呢？你说是一切为我所有，那么就听我命令，把刀拔去了，省得我受苦。”

豹子还是不做声。

女人过了一阵，又说，“豹子，我明白你了，你不要难过。你把你得来的羊拿来我看。”

豹子就好好把媚金放下，到洞外去捉那只羊。可怜的羊是无意中被豹子已掼得半死，也卧在地下喘气了。

豹子望一望天，天是完全发白了。远远的有鸡在叫了。他听到远处的水车响声，像平常做梦日子。

他把羊抱进洞去给媚金，放到媚金的胸前。

“豹子，扶我起来，让我同你拿来的羊亲嘴。”

豹子把她抱起，又把她的手代为抬起，放到羊身上。“可怜这只羊也受伤了，你带它去了吧。……为我把刀拔了，我的人。不要哭。……我知道你是爱我，我并不怨恨。你带羊逃到别处去好了。……呆子，你预备做什么？”

豹子是把自己的胸也坦出来了，他去拔刀。陷进去很深的刀是用了大的力才拔出的。刀一拔出血就涌出来了，豹子全身浴着血。豹子把全是血的刀子扎进自己的胸脯，媚金还能见到就含着笑死了。

天亮了，天亮了以后，地保带了人寻到宝石洞，见到的是两具死尸，与那曾经自己手为敷过药此时业已半死的羊，以及似乎是豹子临死以前用树枝在沙上写着的一首歌。地保于是乎把歌读熟，把羊抱回。

白脸苗的女人，如今是再无这种热情的种子了。她们也仍然是能原谅男子，也仍然常常为男子牺牲，也仍然能用口唱出动人灵魂的歌，但都不能作媚金的行为了！

一九二八年冬作

（选自《沈从文全集》第5卷，北岳文艺出版社2002年版）

作品简析

《媚金·豹子·与那羊》是沈从文创作的一篇短篇小说，与《边城》的宁静、和谐迥然不同，这篇小说充满了无羁的野性。创作这篇小说时，沈从文从北京迁居上海不久，他以一个具有乡土文化背景的文人身份与眼光审视上海，获得了他所独有的都市体验与都市想象，这种现代都市文化使沈从文产生了恐惧感与危机感，并唤起他对民族文化的危机感，因此，沈从文将眼光从上海滩转向自己家乡的湘西苗族文化，并把它理想化，写了《媚金·豹子·与那羊》等一批乡土小说。可以说，都市文化的腐烂激起了沈从文圣洁的乡土文化想象，他显然要提倡一种在自然状态中的自然生命形态。

湘西苗、土家、汉族杂居之地的“天人合一”的生命体验，使沈从文的文学写作散发着山川万象的灵气，使他混合着古典情调、浪漫激情和写实笔致的作品，荡漾着诗的意境。他在《水云》中说："无物不'神'。"在《美与爱》中又说："美无所不在，凡属造形，如用泛神情感去接近，即无不可见出其精巧处和完整处。生命之最高意义，即 此种'神在生命中'的认识。"他信仰生命，同时又把生命信仰泛化，把人的生命移植给自然山水和飞禽走兽。《媚金·豹子·与那羊》描写凤凰族美貌而有品德的男子豹子，想寻找一只洁白的羊，去换取白脸苗族最美的少女媚金的贞女之血，因误了幽会之期，导致双双在山洞殉情。这个故事是沈从文在离凤凰城不远的黄罗寨，听祖父一辈人讲的。它让媚金临终唱出爱情的圣歌："水是各处可流的，火是各处可烧的，月亮是各处可照的，爱情是各处可到的。"这种水、火、月亮、爱情的超逻辑联想，在生命信息的传递中追求着永恒的价值。

沈从文的"湘西情结"深刻地影响了他文学创作的价值取向和审美形态，并积淀为作品特有的文化特质和文化基因。《从文小说习作选·代序》中的一段话很值得深思："这世界上或有想在沙基或水面上建造崇楼杰阁的人，那可不是我。我只想造希腊小庙。选山地作基础，用坚硬石头堆砌它。精致、结实、匀称，形体虽小而不纤巧，是我理想的建筑。这神庙供奉的是'人性'。"沈从文从正面提取了未被现代文明浸润扭曲的人生，从现代文明之前的历史中寻绎理想的人生形式，他所赞美的爱与美都上升到了最高的人性。

研习导引

沈从文小说人性书写的价值争议

沈从文自称自己创作的神庙里"供奉的是'人性'"，所"表现的本是一种'人生的形式'，一种'优美、健康、自然，而又不悖乎人性的人生形式'"。这一点，不仅为众多研究者所认同，也被视为沈从文小说最重要的艺术特色之一。不过，关于人性与人性理念，不可能不是一个有争议的问题。20世纪80年代，有学者曾认为，沈从文“忽略或否认人在阶级社会所处的不同经济政治地位及其在人物身上的影响，亦抹去人的思想上的阶级烙印，阉割人性中极重要的阶级性因素，结果人物也势必变成完全脱离社会现实的抽象的人，纯粹自然的人”。[①] 2000年，又有学者发表文章，认为沈从文小说“看重人的自然属性而轻视乃至排斥人的社会属性和精神属性”，而“丰富的社会性永远是人性真正优美健全的必要条件”，因此“沈从文的作品不是表现了人性的优美健全，恰恰相反，他的作品表现的是人性的贫困和简陋”。作家“置身于都市上流社会目睹了人性扭曲畸形后便惊慌失措而怀念、歌颂、肯定湘西原始的丰富的人性。他忠诚地小心翼翼地守护着湘西儿女贫困的人性，唯恐他们失足误入现代文明中而使人性扭曲变形。可他自己却因这忠诚守护而在人性探索的道路上失足了”。[②]

思考题

1. 结合《媚金·豹子·与那羊》，阅读沈从文的《八骏图》，分析沈从文对乡村与城市的态度。

2.《媚金·豹子·与那羊》与《边城》都是沈从文对湘西世界的描述，但值得注意的是两篇的讲述方式却不同，试比较这两篇小说的叙事方式。

拓展阅读

1. 吴立昌：《沈从文——建筑人性神庙》，复旦大学出版社

---

① 吴立昌：《论沈从文笔下的人性美》，《艺文论丛》，上海文艺出版社1983年版。

② 刘永泰：《人性的贫困和简陋——重读沈从文》，《中国现代文学研究丛刊》，2000年第2期。

1991 年版。

2. 金介甫:《凤凰之子——沈从文传》,符家钦译,中国友谊出版公司 2000 年版。

3. 汪曾祺:《沈从文的寂寞——浅谈他的散文》,《沈从文的他的＜边城＞》,见《汪曾祺全集》第 3 卷,北京师范大学出版社 1998 年版。

4. 沈从文:《沈从文家书》,译林出版社 2015 年版。

5. 张新颖:《沈从文的后半生 1948—1988》,广西师范大学出版社 2014 年版。

视频资料:

电影《边城》,凌子风导演,北京电影制片厂 1992 年上映。

萧红

萧红(1911—1942),黑龙江呼兰县人,原名张乃莹。1931 年在哈尔滨结识萧军,在他的影响下走上文学创作道路。萧红、萧军是他们同时取的笔名,意思是“小小红军”。1933 年 4 月,以悄吟为笔名发表了第一篇小说《弃儿》。在鲁迅的帮助下,1935 年首次以笔名萧红发表了第一部中篇小说《生死场》,这是奠定她文学史地位的成功之作。后来又陆续出版了散文集《商市街》《桥》,小说集《牛车上》《回忆鲁迅先生》等。1941 年到香港,在生活困顿中坚持创作,完成了长篇小说《马伯乐》(第一部)、《呼兰河传》及短篇小说《小城三月》等。1942 年 1 月 22 日,在香港因病去世,年仅 31 岁。

萧红是 20 世纪 30 年代中国具有传奇色彩的女作家,她的命运遭际颇为悲惨,创作活动也仅有九年,但她的骨气、人格精神以及在创作上的才分都别具一格,她短短的一生都在尝试一种“萧红式”的生活和小说,她打破了小说创作的常规,将小说化解为散文,创造出一个介乎于小说、散文、诗歌之间的小说样式,即“散文化小说”或者“诗化小说”。

萧红的影响不仅在于其作品写出了个体、阶层和民族、国家的抗争,而且她的作品中还渗透着强烈的东北地方文化色彩,作品中的语言极其优美,饱含着对人世与自然一份深沉的挚爱。萧红是现代文学史上独具特色的标志性女作家,夏志清赞誉她是“二十世纪中国最优秀的作家之一”。

生死场(节选)

一 麦场

一只山羊在大道边啮嚼树的根端。

城外一条长长的大道,被榆树荫蒙蔽着。走在大道中,像是走进一个动荡遮天的大伞。

山羊嘴嚼榆树皮,黏沫从山羊的胡子流延着。被刮起的这些黏沫,仿佛是胰子的泡沫,又像粗重浮游着的丝条;黏沫挂满羊腿。榆树显然是生了疮疖,榆树带著诸大的疤痕。山羊却睡在荫中,白囊一样的肚皮起起落落……

菜田里一个小孩慢慢地踱走。在草帽盖伏下,像是一棵大形的菌类。捕蝴蝶吗?捉蚱虫吗?小孩在正午的太阳下。很短时间以内,跌步的农夫也出现在菜田里。一片白菜的颜色有些相近山羊的颜色。

毗连着菜田的南端生着青穗的高粱的林。小孩钻入高粱之群里,许多穗子被撞着,从头顶坠下来。有时也打在脸上。叶子们交结着响,有时刺痛着皮肤。那是绿色的甜味的世界,显然凉爽一些。时间不久,小孩子争斗着又走出最末的那棵植物。立刻太阳烧着他的头发,机灵的他把帽子扣起来,高空的蓝天遮覆住菜田上闪耀的阳光,没有一块行云。一株柳条的短枝,小孩夹在腋下,走路时他的两腿膝盖远远的分开,两只脚尖向里勾着,勾得腿在抱着个盆样。跌脚的农夫早已看清是自己的孩子了,他远远地完全用喉音在问着:

“罗圈腿,唉呀!不能找到?”

这个孩子的名字十分象征着他。他说:“没有。”

菜田的边道,小小的地盘,绣着野菜。经过这条短道,前面就是二里半的房窝，他家门前种着一株杨树，杨树翻摆着自己的叶子。每日二里半走在杨树下，总是听一听杨树的叶子怎样响；看一看杨树的叶子怎样摆动？杨树每天这样……他也每天停脚。今天是他第一次破例，什么他都忘记，只见跌脚跌得更深了！每一步像在踏下一个坑去。

土屋周围，树条编做成墙，杨树一半荫影洒落到院中；麻面婆在荫影中洗濯衣裳。正午田圃间只留着寂静，惟有蝴蝶们为着花，远近的翩飞，不怕太阳烧毁它们的翅膀。一切都回藏起来，一只狗也寻着有荫的地方睡了！虫子们也迴藏不鸣！

汗水在麻面婆的脸上，如珠如豆，渐渐浸着每个麻痕而下流。麻面婆不是一只蝴蝶，她生不出磷膀来，只有印就的麻痕。

两只蝴蝶飞戏着闪过麻面婆，她用湿的手把飞着的蝴蝶打下来，一个落到盆中溺死了！她的身子向前继续伏动，汗流到嘴了，她舐尝一点盐的味，汗流到眼睛的时候，那是非常辣，她急切用湿手指拭一下，但仍不停的洗濯。她的眼睛好像哭过一样，揉擦出脏污可笑的圈子，若远看一点，那正合下戏台上的丑角；眼睛大得那样可怕，比起牛的眼睛来更大，而且脸上也有不定的花纹。

土房的窗子，门，望去那和洞一样。麻面婆踏进门，她去找另一件要洗的衣服，可是在炕上，她抓到了日影，但是不能拿起，她知道她的眼睛是晕花了！好像在光明中忽然走进灭了灯的夜。她休息下来，感到非常凉爽。过了一会在席子下面她抽出一条自己的裤子。她用裤子抹着头上的汗，一面走回树荫放着盆的地方，她把裤子也浸进泥浆去。

裤子在盆中大概还没有洗完，可是搭到篱墙上了！也许已经洗完？麻面婆的事是一件跟紧一件，有必要时，她放下一件又去做别的。

邻屋的烟筒，浓烟冲出，被风吹散着，布满全院，烟迷着她的眼睛了！她知道家人要回来吃饭，慌张着心弦，她用泥浆浸过的手去墙角拿茅草，她贴了满手的茅草，就那样，她烧饭，她的手从来没用清水洗过。她家的烟筒也冒着烟了。过了一会，她又出来取柴，茅草在手中，一半拖在地面，另一半在围裙下，她是拥着走。头发飘了满脸，那样，麻面婆是一只母熊了！母熊带着草类进洞。

浓烟遮住太阳，院中一霎幽暗，在空中烟和云似的。

篱墙上的衣裳在滴水滴，蒸着污浊的气。全个村庄在火中窒息。午间的太阳权威着一切了！

"他妈的，给人家偷着走了吧？"

二里半跌脚厉害的时候，都是把屁股向后面斜着，跌出一定的角度来。他去拍一拍山羊睡觉的草棚，可是羊在哪里？

"他妈的，谁偷了羊……混帐种子！"

麻面婆听着丈夫骂，她走出来凹着眼睛：

"饭晚啦吗？看你不回来，我就洗些个衣裳。"

让麻面婆说话，就像让猪说话一样，也许她喉咙组织法和猪相同，她总是发着猪声。

"唉呀！羊丢啦！我骂你那个傻老婆干什么？"

听说羊丢，她去扬翻柴堆，她记得有一次羊是钻过柴堆。但，那在冬天，羊为着取暖。她没有想一想，六月天气，只有和她一样傻的羊才要钻柴堆取暖。她翻着，她没有想。全头发洒着一些细草，她丈夫想止住她，问她什么理由，她始终不说。她为着要作出一点奇迹，为着从这奇迹，今后要人看重她。表明她不傻，表明她的智慧是在必要的时节出现，于是像狗在柴堆上耍得疲乏了！手在扒着发间的草杆，她坐下来。她意外的感到自己的聪明不够用，她意外的对自己失望。

过了一会儿，邻人们在太阳底下四面出发，四面寻羊；麻面婆的饭锅冒着气，但，她也跟在后面。

二里半走出家门不远，遇见罗圈腿，孩子说：

"爸爸，我饿！"

二里半说："回家去吃饭吧！"

可是二里半转身时老婆和一捆稻草似的跟在后面。

“你这老婆，来干什么？领他回家去吃饭！”

他说着不停的向前跌走。

黄色的，近黄色的麦地只留下短短的根苗。远看来麦地使人悲伤。在麦地尽端，井边什么人在汲水。二里半一只手遮在眉上，东西眺望，他忽然决定到那井的地方，在井沿看下去，什么也没有，用井上汲水的桶子向水底深深的探试，什么也没有。最后，绞上水桶，他伏身到井边喝水，水在喉中有声，像是马在喝。

老王婆在门前草场上休息：

“麦子打得怎样啦？我的羊丢了！”

二里半青色的面孔为了丢羊更青色了！

“咩……咩……”羊？不是羊叫，寻羊的人叫。

林荫一排砖车经过，车夫们哗闹着。山羊的午睡醒转过来，它迷茫着用犄角在周身剔毛。为着树叶绿色的反映，山羊变成浅黄。卖瓜的人在道旁自己吃瓜。那一排砖车扬起浪般的灰尘，从林荫走上进城的大道。

山羊寂寞着，山羊完成了它的午睡，完成了它的树皮餐，而归家去了。山羊没有归家，它经过每棵高树，也听遍了每张叶子的刷鸣，山羊也要进城吗！它奔向进城的大道。

“咩……咩……”，羊叫？不是羊叫，寻羊的人叫，二里半比别人叫出来更大声，那不像是羊叫，像是一条牛了！

最后，二里半和地邻动打，那样，他的帽子，像断了线的风筝，飘摇着下降，从他头上飘摇到远处。

“你踏碎了俺的白菜！——你……你……”

那个红脸长人，像是魔王一样，二里半被打得眼睛晕花起来，他去抽拔身边的一棵小树；小树无由的被害了，那家的女人出来，送出一把搅酱缸的耙子，耙子滴着酱。

他看见耙子来了，拔着一棵小树跑回家去，草帽是那般孤独的丢在井边，草帽他不知戴了多少年头。

二里半骂着妻子：“混蛋，谁吃你的焦饭！”

他的面孔和马脸一样长。麻面婆惊惶着，带著愚蠢的举动，她知道山羊一定没能寻到。

过了一会，她到饭盆那里哭了！“我的……羊，我一天一天喂喂……大的，我抚摸着长起来的！”

麻面婆的性情不会抱怨。她一遇到不快时，或是丈夫骂了她，或是邻人与她拌嘴，就连小孩子们扰烦她时，她都是像一摊蜡消融下来。她的性情不好反抗，不好争斗。她的心像永远贮藏着悲哀似的，她的心永远像一块衰弱的白棉。她哭抽着，任意走到外面把晒乾的衣裳搭进来，但她绝对没有心思注意到羊。

可是会旅行的山羊在草棚不断的搔痒，弄得板房的门扇快要掉落下来，门扇摔摆的响着。

下午了，二里半仍在炕上坐着。

“妈的，羊丢了就丢了吧！留着它不是好兆相。”

但是妻子不晓得养羊会有什么不好的兆相，她说：

“哼！那么白白地丢了？我一会去找，我想一定在高粱地里。”

“你还去找？你别找啦！丢就丢了吧！”

“我能找到它呢！”

“唉呀，找羊会出别的事哩！”

他脑中回旋着挨打的时候：——草帽像断了线的风筝飘摇着下落，酱耙子滴着酱。快抓住小树，快抓住小树。……二里半心中翻着这不好的兆相。

他的妻不知道这事。她朝高粱地去了。蝴蝶和别的虫子热闹着，田地上有人工作。她不和田上的妇女们搭话，经过留着根的麦地时，她像微点的爬虫在那里。阳光比正午钝了些，虫鸣渐多了；渐飞渐多了！

老王婆工作剩余的时间，尽是述说她无穷的命运。她的牙齿为着述说常常切得发响，那样她表示她的愤恨和潜怒。在星光下，她的脸纹绿了些，眼睛发青，她的眼睛是大的圆形。有时她讲到兴奋的话句，她发着嘎而没有曲折的直声。邻居的孩子们会说她是一头“猫头鹰”，她常常为着小孩子们说她“猫头鹰”而愤激：她想自己怎么会成那样的怪物呢？像啐着一件什么东西似的，她开始吐痰。

孩子们的妈妈打了他们，孩子跑到一边去哭了！这时王婆她该终止她的讲说，她从窗洞爬进屋去过夜。但有时她并不注意孩子们哭，她不听见似地，她仍说着那一年麦子好；她多买了条牛，牛又生了小牛，小牛后来又怎样？……她的讲话总是有起有落；关于一条牛，她能有无量的言词：牛是什么颜色？每天要吃多少水草？甚至要说到牛睡觉是怎样的姿势。

但是今夜院中一个讨厌的孩子也没有，王婆领着两个邻妇，坐在一条喂猪的槽子上，她们的故事便流说一般地在夜空里延展开。

天空一些云忙走，月亮陷进云围时，云和烟样，和煤山样，快要燃烧似地。再过一会，月亮埋进云山，四面听不见蛙鸣；只是萤虫闪闪着。

屋里，像是洞里，响起鼾声来，布遍了的声波旋走了满院。天边小的闪光不住的在闪合。王婆的故事对比着天空的云：

“……一个孩子三岁了，我把她摔死了，要小孩子我会成了个废物。……那天早晨……我想一想！……早晨，我把她坐在草堆上，我去喂牛；草堆是在房后。等我想起孩子来，我跑去抱她，我看见草堆上没有孩子；看见草堆下有铁犁的时候，我知道，这是凶兆，偏偏孩子跌在铁犁一起，我以为她还活着呀！等我抱起来的时候……啊呀！”

一条闪光裂开来，看得清王婆是一个兴奋的幽灵。全麦田，高粱地菜圃，都在闪光下出现。妇人们被惶惑着，像是有什么冷的东西，扑向她们的脸去。闪光一过，王婆的声音又继续下去：

“……啊呀！……我把她丢到草堆上，血尽是向草堆上流呀！她的小手颤颤着，血在冒着汽从鼻子流出，从嘴也流出，好像喉管被切断了。我听一听她的肚子还有响;那和一条小狗给车轮压死一样。我也亲眼看过小狗被车轮轧死,我什么都看过。这庄上的谁家养小孩,一遇到孩子不能养下来,我就去拿着钩子,也许用那个掘菜的刀子,把那孩子从娘的肚子里硬搅出来。孩子死,不算一回事,你们以为我会暴跳着哭吧?我会嚎叫吧?起先我心也觉得发颤,可是我一看见麦田在我眼前时,我一点都不后悔,我一滴眼泪都没淌下。以后麦子收成很好,麦子是我割倒的,在场上一粒一粒我把麦子拾起来,就是那年我整个秋天没有停脚,没讲闲话,像连口气也没得喘似的,冬天就来了!到冬天我和邻人比着麦粒,我的麦粒是那样大呀!到冬天我的背曲得有些利害,在手里拿着大的麦粒。可是,邻人的孩子却长起来了!……到那时候,我好像忽然才想起我的小钟。"

王婆推一推邻妇,荡一荡头:

"我的孩子小名叫小钟呀!……我接连着煞苦了几夜没能睡,什么麦粒?从那时起,我连麦粒也不怎样看重了!就是如今,我也不把什么看重。那时我才二十几岁。"

闪光相连起来,能言的幽灵默默坐在闪光中。邻妇互相望着,感到有些寒冷。

狗在麦场张狂着咬过去,多云的夜什么也不能告诉人们。忽然一道闪光,看见的黄狗卷着尾巴向二里半叫去,闪光一过,黄狗又回到麦堆,草茎折动出细微的声音。

"三哥不在家里?"

"他睡着哩!"王婆又回到她的默默中,她的答话像是从一个空瓶子或是从什么空的东西发出。猪槽上她一个人化石一般地留着。

"三哥!你又和三嫂闹嘴吗?你常常和她闹嘴,那会坏了平安的日子的。"

二里半,能宽容妻子,以他的感觉去衡量别人。

赵三点起烟火来,他红色的脸笑了笑:"我没和谁闹嘴哩!"二

里半他从腰间解下烟带,从容着说:

“我的羊丢了!你不知道吧?它又走了回来。要替我说出买主去,这条羊留着不是什么好兆相。”

赵三用粗嘎的声音大笑,大手和红色脸在闪光中伸现出来:

“哈……哈,倒不错,听说你的帽子飞到井边团团转呢!”

忽然二里半又看见身边长着一棵小树,快抓住小树,快抓住小树。他幻想终了,他知道被打的消息是传布出来,他捻一捻烟灰,解辩着说:

“那家子不通人情,那有丢了羊不许找的勾当?她硬说踏了她的白菜,你看,我不能和她动打。”

摇一摇头,受着辱一般的冷没下去,他吸烟管,切心地感到羊不是好兆相,羊会伤着自己的脸面。

来了一道闪光,大手的高大的赵三,从炕沿站起,用手掌擦着眼睛。他忽然响叫:

“怕是要落雨吧!——坏啦!麦子还没打完,在场上堆着!”

赵三感到养牛和种地不足,必须到城里去发展。他每日进城,他渐渐不注意麦子,他梦想着另一桩有望的事业。

“那老婆,怎不去看麦子?麦一定要给水冲走呢?”

赵三习惯的总以为她会坐在院心,闪光更来了!雷响,风声。一切翻动着黑夜的村庄。

“我在这里呀!到草棚拿席子来,把麦子盖起吧!”

喊声在有闪光的麦场响出,声音像碰着什么似的,好像在水上响出,王婆又震动着喉咙:“快些,没有用的,睡觉睡昏啦!你是摸不到门啦!”

赵三为着未来的大雨所恐吓,没有与她拌嘴。

高粱地像要倒折,地端的榆树吹啸起来,有点像金属的声音,为着闪的原故,全庄忽然裸现,忽然又沉埋下去。全庄像是海上浮着的泡沫。邻家和距离远一点的邻家有孩子的哭声,大人在嚷吵,什么酱缸没有盖啦!驱赶着鸡雏啦!种麦田的人家嚷着麦子还没有打完啦！农家好比鸡笼，向着鸡笼投下火去，鸡们会翻腾着。

黄狗在草堆开始做窝，用腿扒草，用嘴扯草。王婆一边颤动，一边手里拿着耙子。

“该死的，麦子今天就应该打完，你进城就不见回来，麦子算是可惜啦！”

二里半在电光中走近家门。有雨点打下来，在植物的叶子上稀疏的响着。雨点打在他的头上时，他摸一下头顶而没有了草帽。关于草帽，二里半一边走路一边怨恨山羊。

早晨了，雨还没有落下。东边一道长虹悬起来；感到湿的气味的云掠过人头，东边高粱头上，太阳走在云后，那过于艳明，像红色的水晶，像红色的梦。远看高粱和小树林一般森严着；村家在早晨趁着气候的凉爽，各自在田间忙。

赵三门前，麦场上小孩子牵着马，因为是一条年青的马，它跳着荡着尾巴跟它的小主人走上场来。小马欢喜用嘴撞一撞停在场上的“石滚”，它的前腿在平滑的地上踩打几下，接着它必然像索求什么似的叫起不很好听的声来。

王婆穿的宽袖的短袄，走上平场。她的头发毛乱而且绞卷着。朝晨的红光照着她，她的头发恰像田上成熟的玉米缨穗，红色并且蔫卷。

马儿把主人呼唤出来，它等待给它装置“石滚”，“石滚”装好的时候，小马摇着尾巴，不断的摇着尾巴，它十分驯顺和愉快。

王婆摸一摸席子潮湿一点，席子被拉在一边了；孩子跑过去，帮助她，麦穗布满平场，王婆拿着耙子站到一边。小孩欢跑着立到场子中央，马儿开始转跑。小孩在中心地点也是转着。好像画圆周时用的圆规一样，无论马儿怎样跑，孩子总在圆心的位置。因为小马发疯着，飘扬着跑，它和孩子一般地贪玩，弄得麦穗溅出场外。王婆用耙子打着马，可是走了一会它游戏够了，就和斯要着的小狗需要休息一样，休息下来。王婆着了疯一般地又挥着耙子，马暴跳起来，它跑了两个圈子，把“石滚”带着离开铺着麦穗的平场；并且嘴里咬嚼一些麦穗。系住马勒带的孩子挨着骂：

“呵！你总偷着把它拉上场，你看这样的马能打麦子吗？死了去吧！别烦我吧！”

小孩子拉马走出平场的门；到马槽子那里，去拉那个老马。把小马束好在杆子间。老马差不多完全脱了毛，小孩子不爱它，用勒带打着它起，可是它仍和一块石头或是一棵生了根的植物那样不容搬运。老马是小马的妈妈，它停下来，用鼻头偎着小马肚皮间破裂的流着血的伤口。小孩子看见他爱的小马流血，心中惨惨的眼泪要落出来，但是他没能晓得母子之情，因为他还没能看见妈妈，他是私生子。脱着光毛的老动物，催逼着离开小马，鼻头染着一些血，走上麦场。

村前火车经过河桥，看不见火车，听见隆隆的声响。王婆注意着旋上天空的黑烟。前村的人家，驱着白菜车去进城，走过王婆的场子时，从车上抛下几个柿子来，一面说：“你们是不种柿子的，这是贱东西，不值钱的东西，麦子是发财之道呀！”驱着车子的青年结实的汉子过去了；鞭子甩响着。

老马看着墙外的马不叫一声，也不响鼻子。小孩子拿柿子吃，柿子还不十分成熟，半青色的柿子，永远被人们摘取下来。

马静静地停在那里，连尾巴也不甩一下。也不去用嘴触一触石滚；就连眼睛它也不远看一下，同是它也不怕什么工做，工作来的时候，它就安心去开始；一些绳锁束上身时，它就跟住主人的鞭子。主人的鞭子很少落到它的皮骨，有时它过份疲惫而不能支持，行走过分缓慢；主人打了它，用鞭子，或是用别的什么，但是它并不暴跳，因为一切过去的年代规定了它。

麦穗在场上渐渐不成形了！

“来呀！在这儿拉一会马呀！平儿！”

“我不愿意和老马在一块，老马整天像睡着。”

平儿囊中带着柿子走到一边去吃，王婆怨怒着：

"好孩子呀！我管不好你，你还有爹哩！"

平儿没有理谁，走出场子，向着东边种著花的地端走去。他看着红花，吃着柿子走。

灰色的老幽灵暴怒了："我去唤你的爹爹来管教你呀！"

她像一支灰色的大鸟走出场去。

清早的叶子们！树的叶子们，花的叶子们，闪着银珠了！太阳不着边际地圆轮在高梁棵的上端，左近的家屋在预备早饭了。

老马自己在滚压麦穗，勒带在嘴下拖着，它不偷食麦粒，它不走脱了轨，转过一个圈，再转过一个，绳子和皮条有次序的向它光皮的身子摩擦，老动物自己无声的动在那里。

种麦的人家，麦草堆得高涨起来了！福发家的草地也涨过墙头。福发的女人吸起烟管。她是健壮而短小，烟管随意冒着烟；手中的耙子，不住的耙在平场。

侄儿打着鞭子行经在前面的林荫，静静悄悄地他唱着寂寞的歌；她为歌声感动了！耙子快要停下来，歌声仍起在林端：

"昨晨落着毛毛雨，……小姑娘，披蓑衣……小姑娘，……去打鱼。"

二 菜圃

菜圃上寂寞的大红的西红柿，红着了。小姑娘们摘取著柿子，大红大红的柿子，盛满她们的筐篮；也有的在拔青萝卜、红萝卜。

金枝听着鞭子响，听着口哨响，她猛然站起来，提好她的筐子惊惊怕怕的走出菜圃。在菜田东边，柳条墙的那个地方停下，她听一听口笛渐渐远了！鞭子的响声与她隔离着了！她忍耐着等了一会，口笛婉转地从背后的方向透过来；她又将与他接近着了！菜田上一些女人望见她，远远的呼唤：

"你不来摘柿子，干什么站到那儿？"

她摇一摇她成双的辫子，她大声摆着手说："我要回家了！"姑娘假装着回家,绕过人家的篱墙,躲避一切菜田上的眼睛,朝向河湾去了。筐子挂在腕上,摇摇搭搭。口笛不住的在远方催逼她,仿佛她是一块被引的铁跟住了磁石。

静静的河湾有水湿的气味,男人等在那里。

五分钟过后,姑娘仍和小鸡一般,被野兽压在那里。男人着了疯了!他的大手敌意一般地捉紧另一块肉体,想要吞食那块肉体,想要破坏那块热的肉。尽量的充涨了血管,仿佛他是在一条白的死尸上面跳动,女人赤白的圆形的腿子,不能盘结住他。於是一切音响从两个贪婪着的怪物身上创造出来。

迷迷荡荡的一些花穗颤在那里,背后的长茎草倒折了!不远的地方打柴的老人在割野草。他们受着惊扰了,发育完强的青年的汉子,带着姑娘,像猎犬带着捕捉物似的,又走下高粱地去。他手是在姑娘的衣裳下面展开着走。

吹口哨,响着鞭子,他觉得人间是温存而愉快。他的灵魂和肉体完全充实着,婶婶远远的望见他,走近一点,婶婶说:

"你和那个姑娘又遇见吗?她真是个好姑娘。……唉……唉!"

婶婶像是烦躁一般紧紧靠住篱墙。侄儿向她说:

"婶娘你唉唉什么呢?我要娶她哩!"

"唉……唉……"

婶婶完全悲伤下去,她说:

"等你娶过来,她会变样,她不和原来一样,她的脸是青白色;你也再不把她放在心上,你会打骂她呀!男人们心上放着女人,也就是你这样的年纪吧!"

婶婶表示出她的伤感,用手按住胸膛,她防止着心脏起什么变化,她又说:

"那姑娘我想该有了孩子吧?你要娶她,就快些娶她。"

侄儿回答:"她娘还不知道哩!要寻一个做媒的人。"

牵着一条牛,福发回来。婶婶望见了,她急旋着走回院中,假意收拾柴栏。叔叔到井边给牛喝水，他又拉着牛走了！婶婶好像小鼠一般又抬起头来，又和侄儿讲话：

"成业，我对你告诉吧！年青的时候，姑娘的时候，我也到河边去钓鱼，九月里落着毛毛雨的早晨，我披着蓑衣坐在河沿，没有想到，我也不愿意那样；我知道给男人做老婆是坏事，可是你叔叔，他从河沿把我拉到马房去，在马房里，我什么都完啦！可是我心也不害怕，我欢喜给你叔叔做老婆。这时节你看，我怕男人，男人和石块一般硬，叫我不敢触一触他。"

"你总是唱什么落着毛毛雨，披蓑衣去打鱼……我再也不愿听这曲子，年青人什么也不可靠，你叔叔也唱这曲子哩！这时他再也不想从前了！那和死过的树一样不能再活。"

年青的男人不愿意听婶婶的话，转走到屋里，去喝一点酒。他为着酒，大胆把一切告诉了叔叔。福发起初只是摇头，后来慢慢的问着：

"那姑娘是十七岁吗？你是二十岁。小姑娘到咱们家里，会做什么活计？"

争夺着一般的，成业说：

"她长得好看哩！她有一双亮油油的黑辫子。什么活计她也能做，很有力气呢！"

成业的一些话，叔叔觉得他是喝醉了，往下叔叔没有说什么，坐在那里沉思过一会，他笑着望着他的女人。

"啊呀……我们从前也是这样哩！你忘记吗？那些事情，你忘记了吧！……哈……哈，有趣的呢，回想年青真有趣的哩。"

女人过去拉着福发的臂，去抚媚他。但是没有动，她感到男人的笑脸不是从前的笑脸，她心中被他无数生气的面孔充塞住，她没有动，她笑一下赶忙又把笑脸收了回去。她怕笑得时间长，会要挨骂。男人叫把酒杯拿过去，女人听了这话，听了命令一般把杯子拿给他。于是丈夫也昏沉的睡在炕上。

女人悄悄地蹑着脚走出了，停在门边，她听着纸窗在耳边鸣，她完全无力，完全灰色下去。场院前，蜻蜓们闹着向日葵的花。但这与年青的妇人绝对隔碍着。

纸窗渐渐的发白，渐渐可以分辨出窗棂来了！进过高粱地的姑娘一边幻想着一边哭，她是那样的低声，还不如窗纸的鸣响。她的母亲翻转过身时，哼着，有时也挫响牙齿。金枝怕要挨打，连在黑暗中把眼泪也拭得干净。老鼠一般地整夜好像睡在猫的尾巴下。通夜都是这样，每次母亲翻动时，像爆裂一般地，向自己的女孩的枕头的地方骂一句：

“该死的！”

接着她便要吐痰，通夜是这样，她吐痰，可是她并不把痰吐到地上；她愿意把痰吐到女儿的脸上。这次转身她什么也没有吐，也没骂。

可是清早，当女儿梳好头辫，要走上田的时候，她疯着一般夺下她的筐子：

“你还想摘柿子吗？金枝，你不像摘柿子吧？你把筐子都丢啦！我看你好像一点心肠也没有，打柴的人幸好是朱大爷，若是别人拾去还能找出来吗？若是别人拾得了筐子，名声也不能好听哩！福发的媳妇，不就是在河沿坏的事吗？全村就连孩子们也是传说。唉！……那是怎样的人呀？以后婆家也找不出去。她有了孩子，没法做了福发的老婆，她娘为这事羞死了似的，在村子里见人，都不能抬起头来。”

母亲看着金枝的脸色马上苍白起来，脸色变成那样脆弱。母亲以为女儿可怜了，但是她没晓得女儿的手从她自己的衣裳里边偷偷的按着肚子，金枝感到自己有了孩子一般恐怖。母亲说：

“你去吧！你可别再和小姑娘们到河沿去玩，记住，不许到河边去。”

母亲在门外看着姑娘走，她没立刻转回去，她停住在门前许多时间，眼望着姑娘加入田间的人群。母亲回到屋中一边烧饭，一边叹气，她体内像染着什么病患似的。

农家每天从田间回来才能吃早饭。金枝走回来时，母亲看见她手在按着肚子：

“你肚子疼吗？”

她被惊着了，手从衣裳里边抽出来，连忙摇着头：“肚子不疼。”

“有病吗？”

“没有病。”

于是她们吃饭。金枝什么也没有吃下去，只吃过粥饭就离开饭桌了！母亲自己收拾了桌子说：

“连一片白菜叶也没吃呢！你是病了吧？”

等金枝出门时，母亲呼唤着：

“回来，再多穿一件夹袄，你一定是着了寒，才肚子疼。”母亲加一件衣服给她，并且又说：

“你不要上地吧？我去吧！”

金枝一面摇着头走了！披在肩上的母亲的小袄没有扣钮子，被风吹飘着。

金枝家的一片柿地，和一个院宇那样大的一片。走进柿地嗅到辣的气味，刺人而说不定是什么气味。柿秧最高的有两尺高，在枝间挂着金红色的果实。每棵，每棵挂着许多，也挂着绿色或是半绿色的一些。除了另一块柿地和金枝家的柿地连接着，左近全是菜田了！八月里人们忙着扒“土豆”；也有的砍着白菜，装好车子进城去卖。

二里半就是种菜田的人。麻面婆来回的搬着大头菜，送到地端的车子上。罗圈腿也是来回向地端跑着，有时他抱了两棵大形的圆白菜，走起来两臂像是架着两块石头样。

麻面婆看见身旁别人家的倭瓜红了。她看一下，近处没有人，起始把靠菜地长着的四个大倭瓜都摘落下来了。两个和小西瓜一样大的，她叫孩子抱着。罗圈腿脸累得涨红和倭瓜一般红，他不能再抱动了！两臂像要被什么压掉一般。还没能到地端，刚走过金枝身旁，他大声求救似的：

“爹呀，西……西瓜快要摔啦，快要摔碎啦！”

他着忙把倭瓜叫西瓜。菜田许多人，看见这个孩子都笑了！凤姐望着金枝说：

“你看这个孩子，把倭瓜叫成西瓜。”

金枝看了一下，用面孔无心的笑了一下。二里半走过来，踢了孩子一脚；两个大的果实坐地了！孩子没有哭，发愕地站到一边。二里半骂他：

“混蛋，狗娘养的，叫你抱白菜，谁叫你摘倭瓜啦？……”

麻面婆在后面走着，她看到儿子遇了事，她巧妙的弯下身去，把两个更大的倭瓜丢进柿秧中。谁都看见她作这种事，只是她自己感到巧妙。二里半问她：

“你干的吗？糊涂虫！错非你……”

麻面婆哆嗦了一下，口齿比平常更不清楚了：“……我没……”

孩子站在一边尖锐地嚷着：“不是你摘下来叫我抱着送上车的吗？不认帐！”

麻面婆她使着眼神，她急得要说出口来：“我是偷的呢！该死的……别嚷叫啦，要被人抓住啦！”

平常最没有心肠看热闹的，不管田上发生了什么事，也沉埋在那里的人们，现在也来围住她们了！这里好像唱着武戏，戏台上要着他们一家三人。二里半骂着孩子：

“他妈的混帐，不能干活，就能败坏，谁叫你摘倭瓜？”

罗圈腿那个孩子，一点也不服气的跑过去，从柿秧中把倭瓜滚弄出来了！大家都笑了，笑声超过人头。可是金枝好像患着传染病的小鸡一般，霎著眼睛蹲在柿身下，她什么也没有理会，她逃出了眼前的世界。

二里半气愤得几乎不能呼吸，等他说出“倭瓜”是自家种的，为着留种子的时候，麻面婆站在那里才松了一口气。她以为这没有什么过错，偷摘自己的倭瓜。她仰起头来向大家表白："你们看，我不知道，实在不知道倭瓜是自家的呢！"

麻面婆不管自己说话好笑不好笑，挤过人围，结果把倭瓜抱到车子那里。于是车子走向进城的大道，弯腿的孩子拐拐歪歪跑在后面。马，车，人渐渐消失在道口了！

田间不断的讲着偷菜棵的事。关于金枝也起着流言：

"那个丫头也算完啦！"

"我早看她起了邪心，看她摘一个柿子要半天工夫；昨天把柿筐都忘在河沿！"

"河沿不是好人去的地方。"

凤姐身后，两个中年的妇人坐在那里扒胡萝卜。可是议论着，有时也说出一些淫污的话，使凤姐不大明白。

金枝的心总是悸动着，时间像蜘蛛缕着丝线那样绵长；心境坏到极点。金枝脸色脆弱朦胧得像罩着一块面纱。她听一听口哨还没有响。辽阔的可以看到福发家的围墙，可是她心中的哥儿却永不见出来。她又继续摘柿子，无论青色的柿子她也摘下。她没能注意到柿子的颜色，并且筐子也满着了！她不把柿子送回家去，一些杂色的柿子被她散乱的铺了满地。那边又有女人故意大声议论她：

"上河沿去跟男人，没羞的，男人扯开她的裤子？……"

金枝关于跟前的一切景物和声音，她忽略过去；她把肚子按得那样紧，仿佛肚子里面跳动了！忽然口哨传来了！她站起来，一个柿子被踏碎，像是被踏碎的蛤蟆一样，发出水声。她被跌倒了，口哨也跟着消灭了！以后无论她怎样听，口哨也不再响了。

金枝和男人接触过三次；第一次还是在两个月以前，可是那时母亲什么也不知道，直到昨天筐子落到打柴人手里，母亲算是渺渺茫茫的猜度着一些。

金枝过于痛苦了，觉得肚子变成个可怕的怪物，觉得里面有一块硬的地方，手按得紧些，硬的地方更明显。等她确信肚子里有了孩子的时候，她的心立刻发呕一般颤嗦起来，她被恐惧把握着了。奇怪的，两个蝴蝶叠落着贴落在她的膝头。金枝看着这邪恶的一对虫子而不拂去它。金枝仿佛是米田上的稻草人。

母亲来了，母亲的心远远就系在女儿的身上。可是她安静的走来，远看她的身体几乎呈出一个完整的方形，渐渐可以辨得出她尖形的脚在袋口一般的衣襟下起伏的动作。在全村的老妇人中什么是她的特征呢？她发怒和笑着一般，眼角集着愉快的多形的纹皱。嘴角也完全愉快着，只是上唇有些差别，在她真正愉快的时候，她的上唇短了一些。在她生气的时候，上唇特别长，而且唇的中央那一小部份尖尖的，完全像鸟雀的嘴。

母亲停住了。她的嘴是显着她的特征，——全脸笑着，只是嘴和鸟雀的嘴一般。因为无数青色的柿子惹怒她了！金枝在沉想的深渊中被母亲踢打了：

“你发傻了吗？啊……你失掉了魂啦？我撕掉你的辫子……”

金枝没有挣扎，倒了下来。母亲和老虎一般捕住自己的女儿。金枝的鼻子立刻流血。

她小声骂她，大怒的时候她的脸色更畅快笑着，慢慢的掀着尖唇，眼角的线条更加多的组织起来。

“小老婆，你真能败毁。摘青柿子。昨夜我骂了你，不服气吗？”

母亲一向是这样，很爱护女儿，可是当女儿败坏了菜棵，母亲便去爱护菜棵了。农家无论是菜棵，或是一株茅草也要超过人的价值。

该睡觉的时候了！火绳从门边挂手巾的铁线上倒垂下来，屋中听不着一个蚊虫飞了！夏夜每家挂着火绳。那绳子缓慢而绵长的燃着。惯常了，那像庙堂中燃着的香火，沉沉的一切使人无所听闻，渐渐催人入睡。艾蒿的气味渐渐织入一些疲乏的梦魂去。蚊虫被艾蒿烟驱走。金枝同母亲还没有睡的时候，有人来在窗外，轻慢的咳嗽着。

母亲忙点灯火，门响开了！是二里半来了。无论怎样母亲不能把灯点着，灯心处爆着水的炸响，母亲手中举着一枝火柴，把小灯列得和眉头一般高，她说：

“一点点油也没有了呢！”

金枝到外房去倒油。这个时间，他们谈说一些突然的事情。母亲关于这事惊恐似的，坚决的，感到羞辱一般的荡着头：

“那是不行，我的女儿不能配到那家子人家。”

二里半听着姑娘在外房盖好油罐子的声音，他往下没有说什么。金枝站在门限向妈妈问：“豆油没有了，装一点水吧？”

金枝把小灯装好，摆在炕沿。燃着了！可是二里半到她家来的意义是为着她，她一点不知道，二里半为着烟袋向倒悬的火绳取火。

母亲，手在按住枕头，她像是想什么，两条直眉几乎相连起来。女儿在她身边向着小灯垂下头。二里半的烟火每当他吸过了一口便红了一阵。艾蒿烟混加着烟叶的气味，使小屋变做地下的窖子一样黑重！二里半作窘一般的咳嗽了几声。金枝把流血的鼻子换上另一块棉花。因为没有言语，每个人起着微小的潜意识的动作。

就这样坐着，灯火又响了。水上的浮油烧尽的时候，小灯又要灭，二里半沉闷着走了！二里半为人说媒被拒绝，羞辱一般的走了。

中秋节过去，田间变成残败的田间；太阳的光线渐渐从高空忧郁下来，阴湿的气息在田间到处撩走。南部的高粱完全睡倒下来，接接连连的望去，黄豆秧和揉乱的头发一样蓬蓬在地面，也有的地面完全拔秃似的。

早晨和晚间都是一样，田间憔悴起来。只见车子，牛车和马车轮轮滚滚地载满高粱的穗头，和大豆的杆秧。牛们流着口涎，头愚直的挂下着，发出响动的车子前进。

福发的侄子驱着一条青色的牛，向自家的场院载拖高粱。他故意绕走一条曲道，那里是金枝的家门，她心涨裂一般的惊慌，鞭子于是响来了。

金枝放下手中红色的辣椒，向母亲说：

“我去一趟茅屋。”

于是老太太自己串辣椒，她串辣椒和纺织一般快。

金枝的辫子毛毛着，脸是完全充了血。但是她患着病的现象，把她变成和纸人似的，像被风飘着似的出现房后的围墙。

你害病吗？倒是为什么呢？但是成业是乡村长大的孩子，他什么也不懂得问。他丢下鞭子，从围墙宛如飞鸟落过墙头，用腕力掳住病的姑娘；把她压在墙角的灰堆上，那样他不是想要接吻她，也不是想要热情的讲些情话，他只是被本能支使着想动作一切。金枝打厮着一般的说：

“不行啦！娘也许知道啦，怎么媒人还不见来？”

男人回答：

“嗳，李大叔不是来过吗？你一点不知道！他说你娘不愿意。明天他和我叔叔一道来。”

金枝按着肚子给他看，一面摇头：“不是呀！……不是呀！你看到这个样子啦！”

男人完全不关心，他小声响起：“管他妈的，活该愿意不愿意，反正是干啦！”

他的眼光又失常了，男人仍被本能不停的要求着。

母亲的咳嗽声，轻轻的从薄墙透出来。墙外青牛的角上挂着秋空的游丝。

母亲和女儿在吃晚饭，金枝呕吐起来，母亲问她：“你吃了苍蝇吗？”

她摇头，母亲又问：“是着了寒吧！怎么你总有病呢？你连饭都咽不下去。不是有痨病啦！？”

母亲说着去按女儿的腹部，手在夹衣上来回的摸了阵。手指四张着在肚子上思索了又思索："你有了痨病吧？肚子里有一块硬呢！有痨病人的肚子才是硬一块。"

女儿的眼泪要垂流一般的挂到眼毛的边缘。最后滚动着从眼毛滴下来了！就是在夜里，金枝也起来到外边去呕吐，母亲迷蒙中听着叫娘的声音。窗上的月光差不多和白昼一般明，看得清金枝的半身拖在炕下，另半身是弯在枕头上。头发完全埋没着脸面。等母亲拉她手的时候，她抽扭着说起：

"娘……把女儿嫁给福发的侄子吧！我肚里不是……病，是……"

到这时节母亲更要打骂女儿了吧？可不是那样，母亲好像本身有了罪恶，听了这话，立刻麻木着了，很长的时间她像不存在一样。过了一刻母亲用她从不用过温和的声调说：

"你要嫁过去吗？二里半那天来说媒，我是顶走他的，到如今这事怎么办呢？"

母亲似乎是平息了一下，她又想说，但是泪水塞住了她的嗓子，像是女儿窒息了她的生命似的，好像女儿把她羞辱死了！

三　老马走进屠场

老马走上进城的大道，私宰场就在城门的东边。那里的屠刀正张着，在等待这个残老的动物。

老王婆不牵着她的马儿，在后面用一条短枝驱着它前进。

大树林子里有黄叶回旋着，那是些呼叫着的黄叶。望向林子的那端，全林的树棵，仿佛是关落下来的大伞。凄沉的阳光，晒着所有的秃树。田间望遍了远近的人家。深秋的田地好像没有感觉的光了毛的皮革，远近平铺着。

夏季埋在植物里的家屋，现在明显地好像突出地面一般，好像新从地面突出。

深秋带来的黄叶，赶走了夏季的蝴蝶。一张叶子落到王婆的头上，叶子是安静地伏贴在那里。王婆驱着她的老马，头上顶着飘落的黄叶；老马，老人，配着一张老的叶子，他们走在进城的大道。

道口渐渐看见人影，渐渐看见那个人吸烟，二里半迎面来了。他长形的脸孔配起摆动的身子来，有点象一个驯顺的猿猴。他说：“唉呀！起得太早啦！进城去有事吗？怎么，驱着马进城，不装车粮拉着？”

振一振袖子，把耳边的头发向后抚弄一下，王婆的手颤抖着说了：“到日子了呢！下汤锅去吧！”王婆什么心情也没有，她看着马在吃道旁的叶子。

她用短枝驱着又前进了。

二里半感到非常悲痛。他痉挛着了。过了一个时刻转过身来，他赶上去说：“下汤锅是下不得的，……下汤锅是下不得……”但是怎样办呢？二里半连半句语言也没有了！他扭歪着身子跨到前面，用手摸一摸马儿的鬃发。

老马立刻响着鼻子了！它的眼睛哭着一般，湿润而模糊。悲伤立刻掠过王婆的心孔。哑着嗓子，王婆说：“算了吧！算了吧！不下汤锅，还不是等着饿死吗？”

深秋秃叶的树，为了惨厉的风变，脱去了灵魂一般吹啸着。马行在前面，王婆随在后面，一步一步屠场近着了；一步一步风声送着老马归去。

王婆她自己想着：一个人怎么变得这样厉害？年青的时候，不是常常为着送老马或是老牛进过屠场吗？她颤寒起来，幻想着屠刀要象穿过自己的背脊，于是，手中的短枝脱落了！她茫然晕昏地停在道旁，头发舞着好像个鬼魂样。等她重新拾起短枝来，老马不见了！它到前面小水沟的地方喝水去了！

这是它最末一次饮水吧！老马需要饮水，它也需要休息，在水沟旁倒卧下了！

它慢慢呼吸着。王婆用低音、慈和的音调呼唤着：“起来吧！走进城去吧，有什么法子呢？”马仍然仰卧着。王婆看一看日午了，还要赶回去烧午饭，但，任她怎样拉缰绳，马仍是没有移动。

王婆恼怒着了！她用短枝打着它起来。虽是起来，老马仍然贪恋着小水沟。王婆因为苦痛的人生，使她易于暴怒，树枝在马儿的脊骨上断成半截。

又安然走在大道上了！经过一些荒凉的家屋，经过几座颓败的小庙。一个小庙前躺着个死了的小孩，那是用一捆谷草束扎着的。孩子小小的头顶露在外面，可怜的小脚从草梢直伸出来；他是谁家的孩子，睡在这旷野的小庙前？

屠场近着了，城门就在眼前；王婆的心更翻着不停了。

五年前它也是一匹年青的马，为了耕种，伤害得只有毛皮蒙遮着骨架。

现在它是老了！秋末了！收割完了！没有用处了！只为一张马皮，主人忍心把它送进屠场。就是一张马皮的价值，地主又要从王婆的手里夺去。

王婆的心自己感觉得好像悬起来；好像要掉落一般，当她看见板墙钉着一张牛皮的时候。那一条小街尽是一些要坍落的房屋；女人啦，孩子啦，散集在两旁。地面踏起的灰粉，污没着鞋子，冲上人的鼻孔。孩子们抬起土块，或是垃圾团打击着马儿，王婆骂道："该死的呀！你们这该死的一群。"

这是一条短短的街。就在短街的尽头，张开两张黑色的门扇。再走近一点，可以发见门扇斑斑点点的血印。被血痕所恐吓的老太婆好像自己踏在刑场了！她努力镇压着自己，不让一些年青时所见到的刑场上的回忆翻动。但，那回忆却连续的开始织张——一个小伙子倒下来了，一个老头也倒下来了！

挥刀的人又向第三个人作着势子。

仿佛是箭，又象火刺烧着王婆，她看不见那一群孩子在打马，她忘记怎样去骂那一群顽皮的孩子。走着，走着，立在院心了。四面板墙钉住无数张毛皮。靠近房檐立了两条高杆，高杆中央横着横梁；马蹄或是牛蹄折下来用麻绳把两只蹄端扎连在一起，做一个叉形挂在上面，一团一团的肠子也搅在上面；肠子因为日久了，干成黑色不动而僵直的片状的绳索。并且那些折断的腿骨，有的从折断处涔滴着血。

在南面靠墙的地方也立着高杆，杆头晒着在蒸气的肠索。这是说，那个动物是被杀死不久哩！肠子还热着呀！

满院在蒸发腥气，在这腥味的人间，王婆快要变做一块铅了！沉重而没有感觉了！

老马——棕色的马，它孤独地站在板墙下，它借助那张钉好的毛皮在搔痒。此刻它仍是马，过一会它将也是一张皮了！

一个大眼睛的恶面孔跑出来，裂着胸襟。说话时，可见它胸膛在起伏。

“牵来了吗？啊！价钱好说，我好来看一下。”

王婆说：“给几个钱我就走了！不要麻烦啦。”

那个人打一打马的尾巴，用脚踢一踢马蹄；这是怎样难忍的一刻呀！

王婆得到三张票子，这可以充纳一亩地租。看着钱比较自慰些，她低着头向大门走去，她想还余下一点钱到酒店去买一点酒带回去，她已经跨出大门，后面发着响声：“不行，不行，……马走啦！”

王婆回过头来，马又走在后面；马什么也不知道，仍想回家。屠场中出来一些男人，那些恶面孔们，想要把马抬回去，终于马躺在道旁了！象树根盘结在地中。无法，王婆又走回院中，马也跟回院中。她给马搔着头顶，它渐渐卧在地面了！渐渐想睡着了！忽然王婆站起来向大门奔走。在道口听见一阵关门声。

她哪有心肠买酒？她哭着回家，两只袖子完全湿透。那好像是送葬归来一般。

家中地主的使人早等在门前，地主们就连一块铜板也从不舍弃在贫农们的身上，那个使人取了钱走去。

王婆半日的痛苦没有代价了！王婆一生的痛苦也都是没有代价。

一九三四年九月

（选自《萧红全集》第1卷，黑龙江大学出版社2011年版）

作品简析

《生死场》原名《麦场》，后由胡风改名为《生死场》，它是萧红早期创作的中篇小说，也是作家第一次以“萧红”为笔名发表的小说。1935年《生死场》作为鲁迅所编的“奴隶丛书”之三由上海容光书局出版，引起文坛轰动。鲁迅先生曾赞誉萧红是“当今中国最有前途的女作家”。而在《生死场》中更是亲自为之作序，并认为萧红以“细致的观察和越轨的笔致”描绘出了一幅“力透纸背”的图画。

小说共17节，以1931年“九一八”事件为界线，分为两大部分。第一部分是从第1节“麦场”至第9节“传染病”，描写了20世纪20年代哈尔滨附近一个农村中偏僻闭塞的社会风气以及农民因为懒惰愚昧和受到统治阶层的各种盘剥而麻木地却又顽强地生存的境况。第二部分是从第10节“十年”到第17节“不健全的腿”，记叙了30年代东北沦陷后这个村庄里的农民更加凄惨的苦难以及他们逐渐从麻木中醒悟过来，奋起抗争的故事。小说淋漓尽致地反映了北方人民对于生的坚强和对于死的挣扎，充满了悲惨与悲壮的震撼气息。

本文节选自小说的前三节，分别是“麦场”“菜圃”“老马走进屠场”。这三节主要描写了二里半与麻面婆，王婆与赵三，以及金枝等三户普通农民家的生活状况与不幸遭遇：跛脚农民二里半与麻面婆家的老山羊丢了，全家千辛万苦寻找，二里半刚生下来不久的小孩子也死了。麻面婆在菜圃里偷瓜，成业拉住金枝进了高粱地，后来金枝怀孕勉强嫁给了成业。接生婆王婆三岁的孩子摔死在铁犁上，改嫁给了赵三后生了一个女儿，为生活所迫时把家里唯一的一匹老马卖给了屠场，但是卖马所得的钱又硬是被地主逼着去交了地租。小说一开篇便写出了三户农家的种种不幸和苦难命运，以及在悲惨的生活遭遇中各自顽强生存的情形，为整部小说奠定了一种浓厚的悲情、凄凉而又抗争的感情基调，对读者有重大的冲击与震撼力量。

《生死场》在思想内蕴和艺术形式上的影响是多重性的。它塑造了众多普通的农民形象，着重描绘他们，尤其是女性农民们艰难的生活处境与悲惨的命运遭际，反映了劳苦农民对于生活的坚强、生命的热爱，对不公以及对外来侵略的抗争精神。小说在凄婉、悲剧性的整体艺术氛围中，夹杂着作者细腻而豪迈的笔触，使得其又带有浓郁的抒情、诗化色彩，体现出一种别样的悲壮美。从这个角度来说，《生死场》是中国特定时代一个民族精神的经典描绘。

研习导引

《生死场》的多重文化意蕴

《生死场》是萧红的成名作，奠定了她在中国文学史上的地位。但是对于这部小说的主题及艺术成就也是众说纷纭，颇有争议。鲁迅最早对其作出“对于生的坚强，死的挣扎”的国民性精神特质的评价；胡风则看到了小说的战斗性，他说，《生死场》“不但写出了愚夫愚妇的悲欢苦恼，而且写出了蓝空下的血迹模糊的大地和流在那模糊的血土上的铁一样重的战斗意志”①；美国学者葛浩文认为：“就纯文学的观点来看，《生死场》至少是部分失败”②；

① 胡风：《〈生死场〉后记》，《胡风选集》（第1卷），四川人民出版社1996年版，第141页。

② [美]葛浩文：《萧红评传》，郑继宗译，北方文艺出版社1985年版，第55—56页。

还有人认为小说的突出特点是“女性意识”或者“生命哲学与生命意识”等。不管如何，对于《生死场》有争议性的多种解读，本身就说明了它是一个充满开放性且富有恒久艺术魅力的小说。可以看出，在小说中隐约地体现着萧红对于女性的重点关注，对于时间和空间的循环意识，以及对于生与死关系等诸多问题的不自觉思考，小说因此具有了多重性的文化意蕴。所以，小说的文化意蕴至少还表现为如下几点：一是小说中寄寓了人的生命体验以及生死意义的深刻思索。小说标题“生死场”本身就具有超越性的象征意义，在小说中也有诸多下意识的叙述，“人和动物一起忙着生，忙着死”，“暖和的季节，全村忙着生产”，不管人还是动物，男性还是女性，生殖繁衍力是个体乃至人类的生命延续，也是对死亡的对抗；二是小说中对时间和空间的永存与流逝的不自觉呈现。东北大地是一个永存的“场域”空间，一代代农民在这个“场”中的生老病死是时间的流逝，不留下任何痕迹，只剩下“浸润着血污的黑土”；三是小说中有不少东北民俗文化内涵描写，如生育忌讳、丧葬习俗、节日习俗等。总之，从表面看，《生死场》是一部“抗争”乃至于“抗战”小说，但在其深层则具有多重性文化意蕴。

思考题

1. 有人认为《生死场》是一部抗日小说，有人认为《生死场》突出表现了女性意识，有人还认为《生死场》体现了生死循环及生命意识，请谈谈你的看法。

2. 请课后阅读《生死场》，仔细体会小说的文化内涵。

呼兰河传(节选)

第三章

一

呼兰河这小城里边住着我的祖父。

我生的时候,祖父已经六十多岁了,我长到四五岁,祖父就快七十了。

我家有一个大花园,这花园里蜂子、蝴蝶、蜻蜓、蚂蚱,样样都有。蝴蝶有白蝴蝶、黄蝴蝶。这种蝴蝶极小,不太好看。好看的是大红蝴蝶,满身带着金粉。

蜻蜓是金的,蚂蚱是绿的,蜂子则嗡嗡地飞着,满身绒毛,落到一朵花上,胖圆圆地就和一个小毛球似的不动了。

花园里边明晃晃的,红的红,绿的绿,新鲜漂亮。

据说这花园,从前是一个果园。祖母喜欢吃果子就种了果园。祖母又喜欢养羊,羊就把果树给啃了。果树于是都死了。到我有记忆的时候,园子里就只有一棵樱桃树,一棵李子树,为因樱桃和李子都不大结果子,所以觉得他们是并不存在的。小的时候,只觉得园子里边就有一棵大榆树。

这榆树在园子的西北角上,来了风,这榆树先啸,来了雨,大榆树先就冒烟了。太阳一出来,大榆树的叶子就发光了,它们闪烁得和沙滩上的蚌壳一样了。

祖父一天都在后园里边,我也跟着祖父在后园里边。祖父带一个大草帽,我戴一个小草帽,祖父栽花,我就栽花;祖父拔草,我就拔草。当祖父下种,种小白菜的时候,我就跟在后边,把那下了种的土窝,用脚一个一个地溜平,哪里会溜得准,东一脚的,西一脚的瞎闹。有的把菜种不单没被土盖上，反而把菜子踢飞了。

小白菜长得非常之快，没有几天就冒了芽了。一转眼就可以拔下来吃了。

祖父铲地，我也铲地；因为我太小，拿不动那锄头杆，祖父就把锄头杆拔下来，让我单拿着那个锄头的“头”来铲。其实哪里是铲，也不过爬在地上，用锄头乱勾一阵就是了。也认不得哪个是苗，哪个是草。往往把韭菜当做野草一起地割掉，把狗尾草当做谷穗留着。

等祖父发现我铲的那块满留着狗尾草的一片，他就问我，“这是什么？”

我说：“谷子。”

祖父大笑起来，笑得够了，把草摘下来问我：“你每天吃的就是这个吗？”

我说：“是的。”

我看着祖父还在笑，我就说：“你不信，我到屋里拿来你看。”

我跑到屋里拿了鸟笼上的一头谷穗，远远地就抛给祖父了。说：“这不是一样的吗？”

祖父慢慢地把我叫过去，讲给我听，说谷子是有芒针的。狗尾草则没有，只是毛嘟嘟的真像狗尾巴。

祖父虽然教我，我看了也并不细看，也不过马马虎虎承认下来就是了。

一抬头看见了一个黄瓜长大了，跑过去摘下来，我又去吃黄瓜去了。

黄瓜也许没有吃完，又看见了一个大蜻蜓从旁飞过，于是丢了黄瓜又去追蜻蜓去了。蜻蜓飞得多么快，哪里会追得上。好在一开初也没有存心一定追上，所以站起来，跟了蜻蜓跑了几步就又去做别的去了。

采一个倭瓜花心，捉一个大绿豆青蚂蚱，把蚂蚱腿用线绑上，绑了一会，也许把蚂蚱腿就绑掉，线头上只拴了一只腿，而不见蚂蚱了。

玩腻了，又跑到祖父那里去乱闹一阵，祖父浇菜，我也抢过来浇，奇怪的就是并不往菜上浇，而是拿着水瓢，拼尽了力气，把水往天空里一扬，大喊着："下雨了，下雨了。"

太阳在园子里是特大的，天空是特别高的，太阳的光芒四射，亮得使人睁不开眼睛，亮得蚯蚓不敢钻出地面来，蝙蝠不敢从什么黑暗的地方飞出来。

是凡在太阳下的，都是健康的、漂亮的，拍一拍连大树都会发响的，叫一叫就是站在对面的土墙都会回答似的。

花开了，就像花睡醒了似的。鸟飞了，就像鸟上天了似的。虫子叫了，就像虫子在说话似的。一切都活了。都有无限的本领，要做什么，就做什么。

要怎么样，就怎么样。都是自由的。倭瓜愿意爬上架就爬上架，愿意爬上房就爬上房。黄瓜愿意开一个谎花，就开一个谎花，愿意结一个黄瓜，就结一个黄瓜。若都不愿意，就是一个黄瓜也不结，一朵花也不开，也没有人问它。

玉米愿意长多高就长多高，他若愿意长上天去，也没有人管。蝴蝶随意的飞，一会从墙头上飞来一对黄蝴蝶，一会又从墙头上飞走了一个白蝴蝶。它们是从谁家来的，又飞到谁家去？太阳也不知道这个。

只是天空蓝悠悠的，又高又远。

可是白云一来了的时候，那大团的白云，好像洒了花的白银似的，从祖父的头上经过，好像要压到了祖父的草帽那么低。

我玩累了，就在房子底下找个阴凉的地方睡着了。不用枕头，不用席子，就把草帽遮在脸上就睡了。

二

祖父的眼睛是笑盈盈的，祖父的笑，常常笑得和孩子似的。

祖父是个长得很高的人，身体很健康，手里喜欢拿着个手仗。

嘴上则不住地抽着旱烟管，遇到了小孩子，每每喜欢开个玩笑，说：“你看天空飞个家雀。”

趁那孩子往天空一看，就伸出手去把那孩子的帽给取下来了，有的时候放在长衫的下边，有的时候放在袖口里头。他说：“家雀叼走了你的帽啦。”

孩子们都知道了祖父的这一手了，并不以为奇，就抱住他的大腿，向他要帽子，摸着他的袖管，撕着他的衣襟，一直到找出帽子来为止。

祖父常常这样做，也总是把帽放在同一的地方，总是放在袖口和衣襟下。

那些搜索他的孩子没有一次不是在他衣襟下把帽子拿出来的，好像他和孩子们约定了似的：“我就放在这块，你来找吧！”

这样的不知做过了多少次，就像老太太永久讲着“上山打老虎”这一个故事给孩子们听似的，哪怕是已经听过了五百遍，也还是在那里回回拍手，回回叫好。

每当祖父这样做一次的时候，祖父和孩子们都一齐地笑得不得了。好像这戏还像第一次演似的。

别人看了祖父这样做，也有笑的，可不是笑祖父的手法好，而是笑他天天使用一种方法抓掉了孩子的帽子，这未免可笑。

祖父不怎样会理财，一切家务都由祖母管理。祖父只是自由自在地一天闲着；我想，幸好我长大了，我三岁了，不然祖父该多寂寞。我会走了，我会跑了。我走不动的时候，祖父就抱着我；我走动了，祖父就拉着我。一天到晚，门里门外，寸步不离，而祖父多半是在后园里，于是我也在后园里。

我小的时候，没有什么同伴，我是我母亲的第一个孩子。

我记事很早，在我三岁的时候，我记得我的祖母用针刺过我的手指，所以我很不喜欢她。我家的窗子，都是四边糊纸，当中嵌着玻璃，祖母是有洁癖的，以她屋的窗纸最白净。别人抱着把我一放在祖母的炕边上，我不加思索地就要往炕里边跑，跑到窗子那里，就伸出手去，把那白白透着花窗棂的纸窗给捅了几个洞，若不加阻止，就必得挨着排给捅破，若有人招呼着我，我也得加速的抢着多捅几个才能停止。手指一触到窗上，那纸窗像小鼓似的，嘭嘭地就破了。破得越多，自己越得意。祖母若来追我的时候，我就越得意了，笑得拍着手，跳着脚的。

有一天祖母看我来了，她拿了一个大针就到窗子外边去等我去了。我刚一伸出手去，手指就痛得厉害。我就叫起来了，那就是祖母用针刺了我。

从此，我就记住了，我不喜欢她。

虽然她也给我糖吃，她咳嗽时吃猪腰烧川贝母，也分给我猪腰，但是我吃了猪腰还是不喜欢她。

在她临死之前，病重的时候，我还会吓了她一跳。有一次她自己一个人坐在炕上熬药，药壶是坐在炭火盆上，因为屋里特别的寂静，听得见那药壶骨碌骨碌地响。祖母住着两间房子，是里外屋，恰巧外屋也没有人，里屋也没人，就是她自己。我把门一开，祖母并没有看见我，于是我就用拳头在板隔壁上，咚咚地打了两拳。我听到祖母"哟"地一声，铁火剪子就掉了地上了。

我再探头一望，祖母就骂起我来。她好像就要下地来追我似的。我就一边笑着，一边跑了。

我这样地吓唬祖母，也并不是向她报仇，那时我才五岁，是不晓得什么的。也许觉得这样好玩。

祖父一天到晚是闲着的，祖母什么工作也不分配给他。只有一件事，就是祖母的地桃上的摆设，有一套锡器，却总是祖父擦的。这可不知道是祖母派给他的，还是他自动的愿意工作，每当祖父一擦的时候，我就不高兴，一方面是不能领着我到后园里去玩了，另一方面祖父因此常常挨骂，祖母骂他懒，骂他擦的不干净。祖母一骂祖父的时候，就常常不知为什么连我也骂上。

祖母一骂祖父，我就拉着祖父的手往外边走，一边说："我们后园里去吧。"

也许因此祖母也骂了我。

她骂祖父是“死脑瓜骨”，骂我是“小死脑瓜骨”。

我拉着祖父就到后园里去了，一到了后园里，立刻就另是一个世界了。

决不是那房子里的狭窄的世界，而是宽广的，人和天地在一起，天地是多么大，多么远，用手摸不到天空。而土地上所长的又是那么繁华，一眼看上去，是看不完的，只觉得眼前鲜绿的一片。

一到后园里，我就没有对象地奔了出去，好像我是看准了什么而奔去了似的，好像有什么在那儿等着我似的。其实我是什么目的也没有。只觉得这园子里边无论什么东西都是活的，好像我的腿也非跳不可了。

若不是把全身的力量跳尽了，祖父怕我累了想招呼住我，那是不可能的，反而他越招呼，我越不听活。

等到自己实在跑不动了，才坐下来休息，那休息也是很快的，也不过随便在秧子上摘下一个黄瓜来，吃了也就好了。

休息好了又是跑。

樱桃树，明是没有结樱桃，就偏跑到树上去找樱桃。李子树是半死的样子了，本不结李子的，就偏去找李子。一边在找，还一边大声的喊，在问着祖父：“爷爷，樱桃树为什么不结樱桃？”

祖父老远的回答着：“因为没有开花，就不结樱桃。”

再问：“为什么樱桃树不开花？”

祖父说：“因为你嘴馋，它就不开花。”

我一听了这后，明明是嘲笑我的话，于是就飞奔着跑到祖父那里，似乎是很生气的样子。等祖父把眼睛一抬，他用了完全没有恶意的眼睛一看我，我立刻就笑了。而且是笑了半天的工夫才能够止住，不知哪里来了那许多的高兴。把后园一时都让我搅乱了，我笑的声音不知有多大，自己都感到震耳了。

后园中有一棵玫瑰。一到五月就开花的。一直开到六月。花朵和酱油碟那么大。开得很茂盛，满树都是，因为花香，招来了很多的蜂子，嗡嗡地在玫瑰树那儿闹着。

别的一切都玩厌了的时候，我就想起来去摘玫瑰花，摘了一大堆把草帽脱下来用帽兜子盛着。在摘那花的时候，有两种恐惧，一种是怕蜂子的勾刺人，另一种是怕玫瑰的刺刺手。好不容易摘了一大堆，摘完了可又不知道做什么了。忽然异想天开，这花若给祖父戴起来该多好看。

祖父蹲在地上拔草，我就给他戴花。祖父只知道我是在捉弄他的帽子，而不知道我到底是在干什么。我把他的草帽给他插了一圈的花，红通通的二三十朵。我一边插着一边笑，当我听到祖父说："今年春天雨水大，咱们这棵玫瑰开得这么香。二里路也怕闻得到的。"

就把我笑得哆嗦起来。我几乎没有支持的能力再插上去。等我插完了，祖父还是安然的不晓得。他还照样地拔着垅上的草。我跑得很远的站着，我不敢往祖父那边看，一看就想笑。所以我借机进屋去找一点吃的来，还没有等我回到园中，祖父也进屋来了。

那满头红通通的花朵，一进来祖母就看见了。她看见什么也没说，就大笑了起来。父亲母亲也笑了起来，而以我笑得最厉害，我在炕上打着滚笑。

祖父把帽子摘下来一看，原来那玫瑰的香并不是因为今年春天雨水大的缘故，而是那花就顶在他的头上。

他把帽子放下，他笑了十多分钟还停不住，过一会一想起来，又笑了。

祖父刚有点忘记了，我就在旁边提着说："爷爷……今年春天雨水大呀……"

一提起，祖父的笑就来了。于是我也在炕上打起滚来。

就这样一天一天的，祖父，后园，我，这三样是一样也不可缺少的了。

刮了风，下了雨，祖父不知怎样，在我却是非常寂寞的了。去没有去处，玩没有玩的，觉得这一天不知有多少日子那么长。

三

偏偏这后园每年都要封闭一次的，秋雨之后这花园就开始凋零了，黄的黄、败的败，好像很快似的一切花朵都灭了，好像有人把它们摧残了似的。

它们一齐都没有从前那么健康了，好像它们都很疲倦了，而要休息了似的，好像要收拾收拾回家去了似的。

大榆树也是落着叶子，当我和祖父偶尔在树下坐坐，树叶竟落在我的脸上来了。树叶飞满了后园。

没有多少时候，大雪又落下来了，后园就被埋住了。

通到园去的后门，也用泥封起来了，封得很厚，整个的冬天挂着白霜。

我家住着五间房子，祖母和祖父共住两间，母亲和父亲共住两间。祖母住的是西屋，母亲住的是东屋。

是五间一排的正房，厨房在中间，一齐是玻璃窗子，青砖墙，瓦房间。

祖母的屋子，一个是外间，一个是内间。外间里摆着大躺箱，地长桌，太师椅。椅子上铺着红椅垫，躺箱上摆着朱砂瓶，长桌上列着座钟。钟的两边站着帽筒。帽筒上并不挂着帽子，而插着几个孔雀翎。

我小的时候，就喜欢这个孔雀翎，我说它有金色的眼睛，总想用手摸一摸，祖母就一定不让摸，祖母是有洁癖的。

还有祖母的躺箱上摆着一个座钟，那座钟是非常希奇的，画着一个穿着古装的大姑娘，好像活了似的，每当我到祖母屋去，若是屋子里没有人，她就总用眼睛瞪我，我几次的告诉过祖父，祖父说："那是画的，她不会瞪人。"

我一定说她是会瞪人的，因为我看得出来，她的眼珠像是会转。

还有祖母的大躺箱上也尽雕着小人，尽是穿古装衣裳的，宽衣大袖，还戴顶子，带着翎子。满箱子都刻着，大概有二三十个人，还有吃酒的，吃饭的，还有作揖的……

我总想要细看一看，可是祖母不让我沾边，我还离得很远的，她就说："可不许用手摸，你的手脏。"

祖母的内间里边，在墙上挂着一个很古怪很古怪的挂钟，挂钟的下边用铁练子垂着两穗铁包米。铁包米比真的包米大了很多，看起来非常重，似乎可以打死一个人。再往那挂钟里边看就更希奇古怪了，有一个小人，长得蓝眼珠，钟摆一秒钟就响一下，钟摆一响，那眼珠就同时一转。

那小人是黄头发，蓝眼珠，跟我相差太远，虽然祖父告诉我，说那是毛子人，但我不承认她，我看她不像什么人。

所以我每次看这挂钟，就半天半天的看，都看得有点发呆了。我想：这毛子人就总在钟里边呆着吗？永久也不下来玩吗？

外国人在呼兰河的土语叫做"毛子人"。我四五岁的时候，还没有见过一个毛子人，以为毛子人就是因为她的头发毛烘烘地卷着的缘故。

祖母的屋子除了这些东西，还有很多别的，因为那时候，别的我都不发生什么趣味，所以只记住了这三五样。

母亲的屋里，就连这一类的古怪玩艺也没有了，都是些普通的描金柜，也是些帽筒，花瓶之类，没有什么好看的，我没有记住。

这五间房子的组织，除了四间住房一间厨房之外，还有极小的，极黑的两个小后房。祖母一个，母亲一个。

那里边装着各种样的东西，因为是储藏室的缘故。

坛子罐子、箱子柜子、筐子篓子。除了自己家的东西，还有别人寄存的。

那里边是黑的，要端着灯进去才能看见。那里边的耗子很多，蜘蛛网也很多。空气不大好，永久有一种扑鼻的和药的气味似的。

我觉得这储藏室很好玩，随便打开那一只箱子，里边一定有一些好看的东西，花丝线、各种色的绸条、香荷包、搭腰、裤腿、马蹄袖、绣花的领子。

古香古色，颜色都配得特别的好看。箱子里边也常常有蓝翠的耳环或戒指，被我看见了，我一看见就非要一个玩不可，母亲就常常随手抛给我一个。

还有些桌子带着抽屉的，一打开那里边更有些好玩的东西，铜环、木刀、竹尺、观音粉。这些个都是我在别的地方没有看过的。而且这抽屉始终也不锁的。所以我常常随意地开，开了就把样样，似乎是不加选择地都搜了出去，左手拿着木头刀，右手拿着观音粉，这里砍一下，那里画一下。后来我又得到了一个小锯，用这小锯，我开始毁坏起东西来，在椅子腿上锯一锯，在炕沿上锯一锯。我自己竟把我自己的小木刀也锯坏了。

无论吃饭和睡觉，我这些东西都带在身边，吃饭的时候，我就用这小锯，锯着馒头。睡觉做起梦来还喊着："我的小锯哪里去了？"

储藏室好像变成我探险的地方了。我常常趁着母亲不在屋我就打开门进去了。这储藏室也有一个后窗，下半天也有一点亮光，我就趁着这亮光打开了抽屉，这抽屉已经被我翻得差不多的了，没有什么新鲜的了。翻了一会，觉得没有什么趣味了，就出来了。到后来连一块水胶，一段绳头都让我拿出来了，把五个抽屉通通拿空了。

除了抽屉还有筐子笼子，但那个我不敢动，似乎每一样都是黑洞洞的，灰尘不知有多厚，蛛网蛛丝的不知有多少，因此我连想也不想动那东西。

记得有一次我走到这黑屋子的极深极远的地方去，一个发响的东西撞住我的脚上，我摸起来抱到光亮的地方一看，原来是一个小灯笼，用手指把灰尘一划，露出来是个红玻璃的。

我在一两岁的时候，大概我是见过灯笼的，可是长到四五岁，反而不认识了。我不知道这是个什么。我抱着去问祖父去了。

祖父给我擦干净了，里边点上个洋蜡烛，于是我欢喜得就打着灯笼满屋跑，跑了好几天，一直到把这灯笼打碎了才算完了。

我在黑屋子里边又碰到了一块木头，这块木头是上边刻着花的，用手一摸，很不光滑，我拿出来用小锯锯着。祖父看见了，说："这是印帖子的帖板。"

我不知道什么叫帖子，祖父刷上一片墨刷一张给我看，我只看见印出来几个小人。还有一些乱七八糟的花，还有字。祖父说："咱们家开烧锅的时候，发帖子就是用这个印的，这是一百吊的……还有伍十吊的十吊的……"

祖父给我印了许多，还用鬼子红给我印了些红的。

还有戴缨子的清朝的帽子，我也拿了出来戴上。多少年前的老大的鹅翎扇子，我也拿了出来吹着风。翻了一瓶莎仁出来，那是治胃病的药，母亲吃着，我也跟着吃。

不久，这些八百年前的东西，都被我弄出来了。有些是祖母保存着的，有些是已经出了嫁的姑母的遗物，已经在那黑洞洞的地方放了多少年了，连动也没有动过，有些个快要腐烂了，有些个生了虫子，因为那些东西早被人们忘记了，好像世界上已经没有那么一回事了。而今天忽然又来到了他们的眼前，他们受了惊似的又恢复了他们的记忆。

每当我拿出一件新的东西的时候，祖母看见了，祖母说："这是多少年前的了！这是你大姑在家里边玩的……"

祖父看见了，祖父说："这是你二姑在家时用的……"

这是你大姑的扇子，那是你三姑的花鞋……都有了来历。但我不知道谁是我的三姑，谁是我的大姑。也许我一两岁的时候，我见过她们，可是我到四五岁时，我就不记得了。

我祖母有三个女儿，到我长起来时，她们都早已出嫁了。可见二三十年内就没有小孩子了。而今也只有我一个。实在的还有一个小弟弟，不过那时他才一岁半岁的，所以不算他。

家里边多少年前放的东西，没有动过，他们过的是既不向前，也不回头的生活，是凡过去的，都算是忘记了，未来的他们也不怎样积极地希望着，只是一天一天地平板地、无怨无尤地在他们祖先给他们准备好的口粮之中生活着。

等我生来了，第一给了祖父的无限的欢喜，等我长大了，祖父非常地爱我。使我觉得在这世界上，有了祖父就够了，还怕什么呢？虽然父亲的冷淡，母亲的恶言恶色，和祖母的用针刺我手指的这些事，都觉得算不了什么。何况又有后花园！后园虽然让冰雪给封闭了，但是又发现了这储藏室。这里边是无穷无尽地什么都有，这里边宝藏着的都是我所想像不到的东西，使我感到这世界上的东西怎么这样多！而且样样好玩，样样新奇。

比方我得到了一包颜料，是中国的大绿，看那颜料闪着金光，可是往指甲上一染，指甲就变绿了，往胳臂上一染，胳臂立刻飞来了一张树叶似的。

实在是好看，也实在是莫名其妙，所以心里边就暗暗地欢喜，莫非是我得了宝贝吗？

得了一块观音粉。这观音粉往门上一划，门就白了一道，往窗上一划，窗就白了一道。这可真有点奇怪，大概祖父写字的墨是黑墨，而这是白墨吧。

得了一块圆玻璃，祖父说是“显微镜”。他在太阳底下一照，竟把祖父装好的一袋烟照着了。

这该多么使人欢喜，什么什么都会变的。你看他是一块废铁，说不定他就有用，比方我捡到一块四方的铁块，上边有一个小窝。祖父把榛子放在小窝里边，打着榛子给我吃。在这小窝里打，不知道比用牙咬要快了多少倍。

何况祖父老了，他的牙又多半不大好。

我天天从那黑屋子往外搬着，而天天有新的。搬出来一批，玩厌了，弄坏了，就再去搬。

因此使我的祖父、祖母常常地慨叹。

他们说这是多少年前的了，连我的第三个姑母还没有生的时候就有这东西。那是多少年前的了，还是分家的时候，从我曾祖那里得来的呢。又哪样哪样是什么人送的，而那家人家到今天也都家败人亡了，而这东西还存在着。

又是我在玩着的那葡蔓藤的手镯，祖母说她就戴着这个手镯，有一年夏天坐着小车子，抱着我大姑去回娘家，路上遇了土匪，把金耳环给摘去了，而没有要这手镯。若也是金的银的，那该多危险，也一定要被抢去的。

我听了问她："我大姑在哪儿？"

祖父笑了，祖母说："你大姑的孩子比你都大了。"

原来是四十年前的事情，我哪里知道。可是藤手镯却戴在我的手上，我举起手来，摇了一阵，那手镯好像风车似的，滴溜溜地转，手镯太大了，我的手太细了。

祖母看见我把从前的东西都搬出来了，她常常骂我："你这孩子，没有东西不拿着玩的，这小不成器的……"

她嘴里虽然是这样说，但她又在光天化日之下得以重看到这东西，也似乎给了她一些回忆的满足。所以她说我是并不十分严刻的，我当然是不听她，该拿还是照旧地拿。

于是我家里久不见天日的东西，经我这一搬弄，才得以见了天日。于是坏的坏，扔的扔，也就都从此消灭了。

我有记忆的第一个冬天，就这样过去了。没有感到十分的寂寞，但总不如在后园里那样玩着好。但孩子是容易忘记的，也就随遇而安了。

四

第二年夏天，后园里种了不少的韭菜，是因为祖母喜欢吃韭菜馅的饺子而种的。

可是当韭菜长起来时，祖母就病重了，而不能吃这韭菜了，家里别的人也没有吃这韭菜，韭菜就在园子里荒着。

因为祖母病重，家里非常热闹，来了我的大姑母，又来了我的二姑母。

二姑母是坐着她自家的小车子来的。那拉车的骡子挂着铃当，哗哗啷啷的就停在窗前了。

从那车上第一个就跳下来一个小孩，那小孩比我高了一点，是二姑母的儿子。

他的小名叫"小兰"，祖父让我向他叫兰哥。

别的我都不记得了，只记得不大一会工夫我就把他领到后园里去了。

告诉他这个是玫瑰树，这个是狗尾草，这个是樱桃树。樱桃树是不结樱桃的，我也告诉了他。

不知道在这之前他见过我没有，我可并没有见过他。

我带他到东南角上去看那棵李子树时，还没有走到眼前，他就说："这树前年就死了。"

他说了这样的话，是使我很吃惊的。这树死了，他可怎么知道的？心中立刻来了一种忌妒的情感，觉得这花园是属于我的，和属于祖父的，其余的人连晓得也不该晓得才对的。

我问他："那么你来过我们家吗？"

他说他来过。

这个我更生气了，怎么他来我不晓得呢？

我又问他："你什么时候来过的？"

他说前年来的，他还带给我一个毛猴子。他问着我："你忘了吗？你抱着那毛猴子就跑，跌倒了你还哭了哩！"

我无论怎样想，也想不起来了。不过总算他送给我过一个毛猴子，可见对我是很好的，于是我就不生他的气了。

从此天天就在一块玩。

他比我大三岁，已经八岁了，他说他在学堂里边念了书的，他还带来了几本书，晚上在煤油灯下他还把书拿出来给我看。书上有小人、有剪刀、有房子。因为都是带着图，我一看就连那字似乎也认识了，我说："这念剪刀，这念房子。"

他说不对："这念剪，这念房。"

我拿过来一细看，果然都是一个字，而不是两个字，我是照着图念的，所以错了。

我也有一盒方字块，这边是图，那边是字，我也拿出来给他看了。

从此整天的玩。祖母病重与否，我不知道。不过在她临死的前几天就穿上了满身的新衣裳，好像要出门做客似的。说是怕死了来不及穿衣裳。

因为祖母病重，家里热闹得很，来了很多亲戚。忙忙碌碌不知忙些个什么。有的拿了些白布撕着，撕得一条一块的，撕得非常的响亮，旁边就有人拿着针在缝那白布。还有的把一个小罐，里边装了米，罐口蒙上了红布。还有的在后园门口拢起火来，在铁火勺里边炸着面饼了。问她："这是什么？"

"这是打狗饽饽。"

她说阴间有十八关，过到狗关的时候，狗就上来咬人，用这饽一打，狗吃了饽饽就不咬人了。

似乎是姑妄言之、姑妄听之，我没有听进去。

家里边的人越多，我就越寂寞，走到屋里，问问这个，问问那个，一切都不理解。祖父也似乎把我忘记了。我从后园里捉了一个特别大的蚂蚱送给他去看，他连看也没有看，就说："真好，真好，上后园去玩去吧！"

新来的兰哥也不陪我时，我就在后园里一个人玩。

五

祖母已经死了，人们都到龙王庙上去报过庙回来了。而我还在后园里边玩着。

后园里边下了点雨，我想要进屋去拿草帽去，走到酱缸旁边（我家的酱缸是放在后园里的），一看，有雨点啪啪的落到缸帽子上。我想这缸帽子该多大，遮起雨来，比草帽一定更好。

于是我就从缸上把它翻下来了，到了地上它还乱滚一阵，这时候，雨就大了。我好不容易才设法钻进这缸帽子去。因为这缸帽子太大了，差不多和我一般高。

我顶着它，走了几步，觉得天昏地暗。而且重也是很重的，非常吃力。

而且自己已经走到哪里了，自己也不晓，只晓得头顶上啪啪拉拉的打着雨点，往脚下看着，脚下只是些狗尾草和韭菜。找了一个韭菜很厚的地方，我就坐下了，一坐下这缸帽子就和个小房似的扣着我。这比站着好得多，头顶不必顶着，帽子就扣在韭菜地上。但是里边可是黑极了，什么也看不见。

同时听什么声音，也觉得都远了。大树在风雨里边被吹得呜呜的，好像大树已经被搬到别人家的院子去似的。

韭菜是种在北墙根上，我是坐在韭菜上。北墙根离家里的房子很远的，家里边那闹嚷嚷的声音，也像是来在远方。

我细听了一会，听不出什么来，还是在我自己的小屋里边坐着。这小屋这么好，不怕风，不怕雨。站起来走的时候，顶着屋盖就走了，有多么轻快。

其实是很重的了，顶起来非常吃力。

我顶着缸帽子，一路摸索着，来到了后门口，我是要顶给爷爷看看的。

我家的后门坎特别高，迈也迈不过去，因为缸帽子太大，使我抬不起腿来。好不容易两手把腿拉着，弄了半天，总算是过去了。虽然进了屋，仍是不知道祖父在什么方向，于是我就大喊，正在这喊之间，父亲一脚把我踢翻了，差点没把我踢到灶口的火堆上去。缸帽子也在地上滚着。

等人家把我抱了起来，我一看，屋子里的人，完全不对了，都穿了白衣裳。

再一看，祖母不是睡在炕上，而是睡在一张长板上。

从这以后祖母就死了。

六

祖母一死，家里继续着来了许多亲戚，有的拿着香、纸，到灵前哭了一阵就回去了。有的就带大包小包的来了就住下了。

大门前边吹着喇叭，院子里搭了灵棚，哭声终日，一闹闹了不知多少日子。

请了和尚道士来，一闹闹到半夜，所来的都是吃、喝、说、笑。

我也觉得好玩，所以就特别高兴起来。又加上从前我没有小同伴，而现在有了。比我大的，比我小的，共有四五个。我们上树爬墙，几乎连房顶也要上去了。

他们带我到小门洞子顶上去捉鸽子，搬了梯子到房檐头上去捉家雀。后花园虽然大，已经装不下我了。

我跟着他们到井口边去往井里边看，那井是多么深，我从未见过。在上边喊一声，里边有人回答。用一个小石子投下去，那响声是很深远的。

他们带我到粮食房子去，到碾磨房去，有时候竟把我带到街上，是已经离开家了，不跟着家人在一起，我是从来没有走过这样远。

不料除了后园之外，还有更大的地方，我站在街上，不是看什么热闹，不是看那街上的行人车马，而是心里边想：是不是我将来一个人也可以走得很远？

有一天，他们把我带到南河沿上去了，南河沿离我家本不算远，也不过半里多地。可是因为我是第一次去，觉得实在很远。走出汗来了。走过一个黄土坑，又过一个南大营，南大营的门口，有兵把守门。那营房的院子大得在我看来太大了，实在是不应该。我们的院子就够大的了，怎么能比我们家的院子更大呢，大得有点不大好看了，我走过了，我还回过头来看。

路上有一家人家，把花盆摆到墙头上来了，我觉得这也不大好，若是看不见人家偷去呢！

还看见了一座小洋房，比我们家的房不知好了多少倍。若问我，哪里好？

我也说不出来，就觉得那房子是一色新，不像我家的房子那么陈旧。

我仅仅走了半里多路，我所看见的可太多了。所以觉得这南河沿实在远。

问他们："到了没有？"

他们说："就到的，就到的。"

果然，转过了大营房的墙角，就看见河水了。

我第一次看见河水，我不能晓得这河水是从什么地方来的？走了几年了？

那河太大了，等我走到河边上，抓了一把沙子抛下去，那河水简直没有因此而脏了一点点。河上有船，但是不很多，有的往东去了，有的往西去了。

也有的划到河的对岸去的，河的对岸似乎没有人家，而是一片柳条林。再往远看，就不能知道那是什么地方了，因为也没有人家，也没有房子，也看不见道路，也听不见一点音响。

我想将来是不是我也可以到那没有人的地方去看一看。

除了我家的后园，还有街道。除了街道，还有大河。除了大河，还有柳条林。除了柳条林，还有更远的，什么也没有的地方，什么也看不见的地方，什么声音也听不见的地方。

究竟除了这些，还有什么，我越想越不知道了。

就不用说这些我未曾见过的。就说一个花盆吧，就说一座院子吧。院子和花盆，我家里都有。但说那营房的院子就比我家的大，我家的花盆是摆在后园里的，人家的花盆就摆到墙头上来了。

可见我不知道的一定还有。

所以祖母死了，我竟聪明了。

七

祖母死了，我就跟祖父学诗。因为祖父的屋子空着，我就闹着一定要睡在祖父那屋。

早晨念诗，晚上念诗，半夜醒了也是念诗。念了一阵，念困了再睡去。

祖父教我的有《千家诗》，并没有课本，全凭口头传诵，祖父念一句，我就念一句。

祖父说："少小离家老大回……"

我也说："少小离家老大回……"

都是些什么字，什么意思，我不知道，只觉得念起来那声音很好听。所以很高兴地跟着喊。我喊的声音，比祖父的声音更大。

我一念起诗来，我家的五间房都可以听见，祖父怕我喊坏了喉咙，常常警告着我说："房盖被你抬走了。"

听了这笑话，我略微笑了一会工夫，过不了多久，就又喊起来了。

夜里也是照样地喊，母亲吓唬我，说再喊她要打我。

祖父也说："没有你这样念诗的，你这不叫念诗，你这叫乱叫。"

但我觉得这乱叫的习惯不能改，若不让我叫，我念它干什么。每当祖父教我一个新诗，一开头我若听了不好听，我就说："不学这个。"

祖父于是就换一个，换一个不好，我还是不要。

"春眠不觉晓，处处闻啼鸟，夜来风雨声，花落知多少。"

这一首诗，我很喜欢，我一念到第二句，"处处闻啼鸟"那处处两字，我就高兴起来了。觉得这首诗，实在是好，真好听"处处"该多好听。

还有一首我更喜欢的：

"重重叠叠上楼台，几度呼童扫不开。

刚被太阳收拾去，又为明月送将来。”

就这“几度呼童扫不开”，我根本不知道什么意思，就念成西沥忽通扫不开。

越念越觉得好听，越念越有趣味。

还当客人来了，祖父总是呼我念诗的，我就总喜念这一首。

那客人不知听懂了与否，只是点头说好。

就这样瞎念，到底不是久计。念了几十首之后，祖父开讲了。

“少小离家老大回，乡音无改鬓毛衰。”

祖父说：“这是说小时候离开了家到外边去，老了回来了。乡音无改鬓毛衰，这是说家乡的口音还没有改变，胡子可白了。”

我问祖父：“为什么小的时候离家？离家到哪里去？”

祖父说：“好比爷像你那么大离家，现在老了回来了，谁还认识呢？儿童相见不相识，笑问客从何处来。小孩子见了就招呼着说：你这个白胡老头，是从哪里来的？”

我一听觉得不大好，赶快就问祖父：“我也要离家的吗？等我胡子白了回来，爷爷你也不认识我了吗？”

心里很恐惧。

祖父一听就笑了：“等你老了还有爷爷吗？”

祖父说完了，看我还是不很高兴，他又赶快说：“你不离家的，你哪里能够离家……快再念一首诗吧！念春眠不觉晓……”

我一念起春眠不觉晓来，又是满口的大叫，得意极了。完全高兴，什么都忘了。

但从此再读新诗，一定要先讲的，没有讲过的也要重讲。似乎那大嚷大叫的习惯稍稍好了一点。

“两个黄鹂鸣翠柳，一行白鹭上青天。”

这首诗本来我也很喜欢的，黄梨是很好吃的。经祖父这一讲，说是两个鸟。于是不喜欢了。

“去年今日此门中，人面桃花相映红。

人面不知何处去，桃花依旧笑春风。”

这首诗祖父讲了我也不明白，但是我喜欢这首。因为其中有桃花。桃树一开了花不就结桃吗？桃子不是好吃吗？

所以每念完这首诗，我就接着问祖父：“今年咱们的樱桃树开不开花？”

九

除了念诗之外，还很喜欢吃。

记得大门洞子东边那家是养猪的，一个大猪在前边走，一群小猪跟在后边。有一天一个小猪掉井了，人们用抬土的筐子把小猪从井吊了上来。吊上来，那小猪早已死了。井口旁边围了很多人看热闹，祖父和我也在旁边看热闹。

那小猪一被打上来，祖父就说他要那小猪。

祖父把那小猪抱到家里，用黄泥裹起来，放在灶坑里烧上了，烧好了给我吃。

我站在炕沿旁边，那整个的小猪，就摆在我的眼前，祖父把那小猪一撕开，立刻就冒了油，真香，我从来没有吃过那么香的东西，从来没有吃过那么好吃的东西。第二次，又有一只鸭子掉井了，祖父也用黄泥包起来，烧上给我吃了。

在祖父烧的时候，我也帮着忙，帮着祖父搅黄泥，一边喊着，一边叫着，好像拉拉队似的给祖父助兴。

鸭子比小猪更好吃，那肉是不怎样肥的。所以我最喜欢吃鸭子。

我吃，祖父在旁边看着。祖父不吃。等我吃完了，祖父才吃。他说我的牙齿小，怕我咬不动，先让我选嫩的吃，我吃剩了的他才吃。

祖父看我每咽下去一口，他就点一下头。而且高兴地说：“这小东西真馋，”或是“这小东西吃得真快。”

我的手满是油，随吃随在大襟上擦着，祖父看了也并不生气，只是说："快蘸点盐吧，快蘸点韭菜花吧，空口吃不好，等会要反胃的……"

说着就捏几个盐粒放在我手上拿着的鸭子肉上。我一张嘴又进肚去了。

祖父越称赞我能吃，我越吃得多。祖父看看不好了，怕我吃多了。让我停下，我才停下来。我明明白白的是吃不下去了，可是我嘴里还说着："一个鸭子还不够呢！"

自此吃鸭子的印象非常之深，等了好久，鸭子再不掉到井里，我看井沿有一群鸭子，我拿秫杆就往井里边赶，可是鸭子不进去，围着井口转，而呱呱地叫着。我就招呼了在旁边看热闹的小孩子，我说："帮我赶哪！"

正在吵吵叫叫的时候，祖父奔到了，祖父说："你在干什么？"

我说："赶鸭子，鸭子掉井，捞出来好烧吃。"

祖父说："不用赶了，爷爷抓个鸭子给你烧着。"

我不听他的话，我还是追在鸭子的后边跑着。

祖父上前来把我拦住了，抱在怀里，一面给我擦着汗一面说："跟爷爷回家，抓个鸭子烧上。"

我想：不掉井的鸭子，抓都抓不住，可怎么能规规矩矩贴起黄泥来让烧呢？于是我从祖父的身上往下挣扎着，喊着："我要掉井的！我要掉井的！"

祖父几乎抱不住我了。

一九四〇年十二月

（选自《萧红全集》第3卷，黑龙江大学出版社2011年版）

作品简析

《呼兰河传》是萧红后期的代表作，是一部优美而凄婉的回忆性自传小说。茅盾曾给予《呼兰河传》很高的赞誉，评价它"有一些比像一部小说更为诱人的东西，它是一篇叙事诗，一幅多彩风图画，一串凄婉的歌谣”。[1]

小说出版于1942年。它以小女孩的视角追忆了故乡呼兰河小城的各种人和事。小说一共七章，依次写了呼兰河城的自然风景，呼兰河人平淡卑琐的日常生活，故乡的风俗民情；“我”（小女孩）的童年生活，慈祥的祖父以及左邻右舍；描写了三个各不相同的悲剧人物形象与故事：天真活泼的小团圆媳妇的死、孤苦伶仃的有二伯的被欺凌、贫困潦倒的磨官冯歪嘴子的不幸遭遇。小说通过这些生活画面，不仅展现了故乡的风俗人情，表现了底层民众的欢乐、冷漠与不幸、迷信、麻木与愚昧，而且反映了“我”对故乡与亲人的无限思念之情。

本文节选自小说的第三章，共由九个小节组成，这也是小说中特别感人又充满着淡淡寂寞、感伤的一章。“呼兰河这小城里住着我的祖父”，这一句几乎可以看作是全篇的主题词。该章的主要内容是回忆年近七十的祖父对“我”的疼爱和我无忧无虑的童年生活。祖父宽容慈祥，他常带我到后花园玩耍，如栽花、拔草、种韭菜。对于我目无长辈式的调皮、捣乱、胡闹、恶作剧行为与话语，祖父常常是以孩童般的大笑处之。此章总体基调是欢快的，但最后“祖父几乎抱不住我了”一句又隐藏着一股寂寞的忧伤。萧红以细腻的抒情笔调展开了童年的回忆，这里没有惊心动魄，只是静静地演着一出出平凡的人生悲喜剧，打开一幅幅乡土民情风俗画。在各色人物的吃睡劳作、嘻乐哀哭和生生死死间，有麻木和愚昧，有无情的冷漠，也不乏默默的执著与坚韧，平凡的美丽与善良，所表达的主题是“东北大地的女儿是如何成长的”。小说于痛切之中弥散着怅惘无奈的喟叹，这便是蒙了尘的生命的永恒。

《呼兰河传》是萧红的长篇小说代表作。在艺术上的突出特

---

① 茅盾：《〈呼兰河传〉序》，《茅盾论中国现代作家作品》，北京大学出版社1980年版，第292页。

点是图像式、抒情性、散文化，由此人们称它是“散文化小说”“诗化小说”。它的语言优美而富有生命力，叙述与描绘蕴含诗情画意，写景塑人则情景合一，绘声绘色。作品在艺术上的如此成就，奠定了萧红在现代文学史上的重要地位与作用。香港评论家司马长风将《呼兰河传》和《边城》一起称为中国现代文学史上“出类拔萃的杰作”。

 **研习导引**

《呼兰河传》的“散文化”特征

《呼兰河传》的“散文化”或者说“诗化”的创作特征成就了萧红。萧红曾经说过：“有一种小说学，小说有一定的写法，一定要具备某几种东西，一定要写得像巴尔扎克或契诃夫的作品那样。我不相信这一套，有各式各样的作者就有各式各样的小说。”[①] 1946 年，茅盾在《〈呼兰河传〉序》中直言：“也许有人会觉得《呼兰河传》不是一部小说。”因为它“没有贯穿全书的线索，故事和人物都是零零碎碎的，不是整个的有机体”。[②] 关键问题是，茅盾认为这就是《呼兰河传》的重要特色和独特突破。赵园也认为，小说内在的“情绪流”“无结构的结构”、整体的“氛围”“情调”的内在节制使《呼兰河传》化解成了散文。[③] 此后有学者展开了进一步的判断：“最能代表萧红小说散文化风格的要算是《呼兰河传》了。它集中体现了萧红小说的特点：情节的淡化、散文式的语言、抒情的风格。”[④]很明显，萧红继承和借鉴了中国古典诗词、散文之抒情传

---

① 聂绀弩：《回忆我和萧红的一次谈话》，《新文学史料》，1981 年第 1 期。

② 茅盾：《〈呼兰河传〉序》，《萧红全集》（下），哈尔滨出版社 1991 年版，第 704 页。

③ 赵园：《论萧红小说兼及中国现代小说的散文特征》，《论小说十家》，浙江文艺出版社 1987 年版，第 221 页。

④ 阎志宏：《萧红和中国现代小说散文化》，《社会科学辑刊》，1991 年第 2 期。

统来进行小说创作。从《呼兰河传》本身来看，它写记忆中的故乡小城，采用了“散漫”的淡化人物情节，凸显主观印象和个人心理的构思手法；表达方式上以“小姑娘”的儿童情绪和感受来打动读者的心灵；写景状物上，清新自然，技巧高超多变。这些都是这部小说引起轰动，具有恒久魅力的重要原因。

思考题

1. 20 世纪 40 年代出现了一批描写童年生活的回忆体小说，如端木蕻良的《初吻》《早春》，骆宾基的《混沌》。有兴趣的同学可以将这些小说找来阅读，并尝试做一个比较性研究。

2.《呼兰河传》是萧红成年后离开呼兰河小城，定居都市后对童年生活、乡村生活的回忆性书写。因此，作者在写作时就出现了成年——童年，都市——乡村这两组的不同叙述视角与叙述语境。根据这一特点，请仔细阅读本文节选的第三章，重点注意体味与分析两个方面：一是儿童视角下的世界怎么样？二是小说的显性氛围是轻松、欢乐的，但要特别注意和体验小说的隐形情绪，它是一种寂寞的、讽刺的感受吗？

拓展阅读

1. 骆宾基：《萧红小传》，黑龙江人民出版社 1981 年版。

2. 杜一白，张毓茂：《萧红作品欣赏》，广西人民出版社 1985 年版。

3. (美)葛浩文：《萧红评传》，郑继宗译，北方文艺出版社 1985 年版。

4. 司马长风：《中国新文学史》，传记文学出版社 1991 年版。

5. 陈洁仪：《现实与象征——萧红“自我”“女性”“作家”的身份探寻》，香港中文大学出版社 2005 年版。

6. 晓川，彭放主编：《萧红研究七十年 1921—2011》，北方文艺出版社 2011 年版。

7. 王观泉编:《怀念萧红》,东方出版社 2011 年版。

8. 季红真:《萧红全传:呼兰河的女儿》(修订版),现代出版社 2016 年版。

视频资料:

电影《萧红》,霍建起导演,2013 年上映。

电影《黄金时代》,许鞍华导演,2014 年上映。

钱钟书

钱钟书(1910—1998),江苏无锡人,1933年毕业于清华大学外文系,后入牛津大学、巴黎大学学习和研究。钱钟书主要从事学术研究,文学创作的数量不多,主要学术著作有《谈艺录》《管锥篇》《七缀集》等,长篇小说《围城》、短篇小说集《人·鬼·兽》。由于对中外文史渊博精深的把握,以及对世态人情细致入微的体察,钱钟书的作品在主题、叙事和风格上独树一帜,获得了机智、博学和讽刺作家的声誉。

讽刺知识分子与心理描写是钱钟书小说的两大特色,在长篇小说《围城》中得到了淋漓尽致的展现。美国学者夏志清称:“《围城》是中国近代文学中最有趣和最用心经营的小说,可能亦是最伟大的一部。作为讽刺文学,它令人想起《儒林外史》那一类的著名外国古典小说。但是,它比它们优胜,因为它有统一的结构和更丰富的喜剧性。和牵涉众多人物而结构松懈的《儒林外史》有别,《围城》是一篇称得上是‘浪荡汉’的喜剧旅程录。”钱钟书在小说的初版《序》中写道:“在这本书里,我想写现代中国某一部分社会,某一类人物。”《围城》所写的社会涉及到的领域相当广阔,包括上海“孤岛”、大后方的湖南三间大学、香港等地。所写的某一类人物,主要是一批从欧美留学归来的学者、教授。一方面再现了这部分社会与人物黑暗而困顿的生存状况,另一方面剖析了这班人物的个性与道德方面的弱点,揭示了他们精神上所处的重重困境。

钱钟书的中西文化观对于中国学界具有重要的启示意义。在精熟中国文化和通览世界文化的基础上,他表现出了自己头脑的清醒和洞察力的深刻,以一种文化批判精神观照中国与世界。他既深刻地阐发了中国文化精神的深厚意蕴和独特价值,也恰如其分地指出了其历史局限性和地域局限性。

围城(节选)

方鸿渐到馆子,那两个客人已经先在。一个躬背高额,大眼睛,苍白脸,戴夹鼻金丝眼镜,穿的西装袖口遮没手指,光光的脸,没胡子也没皱纹,而看来像个幼稚的老太婆或者上了年纪的小孩子。一个气概飞扬,鼻子直而高,侧望像脸上斜搁了一张梯,颈下打的领结饱满齐整得使方鸿渐绝望地企羡。辛楣见了鸿渐,热烈欢迎。彼此介绍之后,鸿渐才知道那位躬背的是哲学家褚慎明,另一位叫董斜川,原任捷克中国公使馆军事参赞,内调回国,尚未到部,善做旧诗,是个大才子。这位褚慎明原名褚家宝,成名以后,嫌"家宝"这名字不合哲学家身分,据斯宾诺沙改名的先例,换成"慎明",取"慎思明辩"的意思。他自小负神童之誉,但有人说他是神经病。他小学、中学、大学都不肯毕业,因为他觉得没有先生配教他考他。他最恨女人,眼睛近视得利害而从来不肯配眼镜,因为怕看清楚了女人的脸,又常说人性里有天性跟兽性两部分,他自己全是天性。他常翻外国哲学杂志,查出世界大哲学家的通信处,写信给他们,说自己如何爱读他们的书,把哲学杂志书评栏里赞美他们著作的话,改头换面算自己的意见。外国哲学家是知识分子里最牢骚不平的人,专门的权威没有科学家那样高,通俗的名气没有文学家那样大,忽然几万里外有人写信恭维,不用说高兴得险的忘掉了哲学。他们理想中国是个不知怎样闭塞落伍的原始国家,而这个中国人信里说几句话,倒有分寸,便回信赞褚慎明是中国新哲学的创始人,还有送书给他的。不过褚慎明再写信去,就收不到多少复信,缘故是那些虚荣的老头子拿了他的第一封信向同行卖弄,不料彼此都收到他的这样一封信,彼此都是他认为"现代最伟大的哲学家",不免扫兴生气了。褚慎明靠着三四十封这类回信,吓倒了无数人,有位爱才的阔官僚花一万金送他出洋。西洋大哲学家不回他信的只有柏格森;柏格森最怕陌生人去缠他,住址严守秘密,电话簿上都没有他的名字。褚慎明到了欧洲,用尽心思,写信到柏格森寓处约期拜访,谁知道原信退回,他从此对直觉主义痛心疾首。柏格森的敌人罗素肯敷衍中国人,请他喝过一次茶,他从此研究数理逻辑。他出洋时,为方便起见,不得不戴眼镜,对女人的态度逐渐改变。杜慎卿厌恶女人,跟她们隔三间屋还闻着她们的臭气,褚慎明要女人,所以鼻子同样的敏锐。他心里装满女人,研究数理逻辑的时候,看见 a posteriori 那个名词会联想到 posterior,看见×记号会联想到 kiss,亏得他没细读柏拉图的太米蔼斯对话(Timaeus),否则他更要对着×记号出神。他正把那位送他出洋的大官僚讲中国人生观的著作翻为英文,每月到国立银行领一笔生活费,过极闲适的日子。董斜川的父亲董沂孙是个老名士,虽在民国作官,而不忘前清。斜川才气甚好,跟着老子作旧诗。中国是出儒将的国家,不比法国有一两个提得起笔的将军,就要请进国家学院去高供着。斜川的将略跟一般儒将相去无几,而他的诗即使不是儒将作的,也算得好了。文能穷人,所以他官运不好,这对于士兵,倒未始非福。他作军事参赞,不去讲武,倒批评上司和同事们文理不通,因此内调。他回国不多几天,想另谋个事。

方鸿渐见董斜川像尊人物,又听赵辛楣说是名父之子,不胜倾倒,说:“老太爷沂孙先生的诗,海内闻名。董先生不愧家学渊源,更难得是文武全才。”他自以为这算得恭维周到了。

董斜川道:“我作的诗,路数跟家严不同。家严年轻时候的诗取径没有我现在这样高。他到如今还不脱黄仲则,龚定盦那些乾嘉人习气,我一开笔就做的同光体。”

方鸿渐不敢开口。赵辛楣向跑堂要了昨天开的菜单,予以最后审查。董斜川也向跑堂的要了一枝秃笔,一方砚台,把茶几上的票子飞快的书写着。方鸿渐心里诧异。褚慎明危坐不说话,像内视着潜意识深处的趣事而微笑,比了他那神秘的笑容,蒙娜丽莎(Mona Lisa)的笑算不得什么一回事。鸿渐攀谈道:“褚先生最近研究些什么哲学问题?”

褚慎明神色慌忙,瞥了鸿渐一眼,别转头叫赵辛楣道:“老赵,苏小姐该来了。我这样等女人,生平是破例。”

辛楣把菜单给跑堂,回头正要答应,看见董斜川在写,忙说:“斜川,你在干什么?”

董斜川头都不抬道:“我在写诗。”

辛楣释然道:“快多写几首,我虽不懂诗,最爱看你的诗。我那位朋友苏小姐,新诗做得非常好,对旧诗也很能欣赏。回头把你的诗给她看。”

斜川停笔,手指拍着前额,像追思什么句子,又继续写,一面说:“新诗跟旧诗不能比!我那年在庐山跟我们那位老世伯陈散原先生聊天,偶尔谈起白话诗,老头子居然看过一两首新诗。他说还算徐志摩的诗有点意思,可是只相当于明初杨基那些人的境界,太可怜了。女人做诗,至多是第二流,鸟里面能唱的都是雄的,譬如鸡。”

辛楣大不服道:“为什么外国人提起夜莺,总说它是雌的?”

褚慎明对雌雄性别,最有研究,冷冷道:“夜莺雌的不会唱,会唱的是雄夜莺。”

说着,苏小姐来了。辛楣利用主人职权,当鸿渐的面向她专利地献殷勤。斜川一拉手后,正眼不瞧她,因为他承受老派名士对女人的态度,或者谑浪玩弄,这是对妓女的风流;或者眼观鼻,鼻观心,不敢平视,这是对朋友内眷的礼貌。褚哲学家害馋痨地看着苏小姐,大眼珠仿佛哲学家谢林的“绝对观念”,像“手枪里弹出的子药”,险的突破眼眶,迸碎眼镜。

辛楣道:“今天本来也请董太太,董先生说她有事不能来。董太太是美人,一笔好中国画,跟我们这位斜川兄真是珠联璧合。”

斜川客观地批判说:“内人长得相当漂亮,画也颇有家法。她画的《斜阳萧寺图》,在很多老辈的诗集里见得到题咏。她跟我逛龙树寺，回家就画这个手卷，我老太爷题两首七绝，有两句最好：'贞元朝士今谁在，无限僧寮旧夕阳！'的确，老辈一天少似一天，人才好像每况愈下，'不须上溯康乾世，回首同光已惘然！'"说时摇头慨叹。

方鸿渐闻所未闻，甚感兴味。只奇怪这样一个英年洋派的人，何以口气活像遗少，也许是学同光体诗的缘故。辛楣请大家入席，为苏小姐杯子里斟满了法国葡萄汁，笑说："这是专给你喝的，我们另有我们的酒。今天席上慎明兄是哲学家，你跟斜川兄都是诗人，方先生又是哲学家又是诗人，一身兼两长，更了不得。我一无所能，只会喝两口酒，方先生，我今天陪你喝它两斤酒，斜川兄也是洪量。"

方鸿渐吓得跳起来道："谁讲我是哲学家和诗人？我更不会喝酒，简直滴酒不饮。"

辛楣按住酒壶，眼光向席上转道："今天谁要客气推托，我们就罚他两杯，好不好？"

斜川道："赞成！这样好酒，罚还是便宜。"

鸿渐拦不住道："赵先生，我真不会喝酒，也给我葡萄汁，行不行？"

辛楣道："哪有不会喝酒的留法学生？葡萄汁是小姐们喝的。慎明兄因为神经衰弱戒酒，是个例外。你别客气。"

斜川呵呵笑道："你既不是文纨小姐的'倾国倾城貌'，又不是慎明先生的'多愁多病身'，我劝你还是'有酒直须醉'罢。好，先干一杯，一杯不成，就半杯。"

苏小姐道："鸿渐好像是不会喝酒——辛楣这样劝你，你就领情稍微喝一点罢。"辛楣听苏小姐护惜鸿渐，恨不得鸿渐杯里的酒滴滴都化成火油。他这愿望没实现，可是鸿渐喝一口，已觉一缕火线从舌尖伸延到胸膈间。慎明喝茶，酒杯还空着。跑堂拿上一大瓶叵耐牌 A 字牛奶，说已经隔水温过。辛楣把瓶给慎明道："你自斟自酌罢，我不跟你客气了。"慎明倒了一杯，尖着嘴唇尝了尝，说:“不凉不暖,正好。”然后从口袋里掏出个什么外国补药瓶子,数四粒丸药,搁在嘴里,喝一口牛奶咽下去。苏小姐道:“褚先生真知道养生!”慎明透口气道:“人没有这个身体,全是心灵,岂不更好;我并非保重身体,我只是哄乖了它,好不跟我捣乱——辛楣,这牛奶还新鲜。”

辛楣道:“我没哄你罢?我知道你的脾气,这瓶奶送到我家以后,我就搁在电气冰箱里冻着。你对新鲜牛奶这样认真,我有机会带你去见我们相熟的一位徐小姐,她开奶牛场,请她允许你每天凑着母牛的奶直接吸一个饱——今天的葡萄汁、酒、牛奶都是我带来的,没叫馆子里预备。文纨,吃完饭,我还有一匣东西给你。你爱吃的。”

苏小姐道:“什么东西?——哦,你又要害我头痛了。”

方鸿渐道:“我就不知道你爱吃什么东西,下次也可以买来孝敬你。”

辛楣又骄又妒道:“文纨,不要告诉他。”

苏小姐又为自己的嗜好抱歉道:“我在外国想吃广东鸭肫肝,不容易买到。去年回来,大哥买了给我吃,咬得我两太阳酸痛了好几天。你又要来引诱我了。”

鸿渐道:“外国菜里从来没有鸡鸭肫肝,我在伦敦看见成箱的鸡鸭肫肝贱得一文不值,人家买了给猫吃。”

辛楣道:“英国人吃东西远比不上美国人花色多。不过,外国人的吃胆总是太小,不敢冒险,不像我们中国人什么肉都敢吃。并且他们的烧菜原则是‘调’,我们是‘烹’,所以他们的汤菜尤其不够味道。他们白煮鸡,烧了一滚,把汤丢了,只吃鸡肉,真是笑话。”

鸿渐道:“这还不算冤呢!茶叶初到外国,那些外国人常把整磅的茶叶放在一锅子水里,到水烧开,泼了水,加上胡椒和盐,专吃那叶子。”

大家都笑。斜川道:“这跟樊樊山把鸡汤来沏龙井茶的笑话相同。我们这位老世伯光绪初年做京官的时候,有人外国回来送给他一罐咖啡,他以为是鼻烟,把鼻孔里的皮都擦破了。他集子里有首诗讲这件事。"

鸿渐道:"董先生不愧系出名门!今天听到不少掌故。"

慎明把夹鼻眼镜按一下,咳声嗽,说:"方先生,你那时候问我什么一句话?"

鸿渐糊涂道:"什么时候?"

"苏小姐还没来的时候,"——鸿渐记不起——"你好像问我研究什么哲学问题,对不对?"对这个照例的问题,褚慎明有个刻板的回答,那时候因为苏小姐还没来,所以他留到现在表演。

"对,对。"

"这句话严格分析起来,有点毛病。哲学家碰见问题,第一步研究问题:这成不成问题,不成问题的是假问题 pseudoqueation,不用解决,也不可解决。假使成问题呢,第二步研究解决:相传的解决正确不正确,要不要修正。你的意思恐怕不是问我研究什么问题,而是问我研究什么问题的解决。"

方鸿渐惊奇,董斜川厌倦,苏小姐迷惑,赵辛楣大声道:"妙,妙,分析得真精细,了不得!了不得!鸿渐兄,你虽然研究哲学,今天也甘拜下风了,听了这样好的议论,大家得干一杯。"

鸿渐经不起辛楣苦劝,勉强喝了两口,说:"辛楣兄,我只在哲学系混了一年,看了几本指定参考书。在褚先生面前只能虚心领教做学生。"

褚慎明道:"岂敢,岂敢!听方先生的话好像把一个个哲学家为单位,来看他们的著作。这只算研究哲学家,至多是研究哲学史,算不得研究哲学。充乎其量,不过做个哲学教授,不能成为哲学家。我喜欢用自己的头脑,不喜欢用人家的头脑来思想。科学文学的书我都看,可是非万不得已决不看哲学书。现在许多号称哲学家的人,并非真研究哲学,只研究些哲学上的人物文献。严格讲起来,他们不该叫哲学家 philosophers,该叫'哲学家学家'

philophilosophers。”

鸿渐说：“philophilosophers 这个字很妙，是不是先生用自己头脑想出来的？”

“这个字是有人在什么书上看见了告诉 Bertie，Bertie 告诉我的。”

“谁是 Bertie？”

“就是罗素了。”

世界有名的哲学家，新袭勋爵，而褚慎明跟他亲狎得叫他乳名，连董斜川都羡服了，便说：“你跟罗素很熟？”

“还够得上朋友，承他瞧得起，请我帮他解答许多问题。”天知道褚慎明并没吹牛，罗素确问过他什么时候到英国、有什么计划、茶里要搁几块糖这一类非他自己不能解决的问题——“方先生，你对数理逻辑用过功没有？”

“我知道这东西太难了，从没学过。”

“这话有语病，你没学过，怎会‘知道’它难呢？你的意思是：‘听说这东西太难了。’”

辛楣正要说“鸿渐兄输了，罚一杯”，苏小姐为鸿渐不服气道：“褚先生可真精明利害哪！吓得我口都不敢开了。”

慎明说：“不开口没有用，心里的思想照样的混乱不合逻辑，这病根还没有去掉。”

苏小姐撅嘴道：“你太可怕了！我们心里的自由你都要剥夺了。我瞧你就没本领钻到人心里去。”

褚慎明有生以来，美貌少女跟他讲“心”，今天是第一次。他非常激动，夹鼻眼镜泼刺一声直掉在牛奶杯子里，溅得衣服上桌布上都是奶，苏小姐胳膊上也沾润了几滴。大家忍不住笑。赵辛楣捺电铃叫跑堂来收拾。苏小姐不敢皱眉，轻快地拿手帕抹去手臂上的飞沫。褚慎明红着脸，把眼镜擦干，幸而没破，可是他不肯戴上，怕看清了大家脸上逗留的余笑。

董斜川道：“好，好，虽然‘马前泼水’，居然‘破镜重圆’，慎明兄将来的婚姻一定离合悲欢,大有可观。”

辛楣道:“大家干一杯,预敬我们大哲学家未来的好太太。方先生,半杯也喝半杯。”——辛楣不知道大哲学家从来没有娶过好太太,苏格拉底的太太就是泼妇,褚慎明的好朋友罗素也离了好几次婚。

鸿渐果然说道:“希望褚先生别像罗素那样的三四次闹离婚。”

慎明板着脸道:“这就是你所学的哲学!”苏小姐道:“鸿渐,我看你醉了,眼睛都红了。”斜川笑得前仰后合。辛楣嚷道:“岂有此理!说这种话非罚一杯不可!”本来敬一杯,鸿渐只需喝一两口,现在罚一杯,鸿渐自知理屈,挨了下去,渐渐觉得另有一个自己离开了身子在说话。

慎明道:“关于 Bertie 结婚离婚的事,我也和他谈过。他引一句英国古话,说结婚仿佛金漆的鸟笼,笼子外面的鸟想住进去,笼内的鸟想飞出来;所以结而离,离而结,没有了局。”

苏小姐道:“法国也有这么一句话。不过,不说是鸟笼,说是被围困的城堡 fortresse assiegee,城外的人想冲进去,城里的人想逃出来。鸿渐,是不是?”鸿渐摇头表示不知道。

辛楣道:“这不用问,你还会错么!”

慎明道:“不管它鸟笼罢,围城罢,像我这种一切超脱的人是不怕被围困的。”

鸿渐给酒摆布得失掉自制力道:“反正你会摆空城计。”结果他又给辛楣罚了半杯酒,苏小姐警告他不要多说话。斜川像在寻思什么,忽然说道:“是了,是了。中国哲学家里,王阳明是怕老婆的。”——这是他今天第一次没有叫“老世伯”的人。

辛楣抢说:“还有什么人没有?方先生,你说,你念过中国文学的。”

鸿渐忙说:“那是从前的事,根本没有念通。”辛楣欣然对苏小姐做个眼色,苏小姐忽然变得很笨,视若无睹。

“大学里教你国文的是些什么人?”斜川无兴趣地问。

鸿渐追想他的国文先生都叫不响,不比罗素、陈散原这些名字,像一支上等哈瓦那雪茄烟,可以挂在口边卖弄,便说:“全是些无名小子,可是教我们这种不通的学生,已经太好了。斜川兄,我对诗词真的一窍不通,偶尔看看,叫我做呢,一个字都做不出。”苏小姐嫌鸿渐太没面子了,心痒痒地要为他挽回体面。

斜川冷笑道:“看的是不是燕子龛、人境庐两家的诗?”

“为什么?”

“这是普通留学生所能欣赏的二毛子旧诗。东洋留学生捧苏曼殊,西洋留学生捧黄公度。留学生不知道苏东坡,黄山谷,心目间只有这一对苏黄。我没说错罢?还是黄公度好些,苏曼殊诗里的日本味儿,浓得就像日本女人头发上的油气。”

苏小姐道:“我也是个普通留学生,就不知道近代的旧诗谁算顶好。董先生讲点给我们听听。”

“当然是陈散原第一。这五六百年来,算他最高。我常说唐以后的大诗人可以把地理名词来概括,叫‘陵谷山原’。三陵:杜少陵,王广陵——知道这个人么?——梅宛陵;二谷:李昌谷,黄山谷;四山:李义山,王半山,陈后山,元遗山;可是只有一原,陈散原。”说时,翘着左手大拇指。鸿渐懦怯地问道:“不能添个‘坡’字么?”

“苏东坡,他差一点。”

鸿渐咋舌不下,想东坡的诗还不入他法眼,这人做的诗不知怎样好法,便问他要刚才写的诗来看。苏小姐知道斜川写了诗,也向他讨;因为只有做旧诗的人敢说不看新诗,做新诗的人从不肯说不懂旧诗的。斜川把四五张纸,分发同席,傲然靠在椅背上,但觉得这些人都不懂诗,决不能领略他句法的妙处,就是赞美也不会亲切中肯。这时候,他等待他们的恭维,同时知道这恭维不会满足自己,仿佛鸦片瘾发的时候只找到一包香烟的心理。纸上写着七八首近体诗,格调很老成。辞军事参赞回国那首诗有:“好赋归来看妇靥，大惭名字止儿啼”；愤慨中日战事的诗有：“直疑天似醉，欲与日偕亡”；此外还有：“清风不必一钱买，快雨端宜万户封”；“石齿漱寒濑，松涛泻夕风”；“未许避人思避世，独扶残醉赏残花”。可是有几句像：“泼眼空明供睡鸭，蟠胸秘怪媚潜虬”；“数子提携寻旧迹，哀芦苦竹照凄悲”；“秋气身轻一雁过，鬓丝摇影万鸦窥”；意思非常晦涩。鸿渐没读过《散原精舍诗》，还竭力思索这些字句的来源。他想芦竹并没起火，照东西不甚可能，何况“凄悲”是探海灯都照不见的。“数子”明明指朋友并非小孩子，朋友怎可以“提携”？一万只乌鸦看中诗人几根白头发，难道“乱发如鸦窠”，要宿在他头上？心里疑惑，不敢发问，怕斜川笑自己外行人不通。

大家照例称好，斜川客气地淡漠，仿佛领袖受民众欢迎时的表情。辛楣对鸿渐道：“你也写几首出来，让我们开开眼界。”鸿渐极口说不会做诗。斜川说鸿渐真的不会做诗，倒不必勉强。辛楣道：“那么，大家喝一大杯，把斜川兄的好诗下酒。”鸿渐要喉舌两关不留难这口酒，溜税似地直咽下去，只觉胃里的东西给这口酒激得要冒上来，好比已塞的抽水马桶又经人抽一下水的景象。忙搁下杯子。咬紧牙齿，用坚强的意志压住这阵泛溢。

苏小姐道：“我没见过董太太，可是我想象得出董太太的美。董先生的诗‘好赋归来看妇靥’，活画出董太太的可爱的笑容，两个深酒涡。”

赵辛楣道：“斜川有了好太太不够，还在诗里招摇，我们这些光杆看了真眼红，”说时，仗着酒勇，涎着脸看苏小姐。

褚慎明道：“酒涡生在他太太脸上，只有他一个人看。现在写进诗里，我们都可以仔细看个饱了。”

斜川生气不好发作，板着脸说：“跟你们这种不通的人，根本不必谈诗。我这一联是用的两个典，上句梅圣俞，下句杨大眼，你们不知道出处，就不要穿凿附会。”

辛楣一壁斟酒道：“抱歉抱歉！我们罚自己一杯。方先生，你应该知道出典，你不比我们呀！为什么也一窍不通？你罚两杯，来！”

鸿渐生气道：“你这人不讲理，为什么我比你们应当知道？”

苏小姐因为斜川骂“不通”，有自己在内，甚为不快，说：“我也是一窍不通的，可是我不喝这杯罚酒。”

辛楣已有醉意，不受苏小姐约束道：“你可以不罚，他至少也得还喝一杯，我陪他。”说时，把鸿渐杯子里的酒斟满了，拿起自己的杯子来一饮而尽，向鸿渐照着。

鸿渐毅然道：“我喝完这杯，此外你杀我头也不喝了。”举酒杯直着喉咙灌下去，灌完了，把杯子向辛楣一扬道：“照——”他“杯”字没出口，紧闭嘴，连跌带撞赶到痰盂边，“哇”的一声，菜跟酒冲口而出，想不到肚子里有那些呕不完的东西，只吐得上气不接下气，鼻涕眼泪胃汁都赔了。心里只想：“大丢脸！亏得唐小姐不在这儿。”胃里呕清了，恶心不止，傍茶几坐下，抬不起头，衣服上都溅满脏沫。苏小姐要走近身，他疲竭地做手势阻止她。辛楣在他吐得厉害时，为他敲背。斜川叫跑堂收拾地下，拿手巾，自己先倒杯茶给他漱口。褚慎明掩鼻把窗子全打开，满脸鄙厌，可是心上高兴，觉得自己泼的牛奶，给鸿渐的呕吐在同席的记忆里冲掉了。

斜川看鸿渐好了些，笑说：“‘凭阑一吐，不觉筌篌’，怎么饭没吃完，已经忙着还席了！没有关系，以后拼着吐几次，就学会喝酒了。”

辛楣道：“酒，证明真的不会喝了。希望诗不是真的不会做，哲学不是真的不懂。”

苏小姐发狠道：“还说风凉话呢！全是你不好，把他灌到这样，明天他真生了病，瞧你做主人的有什么脸见人？——鸿渐，你现在觉得怎么样？”把手指按鸿渐的前额，看得辛楣悔不曾学过内功拳术，为鸿渐敲背的时候，使他受致命伤。

鸿渐头闪开说：“没有什么，就是头有点痛。辛楣兄，今天真对不住你，各位也给我搅得扫兴，请继续吃罢。我想先回家去了，过天到辛楣兄府上来谢罪。”

苏小姐道：“你多坐一会，等头不痛了再走。”

辛楣恨不能立刻撵鸿渐滚蛋，便说：“谁有万金油？慎明，你随身带药的，有没有万金油？”

慎明从外套和裤子袋里掏出一大堆瓶儿盒儿，保喉、补脑、强肺、健胃、通便、发汗、止痛的药片、药丸、药膏全有。苏小姐拣出万金油，伸指蘸了些，为鸿渐擦在两太阳。辛楣一肚皮的酒，几乎全成酸醋，忍了一会，说：“好一点没有？今天我不敢留你，改天补请。我吩咐人叫车送你回去。”

苏小姐道：“不用叫车，他坐我的车，我送他回家。”

辛楣惊骇得睁大了眼，口吃说：“你，你不吃了？还有菜呢。”鸿渐有气无力地恳请苏小姐别送自己。

苏小姐道：“我早饱了，今天菜太丰盛了。褚先生，董先生，请慢用，我先走一步。辛楣，谢谢你。”

辛楣哭丧着脸，看他们俩上车走了。他今天要鸿渐当苏小姐面出丑的计划，差不多完全成功，可是这成功只证实了他的失败。鸿渐斜靠着车垫，问他要不要把领结解松，他摇摇头，苏小姐叫他闭上眼歇一会。在这个自造的昏天黑地里，他觉得苏小姐凉快的手指摸他的前额，又听她用法文低声自语：“pauvre petit！（可怜的小东西）”他力不从心，不能跳起来抗议。汽车到周家，苏小姐命令周家的门房帮自己汽车夫扶鸿渐进去。到周先生周太太大惊小怪赶出来认苏小姐，要招待她进去小坐，她汽车早开走了。老夫妇的好奇心无法满足，又不便细问蒙头躺着的鸿渐，只把门房考审个不了，还嫌他没有观察力，骂他有了眼睛不会用，为什么不把苏小姐看个仔细。

写于一九四四至一九四六年

（选自《围城》，人民文学出版社 1981 年出版）

作品简析

《围城》是一部学者小说，充满了哲理与智慧的讽刺。小说的主要情节围绕主人公方鸿渐的婚恋及其生活历程展开。方鸿渐是一个永远在找寻精神依附的人，但每次找到新归宿后，他总发现到这其实不过是一种旧束缚而已，小说中数度提到的“围城”，象征了他的这种人间处境。本节所选内容中，方鸿渐被苏文纨的追求者赵辛楣不断劝酒，喝一点就先醉了。他渐渐觉得好像灵魂离开自己的身子在说话，同时也听到别人说话。一个以认识罗素为荣而狎称其乳名 Bertie(菩蒂)的冒牌哲学家在与苏小姐谈及结婚和恋爱。褚慎明道：“关于菩蒂结婚离婚的事，我也跟他谈过，他引一句英国古语，说结婚仿佛金漆的鸟笼，笼子外面的鸟想住进去，笼内的鸟想飞出来：所以结而离，离而结，没有了局。”苏小姐道：“法国也有这么一句话。不过，不说是鸟笼，说是被围困的城堡(forteresse assigee)，城外的人想冲进去，城里的人想逃出来。鸿渐，是不是？”这原本是关于婚姻的说法，而方鸿渐在经历了一番人世沧桑之后，切身感受到人生万事都是围城。因此，小说对于人类基本根性的探索，聚焦于对“围城”式的人生困局的揭示。小说主人公方鸿渐不断渴求走出“围城”，可是从海外到国内，从社会到家庭，从朋友到同事，从欲望到爱情，从理想到现实，却不断地一次次陷入“围城”，出来了又进去，永远走不出。他的每一个人生驿站，法国邮轮、上海“孤岛”、内地大学、婚恋家庭，都是彷徨无主、无所归宿，可谓处处“围城”。小说将人生状态、地理空间与精神空间相互映照，在现实讽喻的同时又具有哲理性的反讽意味，传达出关于存在困境的深切人生体悟。

《围城》中的最后一句话：“在这个时间落伍的时机，无意中包涵对人生的讽刺和感伤，深于一切语言，一切啼笑。”也道出了作者“忧世伤生”的原因所在。小说的标题“围城”蕴含的象征寓意将作品的丰富性和深刻性统一起来，揭示了知识分子精神所处的重重困境。

研习导引

《围城》面面观

《围城》已成为现代文学的经典作品，关于它的解读可谓层出不穷。温儒敏认为，小说包含着三层意蕴："写现代中国某一部分社会，某一类人物"，即对抗战时期古老中国城乡世态世相的描写；"文化反省层面"，以写"新儒林"来对中国传统文化进行反省；"哲理思索层面"，即对人生、对现代人命运的哲理思考。[①] 与温儒敏发现的严肃、重大的意义不同，蓝棣之在小说中看到的却是最隐秘的私人"症候"："《围城》的题旨并不是要表现英国的古话或法国谚语所谓'围城'，这个说法的真理性。最重要的，《围城》写出了作者的压抑与愿望。《围城》所写的并不是什么抽象的人的婚姻生活，而是一种婚姻生活，所写的不是婚姻矛盾的普遍性，共性，而是特殊性。作者所写出来的，是他自己对于婚姻的体验和压抑。作者并不要写一部教训众生之作，而是在写自己的自叙传、血泪书和忏悔录。但由于作品特殊的讽刺风格，使得它的本意被掩盖了。"[②]真正杰出的文学作品，必然能够给读者、研究者提供广阔的精神交锋与碰撞的空间。除了这些严肃或隐秘的意义，对于《围城》，不应忽略的还有它的"有意味的形式"——作家的漂泊经验，方鸿渐的迁徙旅途，以及那无法摆脱的永远的漂泊感，恐怕不是什么巧合。

思考题

1. 一部好的小说，一部意蕴深刻的小说，是可以不断地被解读，不断地进行剖析，见仁见智的。试从多角度解读《围城》的主

① 温儒敏：《＜围城＞的三重意蕴》，《中国现代文学研究丛刊》1989 年第 1 期。

② 蓝棣之：《现代文学经典：症候式分析》，清华大学出版社 1998 年版。

题与象征意蕴。

2.《围城》被很多人誉为现代版的《儒林外史》，是因为钱钟书在这部小说中淋漓尽致地讽刺了知识分子，但《围城》中的讽刺更多的是基于对人性的解剖，试分析小说中展示了中国人性中的哪些因素？

拓展阅读

1. 夏志清，刘绍铭：《中国现代小说史》，李欧梵等译，复旦大学出版社 2005 年版。

2. 季进：《钱钟书与现代西学》，复旦大学出版社 2011 年版。

3. 田蕙兰，马光裕，陈珂玉 编，《中国文学史资料全编（现代卷）：钱钟书 杨绛研究资料》，知识产权出版社 2010 年版。

4. 杨联芬，金宏达：《钱钟书评说七十年》，文化艺术出版社 2010 年版。

5. 吴泰昌：《我认识的钱钟书》，上海文艺出版社 2005 年版。

视频资料：

电视剧《围城》（10 集），黄蜀芹导演，1990 年上映。

张爱玲

张爱玲(1920—1995),生于上海,原籍河北丰润,本名张煐,现代小说家、散文家。张爱玲生在一个煊赫家族,祖父是清末大臣张佩纶,祖母是中兴名臣李鸿章之女。1943 年,她的小说处女作《沉香屑·第一炉香》发表。此后三四年是她创作的丰收期,作品多发表于《杂志》《天地》《万象》等杂志。1973 年,张爱玲定居洛杉矶,1995 年逝世。张爱玲作品的主题是要“在传奇里面寻找普通人,在普通人里寻找传奇”,因此她笔下的对象多是都市里的饮食男女,他们的主要活动场域集中在上海和香港。而她的创作实践融合了中国古典文学、现代新文学以及西方艺术等多种创作资源,传统与现代的特点在她的作品中协调地交织在一起,形成她独特的创作风格。

如果说 20 世纪的中国文坛有传奇存在,那么张爱玲一定可被看作是传奇之一。张爱玲成名于 20 世纪 40 年代的上海,但她红遍上海滩只有两三年的时间,紧接着就是几十年的沉寂,一直 20 世纪 80 年代才又成为读者追捧的对象。这股热潮随着她的作品不断地被发现,不断地被重新解读而持续不减。她的创作所具有的“苍凉感”形成了读者阅读的新奇感,由此也激发出新的想象力与新的可能性,这或许正是张爱玲之于中国现代文学的意义。人们在欣赏张爱玲作品中新旧意境交错的同时,也为她新旧文学的糅合所吸引,作为中国晚清士大夫文化走向式微以后的最后一个传人,这位上海滩的才女骨子里的古典笔墨趣味、感受方式与表达上的深刻的现代性,使她的语言有一种特殊的韵味,形成了现代文学史上独一无二的“张体”,而且几乎不可重复。

金锁记(节选)

三十年前的上海,一个有月亮的晚上……我们也许没赶上看见三十年前的月亮。年轻的人想着三十年前的月亮该是铜钱大的一个红黄的湿晕,像朵云轩信笺上落了一滴泪珠,陈旧而迷糊。老年人回忆中的三十年前的月亮是欢愉的,比眼前的月亮大,圆,白;然而隔着三十年的辛苦路往回看,再好的月色也不免带点凄凉。

月光照到姜公馆新娶的三奶奶的陪嫁丫鬟凤箫的枕边。凤箫睁眼看了一看,只见自己一只青白色的手搁在半旧高丽棉的被面上,心中便道:"是月亮光么?"凤箫打地铺睡在窗户底下。那两年正忙着换朝代,姜公馆避兵到上海来,屋子不够住的,因此这一间下房里横七竖八睡满了底下人。

凤箫恍惚听见大床背后有窸窸窣窣的声音,猜著有人起来解手,翻过身去,果见布帘子一掀,一个黑影趿着鞋出来了,约摸是伺候二奶奶的小双,便轻轻叫了一声"小双姐姐。"小双笑嘻嘻走来,踢了踢地上的褥子道:"吵醒了你了。"她把两手抄在青莲色旧绸夹袄里。下面系着明油绿镍子。凤箫伸手捻了那镍脚,笑道:"现在颜色衣服不大有人穿了,下江人时兴的都是素净的。"小双笑道:"你不知道,我们家哪比得旁人家?我们老太太古板,连奶奶小姐们尚且做不得主呢,何况我们丫头?给什么,穿什么——一个个打扮得庄稼人似的!"她一蹲身坐在地铺上,拣起凤箫脚头一件小袄来,问道:"这是你们小姐出阁,给你们新添的?"凤箫摇头道:"三季衣裳,就只外场上看见的两套是新制的,余下的还不是拿上头人穿剩下的贴补贴补!"小双道:"这次办喜事,偏赶着革命党造反,可委屈了你们小姐!"凤箫叹道:"别提了。就说省些罢,总得有个谱子!也不能太看不上眼了。我们那一位,嘴里不言语,心里岂有不气的?"小双道:"也难怪三奶奶不乐意。你们那边的嫁妆,也还射付着,我们这边的排场,可太凄惨了。就连那一年娶咱们二奶奶,也还比这一趟强些!”凤箫楞了一楞道:“怎么?你们二奶奶……”

小双脱下了鞋,赤脚从凤箫身上跨过去,走到窗户跟前,笑道:“你也起来看看月亮。”凤箫一骨碌爬起身来,低声问道:“我早就想问你了,你们二奶奶……”小双弯腰拾起那件小袄来替她披上了,道:“仔细招了凉。”凤箫一面扣钮子,一面笑道:“不行,你得告诉我!”小双笑道:“是我说话不留神,闯了祸!”凤箫道:“咱们这都是自家人了,干吗这么见外呀?”小双道:“告诉你,你可别告诉你们小姐去!咱们二奶奶家里是开麻油店的。”凤箫哟了一声道:“开麻油店!打哪儿想起的?像你们大奶奶,也是公侯人家的小姐,我们那一位虽比不上大奶奶,也还不是低三下四的人——”小双道:“这里头自然有个缘故。咱们二爷你也见过了,是个残废。做官人家的女儿谁肯给他?老太太没奈何,打算替二爷置一房姨奶奶,做媒的给找了这曹家的,是七月里生的,就叫七巧。”凤箫道:“哦,是姨奶奶。”小双道:“原是做姨奶奶的,后来老太太想着,既然不打算替二爷另娶了,二房里没个当家的媳妇,也不是事,索性聘了来做正头奶奶,好教她死心塌地服侍二爷。”凤箫把手扶着窗台,沉吟道:“怪道呢!我虽是初来,也瞧料了两三分。”小双道:“龙生龙,凤生凤,这话是有的。你还没听见她的谈吐呢!当着姑娘们,一点忌讳也没有。亏得我们家一向内言不出,外言不入,姑娘们什么都不懂。饶是不懂,还臊得没处躲!”凤箫扑嗤一笑道:“真的?她这些村话,又是从哪儿听来的?就连我们丫头——”小双抱着胳膊道:“麻油店的活招牌,站惯了柜台,见多识广的,我们拿什么去比人家?”凤箫道:“你是她陪嫁来的么?”小双冷笑说:“她也配!我原是老太太跟前的人,二爷成天的吃药,行动都离不了人,屋里几个丫头不够使,把我拨了过去。怎么着?你冷哪?”凤箫摇摇头。小双道:“瞧你缩着脖子这娇模样儿!”一语未完,凤箫打了个喷嚏,小双忙推她道:“睡罢!睡罢!快焐一焐。”凤箫跪了下来脱袄子，笑道："又不是冬天，哪儿就至于冻着了？"小双道："你别瞧这窗户关着，窗户眼儿里吱溜溜的钻风。"两人各自睡下。凤箫悄悄地问道："过来了也有四五年了罢？"小双道："谁？"凤箫道："还有谁？"小双道："哦，她，可不是有五年了。"凤箫道："也生男育女的——倒没闹出什么话柄儿？"小双道："还说呢！话柄儿就多了！前年老太太领着合家上下到普陀山进香去，她做月子没去，留着她看家。舅爷脚步儿走得勤了些，就丢了一票东西。"凤箫失惊道："也没查出个究竟来？"小双道："问得出什么好的来？大家面子上下不去！那些首饰左不过将来是归大爷二爷三爷的。大爷大奶奶碍着二爷，没好说什么。三爷自己在外头流水似的花钱。欠了公帐上不少，也说不响嘴。"

……

维持了几天的僵局，到底还是无声无臭照原定计划分了家。孤儿寡妇还是被欺负了。

七巧带着儿子长白，女儿长安另租了一幢屋子住下了，和姜家各房很少来往。隔了几个月，姜季泽忽然上门来了。老妈子通报上来，七巧怀着鬼胎，想着分家的那一天得罪了他，不知他有什么手段对付。可是兵来将挡，她凭什么要怕他？她家常穿着佛青实地纱袄子，特地系上一条玄色铁线纱裙，走下楼来。季泽却是满面春风的站起来问二嫂好，又问白哥儿可是在书房里，安姐儿的湿气可大好了，七巧心里便疑惑他是来借钱的，加意防备着，坐下笑道："三弟你近来又发福了。"季泽笑道："看我像一点儿心事都没有的人。"七巧笑道："有福之人不在忙吗！你一向就是无牵无挂的。"季泽笑道："等我把房子卖了，我还要无牵无挂呢！"七巧道："就是你做了押款的那房子，你还要卖？"季泽道，"当初造它的时候，很费了点心思，有许多装置都是自己心爱的，当然不愿意脱手。后来你是知道的，那边地皮值钱了，前年把它翻造了弄堂房子，一家一家收租，跟那些住小家的打交道，我实在嫌麻烦，索性打算卖了它，图个清净。"七巧暗地里说道："口气好大！我是知道你的底细的，你在我跟前充什么阔大爷！”

虽然他不向她哭穷，但凡谈到银钱交易，她总觉得有点危险，便岔了开去道：“三妹妹好么？腰子病近来发过没有？”季泽笑道：“我也有许久没见过她的面了。”七巧道：“这是什么话？你们吵了嘴么？”季泽笑道：“这些时我们倒也没吵过嘴。不得已在一起说两句话，也是难得的，也没那闲情逸致吵嘴。”七巧道：“何至于这样？我就不相信！”季泽两肘撑在藤椅的扶手上，交叉十指，手搭凉棚，影子落在眼睛上，深深的唉了一声。七巧笑道：“没有别的，要不就是你在外头玩得太厉害了。自己做错了事，还唉声叹气的仿佛谁害了你似的。你们姜家就没有一个好人！”说着，举起白团扇，作势要打。季泽把那交叉着的十指往下移了一移，两只大拇指按在嘴唇上，两只食指缓缓抚摸着鼻梁，露出一双水汪汪的眼睛来。那眼珠却是水仙花缸底的黑石子，上面汪着水，下面冷冷的没有表情。看不出他在想什么。七巧道：“我非打你不可！”季泽的眼睛里突然冒出一点笑泡儿，道：“你打，你打！”七巧待要打，又掣回手去，重新一鼓作气道：“我真打！”抬高了手，一扇子劈下来，又在半空中停住了，吃吃笑起来，季泽带笑将肩膀耸了一耸，凑了上去道：“你倒是打我一下罢！害得我浑身骨头痒着，不得劲儿！”七巧把扇子向背后一藏，越发笑得格格的。

季泽把椅子换了个方向，面朝墙坐着，人向椅背上一靠，双手蒙住了眼睛，又是长长的叹了口气。七巧啃着扇子柄，斜瞟着他道：“你今儿是怎么了？受了暑吗？”季泽道：“你哪里知道？”半晌，他低低的一个字一个字说道：“你知道我为什么跟家里的那个不好，为什么我拚命的在外头玩，把产业都败光了？你知道这都是为了谁？”七巧不知不觉有点胆寒，走得远远的，倚在炉台上，脸色慢慢的变了。季泽跟了过来。七巧垂着头，肘弯撑在炉台上，手里擎着团扇，扇子上的杏黄穗子顺着她的额角拖下来。季泽在她对面站住了，小声道：“二嫂！……七巧！”

七巧背过脸去淡淡笑道：“我要相信你才怪呢！”季泽便也走

开了，道："不错。你怎么能够相信我？自从你到我家来，我在家一刻也待不住，只想出去。你没来的时候我并没有那么荒唐过，后来那都是为了躲你。娶了兰仙来，我更玩得凶了，为了躲你之外又要躲她。见了你，说不了两句话我就要发脾气——你哪儿知道我心里的苦楚？你对我好，我心里更难受——我得管着我自己——我不能平白的坑坏了你，家里人多眼杂，让人知道了，我是个男子汉，还不打紧。你可了不得！"七巧的手直打颤，扇柄上的杏黄须子在她额上苏苏摩擦着。季泽道："你信也罢！不信也罢！信了又怎样？横竖我们半辈子已经过去了，说也是白说。我只求你原谅我这一片心。我为你吃了这些苦，也就不算冤枉了。"

七巧低着头，沐浴在光辉里，细细的音乐，细细的喜悦……这些年了，她跟他捉迷藏似的，只是近不得身，原来还有今天！可不是，这半辈子已经完了——花一般的年纪已经过去了。人生就是这样的错综复杂，不讲理。当初她为什么嫁到姜家来？为了钱么？不是的，为了要遇见季泽，为了命中注定她要和季泽相爱。她微微抬起脸来，季泽立在她跟前，两手合在她扇子上，面颊贴在她扇子上。他也老了十年了，然而人究竟还是那个人呵！他难道是哄她么？他想她的钱——她卖掉她的一生换来的几个钱？仅仅这一转念便使她暴怒起来。就算她错怪了他，他为她吃的苦抵得过她为他吃的苦么？好容易她死了心了，他又来撩拨她，她恨他。他还在看着她。他的眼睛——虽然隔了十年，人还是那个人呵！就算他是骗她的，迟一点儿发现不好么？即使明知是骗人的，他太会演戏了，也跟真的差不多罢？

不行！她不能有把柄落在这厮手里。姜家的人是厉害的，她的钱只怕保不住。她得先证明他是真心不是。七巧定了一定神，向门外瞧了一瞧，轻轻惊叫道："有人！"便三脚两步赶出门去，到下房里吩咐潘妈替三爷弄点心去，快些端了来，顺便带芭蕉扇进来替三爷打扇。七巧回到屋里来，故意皱着眉道："真可恶，老妈子在门口探头探脑的，见了我抹过头去就跑，被我赶上去喝住了。

若是关上了门说两句话，指不定造出什么谣言来呢！饶是独门独户住了，还没个清净。”潘妈送了点心与酸梅汤进来，七巧亲自拿筷子替季泽拣掉了蜜层糕上的玫瑰与青梅，道：“我记得你是不爱吃红绿丝的。”有人在跟前，季泽不便说什么，只是微笑。七巧似乎没话找话说似的，问道：“你卖房子，接洽得怎样了？”季泽一面吃，一面答道：“有人出八万五，我还没打定主意呢。”七巧沉吟道：“地段倒是好的。”季泽道：“谁都不赞成我脱手，说还要涨呢。”七巧又问了些详细情形，便道：“可惜我手头没有这一笔现款，不然我倒想买。”季泽道：“其实呢，我这房子倒不急，倒是咱们乡下你那些田，早早脱手的好。自从改了民国，接二连三的打仗，何尝有一年闲过，把地面上糟蹋得不成样子，中间还被收租的、师爷、地头蛇一层一层勒啃着，莫说这两年不是水就是旱，就遇着了丰年，也没有多少进账轮到我们头上。”七巧寻思着，道：“我也盘算过来，一直挨着没有办。先晓得把它卖了，这会子想买房子，也不至于钱不射手了。”季泽道：“你那田要卖趁现在就得卖，听说直鲁又要开仗了。”七巧道：“急切间你叫我卖给谁去？”季泽顿了一顿道：“我去替你打听打听，也成。”七巧耸了耸眉毛笑道：“得了，你那些狐群狗党里头，又有谁是靠得住的？”季泽把咬开的饺子在小碟里蘸了点醋，闲闲说出两个靠得住的人名，七巧便认真仔细盘问他起来，他果然回答得有条不紊，显然他是筹之已熟的。

七巧虽是笑吟吟的，嘴里发干，上嘴唇黏在牙仁上，放不下来。她端起盖碗来吸了一口茶，舐了舐嘴唇，突然把脸一沉，跳起身来，将手里的扇子向季泽头上滴溜溜掷过去，季泽向左偏了一偏，那团扇敲在他肩膀上，打翻了玻璃杯，酸梅汤淋淋漓漓溅了他一身。七巧骂道：“你要我卖了田去买你的房子？你要我卖田？钱一经你的手，还有得说么？你哄我——你拿那样的话来哄我——你拿我当傻子——”她隔着一张桌子探身过去打他，然而她被潘妈下死劲抱住了。潘妈叫唤起来，祥云等人都奔了来，七手八脚按住了她，七嘴八舌求告着。七巧一头挣扎，一头叱喝着，然而她的一颗心直往下坠——她很明白她这举动太蠢——太蠢——她在这儿丢人出丑。

季泽脱下了他那湿濡的白云纱长衫，潘妈绞了毛巾来代他揩擦，他理也不理，把衣服夹在手臂上，竟自扬长出门去了，临行的时候向祥云道："等白哥儿下了学，叫他替他母亲请个医生来看看。"祥云吓糊涂了，连声答应着，被七巧兜脸给她一个耳刮子。

季泽走了。丫头老妈子也给七巧骂跑了。酸梅汤沿着桌子一滴一滴朝下滴，像迟迟的夜漏——一滴，一滴……一更，二更……一年，一百年。真长，这寂寂的一刹那。七巧扶着头站着倏地掉转身来上楼去，提着裙子，性急慌忙，跌跌跄跄，不住的撞到那阴暗的绿粉墙上，佛青袄子上沾了大块的淡色的灰。她要在楼上的窗户里再看他一眼。无论如何，她从前爱过他。她的爱给了她无穷的痛苦。单只是这一点，就使她值得留恋。多少回了，为了要按捺她自己，她迸得全身的筋骨与牙根都酸楚了。今天完全是她的错。他不是个好人，她又不是不知道。她要他，就得装糊涂，就得容忍他的坏。她为什么要戳穿他？人生在世，还不就是那么一回事？归根究底，什么是真的？什么是假的？

她到了窗前，揭开了那边上缀有小绒球的墨绿洋式窗帘，季泽正在弄堂里望外走，长衫搭在臂上，晴天的风像一群白鸽子钻进他的纺绸□褂里去，哪儿都钻到了，飘飘拍着翅子。

七巧眼前仿佛挂了冰冷的珍珠帘，一阵热风来了，把那帘子紧紧贴在她脸上，风去了，又把帘子吸了回去，气还没透过来，风又来了，没头没脸包住她——一阵凉一阵热，她只是流着眼泪。

……

然而风声吹到了七巧的耳朵里。七巧背着长安吩咐长白下帖子请童世舫吃便饭。世舫猜着姜家许是要警告他一声，不准他和他们小姐藕断丝连，可是他同长白在那阴森高敞的餐室里吃了两盅酒，说了一会话，天气、时局、风土人情，并没有一个字沾到长安身上。冷盘撤了下去，长白突然手按着桌子站了起来。世舫回过头去，只见门口背着光立着一个小身材的老太太，脸看不清楚，穿一件青灰团龙宫织缎袍，双手捧着大红热水袋，身边夹峙着两个高大的女仆。门外日色昏黄，楼梯上铺着湖绿花格子漆布地衣，一级一级上去，通入没有光的所在。世舫直觉地感到那是个疯子——无缘无故的，他只是毛骨悚然，长白介绍道："这就是家母。"

世舫挪开椅子站起来，鞠了一躬。七巧将手搭在一个佣妇的胳膊上，款款走了进来，客套了几句，坐下来便敬酒让菜。长白道："妹妹呢？来了客，也不帮着张罗张罗。"七巧道："她再抽两筒就下来了。"世舫吃了一惊，睁眼望着她。七巧忙解释道："这孩子就苦在先天不足，下地就得给她喷烟。后来也是为了病，抽上了这东西。小姐家，够多不方便哪！也不是没戒过，身子又娇，又是由着性儿惯了的，说丢，哪儿丢得掉呢！戒戒抽抽，这也有十年了。"世舫不由得变了色，七巧有一个疯子的审慎与机智。她知道，一不留心，人们就会用嘲笑的，不信任的眼光截断了她的话锋，她已经习惯了那种痛苦。她怕话说多了要被人看穿了。因此及早止住了自己，忙着添酒布菜。隔了些时，再提起长安的时候，她还是轻描淡写的把那几句话重复了一遍。她那平扁而尖利的喉咙四面割着人像剃刀片。

长安悄悄的走下楼来，玄色花绣鞋与白丝袜停留在日色昏黄的楼梯上。停了一会，又上去了，一级一级，走进没有光的所在。

七巧道："长白你陪童先生多喝两杯，我先上去了。"佣人端上一品锅来，又换上了新烫的竹叶青。一个丫头慌里慌张站在门口将席上伺候的小厮唤了出去，叽咕了一会，那小厮又进来向长白附耳说了几句，长白仓皇起身，向世舫连连道歉，说："暂且失陪，我去去就来。"三脚两步也上楼去了，只剩世舫一人独酌。那小厮也觉过意不去，低低的告诉了他："我们绢姑娘要生了。"世舫道："绢姑娘是谁?"小厮道："是少爷的姨奶奶。"

世舫拿上饭来胡乱吃了两口，不便放下碗来就走，只得坐在花梨炕上等着，酒酣耳热，忽然觉得异常的委顿，便躺了下来。卷着云头的花梨炕，冰凉的黄藤心子，柚子的寒香……姨奶奶添了孩子了。这就是他所怀念着的古中国……他的幽娴贞静的中国闺秀是抽鸦片的！他坐了起来，双手托着头，感到了难堪的落寞。

他取了帽子出门，向那个小厮道："待会儿请你对上头说一声，改天我再面谢罢！"他穿过砖砌的天井，院子正中生着树，一树的枯枝高高印在淡青的天上，像磁上的冰纹。长安静静的跟在他后面送了出来，她的藏青长袖旗袍上有着淡黄的雏菊。她两手交握着，脸上显出稀有的柔和。世舫回过身来道："姜小姐……"她隔得远远的站定了，只是垂着头。世舫微微鞠了一躬，转身就走了。长安觉得她是隔了相当的距离看这太阳里的庭院，从高楼上望下来，明晰、亲切，然而没有能力干涉，天井、树、曳着萧条的影子的两个人，没有话——不多的一点回忆，将来是要装在水晶瓶里双手捧着看的——她的最初也是最后的爱。

芝寿直挺挺躺在床上，搁在肋骨上的两只手蜷曲着像宰了的鸡的脚爪。帐子吊起了一半。不分昼夜她不让他们给她放下帐子来，她怕。

外面传进来说绢姑娘生了个小少爷。丫头丢下了热气腾腾的药罐子跑出去射热闹。敞着房门，一阵风吹了进来，帐□豁朗朗乱摇，帐子自动的放了下来，然而芝寿不再抗议了。她的头向右一歪，滚到枕头外面去。她并没有死——又挨了半个月光景才死的。

绢姑娘扶了正，做了芝寿的替身。扶了正不上一年就吞了生鸦片自杀了。长白不敢再娶了，只在妓院里走走。长安更是早就断了结婚的念头。

七巧似睡非睡横在烟铺上。三十年来她戴着黄金的枷。她用那沉重的枷角劈杀了几个人，没死的也送了半条命。她知道她儿子女儿恨毒了她，她婆家的人恨她，她娘家的人恨她。她摸索着腕上的翠玉镯子，徐徐将那镯子顺着骨瘦如柴的手臂往上推，一直推到腋下。她自己也不能相信她年轻的时候有过滚圆的胳膊。就连出了嫁之后几年,镯子里也只塞得进一条洋绉手帕。十八九岁做姑娘的时候,高高挽起了大镶大滚的蓝夏布衫袖,露出一双雪白的手腕,上街买菜去。喜欢她的有肉店里的朝禄,她哥哥的结拜弟兄丁玉根、张少泉,还有沈裁缝的儿子。喜欢她,也许只是喜欢跟她开开玩笑。然而如果她挑中了他们之中的一个,往后日子久了,生了孩子,男人多少对她有点真心。七巧挪了挪头底下的荷叶边小洋枕,射上脸去揉擦了一下,那一面的一滴眼泪她就懒怠去揩拭,由它挂在腮上,渐渐自己干了。

七巧过世以后,长安和长白分了家搬出来住。七巧的女儿是不难解决她自己的问题的,谣言说她和一个男子在街上一同走,停在摊子跟前,他为她买了一双吊袜带。也许她用的是她自己的钱,可是无论如何是由男子的袋里掏出来的。……当然这不过是谣言。

三十年前的月亮早已沉下去,三十年前的人也死了,然而三十年前的故事还没完——完不了。

一九四三年十月

(选自《张爱玲文集》第2卷,安徽文艺出版社1992年版)

作品简析

《金锁记》是张爱玲最具代表性的作品之一。1944年,傅雷先生以迅雨为笔名在《万象》杂志第五期上发表《论张爱玲的小说》一文,将《金锁记》与鲁迅的《狂人日记》并称,高度赞美其"至少也该列为我们文坛最美的收获之一"。该文还详细地分析了这篇小说,从"情欲"对人物心理与行为的支配性表现、作者纯熟的心理分析功力、借鉴自电影手法的意象视觉化呈现技巧以及"新旧文字的糅和,新旧意境的交错"的文体风格等角度肯定了张爱玲的文学成就。

小说开头的篇幅交代了主人公曹七巧的出身与婚姻、生活状况，身为底层社会中的麻油店女儿，曹七巧只能嫁给残废的姜家二爷。她在姜家的生活并不如意，时常受到排挤，地位低下。在她与姜家三爷季泽的对话中，我们看到一个长期身处情欲压抑中的旧社会女性形象。正是这种煎熬渐渐造就了她变态的心理，在这种心理的驱使下，不断上演着金钱与亲情的冲突。在金钱的欲望下，她亲手掐灭了与季泽之间隐约可见的一点残存的情欲，并将此转化为对他人的可怖的报复。她介入到儿子长白的婚姻中去，将他牢牢拽在手心中，不断探听他的婚姻私密，并以此来羞辱媳妇。她更是挑拨攻击女儿长白的恋爱关系，在长白与世舫虽解除婚约，但感情有了一丝进展之际，她特意宴请世舫，并在看似不经意间以一句"她再抽两筒就下来了"彻底撕裂了长白与世舫的感情，葬送了女儿的一生。她一手操纵着儿女们的生活，她的精心谋划最终将儿女推向悲剧的深渊，更让自己从此万劫不复。

《金锁记》将人性的恶与悲刻画得丝丝入扣，将曹七巧这样一个"戴着三十年黄金的枷"、充满悲剧色彩的女性心理演绎得十分深刻，使得曹七巧成为张爱玲所塑造的性格中最为饱满鲜明的女性人物形象之一。《金锁记》之所以被视为张爱玲的经典作品，正是在于其高超的文学技巧与精巧深沉的文本内容的成功结合。这篇小说充分展现了张爱玲对新旧时代转型下的女性命运的关注，体现了在衰败的乱世中人性的荒凉与脆弱，精神世界的萎靡与不堪，传达出张爱玲对时代的"惘惘的威胁"的深切感受。

研习导引

想象张爱玲(一)

关于张爱玲在中国文学史上的地位，已经有诸多史家作出过评说与分析，最早赏识张爱玲的无疑是《紫罗兰》主编周瘦鹃，周瘦鹃肯定了张爱玲的处女作《沉香屑 · 第一炉香》，并将其刊登。1944 年，傅雷撰文《论张爱玲的短篇小说》给予其高度评价，认为：

“《金锁记》是张女士截至目前为止的最完满之作，颇有《狂人日记》中某些故事的风味。至少也该列为我们文坛最美的收获之一。”[①]该文也毫不留情地批评了张爱玲其他中短篇小说艺术上一些不好的方面，主要集中于人物塑造不彻底、过于追求技巧以及语言运用的不协调上。胡兰成在《论张爱玲》中写道：“鲁迅之后有她，她是个伟大的寻求者。和鲁迅不同的地方是，鲁迅经过几十年来的几次革命和反动，他的寻求是战场上受伤的斗士的凄厉的呼喊，张爱玲则似一枝新生的苗，寻求着阳光与空气，春天的消息在萌动，这新鲜的苗带给人间以健康与明朗的、不可摧毁的生命力。”[②]之后，张爱玲在大陆文坛消失。20 世纪 50 年代到 80 年代出版的《中国现代文学史》中（例如唐弢主编的 1979 年版，1984 年版）都没有关于张爱玲创作的任何介绍。

 **思考题**

1.《金锁记》中展现了非常多的意象，小说对于这些意象的选择与描述非常独到，请举例说明这些意象的象征意义。

2. 请结合《金锁记》理解张爱玲作品之所以雅俗共赏的原因。

倾城之恋（节选）

上海为了“节省天光”，将所有的时钟都拨快了一个小时，然而白公馆里说：“我们用的是老钟。”他们的十点钟是人家的十一点。他们唱歌唱走了板，跟不上生命的胡琴。

胡琴咿咿呀呀拉着，在万盏灯的夜晚，拉过来又拉过去，说不

① 迅雨（傅雷）：《论张爱玲的小说》，载于《万象》第 3 年第 11 期，1944 年 5 月 1 日。

② 胡兰成：《论张爱玲》，载于《杂志》第 13 卷第 2 期，1944 年 5 月 10 日。

尽的苍凉的故事——不问也罢！……胡琴上的故事是应当由光艳的伶人来扮演的，长长的两片红胭脂夹住琼瑶鼻，唱了，笑了，袖子挡住了嘴……然而这里只有白四爷单身坐在黑沉沉的破阳台上，拉住胡琴。

正拉着，楼底下门铃响了。这在白公馆是件稀罕事。按照从前的规矩，晚上绝对不作兴出去拜客。晚上来了客，或是平空里接到一个电报，那除非是天字第一号的紧急大事，多半是死了人。

四爷凝神听着，果然三爷三奶奶四奶奶一路嚷上楼来，急切间不知他们说些什么。阳台后面的堂屋里，坐着六小姐，七小姐，八小姐，和三房四房的孩子们，这时都有些皇皇然。四爷在阳台上，暗处看亮处，分外眼明，只见门一开，三爷穿着汗衫短裤，揸开两腿站在门槛上，背过手去，啪啦啪啦扑打股际的蚊子，远远的向四爷叫道："老四你猜怎么着？六妹离掉的那一位，说是得了肺炎，死了！"四爷放下胡琴往房里走，问道："是谁来给的信？"三爷道："徐太太。"说着，回头用扇子去撵三奶奶道："你别跟上来凑热闹呀！徐太太还在楼底下呢，她胖，怕爬楼。你还不去陪陪她！"三奶奶去了，四爷若有所思道："死的那个不是徐太太的亲戚么？"三爷道："可不是。看这样子，是他们家特为托了徐太太来递信给我们的，当然是有用意的。"四爷道："他们莫非是要六妹去奔丧？"三爷用扇子柄刮了刮头皮道："照说呢，倒也是应该……"他们同时看了六小姐一眼。白流苏坐在屋子的一角，慢条斯理绣着一只拖鞋，方才三爷四爷一递一声说话，仿佛是没有她发言的余地，这时她便淡淡地道："离过婚了，又去做他的寡妇，让人家笑掉了牙齿！"她若无其事地继续做她的鞋子，可是手指头上直冒冷汗，针涩了，再也拔不过去。

三爷道："六妹，话不是这么说。他当初有许多对不起你的地方，我们全知道．现在人已经死了，难道你还记在心里？他丢下的那两个姨奶奶，自然是守不住的．你这会子堂堂正正地回去替他戴孝主丧，谁敢笑你？你虽然没生下一男半女，他的侄子多着呢？

随你挑一个，过继过来。家私虽然不剩什么了，他家是个大族，就是拨你看守祠堂，也饿不死你母子。”白流苏冷笑道：“三哥替我想得真周到！就可惜晚了一步，婚已经离了这么七八年了。依你说，当初那些法律手续都是糊鬼不成？我们可不能拿着法律闹着玩哪！”三爷道：“你别动不动就拿法律来唬人！法律呀，今天改，明天改，我这天理人情，三纲五常，可是改不了的！你生是他家的人死是他家的鬼，树高千丈，叶落归根——”流苏站起身来道：“你这话，七八年前为什么不说？”三爷道：“我只怕你多了心，只当我们不肯收容你。”流苏道：“哦？现在你就不怕我多心了？你把我的钱用光了，你不怕我多心了？”三爷直问到她脸上道：“我用了你的钱？我用了你几个大钱？你住在我们家，吃我们的，喝我们的，从前还罢了，添个人不过添双筷子，现在你去打听打听看，米是什么价钱？我不提钱，你倒提起钱来了！”四奶奶站在三爷背后，笑了一声道：“自己骨肉，照说不该提钱的话。提起钱来，这话可就长了！我早就跟我们老四说过——我说：老四，你去劝劝三爷，你们做金子，做股票，不能用六奶奶的钱哪，没的沾上了晦气！她一嫁到婆家，丈夫就变成了败家子。回到娘家来，眼见得娘家就要败光了——天生的扫帚星！”三爷道：“四奶奶这话有理。我们那时候，如果没让她入股子，决不至于弄得一败涂地！”流苏气得浑身乱颤，把一只绣了一半的拖鞋面子抵住了下颌，下颌抖得仿佛要落下来。三爷又道：“想当初你哭哭啼啼回家来，闹着要离婚，怪只怪我是个血性汉子，眼见你给他打成那个样子，心有不忍，一拍胸脯子站出来说：好！我白老三虽穷，我家里短不了我妹子这一碗饭！我只道你们少年夫妻，谁没有个脾气？大不了回娘家来住个三年五载的，两下里也就回心转意了。我若知道你们认真是一刀两断，我会帮着你办离婚么？拆散人家夫妻，这是绝子绝孙的事。我白老三是有儿子的人，我还指望他们养老呢！”流苏气到了极点，反倒放声笑了起来道：“好，好，都是我的不是！你们穷了，是我把你们吃穷了。你们亏了本，是我带累了你们。你们死了儿子,也是我害了你们伤了阴骘!”四奶奶一把揪住了她儿子的衣领,把他的头去撞流苏,叫道:“赤口白舌的咒起孩子来了!就凭你这句话,我儿子死了,我就得找你!”流苏连忙一闪身躲过了,抓住四爷道:“四哥你瞧,你瞧——你——你倒是评评理看!”四爷道:“你别急呀,有话好说,我们从长计议。三哥这都是为你打算——”流苏赌气摔开了手,一径进里屋去了。

……

到了浅水湾,他搀着她下车,指着汽车道旁郁郁的丛林道:“你看那种树,是南边的特产。英国人叫它”野火花“。”流苏道:“是红的么?”柳原道:“红!”黑夜里,她看不出那红色,然而她直觉地知道它是红得不能再红了,红得不可收拾,一蓬蓬一蓬蓬的小花,窝在参天大树上,壁栗剥落燃烧着,一路烧过去,把那紫蓝的天也熏红了。她仰着脸望上去。柳原道:“广东人叫它”影树“。你看这叶子。”叶子像凤尾草,一阵风过,那轻纤的黑色剪影零零落落颤动着,耳边恍惚听见一串小小的音符,不成腔,像檐前铁马的叮当。

柳原道:“我们到那边去走走。”流苏不做声。他走,她就缓缓的跟了过去。时间横竖还早,路上散步的人多着呢——没关系。从浅水湾饭店过去一截子路,空中飞跨着一座桥梁,桥那边是山,桥这边是一堵灰砖砌成的墙壁,拦住了这边的山.柳原靠在墙上,流苏也就靠在墙上,一眼看上去,那堵墙极高极高,望不见边。墙是冷而粗糙,死的颜色。她的脸,托在墙上,反衬着,也变了样——红嘴唇,水眼睛,有血,有肉,有思想的一张脸。柳原看着她道:“这堵墙,不知为什么使我想起地老天荒那一类的话。……有一天,我们的文明整个的毁掉了,什么都完了——烧完了,炸完了,坍完了,也许还剩下这堵墙。流苏,如果我们那时候在这墙根底下遇见了……流苏,也许你会对我有一点真心,也许我会对你有一点真心。”流苏嗔道:“你自己承认你爱装假,可别拉扯上我。你几时捉出我说谎来着?”柳原嗤的笑道:“不错,你是再天真也没有的一个人。”流苏道:“得了,别哄我了!”柳原静了半晌,叹了口气。流苏道:“你有什么不称心的事?”柳原道:“多着呢。”流苏叹道:“若是像你这样自由自在的人,也要怨命,像我这样的,早就该上吊了。”柳原道:“我知道你是不快乐的。我们四周的那些坏事,坏人,你一定是看够了。可是,如果你这是第一次看见他们,你一定更看不惯,更难受。我就是这样。我回中国来的时候,已经二十四了。关于我的家乡,我做了好些梦。你可以想象到我是多么的失望。我受不了这个打击,不由自主的就往下溜。你……你如果认识从前的我,也许你会原谅现在的我。”流苏试着想象她是第一次看见她四嫂,她猛然叫道:“还是那样的好,初次瞧见,再坏些,再脏些,是你外面的人,你外面的东西。你若是混在那里头长大了,你怎么分得清,哪一部份是他们,哪一部份是你自己?”柳原默然,隔了一会方道:“也许你是对的。也许我这些话无非是借口,自己糊弄自己。”他突然笑了起来道:“其实我用不着什么借口呀!我爱玩——我有这个钱,有这个时间,还得去找别的理由?”他思索了一会,又烦躁起来,向她说道:“我自己也不懂得我自己——可是我要你懂得我!我要你懂得我!”他嘴里这么说着,心里早已绝望了,然而他还是固执地,哀恳似地说着:“我要你懂得我!”流苏愿意试试看。在某种范围内,她什么都愿意。她侧过脸去向着他,小声答应着:“我懂得,我懂得。”她安慰着他,然而她不由得想到了她自己的月光中的脸,那娇脆的轮廓,眉与眼,美得不近情理,美得渺茫。她缓缓垂下头去。柳原格格地笑了起来。他换了一副声调,笑道:“是的,别忘了,你的特长是低头。可是也有人说,只有十来岁的女孩子们适宜于低头。适宜于低头的人往往一来就喜欢低头。低了多年的头,颈子上也许要起皱纹的。”流苏变了脸,不禁抬起手来抚摸她的脖子。柳原笑道:“别着急,你决不会有的。待会儿回到房里去,没有人的时候,你再解开衣袖上的钮子,看个明白。”流苏不答,掉转身就走。柳原追了上去,笑道:“我告诉你为什么你保得住你的美。萨黑夷妮上次说:她不敢结婚,因为印度女人一闲下来,呆在家里,整天坐着,就发胖了。我就说:中国女人呢,光是坐着,连发胖都不肯发胖——因为发胖至少还需要一点精力。懒倒也有懒的好处!”流苏只是不理他。他一路赔着小心,低声下气,说说笑笑,她到了旅馆里,面色方才和缓下来,两人也就各自归房安置。流苏自己忖量着,原来范柳原是讲究精神恋爱的。她倒也赞成,因为精神恋爱的结果永远是结婚,而肉体之爱往往就停顿在某一阶段,很少结婚的希望。精神恋爱只有一个毛病:在恋爱过程中,女人往往听不懂男人的话。然而那倒也没有多大关系。后来总还是结婚,找房子,置家具,雇佣人——那些事上,女人可比男人在行得多。她这么一想,今天这点小误会,也就不放在心上。

第二天一早,她听徐太太屋里鸦雀无声,知道她一定起来的很晚。徐太太仿佛说过的,这里的规矩,早餐叫到屋里来吃,另外要付费,还要给小帐,因此决定替人家节省一点,到食堂里去。她梳洗完了,刚跨出房门,一个守候在外面的仆欧,看见了她,便去敲范柳原的门。柳原立刻走了出来,笑道:“一块儿吃早饭去。”一面走,他一面问道:“徐先生徐太太还没升帐?”流苏笑道:“昨儿他们玩得太累了罢!我没听见他们回来,想必一定是近天亮。”他们在餐室外面的走廊上拣了个桌子坐下。石栏杆外生着高大的棕榈树,那丝丝缕缕披散着的叶子在太阳光里微微发抖,像光亮的喷泉。树底下也有喷水池子,可没有那么伟丽。柳原问道:“徐太太他们今天打算怎么玩?”流苏道:“听说是要找房子去。”柳原道:“他们找他们的房子,我们玩我们的。你喜欢到海滩上去还是到城里去看看?”流苏前一天下午已经用望远镜看了看附近的海滩,红男绿女,果然热闹非凡,只是行动太自由了一点,她不免略具戒心,因此便提议进城去。他们赶上了一辆旅馆里特备的公共汽车,到了中心区。

柳原带她到大中华去吃饭。流苏一听,仆欧们却是说上海话的,四座也是乡音盈耳,不觉诧异道:“这是上海馆子?”柳原笑道:

“你不想家么?”流苏笑道:“可是……专程到香港来吃上海菜,总似乎有点傻。”柳原道:“跟你在一起我就喜欢做各种傻事,甚至于乘着电车兜圈子,看一场看过了两次的电影……”流苏道:“因为你被我传染上了傻气,是不是?”柳原笑道:“你爱怎么解释,就怎么解释。”吃完了饭,柳原举起玻璃杯来将里面剩下的茶一饮而尽,高高地擎着那玻璃杯,只管向里看着。流苏道:“有什么可看的,也让我看看。”柳原道:“你迎着亮瞧瞧,里头的景致使我想到马来的森林。”杯里的残茶向一边倾过来,绿色的茶叶粘在玻璃上,横斜有致,迎着光,看上去像一棵翠生生的芭蕉。底下堆积着的茶叶,蟠结错杂,就像没膝的蔓草与蓬蒿。流苏凑在上面看,柳原就探过身来指点着。隔着那绿阴阴的玻璃杯,流苏觉得他的一双眼睛似笑非笑地瞅着她。她放下了杯子,笑了。柳原道:“我陪你到马来亚去。”流苏道:“做什么?”柳原道:“回到自然。”他转念一想,又道:“只是一件,我不能想象你穿着旗袍在森林里跑。……不过我也不能想象你不穿着旗袍。”流苏连忙沉下脸来道:“少胡说。”柳原道:“我这是正经话。我第一次看见你,就觉得你不应当光着膀子穿这种时髦的长背心,不过你也不应当穿西装。满洲的旗装,也许倒合式一点,可是线条又太硬。”流苏道:“总之,人长得难看,怎么打扮着也不顺眼!”柳原笑道:“别又误会了,我的意思是:你看上去不像这世界上的人。你有许多小动作,有一种罗曼蒂克的气氛,很像唱京戏。”流苏抬起了眉毛,冷笑道:“唱戏,我一个人也唱不成呀!我何尝爱做作——这也是逼上梁山。人家跟我要心眼儿,我不跟人家要心眼儿,人家还拿我当傻子呢,准得找着我欺侮!”柳原听了这话,倒有些黯然。他举起了空杯,试着喝了一口,又放下了,叹道:“是的,都怪我。我装惯了假,也是因为人人都对我装假。只有对你,我说过句把真话。你听不出来。”流苏道:“我又不是你肚里的蛔虫。”柳原道:“是的,都怪我。可是我的确为你费了不少心机。在上海第一次遇见你,我想着,离开了你家里那些人,你也许会自然一点。好容易盼着你到了香港……现在，我又想把你带到马来亚，到原始人的森林里去……"他笑他自己，声音又哑又涩，不等笑完他就喊仆欧拿帐单来。他们付了帐出来，他已经恢复原状，又开始他的上等的调情——顶文雅的一种。

他每天伴着她到处跑，什么都玩到了，电影，广东戏，赌场，格罗士打饭店，思豪酒店，青鸟咖啡馆，印度绸缎庄，九龙的四川菜……晚上，他们常常出去散步，直到深夜。她自己都不能够相信他连她的手都难得碰一碰。她总是提心吊胆，怕他突然摘下假面具，对她作冷不防的袭击，然而一天又一天的过去了，他维持着他的君子风度。她如临大敌，结果毫无动静。她起初倒觉得不安，仿佛下楼的时候踏空了一级似的，心上异常怔忡，后来也就惯了。

只有一次，在海滩上。这时候，流苏对柳原多了一层认识，觉得到海边上去去也无妨，因此他们到那里去消磨了一个上午。他们并排坐在沙上，可是一个面朝东，一个面朝西。流苏嚷有蚊子。柳原道："不是蚊子，是一种小虫，叫沙蝇。咬一口，就是一个小红点，像朱砂痣。"流苏又道："这太阳真受不了。"柳原道："稍微晒一会儿，我们可以到凉棚底下去。我在那边租了一个棚。"那口渴的太阳汩汩地吸着海水，漱着，吐着，哗哗的响。人身上的水份全给它喝干了，人成了金色的枯叶子，轻飘飘的。流苏渐渐感到那奇异的眩晕与愉快，但是她忍不住又叫了起来："蚊子咬！"她扭过头去，一巴掌打在她裸露的背脊上。柳原笑道："这样好吃力。我来替你打罢，你来替我打。"流苏果然留心着，照准他臂上打去，叫道："哎呀，让它跑了！"柳原也替她留心着。两人劈劈啪啪打着，笑成一片。流苏突然被得罪了，站起身来往旅馆里走。柳原这一次并没有跟上来。流苏走到树阴里，两座芦席棚之间的石径上，停了下来，抖一抖短裙子上的沙，回头一看，柳原还在原处，仰天躺着，两手垫在颈项底下，显然是又在那里做着太阳里的梦了，人晒成了金叶子。流苏回到旅馆里，又从窗户里用望远镜望出来，这一次，他的身边躺着一个女人，辫子盘在头上。就把那萨黑夷妮烧了灰，流苏也认识她。

从这天起，柳原整日价的和萨黑夷妮厮混着。他大约是下了决心把流苏冷一冷。流苏本来天天是出去惯了，忽然闲了下来，在徐太太面前交代不出理由，只得说伤了风，在屋里坐了两天。幸喜天公识趣，又下起缠绵雨来，越发有了借口，用不着出门。有一天下午，她打着雨伞在旅舍的花园里兜了个圈子回来，天渐渐黑了，约摸徐太太他们看房子该回来了，她便坐在廊檐下等他们，将那把鲜明的油纸伞撑开了横搁在栏杆上，遮住了脸。那伞是粉红地子，石绿的荷叶图案，水珠一滴滴从筋纹上滑了下来。那雨下得大了，雨中有汽车泼喇泼喇航行的声音，一群男女嘻嘻哈哈推着挽着上阶来，打头的便是范柳原。萨黑夷妮被他搀着，却是够狼狈的，裸腿上溅了一点点的泥浆。她脱去了大草帽，便洒了一地的水。柳原瞥见流苏的伞，便在扶梯口上和萨黑夷妮说了几句话，萨黑夷妮单独上楼去了，柳原走了过来，掏出手绢子来不住地擦他身上脸上的水渍子。流苏和他不免寒暄了几句。柳原坐了下来道："前两天听说有点不舒服？"流苏道："不过是热伤风。"柳原道："这天气真闷得慌。刚才我们到那个英国人的游艇上去野餐的，把船开到了青衣岛。"流苏顺口问问他青衣岛的景致。正说着，萨黑夷妮又下楼来了，已经换了印度装，兜着鹅黄披肩，长垂及地。披肩上是二寸来阔的银丝堆花镶滚。她也靠着栏杆，远远的拣了个桌子坐下，一只手闲闲搁在椅背上，指甲上涂着银色蔻丹。流苏笑向柳原道："你还不过去？"柳原笑道："人家是有了主儿的人。"流苏道："那老英国人，哪儿管得住她？"柳原笑道："他管不住她，你却管得住我呢。"流苏抿嘴笑道："哟，我就是香港总督，香港的城隍爷管这一方的百姓，我也管不到你头上呀！"柳原摇摇头道："一个不吃醋的女人，多少有点病态。"流苏噗嗤一笑。隔了一会，流苏问道："你看我做什么？"柳原笑道："我看你从今以后是不是预备待我好一点。"流苏道："我待你好一点，坏一点，你又何尝放在心上？"柳原拍手道："这还像句话！话音里仿佛有三分酸意。”流苏撑不住放声笑了起来道:“也没有看见你这样的人,死乞白咧的要人吃醋!”两人当下言归于好,一同吃了晚饭。流苏表面上虽然和他热了些,心里却怙惙着:他使她吃醋,无非是用的激将法,逼着她自动的投到他怀里去。她早不同他好,晚不同他好,偏拣这个当口和他和好了,白牺牲了她自己,他一定不承情,只道她中了他的计。她做梦也休想他娶她。……很明显的,他要她,可是他不愿意娶她。然而她家里虽穷,也还是个望族,大家都是场面上的人,他担当不起这诱奸的罪名。因此他采取了那种光明正大的态度。她现在知道了,那完全是假撇清。他处处地方希图脱卸责任。以后她若是被抛弃了,她绝对没有谁可抱怨。

流苏一念及此,不觉咬了咬牙,恨了一声。面子上仍旧照常跟他敷衍着。徐太太已经在跑马地租下了房子,就要搬过去了。流苏欲待跟过去,又觉得白扰了人家一个多月,再要长住下去,实在不好意思。这样僵持下去,也不是事。进退两难,倒煞费踌躇。这一天,在深夜里,她已经上了床多时,只是翻来覆去。好容易朦胧了一会,床头的电话铃突然朗朗响了起来。她一听,却是柳原的声音,道:“我爱你。”就挂断了。流苏心跳得扑通扑通,握住了耳机,发了一回愣,方才轻轻的把它放回原处。谁知才搁上去,又是铃声大作。她再度拿起听筒,柳原在那边问道:“我忘了问你一声,你爱我么?”流苏咳嗽了一声再开口,喉咙还是沙哑的。她低声道:“你早该知道了。我为什么上香港来?”柳原叹道:“我早知道了,可是明摆着的事实,我就是不肯相信。流苏,你不爱我。”流苏忙道:“怎见得我不?”柳原不语,良久方道:“诗经上有一首诗——”流苏忙道:“我不懂这些。”柳原不耐烦道:“知道你不懂,你若懂,也不用我讲了!我念给你听:“死生契阔,与子相悦,执子之手,与子偕老。“我的中文根本不行,可不知道解释得对不对。我看那是最悲哀的一首诗,生与死与离别,都是大事,不由我们支配的。比起外界的力量,我们人是多么小,多么小!可是我们偏要说:‘我永远和你在一起;我们一生一世都别离开。’——好像我们自己做得了主似的！"流苏沉思了半晌，不由得恼了起来道："你干脆说不结婚，不就完了！还得绕着大弯子！什么做不了主？连我这样守旧的人家，也还说'初嫁从亲，再嫁从身'哩！你这样无拘无束的人，你自己不能做主，谁替你做主？"柳原冷冷地道："你不爱我，你有什么办法，你做得了主么？"流苏道："你若真爱我的话，你还顾得了这些？"柳原道："我不至于那么糊涂。我犯不着花了钱娶一个对我毫无感情的人来管束我。那太不公平了。对于你，那也不公平。噢，也许你不在乎。根本你以为婚姻就是长期的卖淫——"；流苏不等他说完，啪的一声把耳机掼下来，脸气得通红。他敢这样侮辱她！他敢！她坐在床上，炎热的黑暗包着她，像葡萄紫的绒毯子。一身的汗，痒痒的，颈上与背脊上的头发梢也刺挠得难受。她把两只手按在腮颊上，手心却是冰冷的。

……

那天是十二月七日一九四一年。十二月八日，炮声响了。一炮一炮之间，冬晨的银雾渐渐散开，山巅，山洼子里，全岛的居民都向海上望去，说"开仗了，开仗了。"谁都不能够相信，然而毕竟是开仗了。流苏孤身留在巴而顿道，哪里知道什么。等到阿栗从左邻右舍探到了消息，仓皇唤醒了她，外面已经进入酣战的阶段。巴丙顿道的附近有一座科学试验馆，屋顶上架着高射炮，流弹不停地飞过来，尖溜溜一声长叫，"吱呦呃呃呃呃……"，然后"砰"，落下地去。那一声声的"吱呦呃呃呃呃……"撕裂了空气，撕毁了神经。淡蓝的天幕被扯成一条一条，在寒风中簌簌飘动。风里同时飘着无数剪断了的神经的尖端。

流苏的屋子是空的，心里是空的，家里没有置办米粮，因此肚子里也是空的。空穴来风，所以她感受到恐怖的袭击分外强烈。打电话到跑马地徐家，久久打不通，因为全城装有电话的人没有一个不在打电话，询问哪一区较为安全，作避难的计划。流苏到下午方才接通了，可是那边铃尽管响着，老是没有人来听电话，想必徐先生徐太太已经匆匆出走，迁到平靖一些的地带。流苏没了主意。炮火却逐渐猛烈了。邻近的高射炮成为飞机注意的焦点。飞机营营地在顶上盘旋,“孜孜孜……”绕了一圈又绕回来,“孜孜……”痛楚地,像牙医螺旋电器,直锉进灵魂的深处。阿栗抱着她的哭泣的孩子坐在客室的门槛上,人仿佛入了昏迷状态,左右摇摆着,喃喃唱着呓语似的歌曲,哄着拍着孩子。窗外又是“吱呦呃呃呃呃……”一声,“砰!”削去屋檐的一角,沙石哗啦啦落下来。阿栗怪叫了一声,跳起身来,抱着孩子就往外跑。流苏在大门口追上了她,一把揪住她问道:“你上哪儿去?”阿栗道:“这儿蹲不得了!我——我带他到阴沟里去躲一躲。”流苏道:“你疯了!你去送死!”阿栗连声道:“你放我走!我这孩子——就只这么一个——死不得的!……阴沟里躲一躲……”流苏拚命扯住了她,阿栗将她一推,她跌倒了,阿栗便闯了出门去。正在这当口,轰天震地一声响,整个的世界黑了下来,像一只硕大无朋的箱子,啪地关上了盖。数不清的罗愁绮恨,全关在里面了。

流苏只道是没有命了,谁知还活着。一睁眼,只见满地的玻璃屑,满地的太阳影子。她挣扎着爬起身来,去找阿栗。一开门,阿栗紧紧搂着孩子,垂着头,把额角抵在门洞子里的水泥墙上,人是震糊涂了。流苏拉了她进来,就听见外面喧嚷着说隔壁落了个炸弹,花园里炸出一个大坑。这一次巨响,箱子盖关上了,依旧不得安静。继续的砰砰砰,仿佛在箱子盖上用锤子敲钉,捶不完地捶。从天明捶到天黑,又从天黑捶到天明。

流苏也想到了柳原,不知道他的船有没有驶出港口,有没有被击沉。可是她想起他便觉得有些渺茫,如同隔世。现在的这一段,与她的过去毫不相干,像无线电里的歌,唱了一半,忽然受了恶劣的天气的影响,劈劈啪啪炸了起来。炸完了,歌是仍旧要唱下去的,就只怕炸完了,歌已经唱完了,那就没的听了。

第二天,流苏和阿栗母子分着吃完了罐子里的几片饼干,精神渐渐衰弱下来,每一个呼啸着的子弹的碎片便像打在她脸上的耳刮子。街上轰隆轰隆驰来一辆军用卡车,意外地在门前停下了。铃一响，流苏自己去开门，见是柳原，她捉住他的手，紧紧搂住他的手臂，像阿栗搂住孩子似的，人向前一扑，把头磕在门洞子里的水泥墙上。柳原用另外的一只手托住她的头，急促地道："受了惊吓罢？别着急，别着急。你去收拾点得用的东西，我们到浅水湾去。快点，快点！"流苏跌跌冲冲奔了进去，一面问道："浅水湾那边不要紧么？"柳原道："都说不会在那边上岸的. 而且旅馆里吃的方面总不成问题，他们收藏的很丰富。"流苏道："你的船……"柳原道："船没开出去。他们把头等舱的乘客送到了浅水湾饭店。本来昨天就要来接你的，叫不到汽车，公共汽车又挤不上。好容易今天设法弄到了这部卡车。"流苏哪里还定得下心整理行装，胡乱扎了个小包裹。柳原给了阿栗两个月的工钱，嘱咐她看家，两个人上了车，面朝下并排躺在运货的车厢里，上面蒙着黄绿色油布篷，一路颠簸着，把肘弯与膝盖上的皮都磨破了。

柳原叹道："这一炸，炸断了多少故事的尾巴！"流苏也怆然，半晌方道："炸死了你，我的故事就该完了。炸死了我，你的故事还长着呢！"柳原笑道："你打算替我守节么？"他们两人都有点神经失常，无缘无故，齐声大笑。而且一笑便止不住。笑完了，浑身只打颤。

卡车在"吱呦呃呃……"的流弹网里到了浅水湾。浅水湾饭店楼下驻扎着军队，他们仍旧住到楼上的老房间里。住定了，方才发现，饭店里储藏虽富，都是留着给兵吃的。除了罐头装的牛乳，牛羊肉，水果之外，还有一麻袋一麻袋的白面包，麸皮面包。分配给客人的，每餐只有两块苏打饼干，或是两块方糖，饿的大家奄奄一息。

先两日浅水湾还算平静，后来突然情势一变，渐渐火炽起来。楼上没有掩蔽物，众人容身不得，都下楼来，守在食堂里，食堂里大开着玻璃门，门前堆着沙袋，英国兵就在那里架起了大炮往外打。海湾里的军舰摸准了炮弹的来源，少不得也一一还敬。隔着棕榈树与喷水池子，子弹穿梭来往。柳原与流苏跟着大家一同把背贴在大厅的墙上。那幽暗的背景便像古老的波斯地毯，织出各色的人物，爵爷，公主，才子，佳人。毯子被挂在竹竿上，迎着风扑打上面的灰尘，啪啪打着，下劲打，打得上面的人走投无路。炮子儿朝这边射来，他们便奔到那边；朝那边射来，便奔到这边。到后来一间敞厅打得千疮百孔，墙也坍了一面，逃无可逃，只得坐下地来，听天由命。

流苏到了这个地步，反而懊悔她有柳原在身旁，一个人仿佛有了两个身体，也就蒙了双重危险。一颗子弹打不中她，还许打中他。他若是死了，若是残废了，她的处境更是不堪设想。她若是受了伤，为了怕拖累他，也只有横了心求死。就是死了，也没有孤身一个人死得干净爽利。她料着柳原也是这般想。别的她不知道，在这一刹那，她只有他，他也只有她。

停战了。困在浅水湾饭店的男女们缓缓向城中走去。过了黄土崖，红土崖，又是红土崖，黄土崖，几乎疑心是走错了道，绕回去了，然而不，先前的路上没有这炸裂的坑，满坑的石子。柳原与流苏很少说话。从前他们坐一截子汽车，也有一席话，现在走上几十里的路，反而无话可说了。偶然有一句话，说了一半，对方每每就知道了下文，没有往下说的必要。柳原道："你瞧，海滩上。"流苏道："是的。"海滩上布满了横七竖八割裂的铁丝网，铁丝网外面，淡白的海水汩汩吞吐淡黄的沙。冬季的晴天也是淡漠的蓝色。野火花的季节已经过去了。流苏道："那堵墙……"柳原道："也没有去看看。"流苏叹了口气道："算了罢。"柳原走的热了起来，把大衣脱了下来搁在臂上，臂上也出了汗。流苏道："你怕热，让我给你拿着。"若在往日，柳原绝对不肯，可是他现在不那么绅士风了，竟交了给她。再走了一程子，山渐渐高了起来。不知道是风吹着了树呢，还是云影的飘移，青黄的山麓缓缓地暗了下来。细看时，不是风也不是云，是太阳悠悠地移过山头，半边山麓埋在巨大的蓝影子里。山上有几座房屋在燃烧，冒着烟——山阴的烟是白烟，山阳的烟是黑烟——然而太阳只是悠悠地移过了山头。

到了家,推开了虚掩着的门,拍着翅膀飞出一群鸽子来。穿堂里满积着尘灰与鸽粪。流苏走到楼梯口,不禁叫了一声“哎呀。”二层楼上歪歪斜斜大张口躺着她新置的箱笼,也有两只顺着楼梯滚了下来,梯脚便淹没在绫罗绸缎的洪流里。流苏弯下腰来,捡起一件蜜合色衬绒旗袍,却不是她自己的东西,满是汗垢,香烟洞与贱价香水气味。她又发现许多陌生女人的用品,破杂志,开了盖的罐头荔枝,淋淋漓漓流着残汁,混在她的衣服一堆。这屋子里驻过兵么?——带有女人的英国兵?去得仿佛很仓促。挨户洗劫的本地的贫民,多半没有光顾过,不然,也不会留下这一切。柳原帮着她大声唤阿栗。末一只灰背鸽,斜刺里穿出来,掠过门洞子里的黄色的阳光,飞了出去。

阿栗是不知去向了,然而屋子里的主人们,少了她也还得活下去。他们来不及整顿房屋,先去张罗吃的,费了许多事,用高价买进一袋米。煤气的供给幸而没有断,自来水却没有。柳原拎了铅桶到山里去汲了一桶泉水,煮起饭来。以后他们每天只顾忙着吃喝与打扫房间。柳原各样粗活都来得,扫地,拖地板,帮着流苏拧绞沉重的褥单。流苏初次上灶做菜,居然带点家乡风味。因为柳原忘不了马来菜,她又学会了作油炸“沙袋”,咖哩鱼。他们对于饭食上虽然感到空前的兴趣,还是极力的撙节着。柳原身边的港币带得不多,一有了船,他们还得设法回上海。

在劫后的香港住下去究竟不是长久之计。白天这么忙忙碌碌也就混了过去。一到了晚上,在那死的城市里,没有灯,没有人声,只有那莽莽的寒风,三个不同的音阶,“喔……呵……呜……”无穷无尽地叫唤着,这个歇了,那个又渐渐响了,三条并行的灰色的龙,一直线地往前飞,龙身无限制地延长下去,看不见尾。“喔……呵……呜……”叫唤到后来,索性连苍龙也没有了,只是三条虚无的气,真空的桥梁,通入黑暗,通入虚空的虚空。这里是什么都完了。剩下点断墙颓垣,失去记忆力的文明人在黄昏中跌跌绊绊摸来摸去,像是找着点什么,其实是什么都完了。

流苏拥被坐着，听着那悲凉的风。她确实知道浅水湾附近，灰砖砌的那一面墙，一定还屹然站在那里。风停了下来，像三条灰色的龙，蟠在墙头，月光中闪着银鳞。她仿佛做梦似的，又来到墙根下，迎面来了柳原。她终于遇见了柳原。……在这动荡的世界里，钱财，地产，天长地久的一切，全不可靠了。靠得住的只有她腔子里的这口气，还有睡在她身边的这个人。她突然爬到柳原身边，隔着他的棉被，拥抱着他。他从被窝里伸出手来握住她的手。他们把彼此看得透明透亮，仅仅是一刹那的彻底的谅解，然而这一刹那够他们在一起和谐地活个十年八年。

他不过是一个自私的男子，她不过是一个自私的女人。在这兵荒马乱的时代，个人主义者是无处容身的，可是总有地方容得下一对平凡的夫妻。

有一天，他们在街上买菜，碰着萨黑夷妮公主。萨黑夷妮黄着脸，把蓬松的辫子胡乱编了个麻花髻，身上不知从哪里借来一件青布棉袍穿着，脚下却依旧趿着印度式七宝嵌花纹皮拖鞋。她同他们热烈地握手，问他们现在住在哪里，急欲看看他们的新屋子。又注意到流苏的篮子里有去了壳的小蚝，愿意跟流苏学习烧制清蒸蚝汤。柳原顺口邀了她来吃便饭，她很高兴地跟了他们一同回去。她的英国人进了集中营，她现在住在一个熟识的，常常为她当点小差的印度巡捕家里。她有许久没有吃饱过。她唤流苏“白小姐”。柳原笑道：“这是我太太。你该向我道喜呢！”萨黑夷妮道：“真的么？你们几时结的婚？”柳原耸耸肩道：“就在中国报上登了个启事。你知道，战争期间的婚姻，总是潦草的……”流苏没听懂他们的话。萨黑夷妮吻了他又吻了她。然而他们的饭菜毕竟是很寒苦，而且柳原声明他们也难得吃一次蚝汤。萨黑夷妮没有再上门过。

当天他们送她出去，流苏站在门槛上，柳原立在她身后，把手掌合在她的手掌上，笑道：“我说，我们几时结婚呢？”流苏听了，一句话也没有，只低下了头，落下泪来。柳原拉住她的手道：“来来，我们今天就到报馆里去登启事。不过你也许愿意候些时，等我们回到上海，大张旗鼓的排场一下，请请亲戚们。”流苏道：“呸！他们也配！”说着，嗤的笑了出来，往后顺势一倒，靠在他身上。柳原伸手到前面去羞她的脸道：“又是哭，又是笑！”两人一同走进城去，走到一个峰回路转的地方，马路突然下泻，眼见只是一片空灵——淡墨色的，潮湿的天。小铁门口挑出一块洋瓷招牌，写的是：“赵祥庆牙医。”风吹得招牌上的铁钩子吱吱响，招牌背后只是那空灵的天。

柳原歇下脚来望了半晌，感到那平淡中的恐怖，突然打起寒战来，向流苏道：“现在你可该相信了：‘死生契阔’，我们自己哪儿做得了主？轰炸的时候，一个不巧——”流苏嗔道：“到了这个时候，你还说做不了主的话！”柳原笑道：“我并不是打退堂鼓。我的意思是——”他看了看她的脸色，笑道：“不说了。不说了。”他们继续走路。柳原又道：“鬼使神差地，我们倒真的恋爱起来了！”流苏道：“你早就说过你爱我。”柳原笑道：“那不算。我们那时候太忙着谈恋爱了，哪里还有工夫恋爱？”结婚启事在报上刊出了，徐先生徐太太赶了来道喜。流苏因为他们在围城中自顾自搬到安全地带去，不管她的死活，心中有三分不快，然而也只得笑脸相迎。柳原办了酒席，补请了一次客。不久，港沪之间恢复了交通，他们便回上海来了。

白公馆里流苏只回去过一次，只怕人多嘴多，惹出是非来。然而麻烦是免不了的。四奶奶决定和四爷进行离婚，众人背后都派流苏的不是。流苏离了婚再嫁，竟有这样惊人的成就，难怪旁人要学她的榜样。流苏蹲在灯影里点蚊烟香。想到四奶奶，她微笑了。

柳原现在从来不跟她闹着玩了。他把他的俏皮话省下来说给旁的女人听。那是值得庆幸的好现象，表示他完全把她当自家人看待——名正言顺的妻。然而流苏还是有点怅惘。

香港的陷落成全了她。但是在这不可理喻的世界里，谁知道什么是因，什么是果？谁知道呢，也许就因为要成全她，一个大都市倾覆了。成千上万的人死去，成千上万的人痛苦着，跟着是惊天动地的大改革……流苏并不觉得她在历史上的地位有什么微妙之点。她只是笑盈盈地站起身来，将蚊烟香盘踢到桌子

传奇里的倾城倾国的人大抵如此。

到处都是传奇，可不见得有这么圆满的收场。胡琴咿咿呀呀拉着，在万盏灯火的夜晚，拉过来又拉过去，说不尽的苍凉的故事——不问也罢！

一九四三年

（选自《张爱玲文集》第 2 卷，安徽文艺出版社 1992 年版）

作品简析

《倾城之恋》是张爱玲“香港传奇”系列中的代表作。白流苏出身闺秀名门，第一段婚姻不尽如人意，于是她勇敢地反抗传统婚恋，毅然离婚并寄居在娘家。但世俗的现实让她渐渐认清自身的生存现状，出身于旧式家庭，又没有工作能力，她根本没有成为一个独立女性的条件，就连在家人面前都毫无尊严。在走投无路之际，她不得不意识到，她生存的唯一希望，就是婚姻，“还是拢个人是真的”。在她遇到华侨子弟范柳原之后，为了抓住这个结婚机会，她向妹妹发出挑战，并把她自己仅存的青春、名誉都投入这桩婚姻的风险中。她暗暗下了决心，要为自己的生存作一番努力，并从自己还算年轻可爱的身体中找到了自信。在艰难的乱世中，白流苏的选择虽说是一种将自身物化，将婚姻视为是获得生存保障的手段的表现，但在时代的无能为力面前，这不能不说是一种合乎人性的表现。

白流苏与范柳原的情感就像一场暗中较劲的争斗，结果是白流苏得到了“情妇”的地位，这是她自认为最好的结果。但乱世对人而言既是困境，也是机遇，战争的爆发倾覆了一座城，却“成全”了一对人，战争迅速介入到个人的命运中，白范二人的关系急剧

扭转，两人在陷落之城中产生了患难夫妻的情感，他们最终在那“兵荒马乱的时代”里做了“一对平凡的夫妻”。在这看似完满的结局中，我们依然能感受到一种浓郁的悲凉。在对战争“成全”的叙述中，流露出张爱玲一种反讽的态度，所谓的“成全”实质是充满着荒唐怪诞的逻辑。个人在与时代的对照中显得如此孤独渺小，而张爱玲正是在这样的对照中书写着一个个“传奇”的故事。

学者李欧梵在分析《倾城之恋》时，曾指出《倾城之恋》“是张爱玲最受欢迎的一篇小说”。通过把范柳原、白流苏的爱情与《红楼梦》宝黛爱情的对照，李欧梵认为后者（尤其是黛玉）在家庭凋零、贵族高雅文化没落的“惘惘的威胁”下，“一直被自我折磨和无形的宿命感撕扯着”，而这一美学情感在《倾城之恋》中也有相似的表现，“故事的开头就已经暗示了历史无情的脚步越来越快地向更宏伟的进行曲或交响乐迈进，并将很快把凄凉的胡琴声淹没掉”。但是不同的是，“张爱玲的女主人公却并不哀叹时代的变迁，她倒是渴望着从中解放自己。所以怀旧并不是这个故事的主题。相反，过去只是为预言现代性的灾难而存在的某种神话”。

研习导引

想象张爱玲(二)

20 世纪 60 年代，夏志清在海外出版了《中国现代小说史》，对张爱玲给予了相当的篇幅进行推介，并高调评价其重要性：“对于一个研究现代中国文学的人说来，张爱玲该是今日中国最优秀最重要的作家。”[①]90 年代特别是张爱玲去世以后，对于张爱玲的研究逐渐成为现代文学研究领域的“显学”，关于张爱玲的研究成果不断推出。刘再复在其《张爱玲的小说与夏志清的〈中国现代小

---

① 夏志清：《中国现代小说史》，刘绍铭等译，复旦大学出版社 2005 年版，第 254 页。

说史〉》中从哲学高度来评价张爱玲的文学世界："在本世纪中，张爱玲是一个逼近哲学、具有形上思索能力的罕见的作家。""张爱玲的才能不是表现为'历史家'的特点，而是表现在'哲学家'的特点。也就是说，她有一种超越空间（都市）和超越时间（历史）的哲学特点。……张爱玲的特点是《红楼梦》的特点，即超越政治、超越国民，超越历史的哲学、宇宙、文学特点。张爱玲承继《红楼梦》，不仅是承继《红楼梦》的笔触，更重要的是承继其在描写家庭、恋爱、婚姻背后的生存困境与人性困境，表达出连她自己也未必意识到的对人类命运的终级关怀，……张爱玲的代表作《金锁记》和《倾城之恋》等作品，表面上写的是上海等处的世俗生活，是家庭、恋爱、婚姻等枝枝节节，但是它却揭示了这些生活表象之下那些深藏在人性底层神秘的永恒的秘密，这就是关于人的欲望，关于权力与金钱的欲望的秘密。"①

杨照认为将张爱玲纳入新文学的视野是不够的，这甚至是对张爱玲文学内涵的减损："然而张爱玲站上文学史，付出的代价就是她的人和她的作品从此以后，就被划入以鲁迅、巴金、茅盾为起点宗师的'新文学'阵营里。这样做，事实上是使得张爱玲其人其作被迫放进'新文学'的脉络里来阅读、评价，而丢弃了她的'鸳鸯蝴蝶派'传统，更是把她从上海近代殖民都会的文化发展史中隔离，硬生生地缝到了取得政治霸权（hegemony）的知识分子论述结构里去了。"②

张爱玲究竟传承了新文学传统，抑或鸳鸯蝴蝶派传统？她究竟来自于新文学，还是通俗文学？这种种问题，还有待于人们继续研究探讨下去。

---

① 刘再复：《张爱玲的小说与夏志清的〈中国现代小说史〉》，刘绍铭、梁秉均、许子东编：《再读张爱玲》，山东画报出版社 2004 年版，第 35 页。

② 杨照：《在惘惘的威胁中——张爱玲与上海殖民都会》，陈子善编：《作别张爱玲》，文汇出版社 1996 年版，第 43 页。

思考题

1. 细节描写的繁复，已成为张爱玲小说公认的特点。本篇小说多次出现了“墙”的意象，是为人们所称道的，显示了张爱玲对细节描写的心灵化、意象的刻意营造，请结合作品对“墙”作出你的分析。

2. 身为女性作家，张爱玲在许多作品中表达了她对女性命运及生存境遇的思考，请结合文本，对张爱玲的作品所体现的“女性写作”特征进行分析。

3. 张爱玲曾说：“我学写文章，爱用色彩浓厚，音韵铿锵的字眼”(《天才梦》)，请以本文为例，对张爱玲的语言作一番赏析。

拓展阅读

1. 于青，金宏达编：《张爱玲研究资料》，海峡文艺出版社1994年版。

2. 子通：《张爱玲评说六十年》，中国华侨出版社2001年版。

3. 陈子善：《说不尽的张爱玲》，上海三联书店2004年版。

4. 刘锋杰：《想像张爱玲——关于张爱玲的阅读研究》，安徽教育出版社2004年版。

5. 余斌：《张爱玲传》，南京大学出版社2007年版。

视频资料：

中央电视台《百家讲坛：张爱玲系列》，周汝昌、淳子、止庵主讲，2004年；

电影《倾城之恋》，许鞍华导演，1984年上映；

电视剧《金锁记》，穆德远导演，2002年上映。

张恨水

张恨水(1895—1967),祖籍安徽潜山,原名张心远,中国现代著名章回体小说家,鸳鸯蝴蝶派代表作家,被誉为中国现代通俗小说集大成的作家。“恨水”这一笔名,取自南唐后主李煜词“自是人生长恨水长东”一句。1924年随着《春明外史》在北京《世界晚报》副刊的连载,张恨水的文学才能开始为世人所注意。这部作品到1929年收尾,在此期间,张恨水在又开始创作他的另一部代表作《金粉世家》。1930年,《啼笑因缘》连载于上海《新闻报》,更是引起了巨大轰动。张恨水是一位名副其实的多产作家,创作了120余部中长篇小说以及大量的散文、诗词、游记等。其作品赢得了读者的普遍喜爱,同时经过戏曲、影视的改编与再现,产生了巨大的知名度与影响力。张恨水的作品汗牛充栋,他自己也难以尽数。但他最得意的作品只有三部:《春明外史》《金粉世家》《啼笑因缘》。

张恨水对通俗小说进行了相当深入的理论思考。他第一强调“服务对象”,他指出“新派小说,虽一切前进,而文法上的组织,非习惯读中国书,说中国话的普通民众所接受”;第二他强调“现代”,他指出浩如烟海的旧章回小说“不是现代的反映”,因此他力图在新派小说和旧章回体小说之间,踏出一条改良的新路。张恨水关于通俗小说的理论思考,既有与新文学阵营不谋而合之处,也有他自己的独见之处。从创作之初,张恨水一方面在思想上顺应时代潮流,另一方面在艺术技巧上花样翻新,以古典名著为雅化方向,精心结撰回目和诗词,后来学习新文学技巧,注重细节、性格和景物的刻画,在思想观念上接受了个性解放意识和平民精神,这使他成为二三十年代通俗小说的第一流作家。

金粉世家(节选)

清秋对于燕西的行动,本来抱着放任主义,现在产后,自己在屋子里静养,更不管燕西的事。这天晚上,金太太到清秋屋子里来,要看小孩子。在灯下抱了一会子,而且决定了名字,叫小和,顺着小同的名字,一路下来。而且这和字,同着秋字的半边,也说是一半象母亲哩。金太太以为这名字还有点意思,清秋一定有什么议论的。一看清秋斜躺在床上,双眉紧锁。金太太握了她一只手道:“你怎么回事?身上有病吗?”清秋道:“并没有什么病,只是心里有点烦闷。”金太太道:“这两天熬了一点参水喝吗?”清秋道:“就只喝过一回,以后没有喝过了。”金太太道:“我叫燕西别把东西糟踏了,并不是说就摆在那里不动。”就分付李妈就泡上一点。李妈说:“那是七爷收的,不知道放在哪里?”金太太道:“你到书房里去问他,叫他自己进来拿,我还有话要问他呢。”李妈去了一会,走进来说:“七爷不在家。”金太太一看壁上挂的钟,已经十二点多钟了,便叹了一口气道:“这个东西,也是至死不悟。事到如今,他们还要昏天黑地地闹下去,如何得了?”清秋本也不想揭破燕西的行为,现在既是金太太知道了,她就用不着代守秘密,默然地坐着。金太太问道:“他这一程子,常在外面整夜地闹吗?”清秋道:“在闹丧事的那几天,他是在家里的。除此以外,他整夜不归,那是常事。而且他这种行动,还是不许人过问。谁要问问他的事,他会生气的。”金太太将孩子交给了清秋,坐在床边,默然了许久,突然又问道:“据你这样子看来,他分得的那些钱,大概用了不少吧?”清秋道:“谁知道呢,钥匙在他身上,只见他开箱子拿钱,可不许人家问他拿钱作什么。拿了多少,更是不得而知的了。”金太太叹了一口气道:“我拿钱在手里不分开来呢,我受不了那种冷气。分出来了呢,又眼睁睁地望着这几个人像流水似的花了去。这叫我也不知道要怎样是好?”清秋道:“其实他的行动,我也不敢问,不过现在既然有了孩子，这孩子读书的钱，总得预备一点。若是象他这样，……”清秋越说越声音小，说到后来，无话可说了，也是叹了一口气。金太太到了这时，也是无词可措，坐了一会子，自回屋子里去。

一到屋子里，便叫陈二姐去看看七爷在家没有？若是不在家，就把门房叫了来。陈二姐去了一会子，却是把门房叫了来了。金太太叫着门房当面，就将凤举兄弟最近进出的时间，仔细盘问了一遍。这弟兄四个，是燕西跑得最厉害，鹤荪次之，鹏振又次之，凤举却是不大出去，出去也是有事。金太太听了这种报告，气愤已极。便追问燕西出去，向在一些什么地方？门房对于这个问题却不肯怎样答复，因笑道："你想，七爷要到哪里去，还会在门房留下一句话吗？"金太太料着门房是不肯说的，就也不再追问，只分付门房，燕西回来了，不必告诉他就是了。到了次日早上，金太太首先一件事，便是派人问燕西回来了没有？到了十点钟了，还是没有回来。金太太实在忍耐不住，就坐在外面书房里等着。到了十一点多钟的时候，燕西才高高兴兴回来了。肋下正夹着一个纸包，向桌上一放。一回转头来，才看见自己母亲，斜靠在沙发上坐了。金太太且不说什么，首先站起来，就把那个纸包抢在手上。燕西笑道："那没有什么，不过是两张戏子的照相片。"说着，便也要伸手来夺。金太太正着脸色道："我要检查检查你的东西，你还不许我看吗？"燕西看见母亲脸上白中透紫，一脸的怒色，就不敢多说什么。金太太解开那纸包一看，见是两张四寸女子半身像片，燕西坐在一张椅子上，一个女子携了他的手，站在一边，一个却伏在椅子背上，三人几乎挤在一堆了。燕西说这是戏子，金太太看着，想起来了，其中有一个叫白莲花，是在自己家里演过堂会的。由这张相片上，想到燕西不曾回来，可以明白许多了。于是拿着相片向桌上一抛，板了脸道："就是这两个人闹得你丧魂失魄？"燕西真不料母亲今天突然会有这种举动，照形势上看起来，一定是清秋不满意自己拿钱，昨天对母亲说了。她难道也要学大嫂他们一样,来压迫丈夫不成?我不是那种男子,决不能够让妇人来管着的。他心里只管如此想了,表面上是不作声,似乎对于金太太是敬谨受教了。金太太道:"你以为现在还是国务总理的大少爷,有无穷尽的财源,可以供你胡花?你不想你箱子里那些钱,大概再过两三个月,也就完了。完了以后,我看你还有什么法子弄钱来花?本来你花你分去的钱,我管不着你,但是你究竟是我的儿子,你若闹得不可收拾了,将来也是我的过错,人家也会说我的,所以我不能不说一声。"燕西道:"就是照两张像,这也很有限的钱,何至于就闹到那样不可收拾?"金太太冷笑一声道:"你以为我是个傻子呢。人家大姑娘陪着你玩,陪着你照像,她为的是什么?能够白陪你开心吗?我今天警告你,你少花天酒地地闹,若是再闹下去,我就凭着几位长亲,把你的钱封存起来,留着你出世的儿子将来读书。"燕西听了这话,更猜着是清秋的主意,于是也不敢作声,静坐在一边,一手撑了椅靠,一手托着头,一只脚乱点了地板作响,等着金太太一人去责骂。等金太太骂得气平了,才道:"我也觉得有些不对,从今天起,我不出门了,你若是不信,可以派一个人到书房里来监督着我。"金太太脸一偏道:"我不用监督,我就照我的法子办,不信,你试试瞧。"说毕,叹了一口气,出门去了。

燕西也向睡椅上一躺,两脚架了起来,摇曳了一阵,心里就玩味刚才母亲所说的话。觉得这事决非突然而来,必定是清秋出的主意。于是跳了起来,就向内院里走。到了自己屋子里,见清秋面朝外,在枕上已经睡着了。便嚷道:"呔!醒醒罢。"说着,两手将她乱推。清秋猛然惊醒过来,口里还连喊了两声哎哟!睁眼看是燕西,便问道:"有什么事吗?"燕西向椅子上一坐,两腿一伸,两手插到裤袋里去,昂了头不作声。清秋看他这样子,又像是要生气了,便坐起来道:"你要什么?"燕西道:"我要钱,把钱花光了,大家要饭去,有什么要紧?我就是这样办,你干涉我也是不成。"说着又跳了起来。清秋道:"这真怪了。跑进屋子来,把人叫醒,好好地骂上一顿。你花你的钱，我干涉你作什么？昨天你拿钱，我虽然说了几句不相干的话，听不听，本来在你，而且钱由你拿去了，又没碍着我的事。你把钱花光了，倒回家来找人生气？”燕西道：“你还要装傻吗？你把这些事全告诉了母亲，让母亲去和我为难，你好坐现成的天下，对是不对？你只管运动母亲封存起来，我就是没钱，也不至于在家里守着你，我有地方找乐儿去。我现在并没带钱，你看看。”说时，将手在腰里拍了几下，又道：“我一样的出去玩几天给你看！我走了，你又有我什么法子呢？”说毕，到房后身，拿了一套西服和一件夹大衣，挺着脖子走了。清秋殊不料燕西是如此地不问情由，胡乱怪人。他发完了脾气，连别人解释的机会也不给，就掉头走了。听他的口音，竟是只图眼前的快活，将来他自己怎样，已经不放在心上，更哪里会去管别人的死活哩？想起去年这时，二人正度着甜蜜的爱情生活。自己一片痴心，以为有了这样一个丈夫，便是终身有所寄托，什么都在所不计。到了现在，不但是说不上什么寄托，简直自己害了自己了。在家里度着穷苦的生活，虽然有时为了钱发愁，但是精神上很自然的，不用得提防哪一个，也不用得敷衍哪一个，更不会有人在背后说一句闲话。现在连说一句话走一步路，都得自己考量考量，有得罪人的地方没有？这样的富贵日子，也如同穿了浑身的锦绣，带着一面重枷，实在是得不偿失。心里如此的想着，只管懊悔起来，不知不觉的，垂下几点泪。因听得玉芬在院子门外说话，又怕她撞了进来，在枕头底下，找出一块手绢，将眼睛擦了一擦。自己叹了一口气道：“这样的人生，过着有多大意味？管什么产后不产后，我还老躺在床上作什么？将被一掀，就下床来在沙发上坐着。呆坐一会，也是闷不过，就缓缓地走出屋子，到廊檐下来，看看院子里的松竹。她只一出正屋的门，李妈看见，老远地呀了一声道：“我的少奶奶，你怎样就跑出来了哩？受了风，可不是闹着玩的呀。”说着，她已是迎上前来，挡住了去路。清秋笑道：“我的命很贱，死不了的，受一点寒风，并不要紧的。”李妈只管将她向屋子里面推，笑道："千万请你进去，若是让太太知道了，说我们不小心伺候，我们是吃不了兜着走呢。"清秋笑道："这是笑话了，我又不是三岁两岁的小孩子，难道还要你作保姆不成?"清秋口里虽然如此说，到底还是向后退着，退到屋子里去了。只是她心里已增加了无限的烦恼，无论如何，在床上已经不能安静地躺着。一人坐到了下午，在沙发上打瞌睡。

金太太悄悄地进来，要看燕西在做什么。在廊子外听听屋子里寂然无声，由窗子眼向里面一望，倒吃了一惊，便在窗外叫道："清秋！清秋！你这是怎么?"清秋也是睡得正熟，猛然被金太太一声叫醒，身子一哆嗦。金太太说着话，已是走进屋来，站着望了清秋的脸色道："你这是怎么一回事？是和燕西生了气，故意这样作践身体呢，还是在床上坐不住了，要下地来走走?"清秋笑道："我好好的，并没有和他生什么气，我是睡得不耐烦了。"金太太道："那不行，你得赶快去躺下。你初生就这样胡闹，你不知道是危险万分的事吗？那不行，那不行，上床去，上床去。"说着牵了清秋一只手，就让她到床上去。清秋也是看到老人家用意殷勤，不便执拗，只得笑着上床去了。金太太道："我看你这样子，对于带孩子一件事，简直是不行。你不要再拒绝我的主张，还是雇个乳妈罢。"清秋道："并不是我敢拒绝母亲，不过没和燕西说好，我就这样办了，他将来又是不快活。而且我想小孩子，能够喝自己的乳更好，省得经过那些无知识乳妈来盘弄。"金太太道："好虽好，我看你什么不知道，可让我操心呢。你或者是为了省那几个钱，可是不用存那心思，就让燕西没出息，难道咱们家雇乳母的钱，还会发生什么问题吗?"清秋心里想着，那未必不发生问题，只是口里不敢说出罢了。当金太太在这里，就忍耐着躺在床上。接着又是道之回家来看她，二姨太也来谈说了一阵，倒不寂寞。

到了晚上，依然不见燕西的影子，料是又出去了。照他这两个月行动看起来，只管和白秀珠一天亲密一天，当然是和她在一处周旋。然而白秀珠的哥哥，新近已放了镇守使，手下带有一万多兵，驻在的地方，民脂民膏都是他的，秀珠家里很有钱用。她和燕西住一处，就让吃喝逛三个字，完全是燕西花钱，也不能一天花好几百块。这于白秀珠之外，必另有个花钱的地方。一个人当父丧未久的时候，还能这样花天酒地地闹，那世界上还有什么事，再可以让他伤心的？我就再悲苦些，他能正眼看一看吗？越想越难过，自己就慢慢地由最近追溯到以前，觉得去年这个时候，燕西图着接近自己，在落花胡同租下房子，那一番铺张扬厉，真个用钱如泥沙一般。那个日子便不觉得他太浪费，只觉得待人殷勤，终于是让他买了这颗心了。清秋由这里一想，自己是个文学有根底，常识又很丰富的女子，受着物质与虚荣的引诱，就把持不定地嫁了燕西。再论到现在交际场上的女子，交朋友是不择手段的，只要燕西肯花钱，不受他引诱的，恐怕很少吧？女子们总要屈服在金钱势力范围之下，实在是可耻。凭我这点能耐，我很可以自立，为什么受人家这种藐视？人家不高兴，看你是个讨厌虫，高兴呢，也不过是一个玩物罢了。无论感情好不好，一个女子作了纨绔子弟的妻妾，便是人格丧尽。她一层想着逼进一层，不觉热血沸腾起来。心里好像在大声疾呼地告诉她，离婚，离婚！

原是躺在床上沉思了，想久了，不觉坐起来。坐起来之后，更又不觉踏了鞋子下床。坐在椅子上，听听屋外，寂无人声，便掀开玻璃里面一角窗纱，向外看了一看。因为身子背了屋子里的灯光，只见假山边一丛野竹，摇摇不定的有些清影晃动。对面粉墙上，也似乎格外白些了。抬头看着天上，一轮团圆的月亮，正在白云缝里钻将出来。于是找了一件夹旗袍加在身上，就走到廊子下来看月。这时，那一轮月亮，不偏不倚，正在当头。抬头看看，两棵松树，在月下留着两个亭亭的清影，在雪白的月色地上，微微移动。清秋走到树下，看了树干，抬了头，由树缝子里看了出去。这树里的月亮，似乎更亮，也觉别有风致。只管呆呆地看着月亮，就不觉想到月亮里面去。在科学上说，月亮是个地球的卫星，而且是没有生物的了。若是照着神话一方面看去，倒很有趣味，说是嫦娥吃了后羿的灵药，奔进了广寒宫，作了月宫之主。这种说法，不管是靠得住靠不住，然而可想到上古时代，更是体面人以至于王与后，也并不讳言什么离婚的，古人诗上说的什么“嫦娥应悔偷灵药，碧海清天夜夜心”，还去替嫦娥发那闲愁。其实象后羿那种武夫，嫦娥那种美丽的女子，绝对不会成一对儿，散了倒也干净。为什么嫦娥应悔偷灵药呢？不过碧海青天夜夜心这句话，不能指为她是挂念丈夫，也可以说是她看到人家儿女团圆，她不免动心罢了。从来中国人的思想，除了圣经贤传以外，不能弄官做，不能装面子，就大不赞成。其实真正的男女爱情思想，还是道学先生认为风花雪月的词章上很有表示。《诗经》是不必说，象屈原、宋玉的赋，以至于唐人的诗，宋人的词，元人的曲，哪里不代表儿女子一种哀呼？“早知潮有信，嫁与弄潮儿”，在唐朝就很胆大的有人说出来了，现在女子们还甘爱丈夫的压迫而不辞吗？清秋本是个受旧书束缚的人，今天忽然省悟，恰是在旧书本子里找着了出路。越想越觉环境不对，望着天上一轮圆月，在青天上发着清辉，今天晚上，是何等的好看！可是推想着到了明晚再明晚，就不能够了。月亮或圆或缺，还是那个月亮，可是看月的人，就不相同了。古人说得好，“人生几见月当头？”月夕花晨，人人不能好好的欣赏，在愁里恨里过去，倒不如不看见是干净。自己传袭亡父的遗志，空有一肚子诗书，而今不过是增加些自己的懊恼而已。想到这里，不觉望着月亮堕下几点泪来。

一九二七年至一九三二年创作

（选自《金粉世家》，人民文学出版社 2009 年版）

作品简析

《金粉世家》于 1927 年 2 月 14 日连载于《世界日报》副刊《明珠》上，1932 年 5 月刊完。历时 5 年多，共 112 回，近 100 万字。《金粉世家》借用“六朝金粉”的典故，以富家子和贫家女恋爱、结婚、反目与离散为主线，写出了豪门贵族从兴盛到没落的过程。

男主人公金燕西为北洋政府国务总理金栓的七公子，一次偶遇平民女子冷清秋，动心于其素雅、清新的气质，开始不惜一切代价的苦苦追求。清秋虽然清楚自己不适合当金府的少奶奶，但还是被燕西的各种爱情攻势所感动，在未婚先孕后与之仓促成婚。但婚后不久，清秋还在怀孕中时，燕西就暴露了作为纨绔子弟的真实面目，常常在外沾花惹草，丝毫不顾及清秋感受，还常因小事对后者大声呵斥。清秋因此陷入深深的烦恼与悔恨中，并打算抱"放任主义"，试图慢慢劝其回心转意。但在金栓病故金府危机四伏之时，燕西却更加放浪无形。在金府大厦将倾之际，为寻求依托，燕西与新军阀的妹妹白秀珠重燃旧情，甚至决心别妻弃子与其共赴德国。这种种绝情之举彻底伤害了清秋的人格与自尊，遂下定决心与燕西离婚。最终在一场大火之中，清秋携子悄然离开金家，不知所终。

此处所选的正是清秋在经受燕西种种伤害、认清其真实面目之后从开始的"放任主义"到最后的痛下离婚决心的过程。在表现这一过程时，张恨水突破了传统言情小说的写作讨论，第一次尝试用大段心理独白的方式细致入微地展现清秋的心理过程。并通过清秋心理的细微变化以及对过往的回忆与反思，写尽了她的悔恨与重获人格尊严的渴求，从而深刻地揭示出"无论感情好不好，一个女子作了纨绔子弟的妻妾，便是人格丧尽"的社会现实，并具有相当强烈的艺术感染力。

《金粉世空》在描写中国式大家族方面，上追《红楼梦》，下与巴金的《家》《春》《秋》等巨著相比，毫不逊色。在结构和手法上，都极富新意，张恨水在小说的首尾，设置了楔子和尾声，采用了一反中国小说传统的倒叙式开头，而结尾则是"准开放式"，书中还穿插了大量的内心独白和景物描写。这些艺术改良，随《金粉世家》的轰动而被广大的中国读者和通俗小说界所接受，可以说《金粉世家》无论在艺术思想的丰富性，还是在艺术手法的革新性方面，都称得上是张恨水最杰出的作品。

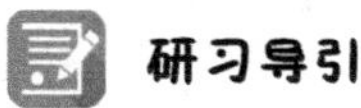

研习导引

《金粉世家》的文学史意义

《金粉世家》发表以后，人们就将其与红楼梦联系在一起，曾被誉为“现代版的红楼梦”，张恨水也因此奠定了自己作为社会言情小说大家的地位。二者确实有诸多相似之处，同样都是以男女主人公的爱情为主线展现一个大家庭的“树倒猢狲散”的悲剧结局。此外《金粉世家》在结构布局、人物心理、白描手法、细节描写等方面都可看出《红楼梦》的深刻影响痕迹，而后来的研究者也主要从这一对比的角度切入《金粉世家》的研究，在阐明这一影响的积极意义之外，也指出作为通俗小说，《金粉世家》对大家庭衰落的揭示还缺少“时代的深刻性”，而以“齐大非偶”(即“门当户对”观念)来揭示男女主人公的爱情悲剧，也还不脱“通俗小说的常情常理”。

思考题

1. 是否可以从“齐大非偶”这一层面理解金燕西与冷清秋的爱情悲剧？你对他们的爱情悲剧是怎么看的。

2. 细读所选部分，分析张恨水通俗小说的语言与艺术特色。

拓展阅读

1. 范伯群：《中国近现代通俗文学史》，江苏教育出版社 1999 年版。

2. 范伯群，孔庆东：《通俗文学十五讲》，北京大学出版社 2004 年版。

3. 张占国，魏守忠编：《张恨水研究资料》，知识产权出版社 2009 年版。

4. 谢家顺:《张恨水年谱》,安徽文艺出版社 2014 年版。

视频资料:

电视剧《金粉世家》,李大为导演,2003 年上映。

诗
歌

胡适

胡适(1891—1962),安徽绩溪人,原名嗣穈,学名洪骍,字希疆,后改名胡适,字适之。现代著名学者、历史学家、文学家、哲学家。五四时期因倡导"白话文",领导新文化运动而闻名于世,正如鲁迅在《无声的中国》中所说,"五四"文学革命是"胡适之先生所提倡"的。

"五四"新文化运动时期,胡适是文学革命和白话文运动最早的理论倡导者和实践者之一。1917 年,胡适在《新青年》上发表《文学改良刍议》一文,1918 年加入《新青年》编辑部,撰文反对封建主义,宣传个性解放、思想自由、民主科学,积极提倡文学改良和白话文学。胡适 1918 年发表的《终身大事》,这是中国现代文学史上第一部白话文剧作;1920 年发表的《尝试集》亦是中国现代文学史上的第一部白话诗集。胡适的主要贡献在于他提出了战略性的三大突破口:以"文学革命"作为中国现代思想启蒙运动的突破口;以用白话文代替文言文的"语言的变革"作为文学革命的突破口;以将白话文学作品引入中小学教材,编写"有功效有势力的国语教科书"作为语言变革的突破口。胡适的这一设计及其实现,对中国现代文学与现代思想的发展,几乎起到了决定性的作用,产生了深远的影响。而《建设的文学革命论(国语的文学,文学的国语)》即是胡适的这三大突破口战略思想最完整的论述。胡适因此将他的这篇文章与周作人的《人的文学》所表达的文学观念,同称为"中国新文学运动"的"中心理论"。胡适无论在理论主张还是创作实践上,都为新文学革命和创建新文学起到了开拓作用,作出了特别的贡献。

蝴蝶

两只黄蝴蝶，双双飞上天；
不知为什么，一个忽飞还。
剩下那一只，孤单怪可怜；
也无心上天，天上太孤单。

一九一六年创作

（选自严家炎、孙玉石、温儒敏编：《中国现代文学作品精选》，北京大学出版2001年版）

作品简析

《蝴蝶》是中国新文学史上的第一首白话诗，也是胡适的白话诗集《尝试集》中的名篇，1916年，胡适写下了中国新文学史上第一首白话新诗《蝴蝶》，并于次年2月发表于《新青年》杂志，可谓开辟了中国新诗创作的新纪元。

从诗歌内容看，《蝴蝶》是一首爱情诗。以两只蝴蝶譬喻相爱的一对男女，本如两只自由自在的蝴蝶一样“双双飞上天”，相依相伴，共同追求志同道合、灵犀相通的美好爱情，但最终却因现实中的某种原由而无奈分离。在五四时代文化语境下，这种原由很大可能是来自封建、传统以及社会的压力。青年人的爱情追求在这种强大的压迫之下无奈回归传统和旧家庭，只剩下另外一人形单影只，孤苦伶仃。在20世纪初的文化背景之下，《蝴蝶》既有胡适个人人生经历和情感体验的融入（纪念胡适与韦莲司的爱情悲剧），更是五四时期青年人精神需求的共鸣之音，因而具有反封建、反礼教，追求个性解放、人道主义和民主自由的时代意义。

从诗歌形式上看，《蝴蝶》作为中国新文学史上的第一首白话新诗，在形式上已经与过往的传统旧体诗歌有了显而易见的不同，它刻意追求一种“有什么材料，做什么诗；有什么话，说什么话；把从前一切束缚诗的自由枷锁镣铐，统统推翻”的诗体解放。全诗采用白描的手法，不用典、不避俗字俗语、言之有物、不无病呻吟，用完全的白话语言叙写两只蝴蝶对自身遭际的无奈和迷茫，使诗歌在读者脑海中形成鲜明扑人的影像，并借物喻人，融入了诗人自己真实可感的情感体验，作为一种尝试，它对中国白话诗歌实现“诗体的解放”，摆脱传统诗歌的束缚开辟了一条可能的道路。可谓是胡适提倡白话文写作、“作诗如作文”等主张最贴切的体现。

从诗歌艺术来看，《蝴蝶》存在的问题也显而易见。为了追求“诗体的解放”，多了平铺直叙的叙事，而少了含蓄典雅的诗韵。另外，对“作诗如作文”的过分追求以及刻意与古典诗歌审美趣味的背道而驰也使这首白话诗显现出文学性、艺术性的匮乏，从而也使其价值多显于文学史价值而非文学价值。

 **研习导引**

胡适《尝试集》的意义

胡适是中国新诗最初的倡导者与探索者。1920 年 3 月，他将自己的诗歌结集出版，题名为《尝试集》，这是中国现代第一部新诗集，影响重大。《尝试集》中的作品如《蝴蝶》《威权》《上山》等，皆以白话诗实践创作为目的，以“作诗如作文”为理论指导，在五四时代精神的指引之下，力图创造出一种迥异于中国古典诗歌的、不用典、不讲对仗、不避俗字俗语、言之有物、不无病呻吟的白话新诗，从而在诗歌领域实现文学革命中“平民文学”的主张，就此而言，《尝试集》在中国新文学史上具有格外重要的文学史意义。然而，作为新诗创作的开拓性文本，其创新性和局限性必然是融于一体的。从文学欣赏的角度来说，《尝试集》算不上新诗中的经典，然而从文学史的意义来看，《尝试集》在新文学史上的开拓性又使其成为中国现代文学不可回避的经典之作。《尝试集》的价值正如后来陈子展所言:“不在建立新诗的轨范,不在与人以陶醉于其欣赏里的快感,而在与人以放胆创造的勇气。”①

思考题

1. 结合诗歌的形式与内容,谈一谈《蝴蝶》与中国古典诗歌的区别与联系。

2. 谈谈你对胡适“作诗如作文”诗歌理论的看法。

拓展阅读

1. 陈子展:《最近三十年中国文学史》,上海书店 1989 年版。

2. 胡明:《胡适传论》,人民文学出版社 1996 年版。

3. 陈金淦:《胡适研究资料》,知识产权出版社 2010 年版。

4. 耿云志:《胡适年谱》(1891—1962 修订本),福建教育出版社 2012 年版。

5. 胡适:《四十自述》,华文出版社 2013 年版。

6. 沈卫威:《无地自由——胡适传》,河北人民出版社 2015 年版。

---

① 陈子展:《最近三十年中国文学史》,上海书店 1989 年版,第 237 页。

郭沫若

郭沫若(1892—1978)原名郭开贞,四川乐山人。现代著名作家、文学家、诗人、剧作家、考古学家、思想家、古文字学家、历史学家和社会活动家。在文学创作方面主要作品有诗集《女神》《星空》《恢复》;历史剧《棠棣之花》《屈原》《虎符》《高渐离》《屈原》《蔡文姬》《南冠草》《孔雀胆》;小说集《漂流三部曲》等。

郭沫若1914年留学日本,留日期间深受西方及日本浪漫主义文学的影响。1921年与郁达夫、成仿吾等人在日本东京发起成立创造社,并于同年发表其第一部白话新诗集《女神》,成为五四新文化运动时期最耀眼的白话诗人,并由此奠定了他在中国新诗史上的地位。

郭沫若对于新文学的主要贡献是新诗集《女神》的发表,它宣告了诗坛上"胡适时代"的结束,真正的现代自由体新诗时代的到来。郭沫若的诗不仅在艺术上与旧诗词相去甚远,而且他的精神完全是20世纪的时代精神。《女神》对理想的热烈追求、强烈的浪漫主义气息与狂飙突进的五四时代精神完全合拍。诗歌中充满了燃烧的激情、超人的想象力,极力展现了诗人的自我欲和主观性。《女神》是真正跨越古典诗歌的审美观念和审美规范的开一代新诗风的中国新诗的奠基之作,郭沫若也因此成为中国新诗的重要奠基人之一。

凤凰涅槃(节选)

凤凰更生歌

鸡鸣
听潮涨了,

听潮涨了，
死了的光明更生了。

春潮涨了，
春潮涨了，
死了的宇宙更生了。

生潮涨了，
生潮涨了，
死了的凤凰更生了。

凤凰和鸣
我们更生了，
我们更生了。
一切的一，更生了。
一的一切，更生了。
我们便是他，他们便是我，
我中也有你，你中也有我。
我便是你，
你便是我。
火便是凰。
凤便是火。
翱翔！翱翔！
欢唱！欢唱！

我们新鲜，我们净朗，
我们华美，我们芬芳，
一切的一，芬芳。
一的一切，芬芳。

芬芳便是你，芬芳便是我。
芬芳便是他，芬芳便是火。
火便是你。
火便是我。
火便是他。
火便是火。
翱翔！翱翔！
欢唱！欢唱！

我们热诚，我们挚爱。
我们欢乐，我们和谐。
一切的一，和谐。
一的一切，和谐。
和谐便是你，和谐便是我。
和谐便是他，和谐便是火。
火便是你。
火便是我。
火便是他。
火便是火。
翱翔！翱翔！
欢唱！欢唱！

我们生动，我们自由。
我们雄浑，我们悠久。
一切的一，悠久。
一的一切，悠久。
悠久便是你，悠久便是我。
悠久便是他，悠久便是火。
火便是你。

火便是我。
火便是他。
火便是火。
翱翔！翱翔！
欢唱！欢唱！

我们欢唱，我们翱翔。
我们翱翔，我们欢唱。
一切的一，常在欢唱。
一的一切，常在欢唱。
是你在欢唱？是我在欢唱？
是他在欢唱？是火在欢唱？
欢唱在欢唱！
欢唱在欢唱！
只有欢唱！
只有欢唱！
欢唱！
欢唱！
欢唱！

一九一九年创作

（选自朱栋霖主编《中国现代文学作品选》第二卷，高等教育出版社 2002 年版）

作品简析

《凤凰涅槃》是一首浪漫主义诗作，是诗集《女神》中的重要篇目，是五四时期新文学创作在诗歌方面最重要的作品之一。

相传凤凰每五百年自焚为灰烬，在肉体经受了巨大的痛苦和磨练后再从灰烬中浴火重生，循环不已，成为永生。诗歌借凤凰“集香木自焚，复从死灰中更生”的古老传说，譬喻在 20 世纪新的时代语境之下半封建半殖民地的旧中国“在死灰中更生”的历史抉择，表现出诗人彻底埋葬旧社会、争取祖国自由解放的爱国激情和对自由、平等、和谐的新社会的无限向往。诗人笔下的凤凰大胆否定旧的一切，扬弃因袭的旧我，热爱、向往净朗、华美、芬芳的新世界，以崇高、壮美的形象充分表达了作者彻底破坏旧事物与旧我，创造光明的进步社会与新我的崇高理想。

从诗歌内容看，全诗以诗剧的形式分为六个部分，分别描写凤凰衔香木为自焚做准备；自焚前凤以雄壮的歌喉对如同屠场、囚牢、坟墓、地狱般的现实世界无情诅咒；凰以悲切的哀鸣对黑暗世界中的痛苦和不幸戚戚悲诉；凤与凰对腥秽如血的现实世界无可留恋，以自焚求得新生的坚定决心；众多凡鸟猥琐庸俗、鄙陋浅薄的表现更衬托出凤凰涅槃的悲壮与伟大；凤与凰在最后的夺目与光亮中浴火更生，获得光明，获得永生。

从艺术特征看，《凤凰涅槃》想象瑰丽，激情四射，色彩明丽，语言夸张，富有浪漫主义色彩。首先，诗歌以大胆绮丽的想象，采用凤凰“集香木自焚，复从死灰中更生”的古老神话题材来表达旨意。以凤凰的自焚与更生象征旧中国和旧我的毁灭以及新中国和新我的诞生，从而形成雄浑、悲壮、博大、激昂的诗境；其次，诗歌以燃烧在字里行间的火山爆发式的激情感染读者，那种自我的张扬、狂风暴雨般的气势、破旧立新的坚定决心与五四时期狂飙突进、暴躁凌厉的时代特质构成了内在的和谐统一；再次，诗歌对“光明”“新鲜”“华美”“芬芳”“和谐”“欢乐”“雄浑”“生动”“自由”等词汇的反复运行亦传达给读者一种走进新时代，获得新生命的极致大欢畅。

从诗歌形式看，《凤凰涅槃》彻底摆脱了旧诗声调格律的镣铐，大胆借鉴西方近代自由体诗，开拓了自由诗的新天地，从而真正实现了“诗体解放”。在语言和音节上，诗句形式自由，可长可短，或八九句，或十余句，或数十句，完全凭借诗人情绪的消涨、情感的律动来把握诗歌的节奏，以自然的韵律带动读者的情绪，时而亢奋，时而哀伤，时而婉转低吟，时而激扬奔放，体现出新诗别具一格的节奏和谐之美。另外，诗歌采用设问、排比、反复、重奏等诸多手法，顿挫有力，气势激昂，壮美雄丽，不但使诗情获得酣畅淋漓的表达，同时也给读者以巨大的感染力和振奋力量。

研习导引

《女神》的文学史意义

郭沫若的诗集《女神》在中国新诗史上的重要意义在于继早期白话新诗的创作实验之后，在诗歌的内容和形式方面真正摆脱了中国古典诗歌的束缚，跨越了中国古典诗歌的审美规范和审美观念，对中国现代新诗的发展做出了开创性贡献。不但如此，《女神》瑰丽的想象、青春的激情、个性的张扬也完全改变了早期白话诗缺乏想象、缺乏抒情的面貌，从而超越早期白话诗歌成为真正开一代诗风的新诗。总之，《女神》以积极的浪漫主义特质真正展示了新诗革命的新面貌，创立了崭新的自由体诗歌形式。《女神》的狂飙突进、浮躁凌厉的时代特质张扬了“五四”时代的精神和人的觉醒意识，从而成为诗坛一块划时代的界碑。

思考题

1. 以胡适《蝴蝶》为参照，谈一谈郭沫若《凤凰涅槃》审美追求的变化。

2. 试将郭沫若的诗和闻一多的诗作比较性的阅读，还可以结合闻一多的《〈女神〉之时代精神》《〈女神〉之地方色彩》，讨论他们诗歌创作的异同、继承和变革。

拓展阅读

1. 郭沫若：《沫若自传》《郭沫若全集·文学编》（第十一卷），

（第十二卷），人民文学出版社 1982 年版。

2. 闻一多：《〈女神〉之时代精神》《〈女神〉之地方色彩》《闻一多全集》第 2 卷，湖北人民出版社 1993 年版。

3. 姜涛：《“新诗集”和中国新诗的发生》，北京大学出版社 2005 年版。

4. 王训昭，邵华编：《郭沫若研究资料》，知识产权出版社 2010 年版。

5. 黄曼君，王泽龙，李郭倩：《郭沫若传》，人民文学出版社 2013 年版。

徐志摩

徐志摩(1897—1931),浙江海宁人,原名章垿,笔名南湖、云中鹤等。徐志摩是“新月派”最有代表性的一位。1923年,他与胡适、闻一多等发起成立新月诗社。徐志摩是中国现代自由主义知识分子,他的理想是个人性灵最大自由的发展。从1922年英国留学归来到1931年因飞机失事身亡,徐志摩的诗歌创作只有短短十年,他一生的4本诗集《志摩的诗》《翡冷翠的一夜》《猛虎集》《云游》,记载了他独特的生命体验和复杂的思想、情感历程,在一定程度上反映了五四的时代精神,格调清新,独抒心灵。

徐志摩是新月诗派的“盟主”,他的众多诗歌作品是新月诗派的典范之作,他的一生及创作始终与新月诗派密切关联。徐志摩诗歌的特色与影响在于格律化意识的自觉追求与积极探索。这种格律化的追索,体现在徐志摩诗歌中,是其字词清新秀丽,韵律齐整谐和,想象奇特丰富,比喻大胆新奇,并营造出一个富有变化、唯美浪漫、飘逸华美、优美意境的诗歌审美空间。在现代诗歌史上,徐志摩是受众最多的一位诗人,他开创了新诗中的通俗一脉。

沙扬娜拉

——赠日本女郎

最是那一低头的温柔,
像一朵水莲花不胜凉风的娇羞,
道一声珍重,道一声珍重,
那一声珍重里有蜜甜的忧愁——
沙扬娜拉!

一九二四年

（选自《徐志摩诗全编》，顾永棣编，浙江文艺出版社 1987 年版）

作品简析

《沙扬娜拉》是徐志摩的优秀代表作。虽然在普通读者中流传甚广的是他那首《再别康桥》，但流传的很广并不代表它一定就是至高经典。从文学审美角度而言，或许《沙扬娜拉·赠日本女郎》更胜一筹。早在 1930 年代初，陈梦家将其收入《新月诗选》时，它便被认为是最简短也最脍炙人口的佳作。孔庆东也认为："其实徐志摩最好的诗不是《再别康桥》，比如他的《沙扬娜拉》写得更好"，这首诗"你读起来有一种内在的整齐，内在的韵律，它的表达形式和它的表达对象完美地统一了"[①]。

这首诗写于 1924 年 6 月徐志摩随泰戈尔访日期间。它是组诗《沙扬娜拉十八首》中的最后一首，也是最精妙的一首。组诗最早收入在 1925 年 8 月初版的《志摩的诗》里，再版时作者删去了前十七首，仅保留最后一首，并加了一个副题：赠日本女郎。从诗歌体制和趣味上看，它明显受到了泰戈尔田园小诗的影响，但与泰氏诗歌所着重追求的淡然、智慧不同，此诗表现的是徐志摩独有的那种青年人的唯美感情与浪漫情怀。

这是一首赠别短诗，全诗一共五行，玲珑剔透而意味隽永。在这首诗里，诗人写的是向一个日本女孩道别时的情景。可是在理解上又蕴含无穷的意味，这日本女孩是朋友？是恋人？还是同学？还是一个虚拟的象征？似乎都说得通。有人说这首诗"妙在爱与非爱之间"[②]。所以，我们可以说，这首诗表达了诗人对于那种美与爱，乃至于人世间一切美好事物单纯的热爱和信仰。

就艺术形式上来说，这首诗的影响也是独特超绝的。整首诗

---

① 孔庆东：《国文国史三十年 1》，中华书局 2011 年版，第 282 页。

② 何希凡：《妙在爱与非爱之间——从〈沙扬娜拉〉看徐志摩的诗艺启示》，《名作欣赏》2007 年第 13 期。

只通过“低头”“道一声珍重”这两个富有特征性的动作与话语，运用比喻和通感修辞手法，把离别时女性的那种温柔娇羞的神态和男女之间依依不舍的情怀，以及内心里涩涩的愁怨展现得一览无遗，富有画面感。诗歌在文句上参差不齐，长短错落，但读起来却有整齐匀称之感，富有音乐美。在感情方面诗歌的表达真挚自然，无半点矫揉造作之势。王富仁曾高度赞扬《沙扬娜拉》一诗的艺术独创性，他认为徐志摩的诗歌中“艺术上最完美、最纯净的仍然要数他的这首《沙扬娜拉》，过去人们最称道的《再别康桥》，一当与这首玲珑剔透的小诗放在一起，就感觉到有点矫情的味道了”[①]。由此可见，《沙扬娜拉》在徐志摩诗歌中的地位非常重要。

 **研习导引**

徐志摩的诗

徐志摩受英美文化深入熏染，向往民主自由，他的许多诗歌抒写了自己追寻自由理想的决心与信心，体现了那一代自由知识分子的思想倾向。茅盾在《徐志摩论》中对徐志摩诗歌的这一思想特征作出判断。茅盾主要是从社会革命的视角审视徐志摩，未能看到徐志摩诗歌丰富而复杂的内涵。茅盾认为徐志摩的诗“圆熟的外形，配着淡到几乎没有的内容，而且这淡极了的内容也不外乎感伤的情绪”。[②] 显然这个观点是失之偏颇的。因为“对于志摩，生活就是诗”，“徐志摩的诗则是赤裸地抒写生活中的真实情感”。[③]

胡适认为徐志摩的“人生观真是一种单纯的信仰，这里面只

---

① 王富仁：《现代作家新论》，山西教育出版社 1998 年版，第 160—161 页。

② 茅盾：《徐志摩论》，载《现代》1933 年第 2 卷第 4 期。

③ 蓝棣之：《现代诗的情感与形式》，人民文学出版社 2002 年版，第 41 页。

有三个大字：一个是爱，一个是自由，一个是美”。[①] 这种三位一体的信仰缺一不可，表征着徐志摩的情感、性灵和艺术的诸种取向。其中自由的性灵是他的生命和创作的核心支撑。可以说，最终决定着徐志摩的诗歌艺术的，是他的无拘无束的自由的天性。

思考题

1.“新月派”另一重要诗人闻一多明确主张新诗创作要讲究“三美”，即“音乐美”(音节韵律)、“绘画美”(语言辞藻)、“建筑美”(节的匀称和句的均齐)。试分析《沙扬娜拉》中的“三美”分别体现在哪里吗？

2. 比喻是徐志摩常用的一种修辞手法，试体会《沙扬娜拉》中关于“水莲花”的潜在意蕴。

拓展阅读

1. 陈从周编：《徐志摩年谱》，上海书店 1981 年版。

2. 谢冕编：《徐志摩名作欣赏》，中国和平出版社 1993 年版。

3. 韩石山：《徐志摩传》，北京十月文艺出版社 2001 年版。

4. 傅德岷，黄伟主编：《徐志摩诗歌鉴赏》，武汉出版社 2009 年版。

5. 邵华强编：《徐志摩研究资料》，知识产权出版社 2011 年版。

视频资料：

电视剧《人间四月天》，丁亚民，曾念平导演，2000 年出品。

---

① 胡适：《追悼志摩》，见《文人画像——名人笔下的名人》，上海三联出版社 1996 年版，第 173 页。

卞之琳

卞之琳(1900—2000),江苏海门人,中国现代著名诗人、翻译家、学者。著有诗集《三秋草》《鱼目集》《汉园集》(与人合集)、《慰劳信集》《十年诗草》等,另有多种译著、论著。卞之琳不是一个多产的诗人,70 年间只发表了 70 首左右的诗,《雕虫纪历史 1930—1958》(人民文学出版社 1979 年出版)是卞之琳的重要诗集。

卞之琳是后期新月诗人。他最初的创作受到新月时期的徐志摩、闻一多的熏陶,同时又接受波德莱尔的影响。1932 年后,他广泛接受了东西方诗歌的艺术手法:将中国古代的诗人李商隐、温庭筠等与现代新月诗人,以及西方的波德莱尔、魏尔伦、艾略特、叶慈、里尔克、纪德、瓦雷里等现代诗人的创作技巧相结合,形成了自己的现代诗风。在 1933 至 1937 年的卞之琳诗歌创作中,其诗艺臻于成熟,尤其是他在 1935 年所写的《距离的组织》《尺八》《断章》等,可以看作是卞之琳诗作成就的顶峰。卞之琳的诗歌既继承了中国诗传统,又借鉴了西方现代诗新风。在中国现代诗歌中卞之琳独辟蹊径,他的诗歌在形式、语言、风格方面有其鲜明的个人特色:亲切,含蓄又多变化。

断章

你站在桥上看风景,
看风景的人在楼上看你。

明月装饰了你的窗子,
你装饰了别人的梦。

一九三五年十月

(选自《鱼目集》,人民文学出版社 2000 年版)

作品简析

《断章》写于 1935 年 10 月，最初是一首长诗中的片段，因诗人只对这四句最满意，于是独立成章，故名为《断章》。全诗四行两节，仅 35 字，但其中却寄寓了极为丰富的意蕴与哲思，是中国现代诗中不多见的精美短诗之一。

阅读此诗，首先让人印象深刻的是在有限的篇幅中竟出现了如此之多两两对照的意象："你和看风景的人""桥和楼""明月和你""你与别人""窗子与梦"。甚至第一节两句与第二节两句也构成了对照。这种种对照虽然繁多，却毫不臃肿重复，你与看风景的人处在不同的观看点；桥是低处连接两端，楼在高处俯瞰周边；窗子是现实的，梦是虚幻的；第一节写的是白天的画面，第二节表现的则是夜晚的景象。这些意象合在一起，显得参差多态、摇曳生姿。其次，意象与意象之间又是彼此重叠的，互相"咬合"在了一起，你看风景离不开桥，看风景的人看你离不开楼与你，而你之所以在夜晚装饰了别人的梦，正是因为白天被别人观看，成为风景的一部分，如此等等，万事万物都互相联系，从而构成了一幅无法分解的完整画面；第三是意象与意象之间，主体与客体之间是可以互换的，你是主体，风景是客体，但是对于看风景的人而言你也成了客体。当你在看明月装饰窗子时，你是主体，而在别人的梦境中，你又成了客体。从你这一个体而言，看风景激发的是主体的热情甚至沾沾自喜，是以自我为中心，但如果放宽视野，从整体中去审视，自己也不过是风景中的一份子。从这一角度解读此诗，自然可以获得更为深刻的人生明悟。从这点出发，还可以感悟到此诗的第四点内蕴，那就是一旦你获得了明悟，那么就有可能使风景（明月）真正进入到你的内心、你的世界，而你也会从被观看的风景进入别人的梦、别人的内心，从而实现主客体的相互融合。

诗人自己解释说这首诗的创意是着重在"相对"上，单一的

"你"和单一的"看风景人"都不是自足的，两者在看与被看的关系和情境中才形成一个网络，意象性原则在这里被突破了，立足于抒情主人公"我"的基础上的现代新诗惯常的抒情方式也被新的诗学要素替代。通过这首诗，可以看到卞之琳贡献了一种"情境的美学"，这种"情境"是传统的"意境"与西方诗歌的小说化、戏剧化技巧相融汇的结果，读者从他的诗中捕捉到的，是日常生活的场景和情境，但一经卞之琳点化，便蕴涵了丰富深长的回味和耐人咀嚼的人生哲理，其中隐含了诗人将普通生活审美化的高超本领。

研习导引

关于卞之琳的诗歌评价

卞之琳的诗歌创作，由于其思想情调和艺术表现的独特性，在相当长的时间里不被看好，也少有学者研究，直到 80 年代以后这种状况才有所改变。有评论者认为卞之琳的"《距离的组织》运用古今典故和意象的联系，作时间和空间二度距离的组织，诗人的思绪可不容易追踪，尽管如此，诗句所提示的一片灰蒙蒙意境，仿佛一幅印象派油画，使人不期然受到感染，悠然而光苍茫之感。"[①]唐祈认为："卞之琳既吸收了从法国象征派到英美现代主义诗歌的影响，又将中国传统哲学和艺术思想创造性地融会于一身，独辟蹊径，凝成了自己独特的诗的结晶。"[②]江弱水认为卞之琳的诗采用主休声音的分化和对话化方式，创造了中国新诗的现代

---

① 张曼仪：《卞之琳论》，《卞之琳》（中国现代作家选集），人民文学出版社 1995 年版，第 263 页。

② 唐祈：《卞之琳与现代主义诗歌》，袁可嘉等编：《卞之琳与诗艺术》，河北教育出版社 1990 年版，第 19 页。

文本。[①] 余光中评价卞之琳“绝对是一流的诗人”。[②] 袁可嘉曾用“上承‘新月’,中出‘现代’,下启‘九叶’”来肯定卞之琳这一时期创作的特殊地位,认为“他和其他诗人一起推动新诗从早期的浪漫主义经过象征主义,到达中国式的现代主义”。[③]

思考题

1. 有人将本诗看成是一首爱情诗,对此你怎么看,请做具体分析。

2. 卞之琳的诗常倾向于写戏剧性处境,作戏剧性独白或对话,融会了中国传统与西方的戏剧性处境,化合了传统的含蓄与西方的暗示,具有极高的客观真实性。请分析《断章》中的“你”与“别人”的戏剧性处境。

拓展阅读

1. 张曼仪:《卞之琳著译研究》,香港大学出版社 1989 年版。

2. 孙玉石:《中国现代诗导读(1917—1938)》,北京大学出版社 1990 年版。

3. 袁可嘉等编:《卞之琳与诗艺术》,河北教育出版社 1990 年版。

4. 江弱水编:《<断章>取义》,安徽教育出版社 1999 年版。

5. 江弱水:《卞之琳诗艺研究》,安徽教育出版社 2000 年版。

6. [美] 汉乐逸:《发现卞之琳》,外语教育与研究出版社 2010 年版。

---

① 参见江弱水:《卞之琳诗艺研究》,安徽教育出版社 2000 年版,第 85—101 页。

② 余光中:《<新诗>赏析——“中文文学周”专题讲演》,香港《中报月刊》创刊号,1980 年 2 月。

③ 袁可嘉:《略论卞之琳对新诗艺术的贡献》,《文艺研究》1990 年第 1 期。

冯至

冯至(1905—1993),河北涿县人,原名冯承植,现代作家、诗人、翻译家。在20世纪20年代,冯至出版诗集《昨日之歌》《北游及其他》。在经历了30年代的人生思索与诗歌沉思的准备后,冯至于1941年写下了由27首诗组成的诗集《十四行集》。在中国现代诗歌史上,冯至是少有的在两个历史阶段(20年代与40年代)都做出特有的贡献的诗人。

鲁迅曾称冯至为“中国最为杰出的抒情诗人”。冯至早期的诗歌表现出“热烈”而“悲凉”的抒情主调。由于受到中国晚唐诗、宋词和德国浪漫派诗人的影响,冯至早期的创作表现出淳美自然的抒情色彩和舒展自如的艺术风貌,对中国新诗的发展起到了很好的导向作用。至40年代,冯至受到德国里而克哲学、诗学的影响,创作的《十四行集》取得了极高的艺术成就,标志着中国十四行诗的创作走向成熟。《十四行集》自然谙练,韵脚音节和谐确切,风格清新淡雅,诗中的意象大多平常,诗人却从中发掘出它们与人生价值、历史命运间紧密相连的寓意,为哲理的思考与广阔的现实找到了接合点。《十四行集》整体风貌中所显示的庄严、单纯与从容,以及艺术上的相对完美,使其在新诗史上成为一个独特的存在,并表明中国诗人已经有足够的思想、艺术力量消化外来形式,利用它来创造中国自己的民族新诗。

我们站立在高高的山巅

我们站立在高高的山巅
化身为一望无际的远景,
化成面前的广漠的平原,

化成平原上交错的蹊径。

哪条路、哪道水，没有关联，
哪阵风、哪片云，没有呼应：
我们走过的城市、山川，
都化成了我们的生命。

我们的生长、我们的忧愁
是某某山坡上的一棵松树，
是某某城上的一片浓雾；

我们随着风吹，随着水流，
化成平原上交错的蹊径，
化成蹊径上行人的生命。

一九四一年

（选自《冯至全集》第 1 卷，河北教育出版 1999 年版）

作品简析

《十四行集》是中国新诗中最集中、最充分地表现生命主题的一部诗集，它是一部生命沉思者的歌，它使中国现代诗歌第一次真正具备了形而上的品格。对冯至而言，《十四行集》实现了他与生命的真淳的觉醒，成了中国现代主义诗潮最寂寞时期兀然突起的一座高峰。《我们站立在高高的山巅》是诗集中的第十六首，是从第十五首引申开去，正面表达了诗人对于人的生命旷远性与万物之关联性的看法。

《我们站立在高高的山巅》生命主题的突出表现是宇宙万物的生命交流或全息统一。诗人从人类与世界万物的关系来构造诗篇。在诗中“我们”“山巅”“一望无际的远景”“广漠的平原”“交错的蹊径”等要素构成了一幅立体的画面，由远及近，由模糊到清晰。在冯至看来，自然是生命之树的绿叶枝条，生命与生命之间在深层息息相通。人与自然，自然万物之间，历史与未来，灵与肉皆处在生命交流的一种生生不息与和谐统一的状态中。诗人站在高高的山颠，仿佛“化身为一望无际的远景”“化成平原上交错的蹊径”，在他眼里山水相依，风云呼应，“哪条路、哪道水，没有关联，哪阵风、哪片云，没有呼应：我们走过的城市、山川，都化成了我们的生命。”诗人道出了人的生命与世界万物共生共长的真谛：不仅在广阔的空间，人与自然，生命与生命之间是相互关联、互相融合的，而且在无形的时间里，亘古与现在，现在与未来也是无法分割、无法切断的。

由于诗歌中对人与万物生命转化的空间确立了诗人广阔的意识，这首诗的意境显得非常开阔，一开始诗人便占据了制高点，我们站立在高高的山颠，然后将我们的身体融化为一望无际的远景和眼前的平原与蹊径。这个意象在诗的第一段和第二段里重复了两次，其中间两段讲的都是生命能量的转换，诗人强调了人与自然的生命信息的沟通与关连。冯至关于生命的哲思与体验，较多地受到了歌德与里尔克以及德国存在主义哲学的影响，同时也明显地融入了中国传统哲学意识与人文精神，他的诗在中西文化交汇中，形成了现代品格与民族品格融合统一的特征。

研习导引

冯至与《十四行集》

李广田称冯至的诗为“沉思的诗”，“有人说，最好的作品是‘深入实际’，然而冯至先生的诗却不能这么说，它不是先深入而又去找了那浅的语言来表现。他是觉思的诗人，他默察，他体认，他把他在宇宙人生中所体验出来的印证于日常印象，他看出那真实的诗或哲学于我们所看不到的地方。”“十四行体，这一外来的形式，由于它的层层上升而又下降，渐渐集中而又解开，以及它的错综而又整齐，它的韵法之穿来而又插去，……它本来是最宜于表现沉思的诗的”，而冯至“却又能运用得这么妥贴，这么自然，这么委婉而尽致……”[①]冯至在抗战时期，经历了生命的死亡与挣扎，获得了丰富的生命体验，正如冯至所说：“在我的十四行诗中，可以看出在抗战时期一个知识分子怎样对待外界的事物，对待自己钦佩的人，对自然界、生物的感受。”[②]诗人由身边小事的描写上升到了对抗战中的中国、民族、人类等一系列关系的思索和表达，这些都成为这部诗集的主题。由于诗人以里尔克为精神源头，在他的思索与表达中，里尔克的思想和语言都成为他的原料，这对于当时的抗战诗歌而言，是深奥难懂的，而且人们也不习惯这种思索人生经验的表达方式。所以，冯至的《十四行集》只是在当时西南联大的一部分教师和学生中得到称赞，后来在官方文学史上很少被提及，可是这部诗集却是中国抗战文学真正的代表，这不仅仅如朱自清所说《十四行集》“建立了中国十四行的基础。”[③]而且冯至是将里尔克的创作经验置于中国抗战的背景之下，把十四行诗的形式与里尔克式的沉思真正地中国化了，显现了中国诗人在国际化的语境里与世界级大师对话的自觉。

思考题

1. 试还原诗的情境，想象自己也身处于高高的山颠；细细体验自我生命怎样融入大自然，达到“物我一体”的境界；那流动的生命（水、风、云、雾等）如何凝定为生命的静态（山、平原、路、树、蹊径等）。

---

① 李广田：《沉思的诗》，见冯姚平编，《冯至和他的世界》，河北教育出版社 2001 年版，第 25—26 页。

② 冯至：《谈诗歌创作》，见《冯至全集》第 5 卷，河北教育出版社 1999 年出版，第 249—250 页。

③ 朱自清《新诗杂话·诗的形式》，见冯姚平编，《冯至和他的世界》，河北教育出版社 2001 年版，第 31 页。

2. 反复吟诵冯至的诗,体会诗与思相结合的“沉思的诗”的韵味。

拓展阅读

1. 姚可崑:《我与冯至》,广西教育出版社 1994 年版。

2. 王毅:《中国现代主义诗歌论(1925—1949)》,西南师范大学出版社 1999 年版。

3. 蒋勤国:《冯至评传》,人民文学出版社 2000 年版。

4. 冯姚平编:《冯至与他的世界》,河北教育出版社 2001 年版。

5. 张辉:《冯至未完成的自我》,文津出版社 2005 年版。

6. 季羡林编:《秋风怀故人:冯至百年诞辰纪念集》,人民文学出版社 2005 年版。

艾青

艾青(1910—1996),原名蒋海澄,浙江金华人,现代诗人。艾青在新诗发展中具有不可替代的历史地位,他的出现意味着中国新诗进入一个新的阶段。艾青的代表诗作有:《大堰河——我的保姆》《雪落在中国的土地上》《手推车》《北方》《向太阳》等。

艾青是由画家成为诗人的,他早年的诗歌,明显带有法国印象派和超现实主义诗歌影响的痕迹。在诗的色彩处理上,追求瞬间、强烈的光的效果,立体与稳定的雕塑感;在诗绪上,注重反抗的、梦境式的潜在意识的刻画;在思想上,受到崇尚个人自由主义与革命要求的法兰西思想文化及卢梭人道主义思想的熏染。胡风曾称艾青为"吹芦笛的诗人"。1938年到1941年是艾青创作的高峰期,他是"根深深地植在土地上"的诗人,他是"要根本上和中国现代大众的精神结合着的、本质上的诗人"。诗集《北方》与长诗《向太阳》标志着艾青的创作与土地及农民的血肉联系,"土地"成为艾青诗歌的无尽源泉与中心意象。"为什么我的眼里常含泪水?因为我对这土地爱得深沉……"这来自诗人生命深处和民族生命深处的诗句,使艾青在几代读者的心灵中获得了难以取代的地位。在20世纪30年代的诗歌创作史上,艾青的创作代表的是现实主义和现代主义在时代背景下相互交换、融合的历史趋势,是把中国新诗发展推向新的高度的一种努力。

雪落在中国的土地上

雪落在中国的土地上,
寒冷在封锁着中国呀……

风，
像一个太悲哀了的老妇。
紧紧地跟随着，
伸出寒冷的指爪，
拉扯着行人的衣襟。
用着像土地一样古老的话，
一刻也不停地絮聒着……

那从林间出现的，
赶着马车的，
你中国的农夫，
戴着皮帽，
冒着大雪，
你要到哪儿去呢？

告诉你，
我也是农人的后裔——
由于你们的，
刻满了痛苦的皱纹的脸，
我能如此深深地，
知道了，
生活在草原上的人们的，
岁月的艰辛。

而我，
也并不比你们快乐啊，
——躺在时间的河流上，
苦难的浪涛，
曾经几次把我吞没而又卷起——

流浪与监禁，
已失去了我的青春的，
最可贵的日子，
我的生命，
也像你们的生命，
一样的憔悴呀。

雪落在中国的土地上，
寒冷在封锁着中国呀……

沿着雪夜的河流，
一盏小油灯在徐缓地移行，
那破烂的乌篷船里，
映着灯光，垂着头，
坐着的是谁呀？

——啊，你，
蓬发垢面的少妇，
是不是？
你的家，
——那幸福与温暖的巢穴——
已被暴戾的敌人，
烧毁了么？
是不是？
也像这样的夜间，
失去了男人的保护，
在死亡的恐怖里，
你已经受尽敌人刺刀的戏弄？

咳，就在如此寒冷的今夜，
无数的，
我们的年老的母亲，
都蜷伏在不是自己的家里，
就像异邦人，
不知明天的车轮，
要滚上怎样的路程？
——而且，
中国的路，
是如此的崎岖，
是如此的泥泞呀。

雪落在中国的土地上
寒冷在封锁着中国呀……

透过雪夜的草原，
那些被烽火所啮啃着的地域，
无数的，土地的垦植者，
失去了他们所饲养的家畜。
失去了他们肥沃的田地，
拥挤在，
生活的绝望的污巷里；
饥馑的大地，
朝向阴暗的天，
伸出乞援的，
颤抖着的两臂。

中国的苦痛与灾难，
像这雪夜一样广阔而又漫长呀！

雪落在中国的土地上，
寒冷在封锁着中国呀……
中国，
我的在没有灯光的晚上，
所写的无力的诗句，
能给你些许的温暖么？

一九三七年十二月二十八日夜间

（选自《艾青全集》第1卷，花山文艺出版社1991年版）

作品简析

《雪落在中国的土地上》是一首充分体现艾青早期感情基调的诗。全诗共12节，诗歌以“我”饱含深情的口吻，用充满悲愤力量的诗句，表达了他对祖国人民命运的关怀。

诗歌开篇以“雪落在中国的土地上，寒冷在封锁着中国呀……”起句，平缓，低沉，倾诉式的叙述语调，形成全诗的“主旋律”。大自然的季节更替所给予人的感受，只能是感官上的触觉。重要的是诗人的内心深切地感到了寒冷的封锁，使他不能不爆发出这强烈的呐喊。诗人把自己的感情关注于北方的“中国的农夫”和“生活在草原上的人们的岁月的艰辛”上，关注于南方的“蓬发垢面的少妇”和“年老的母亲”的坎坷命运上。这一切，正是构成“寒冷在封锁着中国”的具体形象和生活画面；而诗人的一腔深情也是透过这一切传达出来的。在构思上，这首诗表现着艾青的长于发挥丰富想象力的特点。他虽然在此之前并未到过我国的北方，然而他笔下那“戴着皮帽，冒着大雪”赶马车的中国农夫的形象却令人感到亲切而熟悉。

这首诗具有的平实自然的艺术特色，没有雕琢和虚饰的痕迹，几乎看不到什么有形的技巧。诗歌语言的强有力的弹性和张力使诗的情境得以向远远的疆界拓展，具有了深邃广漠的感觉，这也正是诗的大气之所在。“寒冷”“封锁”等词语虽然简洁，但极富于弹力与表现力，它们蕴涵着深深的历史和现实的思考，给诗的意象和内涵增添了极大的重量，这重量是一种不能推卸的负担，宿命地落在诗人的心头上，引起了深深的震颤——这也正是雪落在中国土地上的寒冷的重量。

作者在这首诗中所流露出“艾青式”的忧郁情绪，这在艾青早期作品中也普遍表现，也是艾青诗歌艺术个性的基本要素。这首诗中对苦难的忧郁之所以具有审美价值，就在于，中国人民为摆脱苦难所进行的斗争将永远伴随着苦难。因而，在这种浓重的忧郁情绪中，能体会到作者对力的呼唤，对暴风雨扫荡这古老的世界的执著的期望。而这首诗，也以一个具体的实例，提示了艾青诗歌创作上以“自我”感受与个性概括民族、时代悲欢的美学特征。

 **研习导引**

发现宗教意识:艾青研究的新开拓

长期以来，艾青主要被视为一位对祖国、土地和人民饱含深情的“进步诗人”或“革命诗人”，对于其诗歌的显著特色，诸如“土地”“太阳”的意象系统的阐释，也大都在此价值平台上展开。有学者提出:“无论是胡风的评论还是新旧文学史，都有一个巨大的裂痕没有弥补，这就是艾青诗歌中的宗教传统意识的存在及其流变被回避了。艾青的诗歌中，存在两个传统，一是宗教传统，二是五四传统。宗教传统给他的诗歌带来了忍受痛苦、死后复活的主题，五四传统就是传播对旧制度的叛逆，对统治者、侵略者的正义反抗。这两种貌似对立的主题都统一在艾青早期诗歌中，寻找到了契合点。"①研究者进而结合《圣经》,详细地梳理并重新阐释了艾青诗歌的艺术世界,为艾青研究开拓了新的领域。

思考题

1. 艾青说:"调子是文字的声间与色彩、快与慢、浓与淡之间的变化与和谐。"(《诗论》),请从"调子"这一角度对本诗作出自己的文体分析。

2. 艾青一直提倡"诗的散文美",并作了这样的阐释:"散文的自由性,给文学的形象以表现的便利;而那种洗炼的散文,崇高的散文、健康的或是柔美的散文被用于诗人者,就因为它们是形象之表达的最完善的工具"(《诗的散文美》)。艾青的"诗的散文美",既是对自然本色、贴近人的日常生活、朴素、洗练、亲切的诗的风格的追求,又是对口语化的诗的语言与自由诗体的追求。请结合艾青的创作实践,对"诗的散文美"这一命题作出自己的评价。

拓展阅读

1. 骆寒超:《艾青研究论文集》,新疆人民出版社 1983 年版。

2. 胡风:《吹芦笛的诗人》,见《胡风诗全编》,浙江文艺出版社 1992 年版。

3. 艾青,牛汉,郭宝臣:《艾青名作欣赏》,中国和平出版社 1993 年版。

4. 艾青:《诗论》,江苏文艺出版 2010 年版。

5. 高瑛:《我和艾青》,人民文学出版社 2012 年版。

6. 程光炜:《艾青评传》,南京大学出版社 2015 年版。

7. 晓雪:《生活的牧歌——论艾青的诗》,云南人民出版社 2014 年版。

---

① 陈卫,陈茜:《神与光——论艾青诗歌及文学史形象》,《文学评论》2009 年第 6 期。

穆旦

穆旦(1918—1977),浙江海宁人,原名查良铮,现代诗人、诗歌翻译家。穆旦是九叶诗派中流派风格最浓烈且最有成就的诗人,20世纪40年代发表了《合唱》《赞美》《防空洞里的抒情诗》《从空虚到充实》等代表性的作品,先后有《探险队》《穆旦诗集》《旗》等诗集问世。新中国成立后,穆旦遭受批判,停止诗歌创作,但坚持进行诗歌翻译,出版了普希金、雪莱、济慈、艾略特等著名诗人的诗集十余种,由一个著名诗人成为了一个著名的文学翻译家。"文革"结束后,他重新创作了《智慧之歌》《停电之后》《冬》等著名作品。

穆旦是中国诗歌现代化历程中带有标志性的诗人。他的追求与贡献首先是新诗的现代思维方式与情感的建立,其诗歌思维的复杂化与情感的线团化超越了中国传诗学与哲学的秩序,排拒了中国传统的中和与平衡,建立了以"残缺"为中心的现代诗学与哲学。穆旦对诗的语言的现代化方面也做出了极富创造性的实验,充分发挥了现代汉语的弹性,利用多义的词语、繁复的句式,表达现代人"较深的思想"与诗情;同时,又自觉大量运用现代汉语的关联词,以揭示抽象的词语、跳跃的句子之间的逻辑关系。穆旦所创造的是介于口语与书面语之间的文体,他走到了现代汉语写作的最前沿。穆旦不仅在诗的思维、诗的艺术现代化,而且在诗的语言的现代化方面,都跨出了现代新诗史上具有决定意义的一步。

诗八首

一

你底眼睛看见这一场火灾，
你看不见我，虽然我为你点燃，
哎，那烧着的不过是成熟的年代，
你底，我底。我们相隔如重山！

从这自然底蜕变底程序里，
我却爱了一个暂时的你。
即使我哭泣，变灰，变灰又新生，
姑娘，那只是上帝玩弄他自己。

二

水流山石间沉淀下你我，
而我们成长，在死底子宫里。
在无数的可能里一个变形的生命
永远不能完成他自己。

我和你谈话，相信你，爱你，
这时候就听见我底主暗笑，
不断地他添来另外的你我
使我们丰富而且危险。

三

你底年龄里的小小野兽，
它和青草一样地呼吸，
它带来你底颜色，芳香，丰满，
它要你疯狂在温暖的黑暗里。

我越过你大理石的智慧底殿堂，
而为它埋藏的生命珍惜；
你我底手底接触是一片草场。
那里有它底固执，我底惊喜。

四

静静地，我们拥抱在
用言语所能照明的世界里，
而那未形成的黑暗是可怕的，
那可能的和不可能的使我们沉迷。

那窒息我们的
是甜蜜的未生即死的言语，
它底幽灵笼罩，使我们游离，
游进混乱的爱底自由和美丽。

五

夕阳西下，一阵微风吹拂着田野，
是多么久的原因在这里积累。
那移动了景物的移动我底心，
从最古老的开端流向你，安睡。

那形成了树木和屹立的岩石的，
将使我此时的渴望永存，
一切在它底过程中流露的美，
教我爱你的方法，教我变更。

六

相同和相同溶为疲倦，
在差别间又凝固着陌生；
是一条多么危险的窄路里，
我驱使自己在那上面旅行。

他存在，听从我底使唤，
他保护，而把我留在孤独里，
他底痛苦是不断的寻求
你底秩序，求得了又必须背离。

七

风暴，远路，寂寞的夜晚，
丢失，记忆，永续的时间，
所有科学不能祛除的恐惧
让我在你底怀里得到安憩——

呵，在你底不能自主的心上，
你底随有随无的美丽形象，
那里，我看见你孤独的爱情
笔立着，和我底平行着生长！

八

再没有更近的接近，

所有的偶然在我们间定型；
只有阳光透过缤纷的枝叶
分在两片情愿的心上，相同。

等季候一到就要各自飘落，
而赐生我们的巨树永青，
它对我们不仁的嘲弄
（和哭泣）在合一的老根里化为平静。

一九四二年二月

（选自《穆旦诗全集》，中国文学出版社 1996 年版）

作品简析

《诗八首》是穆旦经典代表性作品之一，也被公认为是一组比较难懂的现代“无题”爱情诗。这一组爱情诗，表达了诗人对于爱情诗的独特领悟和颠覆性的理解，即穆旦是中国诗人中以现代观念意识审视与挖掘现代爱情本质的开路先锋。与传统的爱情诗一般化抒写爱情的欢乐或痛苦，美妙体验或无限感伤不同，《诗八首》更侧重于对爱情进行丰富的想象、冷峻地观察及哲理性思索。穆旦成为 20 世纪 40 年代中国新诗领域里较早的一个“自觉的现代主义者”。

《诗八首》原题《诗八章》，创作于 1942 年 2 月，同年 4 月发表于昆明《文聚》第 1 卷第 3 期。在《诗八首》里，主要有三位人物形象：“我”“你”和“上帝”（“我的主”），这三者相互对立、渗透、纠结在一起，展现了抒情主人公“我”与“你”之间从爱的初恋、热烈，到沉迷、成熟，最后“平静”的“合一”的整个恋爱过程，以及“上帝”或“我的主”对“我”和“你”的无意识旁观、约束和干涉，表达了作为现代人的诗人对于爱情的现代体验与深刻沉思。

《诗八首》是一曲现代爱情的交响乐。整组诗一共八首，每首均为两节，每节四行，一首诗为八行。内容上依次是：第一首，写

“我”和“你”的初恋，但一个热烈一个冷淡，“我们相隔如重山”“爱了一个暂时的你”；第二首，是写随着时间的推移，“你我”的爱逐渐变得成熟起来，“不断地他添来另外的你我”“使我们丰富而危险”；第三首，是写“你我”完全摆脱理性的自我控制之后，获得了爱的惊喜与狂热，“我越过大理石的理智殿堂”；第四首，讲到了“你我”的爱进入到“沉迷”，“那可能的不可能的使我们沉迷”；第五首，是写热烈的爱后流向“你我”的是“安睡”与“永恒”；第六首，表达了爱是一种永恒的矛盾，要受到理智的支配；第七首，第八首是尾声，唱出了对人类永恒爱情与生命的赞歌。

这是典型的情诗，又超越了情诗。所有现代人的困惑：个体与群体，欲望与信仰，理想与现实，创造与毁灭，智慧与无能，流亡与归宿，拒绝与求援，真实与谎言，诞生与谋杀，丰富与无有……全部在这里展开。

研习导引

关于穆旦的比较研究

在 20 世纪 40 年代的文坛上，穆旦是现代主义色彩最为浓郁的诗人之一，他的创作深受叶芝、艾略特和奥登等西方现代派诗人的影响。江弱水于 2002 年撰文《伪奥登风与非中国性：重估穆旦》，采用实证方法分析了穆旦的直接模仿或化用奥登、艾略特等人的许多例子，进而提出：“为什么穆旦的诗中竟然充斥着如此众多的对西方现代诗人尤其是奥登的文学青年式的模仿之作？唯一合理的解释是：他过于倚重奥登的写法，因为除此之外他别无依傍；他过于仰赖外来的资源，因为他并不占有本土的资源。”“尤其诗歌原创性的严重不足，与他对中国古典文学传统的竭力规避是分不开的。穆旦未能借助本民族的文化传统以构筑起自身的主体，这使得他面对外来的影响无法作出创造性的转化。”[①]对此，吴思敬、王家新等都曾撰文提出不同意见。[②] 在另一篇关于穆旦与艾略特的比较研究论文中，作者得出的结论却与江弱水截然不同：“穆旦没有邯郸学步，也没有随波逐流，他借用以艾略特为代表的西方现代主义的形式，表达中国人自身的现实感受，尤其是战争年代中国知识分子的切肤之痛。而且穆旦诗歌没有充斥艾略特式的艰涩典故、神话传说、宗教传说和学院典籍，而有着艾略特所缺乏的激情、血性与泥土气息。他始终用自己个性化的语言和感觉方式表达他对他的热爱的大地、天空和在那里受苦受难的芸芸众生的关怀。”[③]

思考题

1. 请仔细阅读《诗八首》，体会穆旦及其诗歌创作中的现代性内涵与现代艺术形式创造。

2. 艾青和穆旦是两位重要的中国现代诗人，都受到外国诗人影响，几乎都不提中国古典诗人，都不写旧体诗，拒绝文言，坚持白话文创作。如何理解两位诗人的这一创作选择？他们的诗歌难道就一点也没有受到中国古典文化影响吗？如果有，又该如何去寻找他们诗歌中的民族文化内容以及与中国传统文化的内在隐形联系呢？

拓展阅读

1. 杜运燮，周与良编：《一个民族已经起来——怀念诗人、翻

---

① 江弱水：《伪奥登风与非中国性：重估穆旦》，《外国文学评论》2002 年第 3 期。

② 参见吴思敬：《穆旦研究：几个值得深化的话题》，《南开学报》2008 年第 1 期；王家新：《穆旦与“去中国化”》，《诗探索》2006 年第 3 期；李章斌：《近年来关于穆旦研究与“非中国性”问题的争论》，《中国文学研究》2009 年第 1 期。

③ 刘燕：《穆旦诗歌中的“T·S. 艾略特传统”》，《外国文学评论》2003 年第 2 期。

译家穆旦》,江苏人民出版社 1987 年版。

2. 杜运燮,周与良编:《丰富和丰富的痛苦——穆旦逝世 20 周年纪念文集》,北京师范大学出版社 1998 年版。

3. 孙玉石:《中国现代主义诗潮史论》,北京大学出版社 1999 年版。

4. 陈伯良:《穆旦传》,世界知识出版社 2006 年版。

5. 孙玉石主编:《中国现代诗导读(穆旦卷)》,北京大学出版社 2007 年版。

6. 易彬:《穆旦与中国新诗的历史建构》,中国社会科学出版社 2010 年版

7. 易彬:《穆旦评传》,南京大学出版社 2012 年版。

8. 李怡,易彬编:《穆旦研究资料》,知识产权出版社 2013 年版。

散文

周作人

周作人(1885—1967),现代散文家,翻译家。周作人是“五四”新文学传统的开创者之一。胡适认为,周作人《人的文学》《平民的文学》《儿童的文学》《个性的文学》等理论著述奠定了现代文学的理论基础,革新了现代文学的思维观念和创作方法。周作人还是新文学的重要的批评家,以其独具风格的散文显示了新文学的实绩:他的《自己的园地》《雨天的书》与鲁迅的《野草》都是中国现代文学散文的经典之作。他对希腊文学、日本文学、俄国文学、东欧文学的翻译、介绍,在“五四”时期被认为是“开纪元的工作”。

鲁迅与周作人两兄弟是“五四”文学的“双子星座”。鲁迅以现代短篇小说、杂文享誉文坛,周作人则以小品散文而久负盛名。周作人是现代中国“小品文”(也叫“美文”)的开创者与典范代表。他的小品散文集共有16本,代表作有《谈龙集》《谈虎集》《苦茶随笔》等。这些散文具有清新简朴、舒缓自如的特点,它们没有一味旁征博引,没有繁复典丽的辞句,而是以平淡而幽默的语句,平实而深远的内容取胜,形成了一种独具一格的闲适苦涩,趣味性和知识性兼备的周氏情调。周作人作为现代小品散文的代表作家,他的影响不仅在20世纪20年代形成了一个包括俞平伯、废名等周氏弟子在内的“很有权威”的散文创作流派,而且被汪曾祺、贾平凹、止庵等当代作家所传承与发展。

故乡的野菜

我的故乡不止一个,凡我住过的地方都是故乡。故乡对于我并没有什么特别的情分,只因钓于斯游于斯的关系,朝夕会面,遂成相识,正如乡村里的邻舍一样,虽然不是亲属,别后有时也要想念到他。我在浙东住过十几年，南京东京都住过六年，这都是我的故乡，现在住在北京，于是北京就成了我的家乡了。

日前我的妻往西单市场买菜回来，说起有荠菜在那里卖着，我便想起浙东的事来。荠菜是浙东人春天常吃的野菜，乡间不必说，就是城里只要有后园的人家都可以随时采食，妇女小儿各拿一把剪刀一只"苗篮"，蹲在地上搜寻，是一种有趣味的游戏的工作。那时小孩们唱道："荠菜马兰头，姊姊嫁在后门头。"后来马兰头有乡人拿来进城售卖了，但荠菜还是一种野菜，须得自家去采。关于荠菜向来颇有风雅的传说，不过这似乎以吴地为主。《西湖游览志》云，"三月三日男女皆戴荠菜花。谚云，三春戴荠花，桃李羞繁华。"顾禄的《清嘉录》上亦说，"芥菜花俗呼野菜花，因谚有三月三蚂蚁上灶山之语，三日人家皆以野菜花置灶陉上，以厌虫蚁。清晨村童叫卖不绝。或妇女簪髻上以祈清目，俗号眼亮花。"但浙东人却不很理会这些事情，只是挑来做菜或炒年糕吃罢了。

黄花麦果通称鼠曲草，系菊科植物，叶小微圆互生，表面有白毛，花黄色，簇生梢头。春天采嫩叶，捣烂去汁，和粉作糕，称黄花麦果糕。小孩们有歌赞美之云：

黄花麦果韧结结，
关得大门自要吃，
半块拿弗出，一块自要吃。

清明前后扫墓时，有些人家——大约是保存古风的人家——用黄花麦果作供，但不作饼状，做成小颗如指顶大，或细条如小指，以五六个作一攒，名曰茧果，不知是什么意思，或因蚕上山时设祭，也用这种食品，故有是称，亦未可知。自从十二三岁时外出不参与外祖家扫墓以后，不复见过茧果，近来住在北京，也不再见黄花麦果的影子了。日本称作"御形"，与齐菜同为春天的七草之一，也采来做点心用，状如艾饺，名曰"草饼"，春分前后多食之，在北京也有，但是吃去总是日本风味，不复是儿时的黄花麦果糕了。

扫墓时候所常吃的还有一种野菜，俗称草紫，通称紫云英。

农人在收获后，播种田内，用作肥料，是一种很被贱视的植物，但采取嫩茎瀹食，味颇鲜美，似豌豆苗。花紫红色，数十亩接连不断，一片锦绣，如铺着华美的地毯，非常好看，而且花朵状若蝴蝶，又如鸡雏，尤为小孩所喜，间有白色的花，相传可以治痢。很是珍重，但不易得。日本《俳句大辞典》云："此草与蒲公英同是习见的东西，从幼年时代便已熟识。在女人里边，不曾采过紫云英的人，恐未必有罢。"中国古来没有花环，但紫云英的花球却是小孩常玩的东西，这一层我还替那些小人们欣幸的。浙东扫墓用鼓吹，所以少年常随了乐音去看"上坟船里的姣姣"；没有钱的人家虽没有鼓吹，但是船头上篷窗下总露出些紫云英和杜鹃的花束，这也就是上坟船的确实的证据了。

一九二四年二月

（选自《周作人自编文集》之《雨天的书》，河北教育出版社 2002 年版）

作品简析

1924 年前后，周作人写出了《北京的茶食》《故乡的野菜》《苍蝇》《苦雨》等一组抒情散文，表面上看它们好像只是在记叙生活琐事，中间夹带不多的几句议论，但是字里行间却蕴藏着一份淡淡而诚挚的感伤，有一种名士清谈的放恣之风。

《故乡的野菜》是其中一篇，写于 1924 年 2 月，后收入《雨天的书》中。它实际上是一篇通过叙事、议论来抒发自我情感的佳作。在文中，周作人分别写了家乡春天时节的三种野菜，表现了作者对于故乡的无限依恋和童年生活的美好回忆。

作品篇幅不长，一共五段，约 1200 字。文章采用先抑后扬的写法，开头第一段写自己有浙东、南京、北京几个故乡，对我对于它们"没有什么特别的情分"，是一种出人意料的抑。第二段由妻子买菜回忆起了故乡的野菜，引起了话题。首先是谈到了故乡人常吃的第一种野菜——荠菜，记叙了妇女小孩采摘荠菜时的有趣的游戏，童谣、俗谚以及关于荠菜颇为风雅的传说等。第三、四两段写黄花麦果，描绘了它的通称、形状、特点、用途等。第五自然段是写草紫，一种扫墓时候所常吃的野菜，也是小孩子常玩的东西，说明了它的外形、价值以及与蒲公英的异同。从第二段到第五段显然是“扬”，对于故乡的野菜、风习名俗、谚语典故，记忆的那么深刻，饶有兴致，除了让读者领略到了浙东乡土文化的深厚意蕴外，更表现了作家对于故乡人、事、物的那股浓浓的思念和热爱。

周作人散文的风格，为大家所公认的最突出的地方便是它的冲淡平和。这是和他的性格一致的。这要在文章中充分地表现出来，需要很高的审美品位、渊博的知识和深厚的艺术功力，而这些，周作人是完全具备的。他在娓娓絮谈中，将知识、哲理与趣味融于一体。在周作人的散文中，冲淡平和不只是写作上的特点，更是一种人生的态度，一种境界。《故乡的野菜》语言文字普通平常，内容结构也平淡无奇，但在情趣风格和艺术效果上却独具一格，细细品味文章，其中便另有一番情趣与哲理，其闲适冲和的艺术真趣，是周作人散文的个性和灵魂，在中国现代散文史上可以说是独创一派。

 **研习导引**

周作人散文创作的价值

在中国现代文学史上，周作人作为散文大家的地位始终得到认同。那么，周作人散文创作的价值究竟在哪里？显然，不仅仅在于其知识性、趣味性，甚至也不仅仅在其平和、冲淡的审美追求，更重要的原因还在于，周作人的散文当中有一种“大关怀”与“大突破”。这里说的“大关怀”是指周作人小品散文在那些看似平凡琐细的人生点滴描述中蕴涵着一种对人性本质的揭示，对整个人类命运的深切关注。《故乡的野菜》写的是自己家乡的那几种野菜以及童年的生活，但人们读了之后，从中能品味和领悟到一种与自己相关的东西:故乡是一个人永远也隔不断的情思。这种蕴涵,在作者的行文中刻意加以冲淡(比如作者在文章开篇特意强调自己于故乡并无特别的挂念)之后,反而更加淳厚,浓郁。在周作人笔下,对“苍蝇”“野菜”“苦雨”“乌篷船”之类的叙述中,折射着作者对人性、人生、社会乃至宇宙的“大关怀”。至于“大突破”,周作人散文的贡献也显然不仅仅在于某些技法的运用,某些情调的表现上,他的散文在结构上真正追求“散”的艺术,打破一般散文的写作格式,显出一种洒脱和大气。钱理群认为:“不仅周作人的生活方式、情趣、人生哲学与散文小品相契合,而且他的艺术思维方式与气质,也是散文的”。[1]阿英认为:“周作人的小品文,在中国新文学运动中,是成了一个很有权威的流派。这流派的形成,不是由于作品形式上的‘冲淡平和’的一致性,而是思想上的一个倾向”[2]。

思考题

1. 文章是要写“故乡的野菜”,但是作者一开头便说“故乡对于我并没有什么特别的情分”,这样的说法矛盾吗?他为什么这样说?这样说的用意何在?

2. 周作人曾这样概括他的语言追求:“以口语为基本,再加上欧化语,古文,方言等分子,杂糅调和,适宜地或吝啬地安排起来,有知识与趣味的两重的统制,才可以造出有雅致的俗语文来”,并别有一种“涩味与简单味”(《＜燕知草＞跋》)。——试以本文为例,分析其语言风格。

---

① 钱理群:《周作人研究二十一讲》,北京:中华书局,2004 年版,第 94 页。

② 阿英:《俞平伯小品序》,《无花的蔷薇——现代十六家小品》,河北人民出版社 1991 年版,第 29 页。

 拓展阅读

1. 张恩和:《周作人散文欣赏》,广西教育出版社 1989 年版。

2. 朱光潜:《雨天的书》,《朱光潜全集》第 8 卷,安徽教育出版社 1992 年版。

3. 程光炜编:《周作人评说 80 年》,中国华侨出版社 2000 年版。

4. 张菊香,张铁荣编著:《周作人年谱》,天津人民出版社 2000 年版。

5. 钱理群:《周作人传》,北京十月文艺出版社 2001 年版。

6. 钱理群:《钱理群读周作人》,新华出版社 2011 年版。

朱自清

朱自清(1898—1948),字佩弦,祖籍浙江绍兴,生于江苏东海县,因祖父、父亲定居扬州,自称为扬州人,现代散文作家。朱自清的散文是公认的现代散文和现代汉语的楷模,被誉为“散文美术师”。

朱自清把古典与现代、文言与口语、情意与哲理、义理与辞章,结合到了近于完美的境地,其散文洗尽铅华又雍容华贵的风范,是现代散文的骄傲。朱自清是极少数能用白话写出脍炙人口名篇的散文家。他擅长于写景与抒情。他的写景散文《桨声灯影里的秦淮河》《绿》《荷塘月色》都体现出作者对自然景物的精确观察;他的抒情散文,无论是朴素动人的《背影》,或者委婉真挚如《儿女》,都可以感受到他的诚挚和正直。在朱自清的散文中,汉语的修辞功能被发挥得淋漓尽致而又不觉得炫耀冗赘。他善于集赋、比、兴各种手法,起承转合,手挥目送,既曲尽其意又余韵袅袅。

无论是人格还是文风,朱自清都秉承了中国“温柔敦厚”的诗教传统,表现出一种“哀而不伤,怨而不怒“的美学风格。朱自清的散文是抒情的至文,但其中的情绪却不是强烈的、偏激的,而多是沉痛隐忧的;即便是写到喜悦,也还会伴随着隐约的苦涩。朱自清以他独特的美文艺术风格,为中国现代散文增添了瑰丽的色彩,为建立中国现代散文全新的审美特征,创造了具有中国民族特色的散文体制和风格。

悼亡妇

谦,日子真快,一眨眼你已经死了三个年头了。这三年里世事不知变化了多少回，但你未必注意这些个。我知道，你第一惦记的是你几个孩子，第二便轮着我。孩子和我平分你的世界，你在日如此；你死后若还有知，想来还如此的。告诉你，我夏天回家来着：迈儿长得结实极了，比我高一个头。闰儿父亲说是最乖，可是没有先前胖了。采芷和转子都好。五儿全家夸她长得好看；却在腿上生了湿疮，整天坐在竹床上不能下来，看了怪可怜的。六儿，我怎么说好，你明白，你临终时也和母亲谈过，这孩子是只可以养着玩儿的，他左挨右挨到去年春天，到底没有挨过去。这孩子生了几个月，你的肺病就重起来了。我劝你少亲近他，只监督着老妈子照管就行。你总是忍不住，一会儿提，一会儿抱的。可是你病中为他操的那一份儿心也够瞧的。那一个夏天他病的时候多，你成天儿忙着，汤呀，药呀，冷呀，暖呀，连觉也没有好好儿睡过。那里有一分一毫想着你自己。瞧着他硬朗点儿你就乐，干枯的笑容在黄蜡般的脸上，我只有暗中叹气而已。

从来想不到做母亲的要像你这样。从迈儿起，你总是自己喂乳，一连四个都这样。你起初不知道按钟点儿喂，后来知道了，却又弄不惯；孩子们每夜里几次将你哭醒了，特别是闷热的夏季。我瞧你的觉老没睡足。白天里还得做菜，照料孩子，很少得空儿。你的身子本来坏，四个孩子就累你七八年。到了第五个，你自己实在不成了，又没乳，只好自己喂奶粉，另雇老妈子专管她。但孩子跟老妈子睡，你就没有放过心；夜里一听见哭，就竖起耳朵听，工夫一大就得过去看。十六年初，和你到北京来，将迈儿，转子留在家里；三年多还不能去接他们，可真把你惦记苦了。你并不常提，我却明白。你后来说你的病就是惦记出来的；那个自然也有份儿，不过大半还是养育孩子累的。你的短短的十二年结婚生活，有十一年耗费在孩子们身上；而你一点不厌倦，有多少力量用多少，一直到自己毁灭为止。你对孩子一般儿爱，不问男的女的，大的小的。也不想到什么“养儿防老，积谷防饥”，只拚命的爱去。你对于教育老实说有些外行，孩子们只要吃得好玩得好就成了。

这也难怪你,你自己便是这样长大的。况且孩子们原都还小,吃和玩本来也要紧的。你病重的时候最放不下的还是孩子。病的只剩皮包着骨头了,总不信自己不会好;老说:“我死了,这一大群孩子可苦了。”后来说送你回家,你想着可以看见迈儿和转子,也愿意;你万不想到会一走不返的。我送车的时候,你忍不住哭了,说:“还不知能不能再见?”可怜,你的心我知道,你满想着好好儿带着六个孩子回来见我的。谦,你那时一定这样想,一定的。

除了孩子,你心里只有我。不错,那时你父亲还在;可是你母亲死了,他另有个女人,你老早就觉得隔了一层似的。出嫁后第一年你虽还一心一意依恋着他老人家,到第二年上我和孩子可就将你的心占住,你再没有多少工夫惦记他了。你还记得第一年我在北京,你在家里。家里来信说你待不住,常回娘家去。我动气了,马上写信责备你。你教人写了一封复信,说家里有事,不能不回去。这是你第一次也可以说第末次的抗议,我从此就没给你写信。暑假时带了一肚子主意回去,但见了面,看你一脸笑,也就拉倒了。打这时候起,你渐渐从你父亲的怀里跑到我这儿。你换了金镯子帮助我的学费,叫我以后还你;但直到你死,我没有还你。你在我家受了许多气,又因为我家的缘故受你家里的气,你都忍着。这全为的是我,我知道。那回我从家乡一个中学半途辞职出走。家里人讽你也走。哪里走!只得硬着头皮往你家去。那时你家像个冰窖子,你们在窖里足足住了三个月。好容易我才将你们领出来了,一同上外省去。小家庭这样组织起来了。你虽不是什么阔小姐,可也是自小娇生惯养的,做起主妇来,什么都得干一两手;你居然做下去了,而且高高兴兴地做下去了。菜照例满是你做,可是吃的都是我们;你至多夹上两三筷子就算了。你的菜做得不坏,有一位老在行大大地夸奖过你。你洗衣服也不错,夏天我的绸大褂大概总是你亲自动手。你在家老不乐意闲着;坐前几个“月子”,老是四五天就起床,说是躺着家里事没条没理的。其实你起来也还不是没条理;咱们家那么多孩子,哪儿来条理?

在浙江住的时候，逃过两回兵难，我都在北平。真亏你领着母亲和一群孩子东藏西躲的；末一回还要走多少里路，翻一道大岭。这两回差不多只靠你一个人。你不但带了母亲和孩子们，还带了我一箱箱的书；你知道我是最爱书的。在短短的十二年里，你操的心比人家一辈子还多；谦，你那样身子怎么经得住！你将我的责任一股脑儿担负了去，压死了你；我如何对得起你！

你为我的捞什子书也费了不少神；第一回让你父亲的男佣人从家乡捎到上海去。他说了几句闲话，你气得在你父亲面前哭了。第二回是带着逃难，别人都说你傻子。你有你的想头："没有书怎么教书？况且他又爱这个玩意儿。"其实你没有晓得，那些书丢了也并不可惜；不过教你怎么晓得，我平常从来没和你谈过这些个！总而言之，你的心是可感谢的。这十二年里你为我吃的苦真不少，可是没有过几天好日子。我们在一起住，算来也还不到五个年头。无论日子怎么坏，无论是离是合，你从来没对我发过脾气，连一句怨言也没有。——别说怨我，就是怨命也没有过。老实说，我的脾气可不大好，迁怒的事儿有的是。那些时候你往往抽噎着流眼泪，从不回嘴，也不号啕。不过我也只信得过你一个人，有些话我只和你一个人说，因为世界上只你一个人真关心我，真同情我。你不但为我吃苦，更为我分苦；我之有我现在的精神，大半是你给我培养着的。这些年来我很少生病。但我最不耐烦生病，生了病就呻吟不绝，闹那伺候病的人。你是领教过一回的，那回只一两点钟，可是也够麻烦了。你常生病，却总不开口，挣扎着起来；一来怕搅我，二来怕没人做你那份儿事。我有一个坏脾气，怕听人生病，也是真的。后来你天天发烧，自己还以为南方带来的疟疾，一直瞒着我。明明躺着，听见我的脚步，一骨碌就坐起来。我渐渐有些奇怪，让大夫一瞧，这可糟了，你的一个肺已烂了一个大窟窿了！大夫劝你到西山去静养，你丢不下孩子，又舍不得钱；劝你在家里躺着，你也丢不下那份儿家务。越看越不行了，这才送你回去。明知凶多吉少，想不到只一个月工夫你就完了！本来盼望还见得着你，这一来可拉倒了。你也何尝想到这个？父亲告诉我，你回家独住着一所小住宅，还嫌没有客厅，怕我回去不便哪。

前年夏天回家，上你坟上去了。你睡在祖父母的下首，想来还不孤单的。只是当年祖父母的坟太小了，你正睡在圹底下。这叫做“抗圹”，在生人看来是不安心的；等着想办法吧。那时圹上圹下密密地长着青草，朝露浸湿了我的布鞋。你刚埋了半年多，只有圹下多出一块土，别的全然看不出新坟的样子。我和隐今夏回去，本想到你的坟上来；因为她病了没来成。我们想告诉你，五个孩子都好，我们一定尽心教养他们，让他们对得起死了的母亲——你！谦，好好儿放心安睡吧，你。

一九三二年十月作

（选自《朱自清散文集》，万卷出版公司 2013 年出版）

作品简析

《悼亡妇》是一篇悼念亡妻的抒情性散文。朱自清与妻子武钟谦于 1917 年结婚，1929 年 11 月武钟谦不幸病逝于扬州家中。三年之后，朱自清怀着悲痛的心情写了这篇文章，尽情地抒发了对亡妻的悼念之情。

全文共五段，通过对妻子生前一些琐事的叙写，表现了“我”对她带有愧疚的深情怀念。在文中，作者的千种柔情万缕哀思都倾注在对亡妻生前种种情态的具体描述之中。在朱自清的深情追述中，“亡妻”是一个贤妻良母的形象，她不仅对丈夫关爱、支持、理解，而且对孩子无私地献出全部，正如朱自清这样说，“从来想不到做母亲的要像你那样”，“你的短短的十二年结婚生活，有十一年耗费在孩子们身上；而你一点不厌倦，有多少力量用多少，一直到自己毁灭为止。”亡妻对孩子只是一味地爱，她感觉自己身体日渐衰弱，常说的一句说是：“我死了，这一大堆孩子可苦了。”她对孩子的爱和自我牺牲是一个女人具备的感人至深的美德，是最为高尚的精神，这种品德精神足以令丈夫感动至深，永志不忘。通过作者描述，我们不但体察到亡妻对丈夫和儿女的感情至为深重的内心世界，同时也从中察见了作者对亡妻彻骨思念的内心世界。

全篇用“你”指代亡妻，而不用“她”，作者仿佛在与亡妻面对面讲话，在向她诉说着往事，以“你”的这种叙述角度不但拉近了作者与被叙述者的距离，而且增加了文字的真实性和亲切感。在最后一段描写上坟中，作者没有激情陈词，有的只是这种平静的轻声细语，然而在这平静的细诉中却是蕴含着何等沉痛。作者通过这种结构铺陈，不但精微地描画了亡妻生前种种情致，还深沉地表达了自己对亡妻的怀念之情，给作品染上一层缠绵委婉的抒情色彩。文章用通俗平易的语言成分叙述身边琐事，但自然亲切中有作者的刻意锻造——全篇以口语为主要成分，必要时糅合欧化语句，适当选用文言词，用最明白简单的话表情达意，有一种纯净之美。

朱自清散文文气颇重，重情是他的散文的主要特点，动人处是他的至诚和写实。《悼亡妇》用笔朴实、用情真挚，将叙事、抒情融为一体，字字含情，具有感人至深的力量，被读者誉为“至情人”写的“至文”。

研习导引

现代文学史上对朱自清散文的相关评价

郁达夫在《<中国新文学大系·散文二集>导言》中谈到朱自清时说：“朱自清虽则是一个诗人，可是他的散文，仍能够满贮着那一种诗意，文学研究会的散文作家中，除冰心女士外，文字之美，要算他了。”[①]叶圣陶也说：“论到文体的完美，文字的全写口

① 郁达夫编：《中国新文学大系·散文二集》，上海文艺出版社 2003 年版，导言。

语，朱先生首先被提到的。”[①]唐弢指出：“佩弦先生后期语言比前期更接近口语，但人们还是爱读他的《背影》《荷塘月色》，这是有原因的，不能够像有些人那样简单地用小资产阶级感情共鸣来解释这个现象。从用文言还是用白话的观点上，我们不想提倡旧体诗词，但人们还是喜欢读旧体诗词，写旧体诗词，而且有些旧体诗词的确写得很好，这里面有个同样的道理。研究朱自清后期散文的语言，注意朱自清前期散文的情致，我们将会更清楚地了解朱自清的风格。”[②]朱自清自己认为：“一篇优美的文字，必有作者底人格，底个性，深深地透映在里边，个性表现得愈鲜明，浓烈，作品愈有力，愈能感动与他同情的人；这种作品里映出底个性，叫个人风格。”[③]

思考题

1. 朱自清把古典与现代、文言与口语、情意与哲理、义理与辞章，结合到了完美的境地，结合本文分析其散文的语言韵味。

2. 朱自清的散文虽是抒情的至文，但其中的情绪却不是强烈的、偏激的，而多是一种沉痛隐忧，对情感的收放有度才是高难度的文字表达，试析本文中的情感描写，体会其中清醒的哀恸。。

拓展阅读

1. 杨振声：《完美的人格》，北京三联书店 1987 年版。

2. 吴周文，张王飞，林道立：《朱自清散文艺术论》，江苏教育出版社 1994 年版。

---

① 叶圣陶：《叶圣陶散文》（甲集），四川人民出版社 1983 年，第 634 页。

② 唐弢：《晦庵书话 · 朱自清》，生活 · 读书 · 新知三联书店 2007 年版，第 38—39 页。

③ 朱自清：《民众文学的讨论》，《朱自清全集》第 4 卷，江苏教育出版社 1996 年版，第 42 页。

3. 王瑶:《中国现代文学史论集》,北京大学出版社 1998 年版。

4. 朱自清:《朱自清回忆录 》,北京大学出版社 2013 年版。

林语堂

林语堂(1895—1976),福建龙溪(现福建漳州)人,中国现代著名散文家、学者、翻译家、语言学家。林语堂是《语丝》杂志的主要撰稿人。1932年林语堂创办《论语》半月刊,嗣后又创办《人间世》与《宇宙风》两刊,以发表小品文为主,提倡幽默、闲适和表现性灵的散文创作。

林语堂被公认为现代"幽默大师",用"幽默"一词对译英文"humor"即为其首创。他大力提倡幽默,认为"幽默之所以异于滑稽荒唐者",主要在于"同情于所谑之对象",因而幽默的特征是"谑而不虐"。林语堂深受西方文化熏陶,他的幽默观主要来源于英国文化,通过对幽默的倡导,亦有改造国民性的意味。而林语堂对闲适与性灵(即个人性灵的真切表现)的主张则是其幽默观的一种发展。无论是幽默还是闲适与性灵,在当时的语境下多少有一点不合时宜,但从今天看,这恰恰是林语堂对中国现代散文的独特贡献,有较大的审美价值。作为幽默大师和现代娓语式散文开创者之一,林语堂对中国现代散文产生了很大影响。

在创作散文的同时,林语堂还热衷于用英文把中国文化推广到世界,被称为是"东方文化传道者"。1936年定居美国之后,林语堂的英文著作《吾国与吾民》《生活的艺术》《苏东坡传》颇受欢迎。晚年曾自撰对联"两脚踏东西文化、一心评宇宙文章",正是对自身成就的真实写照。林语堂致力于中西文化的交流和沟通,为中国文化走向世界作出了重要的贡献。

秋天的况味

秋天的黄昏,一人独坐在沙发上抽烟,看烟头白灰之下露出红光，微微透露出暖气，心头的情绪便跟着那蓝烟缭绕而上，一样的轻松，一样的自由。不转眼，缭烟变成缕缕的细丝，慢慢不见了，而那霎时，心上的情绪也跟着消沉于大千世界，所以也不讲那时的情绪，而只讲那时的情绪的况味。待要再划一根洋火，再点起那已点过三四次的雪茄，却因白灰已积得太多而点不着，乃轻轻一弹，烟灰静悄悄的落在铜炉上，其静寂如同我此时用毛笔写在中纸上一样，一点的声息也没有。于是再点起来，一口一口的吞云吐雾，香气扑鼻，宛如红倚翠偎温香在抱的情调。于是想到烟，想到这烟一股温煦的热气，想到室中缭绕暗淡的烟霞，想到秋天的意味。这时才忆起，向来诗文上秋的含义，并不是这样的，使人联想的是肃杀，是凄凉，是秋扇，是红叶，是荒林，是萋草。然而秋确有另一意味，没有春天的阳气勃勃，也没有夏天的炎烈迫人、也不像冬天之全入于枯槁凋零。我所爱的是秋林古气磅礴气象。有人以老气横秋骂人，可见是不懂得秋林古色之滋味。在四时中，我于秋是有偏爱的，所以不妨说说。秋是代表成熟，对于春天之明媚娇艳，夏日的茂密浓深，都是过来人，不足为奇了。所以其色淡，叶多黄，有古色苍茏之概，不单以葱翠争荣了。这是我所谓秋天的意味。大概我所爱的不是晚秋，是初秋，那时暄气初消，月正圆，蟹正肥，桂花皎洁，也未陷入懔烈萧瑟气态，这是最值得赏乐的，那时的温和，如我烟上的红灰，只是一股熏熟的温香罢了。或如文人已排脱下笔惊人的格调，而渐趋纯熟练达，宏毅坚实，其文读来有深长意味。这就是庄子所谓“正得秋而万宝成”结实的意义。在人生上最享乐的就是这一类的事。比如酒以醇以老为佳。烟也有和烈之辨。雪茄之佳者，远胜于香烟，因其味较和。倘是烧得得法，慢慢的吸完一支，看那红光炙发，有无穷的意味。鸦片吾不知，然看见人在烟灯上烧，听那微微哔剥的声音，也觉得有一种诗意。大概凡是古老，纯熟，熏黄，熟练的事物，都使我得到同样的愉快。如一只熏黑的陶锅在烘炉上用慢火炖猪肉时所发出的锅中徐吟的声调，使我感到同看人烧大烟一样的兴味。或如一本用过二十年而尚未破烂的字典，或是一张用了半世的书桌，或如看见街上一熏黑了老气横秋的招牌，或是看见书法大家苍劲雄浑的笔迹，都令人有相同的快乐。人生世上如岁月之有四时，必须要经过这纯熟时期，如女人发育健全遭遇安顺的，亦必有一时徐娘半老的风韵，为二八佳人所不及者。使我最佩服的是邓肯的佳句："世人只会吟咏春天与恋爱，真无道理。须知秋天的景色，更华丽，更恢奇，而秋天的快乐有万倍的雄壮、惊奇、都丽。我真可怜那些妇女识见偏狭，使她们错过爱之秋天的宏大的赠赐。"若邓肯者，可谓识趣之人。

（选自《林语堂散文》，人民文学出版社 2005 年版）

作品简析

林语堂的散文是一种智者的文化散文，蕴含着丰富的文化信息。他追慕纯真平淡，作品皆出于自我性灵，朴素率真而不矫饰。《秋天的况味》是林语堂散文代表作之一，以秋景写人，以秋天古意磅礴的气象衬托人生之秋"成熟"的快乐，显得朴素宜人。

《秋天的况味》写于 1941 年。秋天，一向是文人热衷于表现的对象，其中诞生出不少千古名文，如欧阳修的《秋声赋》，现代作家郁达夫也写过《故都的秋》，抒发了对北国之秋的清、静与悲凉的感受。正如本文中所说，向来诗文中的秋往往"使人联想的是肃杀，是凄凉，是秋扇，是红叶，是荒林，是萋草。"而本文所写之秋则不同，作者是以轻松与自由的心境来谈论秋，并通过与其他季节的对比，明确表示"我所爱的是秋林古气磅礴气象"。作者写秋，但在开头处却不直接写，而是从"一人独坐在沙发上抽烟"写起，显得从容，如把读者请进自家书房，对面话家常。这正是林氏散文在英国小品文影响下而形成的独特娓语式笔调。如此安排，看似散漫，实则紧扣文章主题"秋天的况味"，他不是专门写秋，写秋天的各种景色，而是要向读者细细讲述自己对秋的各种感触，因此在表达了对"秋林古气磅礴气象"的喜爱之后，并未花笔墨去具体描写这一气象，而是解释自己为何会喜欢秋，即秋代表成熟。沿此思路，作者又修正了自己对秋的喜好，“大概我所爱的不是晚秋，是初秋”，写到此处，已经不着痕迹地过渡到人生况味的感受上来。写作此文时，作者人已到中年，正处在人生的“初秋”上，通过对初秋况味的欣赏，实质上是寄予自己的人生感悟，表现自我的性灵与趣味。紧接着，作者开始调动各种感官和生活体验，用丰富的联想与比喻，不怕繁复地为读者捕捉自己对秋之况味——即古老，纯熟，熏黄，熟练等等的愉快感受，使得整篇文章也像是小火慢炖一样，味道愈发浓郁。最后以邓肯名言做结，有余音绕梁之感，且也使得文章的情与理更为交融。这种中年式的情怀与睿智，正是林语堂给现代散文带来的独特审美韵味。现代散文中有过青年式的感伤气息和老年式的训诫色彩，而林语堂的散文则带来了中年式的睿智通达的情味，开辟了现代散文新的审美领域。

 **研习导引**

关于林语堂小品文的论争

20 世纪 30 年代，林语堂等大力提倡幽默、闲适的小品：“盖小品文，可以发挥议论，畅泄衷情，可以摹绘人情，可以形容世故。可以札记琐屑，可以谈天说地，本无范围，特以我为中心。以闲适为格调，与各体别，西方文学所谓个人笔调是也。”[①]但在鲁迅看来，这样的文章只不过是“小摆设”，它的倡导者是“想别人一心看着《六朝文絜》，而忘记了自己是抱在黄河决口之后，淹得仅仅露出水面的树梢头”。幽默、闲适以及独抒灵的盛行，已使小品文陷入了危机，“生存的小品文，必须是匕首，是投枪，能和读者一同杀

---

① 林语堂：《人世间 · 发刊词》，《人世间》1934 年第 1 期。

出一条生存的血路的东西。”[①]相比而言，郁达夫对林语堂抱以更多同情的理解：“他近来的耽溺风雅，提倡性灵，亦是时势使然，或可视为消极的反抗，有意的孤行。周作人常喜引外国人所说的隐士和叛徒者混在一道的话，来作解嘲；这话在周作人身上原用得着，在林语堂身上，尤其是用得着。”[②]

思考题

1. 仔细阅读本文，试分析其闲适、散漫风格的具体体现。

2. 林语堂学贯中西，他撰写的“两脚踏东西文化、一心评宇宙文章”是其自身的写照，试从多角度评价林语堂。

拓展阅读

1. 杨犁：《胡适文萃》，作家出版社 1991 年版。

2. 沈永宝编：《林语堂批评文集》，珠海出版社 1993 年版。

3. 林太乙：《林语堂传》，陕西师范大学出版社 2002 年版。

4. 子通：《林语堂评说七十年》，中国华侨出版社 2003 年出版。

5. 王兆胜：《林语堂：两脚踏中西文化》，文津出版社 2005 年版。

视频资料：

电视剧《京华烟云》，张子恩导演，2005 年上映。

---

① 鲁迅：《南腔北调集·小品文的危机》，《鲁迅全集》第 4 卷，人民文学出版社 2005 年版，第 591—593 页。

② 郁达夫：《郁达夫文集》第 7 卷，花城出版社 1983 年版，第 275 页。

丰子恺

丰子恺(1898—1975),浙江桐乡人,丰子恺首先是以漫画著称于世的,他是中国现代漫画的开路先锋。“子恺漫画”自 20 世纪 20 年代问世至今,就脍炙人口,流传极广,几乎成为中国现代漫画的代名词。他的漫画大多取材于日常生活中的琐人琐事,通过白描式简洁、明练的手笔,辅以艺术夸张、变形等技法,勾勒出一个个典型人物形象与一幅幅人情世态图。丰子恺漫画代表作有《人散后,一弯新月天如水》《阿宝两只脚,凳子四只脚》等。

丰子恺对现代散文发展的影响,主要是他的散文专注于以艺术视角去随意抒写个人笔情墨趣和品评人生万般世态,成为一种独具艺术特色的抒情性“随笔”。丰子恺创作数量颇丰,有散文集《缘缘堂随笔》《子恺小品集》《随笔二十篇》《车厢社会》《缘缘堂再笔》《子恺近作散文集》《缘缘堂续笔》等十部文集,丰子恺的散文内容丰富,他颇受佛家思想影响,其散文浸润着佛理、玄思,文中耽爱于童真与自然,神往于儿童纯真的世界,同时也善于在日常生活中品味世态人生,写出耐人寻味的人生意味。丰子恺的散文显示出他独特的人生观与艺术风貌,在中国现代艺术史、散文史上都占有重要的位置。

给我的孩子们

我的孩子们!我憧憬于你们的生活,每天不止一次!我想委曲地说出来,使你们自己晓得。可惜到你们懂得我的话的意思的时候,你们将不复是可以使我憧憬的人了。这是何等可悲哀的事啊!

瞻瞻!你尤其可佩服。你是身心全部公开的真人。你甚么事体都像拚命地用全副精力去对付。小小的失意，象花生米翻落地了，自己嚼了舌头了，小猫不肯吃糕了，你都要哭得嘴唇翻白，昏去一两分钟。外婆普陀去烧香买回来给你的泥人，你何等鞠躬尽瘁地抱他，喂他；有一天你自己失手把他打破了，你的号哭的悲哀，比大人们的破产、失恋、broken heart，丧考妣、全军覆没的悲哀都要真切。两把芭蕉扇做的脚踏车，麻雀牌堆成的火车、汽车，你何等认真地看待，挺直了嗓子叫"汪——，""咕咕咕……"，来代替汽油。宝姊姊讲故事给你听，说到"月亮姊姊挂下一只篮来，宝姊姊坐在篮里吊了上去，瞻瞻在下面看"的时候，你何等激昂地同她争，说"瞻瞻要上去，宝姊姊在下面看！"甚至哭到漫姑面前去求审判。我每次剃了头，你真心地疑我变了和尚，好几时不要我抱。最是今年夏天，你坐在我膝上发见了我腋下的长毛，当作黄鼠狼的时候，你何等伤心，你立刻从我身上爬下去，起初眼瞪瞪地对我端相，继而大失所望地号哭，看看，哭哭，如同对被判定了死罪的亲友一样。你要我抱你到车站里去，多多益善地要买香蕉，满满地擒了两手回来，回到门口时你已经熟睡在我的肩上，手里的香蕉不知落在哪里去了。这是何等可佩服的真率、自然与热情！大人间的所谓"沉默""含蓄""深刻"的美德，比起你来，全是不自然的、病的、伪的！

你们每天做火车、做汽车、办酒、请菩萨、堆六面画，唱歌、全是自动的，创造创作的生活。大人们的呼号"归自然！""生活的艺术化！""劳动的艺术化！"在你们面前真是出丑得很了！依样画几笔画，写几篇文的人称为艺术家、创作家，对你们更要愧死！

你们的创作力，比大人真是强盛得多哩：瞻瞻！你的身体不及椅子的一半，却常常要搬动它，与它一同翻倒在地上；你又要把一杯茶横转来藏在抽斗里，要皮球停在壁上，要拉住火车的尾巴，要月亮出来，要天停止下雨。在这等小小的事件中，明明表示着你们的弱小的体力与智力不足以应付强盛的创作欲、表现欲的驱使，因而遭逢失败。然而你们是不受大自然的支配，不受人类社会的束缚的创造者，所以你的遭逢失败，例如火车尾巴拉不住，月亮呼不出来的时候，你们决不承认是事实的不可能，总以为是爹爹妈妈不肯帮你们办到，同不许你们弄自鸣钟同例，所以愤愤地哭了，你们的世界何等广大！

你们一定想：终天无聊地伏在案上弄笔的爸爸，终天闷闷地坐在窗下弄引线的妈妈，是何等无气性的奇怪的动物！你们所视为奇怪动物的我与你们的母亲，有时确实难为了你们，摧残了你们，回想起来，真是不安心得很！

阿宝！有一晚你拿软软的新鞋子，和自己脚上脱下来的鞋子，给凳子的脚穿了，刬袜立在地上，得意地叫"阿宝两只脚，凳子四只脚"的时候，你母亲喊着"龌龊了袜子！"立刻擒你到藤榻上，动手毁坏你的创作。当你蹲在榻上注视你母亲动手毁坏的时候，你的小心里一定感到"母亲这种人，何等杀风景而野蛮"罢！

瞻瞻！有一天开明书店送了几册新出版的毛边的《音乐入门》来。我用小刀把书页一张一张地裁开来，你侧着头，站在桌边默默地看。后来我从学校回来，你已经在我的书架上拿了一本连史纸印的中国装的《楚辞》，把它裁破了十几页，得意地对我说："爸爸！瞻瞻也会裁了！"瞻瞻！这在你原是何等成功的欢喜，何等得意的作品！却被我一个惊骇的"哼！"字喊得你哭了。那时候你也一定抱怨"爸爸何等不明"罢！

软软！你常常要弄我的长锋羊毫，我看见了总是无情地夺脱你。现在你一定轻视我，想道："你终于要我画你的画集的封面！"

最不安心的，是有时我还要拉一个你们所最怕的陆露沙医生来，教他用他的大手来摸你们的肚子，甚至用刀来在你们臂上割几下，还要教妈妈和漫姑擒住了你们的手脚，捏住了你们的鼻子，把很苦的水灌到你们的嘴里去。这在你们一定认为是太无人道的野蛮举动罢！

孩子们！你们果真抱怨我，我倒欢喜；到你们的抱怨变为感激的时候，我的悲哀来了！

我在世间,永没有逢到象你们这样出肺肝相示的人。世间的人群结合,永没有象你们样的彻底地真实而纯洁。最是我到上海去干了无聊的所谓“事”回来,或者去同不相干的人们做了叫做“上课”的一种把戏回来,你们在门口或车站旁等我的时候,我心中何等惭愧又欢喜!惭愧我为甚么去做这等无聊的事,欢喜我又得暂时放怀一切地加入你们的真生活的团体。

但是,你们的黄金时代有限,现实终于要暴露的。这是我经验过来的情形,也是大人们谁也经验过的情形。我眼看见儿时的伴侣中的英雄、好汉,一个个退缩、顺从、妥协、屈服起来,到象绵羊的地步。我自己也是如此。“后之视今,亦犹今之视昔”,你们不久也要走这条路呢?

我的孩子们!憧憬于你们的生活的我,痴心要为你们永远挽留这黄金时代在这册子里。然这真不过象“蜘蛛网落花”,略微保留一点春的痕迹而已。且到你们懂得我这片心情的时候,你们早已不是这样的人,我的画在世间已无可印证了!这是何等可悲哀的事啊!

(选自《缘缘堂随笔集》,浙江文艺出版社 1990 年版)

作品简析

《给我的孩子们》写于 1926 年圣诞节,原发表于 1926 年 12 月 26 日《文学周报》第 4 卷第 6 期,最初用于上海开明书店 1927 年出版的《子恺画集》的代序,后又收入上海天马书店 1934 年出版的散文集《随笔二十篇》中。1935 年,郁达夫把它收录进《中国新文学大系·散文二集》,成为丰子恺描写儿童生活的随笔中最具代表性的一篇。

《给我的孩子们》的内容主要是描述孩子们生活中的一些有趣小事,赞美了儿童“真率”“自然”“热情”的天性;与此相对照的是对大人们“病的”“伪的”“不自然的”行为及生活方式的鞭挞,表达了作者对于童心和儿童“黄金时代”生活的美好追忆和憧憬,以及对世俗现实与成人思维造成儿童天真纯洁本性丧失的淡淡悲哀。

具体来说，文章一共 13 段，第一段开门见山抒写了“我”对孩子们生活的憧憬。第二到第九段是文章的主体部分，分别记叙了孩子们的童真趣事，如瞻瞻为花生米翻落地上，嚼了舌头，小猫不肯吃糕等事哭得嘴唇翻白，昏去一两分钟；为失手打破了泥人而真切的悲哀；怀疑爸爸变成了和尚；以为爸爸是黄鼠狼；模仿爸爸用小刀裁开了线装书。软软摆弄爸爸的羊毫笔。以及孩子们每天乐此不疲地玩做火车、汽车、办酒、请菩萨、堆六面画、唱歌等游戏。同时，也批评了成人对于孩子们创作力有意无意的伤害，如阿宝给凳子穿鞋子，妈妈认为脏，动手毁坏了阿宝的创作；软软舞弄羊毫，爸爸无情地夺脱等。第十至十三段回应了开头，再次写“我”对孩子们童真童趣生活的憧憬和对成人世界生活的反感。最后表明了“我”创作此画集的目的：“我的孩子们！憧憬于你们的生活的我，痴心要为你们永远挽留这黄金时代在这册子里。”作者显示出对真实而纯洁的儿童生活的追求。

这篇随笔在艺术特色方面也是可圈可点：语言自然、传神、幽默，极有感染力；文笔流畅、细腻。在文中作者以第一、第二人称叙述的多样化方式交替使用，全文总分总的结构完整又紧凑。尤其是文中对比手法的巧妙运用，将孩子的纯真世界表现得真切而生动，作者为数不多的议论却富有深远的哲理。可以说，《给我的孩子们》在现代散文史上自成一格，具有一定的地位。

研习导引

丰子恺的“儿童”情结

丰子恺首先是以漫画著称于世，“子恺漫画”成为中国漫画界的第一符号。丰子恺漫画分为“古诗新画”“儿童相”“都市相”“民间相”“学生相”“战时相”等六类，而最早为丰子恺赢得声誉的是

"儿童相"漫画。这些漫画表现了丰子恺浓郁的"儿童"书写意识。事实上,丰子恺的散文在内容上有相当一部分是描写儿童生活情趣的,与他的漫画有着异曲同工之妙。譬如在《华瞻的日记》《给我的孩子们》《儿女》《作父亲》《送阿宝出黄金时代》《从孩子得到的启示》《忆儿时》《梦痕》等散文中,作者都是写自己或者自己孩子们的美好童年生活,始终洋溢着难舍的"儿童"情结。这种"儿童"情结主要体现在丰子恺对于儿童的热爱、崇拜以及赞美上。早在20世纪30年代,郁达夫就敏锐地发现了这一点,他称赞丰子恺"对于小孩子的爱,与冰心女士不同的一种体贴入微的对于小孩子的爱,尤其是他的散文里的特色。"[①]日本作家谷崎润一郎在读到丰子恺的散文时也被他的这种对儿童深切的热爱所折服,认为"大概著者是非常喜欢孩子的人。"[②]丰子恺自称是"儿童崇拜者",他曾经说过:"近来我的心为四事所占据了:天上的神明和星辰,人间的艺术和儿童,这小燕子似的一群儿女,是在人世间与我姻缘最深的儿童,他们在我心中占有与神明、星辰、艺术同等的地位。"[③]将儿童与神明、星辰及艺术放在同等地位,在现代文学史上实不多见,丰子恺对于儿童的崇拜和重视由此可见一斑。

思考题

1. 请课后读一读丰子恺的散文,并思考丰子恺散文的突出特点是什么?《给我的孩子们》又是如何表现这种特点的?

2. 丰子恺擅长漫画,文与画在他的笔下是孪生姐妹,相得益彰,他的散文因而具有其漫画式的独特视角与幽默表述法。请将丰子恺的漫画与本文相结合,体味文中的漫画式书写。

---

① 郁达夫:《中国新文学大系·散文二集·导言》,上海文艺出版社1981年版,第17页。

② [日]谷崎润一郎:《读缘缘堂随笔》,《丰子恺研究资料》,宁夏人民出版社1988年版,第277页。

③ 丰子恺:《缘缘堂随笔》,海豚出版社2014年版,第35页。

拓展阅读

1. 林非:《现代六十家散文札记》,百花文艺出版社 1982 年版。

2. 俞元桂:《中国现代散文十六家综论》,华东师范大学出版社 1989 年版。

3. 丰华瞻,殷琦编选:《丰子恺研究资料》,宁夏人民出版社 1988 年版。

4. 刘锡庆:《散文新思维》,河北教育出版社 1998 年版。

5. 盛兴军编著:《丰子恺年谱》,青岛出版社 2005 年版。

6. 陈星编:《丰子恺评传》,山东画报出版社 2011 年版。

7. 袁勇麟主编:《中国现代散文导读》,中国市场出版社 2011 年版。

梁实秋

梁实秋(1903—1987),原名梁治华,祖籍浙江杭州人,现代著名的文学批评家、翻译家、散文家和学者。1949 年到台湾,担任台湾师范大学文学院院长。1987 年 11 月 3 日病逝于台北。

梁实秋起初是以文学批评与时政评论享誉文坛,在 20 世纪二三十年代,他先后发表了《冬夜草儿评论》(与闻一多合著)、《浪漫的与古典的》《骂人的艺术》《文学的纪律》等批评集,同时在《自由评论》上发表了大量评议时政的文字。他的文艺批评观念受到了美国批评家白壁德新人文主义思想的影响,主张道德人性论,即认为人性和道德性是判断文学作品高低优劣的最高标准。梁实秋是国内第一个莎士比亚研究权威,翻译出《莎士比亚全集》(剧本 37 册,诗集 3 册)。

20 世纪 40 年代之后,梁实秋倾力于散文创作。他倡导一种率真质朴的性情,随遇而安的心境,旁征博引的气势,文雅简约的文笔,以及"淡泊明志、宁静致远"的"雅士"创作心态。他的这些创作特点形成了被人们所广泛喜爱及赞誉的"雅舍体"散文。代表性散文集有《雅舍小品》《秋室杂文》《文学因缘》《雅舍小品续集》《雅舍小品三、四集》等,其中《雅舍小品》被公认为是他的散文成熟之作。梁实秋的散文说古道今,谈人论物,取材于平凡的日常人生,不为时尚所左右,节制情感,发掘理趣,体现出一种清雅脱俗的艺术品格。《雅舍小品》的这一精神特征贯穿于他后来一系列的作品之中。在中国现代文学史上,梁实秋及其作品是一种极具独特性的存在。

雅舍

到四川来，觉得此地人建造房屋最是经济。火烧过的砖，常常用来做柱子，孤零零的砌起四根砖柱，上面盖上一个木头架子，看上去瘦骨嶙嶙，单薄得可怜；但是顶上铺了瓦，四面编了竹篦墙，墙上敷了泥灰，远远的看过去，没有人能说不像是座房子。我现在住的"雅舍"正是这样一座典型的房子。不消说，这房子有砖柱，有竹篦墙，一切特点都应有尽有。讲到住房，我的经验不算少，什么"上支下摘""前廊后厦""一楼一底""三上三下""亭子间""茅草棚""琼楼玉宇"和"摩天大厦"各式各样，我都尝试过。我不论住在哪里，只要住得稍久，对那房子便发生感情，非不得已我还舍不得搬。这"雅舍"，我初来时仅求其能蔽风雨，并不敢存奢望，现在住了两个多月，我的好感油然而生。虽然我已渐渐感觉它是并不能蔽风雨，因为有窗而无玻璃，风来则洞若凉亭，有瓦而空隙不少，雨来则渗如滴漏。纵然不能蔽风雨，"雅舍"还是自有它的个性。有个性就可爱。

"雅舍"的位置在半山腰，下距马路约有七八十层的土阶。前面是阡陌螺旋的稻田。再远望过去是几抹葱翠的远山，旁边有高粱地，有竹林，有水池，有粪坑，后面是荒僻的榛莽未除的土山坡。若说地点荒凉，则月明之夕，或风雨之日，亦常有客到，大抵好友不嫌路远，路远乃见情谊。客来则先爬几十级的土阶，进得屋来仍须上坡，因为屋内地板乃依山势而铺，一面高，一面低，坡度甚大，客来无不惊叹，我则久而安之，每日由书房走到饭厅是上坡，饭后鼓腹而出是下坡，亦不觉有大不便处。

"雅舍"共是六间，我居其二。篦墙不固，门窗不严，故我与邻人彼此均可互通声息。邻人轰饮作乐，咿唔诗章，喁喁细语，以及鼾声，喷嚏声，吮汤声，撕纸声，脱皮鞋声，均随时由门窗户壁的隙处荡漾而来，破我岑寂。入夜则鼠子瞰灯，才一合眼，鼠子便自由行动，或搬核桃在地板上顺坡而下，或吸灯油而推翻烛台，或攀援而上帐顶，或在门框棹脚上磨牙，使得人不得安枕。但是对于鼠子，我很惭愧的承认，我"没有法子"。"没有法子"一语是被外国人常常引用着的，以为这话最足代表中国人的懒惰隐忍的态度。其实我的对付鼠子并不懒惰。窗上糊纸，纸一戳就破；门户关紧，而相鼠有牙，一阵咬便是一个洞洞。试问还有什么法子？洋鬼子住到"雅舍"里，不也是"没有法子"？比鼠子更骚扰的是蚊子。"雅舍"的蚊虱之盛，是我前所未见的。"聚蚊成雷"真有其事！每当黄昏时候，满屋里磕头碰脑的全是蚊子，又黑又大，骨骼都像是硬的。在别处蚊子早已肃清的时候，在"雅舍"则格外猖獗，来客偶不留心，则两腿伤处累累隆起如玉蜀黍，但是我仍安之。冬天一到，蚊子自然绝迹，明年夏天——谁知道我还是住在"雅舍"！

"雅舍"最宜月夜——地势较高，得月较先。看山头吐月，红盘乍涌，一霎间，清光四射，天空皎洁，四野无声，微闻犬吠，坐客无不悄然！舍前有两株梨树，等到月升中天，清光从树间筛洒而下，地上阴影斑斓，此时尤为幽绝。直到兴阑人散，归房就寝，月光仍然逼进窗来，助我凄凉。细雨蒙蒙之际，"雅舍"亦复有趣。推窗展望，俨然米氏章法，若云若雾，一片弥漫。但若大雨滂沱，我就又惶悚不安了，屋顶湿印到处都有，起初如碗大，俄而扩大如盆，继则滴水乃不绝，终乃屋顶灰泥突然崩裂，如奇葩初绽，素然一声而泥水下注，此刻满室狼藉，抢救无及。此种经验，已数见不鲜。

"雅舍"之陈设，只当得简朴二字，但洒扫拂拭，不使有纤尘。我非显要，故名公巨卿之照片不得入我室；我非牙医，故无博士文凭张挂壁间；我不业理发，故丝织西湖十景以及电影明星之照片亦均不能张我四壁。我有一几一椅一榻，酣睡写读，均已有着，我亦不复他求。但是陈设虽简，我却喜欢翻新布置。西人常常讥笑妇人喜欢变更桌椅位置，以为这是妇人天性喜变之一征。诬否且不论，我是喜欢改变的。中国旧式家庭，陈设千篇一律，正厅上是一条案,前面一张八仙桌,一旁一把靠椅,两旁是两把靠椅夹一只茶几。我以为陈设宜求疏落参差之致,最忌排偶。“雅舍”所有,毫无新奇,但一物一事之安排布置俱不从俗。人入我室,即知此是我室。笠翁《闲情偶寄》之所论,正合我意。

“雅舍”非我所有,我仅是房客之一。但思“天地者万物之逆旅”,人生本来如寄,我住“雅舍”一日,“雅舍”即一日为我所有。即使此一日亦不能算是我有,至少此一日“雅舍”所能给予之苦辣酸甜我实躬受亲尝。刘克庄词:“客里似家家似寄。”我此时此刻卜居“雅舍”,“雅舍”即似我家。其实似家似寄,我亦分辨不清。

长日无俚,写作自遣,随想随写,不拘篇章,冠以“雅舍小品”四字,以示写作所在,且志因缘。

(选自《雅舍小品》,上海人民出版社 1993 年版)

作品简析

《雅舍小品》是梁实秋最流行、也最具代表性的散文作品,颇能体现梁实秋小品文的风格特征。香港文学史家司马长风认为,“《雅舍小品》这部书,可能是新文学运动以来,销量最大的一部书。”[①]《雅舍小品》共收入 34 篇,都是精品。《雅舍》是这部畅销散文集的开篇之作,也是它的代序言。《雅舍》写于 1940 年,原刊登于 1940 年 11 月 15 日《星期评论》第 1 期,最初收入由台北正中书局 1949 年 11 月出版的《雅舍小品》中。

《雅舍》主要描述作者在抗战期间与朋友一起卜居重庆北碚一栋自题为“雅舍”民房的种种苦辣酸甜情状,表达了作者旷达洒脱的文人情怀、平淡自然而又乐观开朗的“雅士”心态以及一种随遇而安的生活态度。

《雅舍》篇幅不长,约 2000 字,总共 7 段。从雅舍建造、地理

---

① 司马长风:《新文学史话——中国新文学史续编》,香港南山书屋 1980 年版,第 293 页。

位置、隔音效果等进行描述，进而写到“雅舍”里老鼠、蚊子猖獗，“但是我仍安之”。雅舍给予“我”之苦辣酸甜，而“我”对雅舍产生“似家似寄”之情。文中运用了多种修辞手法，如比喻、对偶、排比等，把并无多少雅处的“雅舍”写得颇为雅致可爱，很好地揭示了作者旷达、超脱的心态。

《雅舍》以人性为描写视点，侧重表现雅舍主人的情思脉动，并精雕细镂琐细的人情世态。在内容上，《雅舍》短小、琐碎却别具神韵。作者于那个“风来则洞若凉亭”“雨来则渗如滴漏”的陋室淋漓尽致的描绘中，既可见出民族蒙难、书生飘零的动乱世相的缩影，又体现出作者“喜好改变”“俱不从俗”、处世风雅“自有个性”的人格精神。在艺术上，它的影响更是多层面的，如雅俗兼具，幽默诙谐的语言；生动优美的景物描写；旁征博引，信手拈来的知识等。雅舍小品以理节情，体现出作者恬静安祥的心态，“不荣通，不丑穷”的心怀。文章总体风格平淡自然，但自然中有起伏、平淡中有变化；浓淡相间，和谐自然。在中国现代散文史上，梁实秋和其“雅舍散文”成为一种极具独特性的存在。

研习导引

梁实秋与他的“雅舍体”散文

梁实秋在文学上追求典雅、清脱、幽远、排拒文学新潮，主张描写普遍的人性，倡导理性节制情感的古典主义。《雅舍小品》形成了他独具特色的“雅舍体”散文，“梁实秋的主体心态和雅舍精神的散文创作形成了雅舍现象。”①恰如有人所说，舍主“思想情趣之‘雅’，是‘雅’的高级形式，是最能表达‘雅舍’的‘雅’之所在”②。

---

① 陈漱渝：《<雅舍小品>现象》，《齐齐哈尔师院学报》1989年第5期。

② 张秋珍：《简淡雅致 诗意苦难——〈雅舍〉赏析》，《〈大学语文〉导读》，华中师范大学出版社2006年版，第109页。

王富仁也曾评价《雅舍》是“情暖无寒室”[1]。《雅舍小品》中的文章：“气高而不努，力劲而不露，情多而不暗，才赡而不疏。”[2]《雅舍小品》给予读者印象最深的是其优雅从容的幽默感，司马长风在谈及现代散文时说：“梁氏小品的魅力之一是幽默。新故的林语堂人称为幽默大师，我看梁氏才配得上这个称呼。林氏本是说话不会拐弯，心直口快的汉子，幽默是制造出来，不合他的性情；而梁实秋的幽默则是自然的流露，所以不但隽永耐玩索味，并且有行云流水之美”[3]。《雅舍小品》属于“高文明程度和高学养境界”[4]的“学者散文”（唐弢语）。

思考题

1. 请根据自己的阅读体验，谈一谈《雅舍》的主要艺术特色？

2. 仔细阅读文章，分析《雅舍》的“雅”与“不雅”表现在哪些方面？又体现了作者什么样的个性特征与审美理想？

拓展阅读

1. 卢金编：《梁实秋散文鉴赏》，北岳文艺出版社1991年版。

2. 陈子善编：《回忆梁实秋》，吉林文史出版社1992年版。

3. 杨匡汉编：《梁实秋名作欣赏》，中国和平出版社1993年版。

4. 刘炎生：《才子梁实秋》，百花洲文艺出版社1995年版。

5. 刘勇主编：《解读梁实秋》，花山文艺出版社2005年版。

---

① 王富仁：《情暖无寒室——梁实秋〈雅舍〉赏析》，《语文学习》1991年第2期。

② 杨匡汉：《＜梁实秋名作欣赏＞代序》，中国和平出版社1993年版，第5—6页。

③ 司马长风：《新文学史话——中国新文学续编》，香港南山书屋1980年版，第293页。

④ 杨匡汉：《＜梁实秋名作欣赏＞代序》，中国和平出版社1993年版，第5—6页。

6. 高旭东编:《梁实秋与中西文化》,中华书局 2007 年版。

7. 袁勇麟主编:《中国现当代散文导读》,中国市场出版社 2008 版。

戏剧

丁西林

丁西林(1893—1974),江苏泰兴人,原名丁燮林,现代剧作家、物理学家、社会活动家。1923年发表处女作《一只马蜂》,因其独特的幽默风格与高超的喜剧创作技巧为文坛所瞩目。此后丁西林还创作出《亲爱的丈夫》《酒后》(根据凌叔华同名小说改编)、《压迫》《瞎了一只眼》《北京的空气》《三元钱国币》《等太太回来的时候》《妙峰山》等。其中多为独幕剧。丁西林在喜剧创作中擅于运用细腻分析的笔法、幽默俏皮的语言,通过喜剧性情节展开人物之间各种喜剧性矛盾关系,以揭示他们各自不同的喜剧性格。丁西林的戏剧情节波澜起伏、妙趣横生,有鲜明的层次和节奏,结尾却往往是出于意料而又合情合理。

丁西林与田汉一起,成为中国话剧开创时期的代表性作家,他从起笔就达到了高水平,无论是戏剧的构思、人物、结构还是语言风格,都表现出一种艺术上的成熟,在同时期大多数粗糙、幼稚之作中,显得凤毛麟角般可贵,同时也显得超前。丁西林是一位具有自觉的实验意识的艺术家。

压迫

人　物　男客人　女客人　房东太太　老妈　巡警

布　景　一间中国旧式的房子。后面一扇门通院子,左右壁各一门通耳房。房的中间偏右方,一张方桌,四围几张小椅。桌上铺了白布,中间放着一架煤油灯及茶具。偏左方,一张茶几,两张椅子,靠壁放着。一张椅背上搭了一件雨衣,旁边放着一个手提的皮包。后面的左边靠墙放着一张类似洗脸架带有镜子的小桌,上面放着一个时钟及花瓶。屋内尚有其他的陈设,壁上还有一些字画,但都很简单而俭朴。

〔开幕时，一个著粗呢洋服、长筒皮靴的男人坐在茶几旁边的一张椅上抽烟斗，一个老妈子立在门外，将手伸到屋檐的外边去试验有无雨点。

老妈　(走进屋来)雨倒不下了，怎么还不回来？(从桌上拿了茶壶，走到茶几边代客人倒茶)

男客　(不耐烦，站起)唉，你先弄一点东西来吃，好不好？

老妈　东西倒有在那里，不过这也得等太太回来。

男客　吃东西也得等太太回来？

老妈　(叹了一口气)是的，吃东西得等太太回来，房子的事情，也得等太太回来。

男客　好吧，等太太回来吧。横竖是那么一回事，太太回来也是那样，太太不回来也是那样。(复坐下)

老妈　(摇头)看那样子，太太不像肯答应把这房子租给你。

男客　不把这房子租给我？谁叫她收我的定钱？

老妈　是的，那只怪小姐不好。其实——唉——太太的脾气也太古怪了。像你先生这样的人，有甚么要紧？深更半夜，屋里有一个男人，还可以有个照应。

男客　这房子以前有人租过没有？

老妈　这房子已经空了有一年多了，也没有租出去。

男客　这房子并不坏，为甚么没有人要？

老妈　没有人要？谁看了都说这房子好，都愿意租。这房子又干净，又显亮，前面还有那样的一个花园。

男客　这样说为甚么一年多没有租出去呢？

老妈　你先生也不是外人，告诉你也没有甚么要紧，你知道，我们的太太爱的就是打牌，一天到晚在外边。家里只有我和小姐两个人。有人来看房，都是小姐去招呼。有家眷的人，一提到太太、小孩，小姐就把他回了。没有家眷的人，小姐才答应，等到太太回来，一打听，说是没有家眷，太太就把他回了。这样不要说一年,就是十年,我看这房子也租不出去。

男客 怎么,像这样的事,以前已经有过么?

老妈 也不知有过多少次。每回租房,小姐都要和太太吵一次,不过平常小姐不敢做主,这一次她做主受了你先生的定钱,所以才生出这样的事来。

男客 她如果早做主,这房子老早就租了出去。

老妈 是的,不过平常租房的人,听说房子不能租给他们,他们也就没有话说,不像你先生这样的……

男客 古怪,是不是?是的,你们太太的脾气太古怪了,我的脾气也太古怪了,这一回两个古怪碰在一块儿,所以这事就不好办了。不过我也觉得这房子不坏,尤其是前面的那个小花园。

老妈 看你先生的样子,一定也是爱清静的。这里一天到晚听不到一点嘈杂的声音,离你先生办事的地方又近,所以……我曾在那里替你先生想……

男客 你替我想甚么?

老妈 ……就说你先生是有家眷的,家眷要过几天才来,这样一说,太太一定可以答应把这房子租给你。

男客 好了,如果过几天没有家眷来,怎样?

老妈 住了些时,太太看了你先生甚么都好,她也就不管了。

男客 不行不行,一个人没有结婚,并没有犯罪,为甚么连房子都租不得?

老妈 喔,我不过觉得你先生这样的爱这房子,如果租不成功,心里一定不舒服,所以那么瞎想罢了,我原是不懂事的。——啊,这大概是太太回来了。(走到门口,高声)是太太么?

〔外面答应。

老妈 是的,在这儿。(走出)

〔客人也站了起来。少停,房东太太由后门走进,老妈跟在她的后面。)

房东　对不住,劳你等了。

男客　我对你不住,打搅了你。我叫你们的老妈子不要去惊动你,她没有听我的话。

房东　那没有甚么。(从一个皮夹里拿出一张票子)啊,这是你先生留下的定钱,请你收起来。

男客　啊,对不住,我今天是到这边来住宿的,不是来讨定钱的。

房东　怎么?昨天我不是对你说明白了么,说这房子不能租给你?

男客　啊,是的,你说的很明白。

房东　那么今天你还叫人把行李送到这儿来是甚么意思?

男客　(高兴得很)因为叫我不要来是你说的,不是我说的,我并没有答应你说不来。我答应了没有?

房东　(渐渐的感到不快)你这话我真不大明白,你的意思,好像是说这房子的租不租要由你答应,是不是?

男客　喔,不是,这房子的租不租,自然是要由你答应。不过,既把房子租了给我,这房子的退不退,就得由我答应。你知道,现在这房子不是租不租的问题,是退不退的问题。

房东　(渐渐生起气来)我这房子是几时租给你的?

男客　你既受了我的定钱,这房子就算租了给我。

房东　真是碰到鬼,我几时受你的定钱?那是我的女儿,她不懂事。

男客　不懂事?她又不是一个小孩子。

房东　喔,现在这些废话都不必讲,我这房子并不是不租,我是要租一个有家眷的人,如果你先生有家眷来同住,我这房子租给你,我没有话说。

男客　你这话说的毫无道理,你租房的时候,说明了要家眷没有?我骗了你没有?

房东　(改用和平的方法)租房的时候没有说,可是我昨天已经对你先生说过,我们家里没有一个男人……

男客　(停止她)唉,唉,我问你,你租房的时候,你家里有男人没有?为什么现在才想到?

房东　你这人一点道理不讲,我没有这许多工夫来和你争论。

老妈　(想做和事佬)喔,太太,今天时候也不早,天又下雨,现在要这位先生另外找房子,也不大方便,可不可以让这位先生暂时在这儿住一宵,明天再想旁的法子。

男客　(固执)不行!这话不是这样讲,如果我不租这房子,我即刻就走,既是受了我的定钱,这房子就非租我不可!

房东　那么我告诉你,你今晚非走不可!

男客　(冷笑了一声)喔!(坐了下来)

房东　(站到他的面前)你走不走?

男客　不走!

房东　王妈,去把巡警叫来。

老妈　喔,太太!

房东　你去叫巡警来。

男客　巡警来了又怎样?巡警也得讲理呀?

老妈　太太,我想……

房东　我叫你去叫巡警去,你听见了没有?——你去不去?

老妈　好吧。(由后门走出)

房东　要他即刻就来!(由后门走出,用力将门一关)

男客　(没有了办法。袋里摸出烟包和烟斗,包里的烟又完了,从皮包里取出一个烟罐,开了一罐新烟,先把烟包装满了,然后装了烟斗。正想抽烟的时候,忽然来了敲门的声音。厉声的)进来!(仍然背了门立着)

女客　(推开门,轻轻走进。身上著了一件雨衣,一手提了一只小皮包,一手拿了一把雨伞。一进门就开了口,一开了口就有不能停止之势)啊!对不起,请你原谅。〔男客人急转过身来，这时他才看见进来的是这样的一个人。

女客　这是很无礼的，我知道，但是我没有办法，你们的大门没有关，我一连敲了好几下，都没有人答应，所以只好一直走进来。

男客　（气还未平，但没有忘记把衔在嘴里的烟斗拿下来放在桌上）你有什么事？

女客　我？我是到这边大成公司做事来的。今天刚从北京来，下午三点的车子，直到六点钟才到，九十里路，走了两个半钟头，你看！现在我要找一个住宿的地方，在火车站上，我打听了几个地址，一连走了三四家，都没有找到一间合用的房子。有人告诉我，说这边还有几间空房……

男客　（遇到了对头）啊，你是来租房的！

女客　是的。不知道这边的房子租出去了没有？

男客　（狠心的回答）你的运气不好，这房子刚刚租出去。

女客　啊，你说我运气不好，我的运气可真不好。碰到这样的天气，这乡下的路又不好走，你看，我一身的衣服都打湿了。两只脚步得发酸。（叹了一口气）唉。我可以借你们的凳子坐了歇一会儿么？

男客　对不起，请坐。（气全没有了）

女客　（放下皮包、雨伞）谢谢你。（坐在茶几里边的一张椅上，向四边观察房里的一切）

男客　（引起了趣味，坐在方桌旁的一张小椅上）刚才你说你是到大成公司来做事的，不知道在那边担任的甚么事？——啊，也许我不应该问。

女客　不应该问？那有甚么？这又不是不可以告诉人的事。前两个星期，他们在报上登了一个广告，要聘请一位书记。那个广告，甚么报上都有，我想你一定看到的。〔男客点了一点头。

女客　上星期五，他们又在报上登了一个启事，说“敝公司拟聘书记一席，现已聘定，所有亲友寄来荐书，恕不一一作复，特此声明。”这个启事，你看见了没有？

〔男客又点了点头。

女客　那位聘定的书记就是我。你没有想到吧？——你没有想到是一个女人吧？

男客　这倒没有想到。

女客　（得意的很）不过现在怎么办呢？你替我想想，后天就要到公司里去接事，现在连住的地方还没有找到！从六点半钟一直到现在，就没有停脚。不瞒你说，我连饭还没吃呢。（起身整理了一回衣，走到镜子的前面照脸）

男客　（好像很同情的样子）饭还没有吃？那怎么行？这一层说不定我或者可以帮助你。（起身倒了一杯茶）

女客　谢谢你，我不过是告诉你。我不是来骗饭吃的。

男客　喔，对不起！——好，请先喝一杯茶吧。

女客　谢谢。（复坐原处）

男客　（袋里摸出纸烟盒）你不抽烟吧？

女客　我不抽烟，不过我并不反对旁人抽烟。（喝了一口茶）

男客　谢谢你。（放回烟盒，收了烟斗，背转了身，燃火抽烟）

女客　（摸自己的脚）喔，天呀！你看我的这双脚，还像是人的脚么？……

男客　（急转过身来）怎么样？

女客　不仅是水，连泥都走进去了！

男客　（殷勤起来）那真糟。要不要换袜子？如果要换袜子，我可以走到外边去。

女客　谢谢你，我不要换袜子，就是换袜子，也用不着把你赶到外边去。

男客　不要紧，如果袜子没有带，我还可以借你一双。

女客　谢谢你，你的好意我很感激，不过换它有甚么用处？反正是要到水里走去的。

男客　要到水里走去？——干么要到水里走去？

女客　不到水里走有甚么办法？这样漆黑的天，一到街上，你还分得出哪里是水哪里是路来么？

〔男客如有所思。

女客　（又喝了一口茶，叹了一口气，起身告辞）啊，打搅了你，对不住得很。（拿了皮包、雨伞，预备走出）

男客　（阻止她）不用忙，再歇一会儿。——刚才你说，你是要租房的，是不是？

女客　（面向了他）怎么，我说了半天，你还没有听懂么？

男客　听是听懂了。不过……唉，你看这三间房子怎么样？

女客　怎么，你不是说已经租出去了么？（放下皮包）

男客　租是租出去了，不过也许可以让给你。

女客　（高兴起来）可以让给我？真的么？（放下雨伞）

男客　自然是真的。（又替她倒好了一杯茶）

女客　（坐下，接了茶）谢谢。不过为甚么可以让给我？是不是这房子如果我愿租你就可以不租给那个人？

〔男客摇头。

女客　不然，你刚才说的是句谎话，这房子就没有租出去？

男客　不，我说的是实话。这房子是已经租出了。现在也不是不租给那个人。我说可以让给你，是说已经租好这房的那个人，自己愿意让给你。

女客　那我可不明白。为甚么那个人愿意把房子让给我？他连见都没有见过我，为甚么要把房子让给我？

男客　那你不用管。

女客　这房子闹鬼不闹鬼？

男客　怎么，难道你怕鬼么？

女客　喔，我是不怕鬼的，我说也许那个人怕鬼。

男客　喔，那个人也是不怕鬼的。——不管有鬼没有鬼，让我们来看看房子，好不好？

(从桌上拿了灯引她看房。这是一间睡房。开了右壁的门,让她走进)芦苇的顶篷,洋灰地,洋式床,现成的铺盖。窗子外面是一个小小的花园。一清早就可听到鸟的声音。白天撩开窗帘,满屋里都是太阳。

〔女客人走出。他又把她引到右边的耳房。

男客　这边也是一个睡房。铺盖家具也都是现成。房间的大小,和那边一样。就是光线差一点。一个人住的时候,这里可以做睡房,那边可以做书房。

〔女客人走出。

男客　中间可以吃饭会客。(放下灯)这屋子又干净,又显亮,一天到晚,听不到一点嘈杂的声音。这里离你办事的地方又近。我看这房子是于你再合式没有了。

女客　这三间房子租多少钱?(坐下)

男客　喔,便宜得很。这样的三间房子,只租五块钱一月。

女客　房子倒不错,房价也不贵。(想了一想)这房子真的可以让给我吗?

男客　自然是真的,为甚么要骗你?

女客　不过今晚就来住,总不行吧?

男客　行,行。(好像忽然想起一件事来)不过——你结了婚没有?

女客　(跳了起来,挺了胸脯,竖起眉毛)什么?!

男客　(还要补一句)你结了婚没有?

女客　(怒了)你这话问的太无道理!

男客　太无道理?

女客　简直是一种侮辱!

男客　(高兴起来)"侮辱",对了,一点都不错,我也是这样说。但是现在有房出租的人,似乎最重要的是先要知道你结婚没有。

女客　我结婚没有,干你什么事?

男客　是的,一点都不错,我结婚没有,干她们什么事?可是她们一定要问,你说奇怪不奇怪?

女客　我完全不懂你的意思。

男客　谁说你懂?你自然不懂我的意思。不过你不要性急,让我告诉你,你就会懂。——刚才你说,你是到这边大成公司来做事的,是不是?……

女客　你这人的记忆力真坏,怎么刚说过了的话,即刻就忘了。

男客　不要生气。我不过是告诉你,我也是到这边大成公司来做事的。

女客　你也是到大成来做事的?

男客　是的。你没有想到吧?

女客　你在大成做甚么事?

男客　我在这边当工程师。

女客　这样说,你并不是这里的房东?

男客　谁说我是这里的房东?我说了我是这里的房东没有?你看我的样子,像一个房东么?

女客　(抢着说)啊,我知道了!你是这里的房客!这三间房子是你租的,现在你觉得不合式,想把它退了。

男客　想把它退了!谁说我想把它退了?

女客　刚才你不是说这房子可以让给我的么?

男客　是的,我是说可以让,没有说要退。

女客　那我更加不明白了,你既不想退,为甚么要让呢?

男客　你真的不明白么?

女客　真的不明白。(坐下)

男客　因为——我看了你……喔,不是,因为房东不肯租给我。

女客　为甚么房东不肯租给你?

男客　啊,就是这婚姻的问题。现在我们讲到题目上来了。一星期以前,我到这里来看房子,碰到了房东小姐。一见了我,她就盘问我,问我有没有老太太,有没有小孩子,有没有兄弟姐妹，直等到我明明白白地告诉了她我是没有结过婚，她才满了意。连房价也没有多讲，她就答应了把房子租给我。

女客　懂么？她一定知道了你是一个工程师，她想嫁给你！

男客　真的么？这我倒没有想到。——昨天下午，我到这里来的时候，她们老太太告诉我，说如果我没有家眷来同住，她这房子不能租给我。她明明知道我没有家眷，她把这话来要挟我，你说可恶不可恶？

女客　为甚么没有家眷来同住，这房子就不能租给你？

男客　我不知道啊。她说她们家里没有男人。

女客　笑话。

男客　这简直是一种侮辱，是不是？

女客　是的。——后来怎么样？

男客　后来我把她教训了一顿。

女客　她明白了这个道理没有？

男客　明白了这个道理？一个人一过了四十岁，他脑子里就已经装满了旧的道理，再也没有地方装新的道理，我告诉你。

女客　现在怎么样？

男客　现在？现在我不走！

女客　她呢？

男客　她？她去叫巡警。

女客　叫巡警？叫巡警来干甚么？

男客　叫巡警来撵我！

女客　真的么？

男客　为甚么要骗你？你如果不相信，等一会儿巡警就要来，你自己看好了。

女客　这倒是怪有趣的事。不过巡警如果真的要撵你，你怎么样？

男客　你没有来以前，我不知道怎样。现在我有了主意。

女客　你预备怎样？

男客　我把巡警痛打一顿，让他把我带到巡警局里去，叫房东把房子租给你。这样一来，我们两个人就都有了住宿的地方。

女客　那不行。（若有所思）

男客　那为甚么不行？

女客　你还是没有出那口气。——唉，我倒有个主意。

男客　你有甚么主意？

女客　（少顿）让我来做你的太太，好不好？

男客　甚么？

女客　喔，你不用吓得那么样，我不是向你求婚。

男客　喔，你误会了我的意思，——我……我……因为我实在没有想到这个方法。

女客　这是最妙的一个方法。她说你没有家眷同住，这房子就不能租给你。现在你说你有了家眷，看她还有甚么话说？

男客　她一定没有话说。不过——你愿意么？

女客　我为甚么不愿意？这于我有甚么损害？——又不是真的做你的太太。

男客　喔，谢谢你！

女客　你不要把我意思弄错。我不是说做了你的太太，我就有甚么损害，那完全是另外一个问题。

男客　是的，那完全是另外一个问题。不过你帮我把租房的这个问题解决了，我总应该向你道谢。

女客　嗤！道谢，无产阶级的人，受了有产阶级的压迫，应当联合起来抵抗他们。（侧耳静听）

男客　不错，不错。

女客　我听见有人说话。

男客　那一定是巡警！（急促的）唉，不过我已经说过我没有家眷的，现在怎么对她们讲？

女客　就说我们吵了嘴，你是逃出来的，不愿意给人知道……

男客　（听到巡警已经走到门外，他急忙的点了一点头，叫她不要再讲话）嘘！

〔男客人坐在方桌边，装作生气的样子。女客人坐在茶几旁边。〕后门由外推开，走进一个巡警，手里提了一个风灯，后面跟了老妈子和房东太太。她们看见房里来了一个女人，非常的惊讶。房里来的这个女人，见她们来了，起了一回身，向她们行了一个很谦和的礼。巡警将风灯放在桌上，与那位生气的先生行了一礼。

巡警　您贵姓？

男客　（不客气的）我姓吴。

巡警　（把头点了一点）喔。——府上是？

男客　府上？我没有府上。

女客　（起始做起受了委屈的太太来）啊，你是拿定主意不要家了，是不是？

巡警　（注意到插嘴的人，向男客人）这位……贵姓是？

男客　（答不出，看了女客人一眼。女客也正在代他为难。他只好起始做起依旧赌气的丈夫来）我不知道。你问她自己好了。

巡警　（真的问她自己）您贵姓？

女客　（很高兴的）我？我……也姓吴。

巡警　喔，你也姓吴。

女客　是的。

巡警　（再也想不出别的话）府上是？

女客　我？我住在北京西四牌楼太平胡同关帝庙对面，门牌三百七十五号，电话西局四千六百九十二。——啊，你把它写下来吧，等一会儿你一定要忘记。

巡警　（真的摸出一本小薄子来）北京……（写字）

女客　西四牌楼太平胡同，（让巡警写）关帝庙对面。

巡警　门牌多少？

女客　三百七十五号。电话西局——四千——六百——九十二。

巡警　(写完了)谢谢您。(藏好了薄子,又转向男客)您是来这边租房的,是不是?

男客　不是!我是来这边住宿的。这房子我老早就租好了。

巡警　(难住了。没有了办法,又转向女客)您是来这边?……

女客　我!我是来这边找人的。

房东　(不能再忍耐了)你到这边找什么人?

女客　(很客气的向她点了一点头)我到这边来找我的男人。

房东　找你的男人?谁是你的男人?

女客　我想你应该知道吧?——你既把房子都租了给他。

房东　怎么!这位先生是你的男人么?

女客　我不知道。你问他好了,看他承认不承认?

老妈　(也不能再忍耐了)太太,你看怎么样!我老早就对您说过,这位先生一定是有太太的,您不信。

巡警　(糊涂了)怎么?刚才你们不是说这位先生没有家眷,怎么现在他又有了家眷?

老妈　不要糊涂吧,刚才这位太太还没来,我们怎么会知道?如果这位太太早来这里,还可以省了我在雨地里走一趟呢。

女客　对你不住。这实在不能怪我,五点钟的车子,六点半钟才到这里。

老妈　请您不要多心。我不过是说他太不懂事。

巡警　这话可得要说明白了。太太要我到这边来,是说这位先生租了三间房子,要一个人在这边住。这屋里住的都是堂客,他先生一个人在这边住,很不方便,是那么个意思。现在这位先生的太太既是来了,这事就好办。如果太太是和先生在这边同住,那就没有我的事,如果太太不在这边住,这件事还得……

老妈　不要瞎说吧。太太自然是在这边住。——一看还不知道——先生和太太不过是为了一点小事,闹了一点意见,你不来劝解劝解,还来说那样的话。太太不在这边住,到哪里住去?——好了,现在没有你的事了,你赶紧回去打你的牌去吧。(把风灯送到他手里)走!走!

巡警　这样说,那就没有我的事了。好了,再见,再见。

女客　再见。你放心好了,哪一天我不在这里住的时候,我通知你就是了。

巡警　对不起,打搅,打搅。

〔巡警走出。

老妈兴高采烈的拿了茶壶走出。房东太太承认了失败,看了她的客人一眼,也只好板了面孔走出。

男客　(关上门,想起了一个老早就应该问而还没有问的问题,忽然转过头来)啊,你姓甚么?

女客　我……啊……我……

——闭　幕

(选自《丁西林剧作全集》上册,中国戏剧出版社1985年版)

作品简析

《压迫》1926年发表于《现代评论》一周年增刊,讲述了一个由租房引发的故事:男客人来租房,定金已交房东太太女儿,但房东太太听闻他没有家眷,担心家中单身女儿与房客发生“自由恋爱”,于是打算以不把房子租给没有家眷的单身男性为由退还男客人定金。二者就此产生争执。房东太太争执不过,把客人丢在屋内,准备派老妈子叫巡警。此时恰逢女客人也前来租房,在听说男客人一番讲述后,决定帮助男客人,于是萍水相逢的男女房客假扮夫妻,最终租到了房。

《压迫》构思精巧,逻辑严密,矛盾环环相扣。全剧最初的矛盾来自房东太太母女,太太“脾气古怪”,实际上就是思想保守,又喜欢天天出去打牌,因而定下规矩,房子只能租给有家眷的男客,以免小姐与单身男客过于亲密,而小姐脾气也颇为固执,利用自己天天在家的优势，拒绝所有有家眷租客的租住要求，这是她对抗母亲的一种方式，但毕竟不敢公然违背母命，直到这一次才下定决心收下一位男客人的定金。有趣的是，交了定金的男客同样是脾气古怪而固执的，在与房东太太相见明白她的规矩后，仍旧据理力争，使得戏剧矛盾冲突到达顶点。直到女客人的出现，剧情才急转直下。女客人之所以能够解开此结，恰恰在于作为现代女性的她敢于挑战社会加之于男女身上的陈旧思想观念，这一点与房东太太形成强烈对照，她的智慧也正来源于此。在某种意义上，她也是固执的，看不惯社会的不公，“无产阶级的人，受了有产阶级的压迫，应当联合起来抵抗他们。”从她的身上具体体现了文章标题所指示的“压迫与反压迫”的主题，而且比同样具有现代思想不齿房东太太做法的男客人似乎更有应对的办法，让读者会心。在结尾处，正当观众(读者)因租房矛盾的圆满解决而放松心情时，剧情又是一转，男客人突然问女客人姓什么，让女客人一下子不知所措。从假扮夫妻到不知对方名姓，从应对从容到不知所措，又挑起了观众的紧张情绪，但正想期待女客如何回答时，大幕徐徐拉下，使人回味无穷，而幽默感也从此升腾而出。

《压迫》是中国现代独幕喜剧中不可多得的精品，有很强的舞台喜剧效果。丁西林的喜剧接近于英国的机智喜剧的雅致幽默。他的戏剧人物大多受民主思想的影响，情趣高雅但性格独特，人物之间的思想性格差异构成了丁西林喜剧冲突的张力，在戏剧的嘲弄触发下，飘溢出沁人心脾的温馨。这是一种同情、体贴、善意的关怀和温暖，使人观之始觉细微有趣，继而感到惟妙惟肖，再之便是回味不尽，在会心的微笑中品味到其中的意蕴和美感。

 **研习导引**

丁西林在中国现代话剧史上的意义

丁西林被称为“独幕剧”圣手，《压迫》《终生大事》《兵变》被洪深称为“那时期的创作喜剧中的唯一杰作”。在 20 世纪 20 年代甚至整个中国话剧史上，丁西林都是一个独特的存在：其一，他是一位出色的剧作家，又是一位杰出的物理学家，在他身上所体现的科学(物理)与艺术(话剧)思维的相反相成，至今仍是吸引着研究者的饶有兴味的课题。其二，中国现代话剧是以悲剧为主体的，他是为数不多的喜剧作家之一；在喜剧领域里，他又独创了机智与幽默喜剧。其三，中国现代话剧主要代表作大多都是多幕剧，而他却执著于独幕剧的艺术探索，并且创作了堪称典范的《一只马峰》《压迫》《酒后》《北京的空气》等作品。

思考题

1. 细读本剧，琢磨剧中人物的台词，分析丁西林幽默俏皮的语言风格以及情节结构上的特点。

2. 如何理解本剧的“压迫”主题。

拓展阅读

1. 钱理群：《名作重读》，上海教育出版社 2006 年版。

2. 陈白尘，董健著：《中国现代戏剧史稿(1899—1949)》，中国戏剧出版社 2008 年出版。

3. 孙庆升编：《丁西林研究资料》，知识产权出版社 2010 年版。

曹禺

曹禺(1910—1996),湖北潜江人,原名万家宝,现代戏剧作家。1933 年在清华大学读书时创作出他的话剧处女作《雷雨》。此后陆续发表《日出》《原野》《北京人》《艳阳天》《王昭君》等剧本。曹禺的话剧创作数量并不多,但份量很重,尤其是《雷雨》《日出》《原野》《北京人》,在中国乃至世界戏剧史上都留下了广泛而深远的影响,其剧作幽深沉郁的主题意蕴,精巧神奇的戏剧冲突,现实世界与诗意的融合等等,给人们留下了"说不尽"的话题。

曹禺的剧作在中国现代话剧史上产生了巨大影响,对中国现代戏剧的成熟做出了杰出的贡献。曹禺剧作的贡献首先在于他所创作的剧作使中国话剧剧场艺术得以确立,并在中国的观众中扎根,中国现代话剧由此走向成熟。其次是他的剧作追求一种"大融合"的戏剧境界:是中国传统戏剧艺术与西方戏剧艺术的融合,是写实与写意、象征的融合,是通俗的情节剧、佳构剧与高雅的心理剧的融合,是戏剧与诗、戏剧与散文的融合。曹禺的创作为中国话剧的发展提供了无限丰富的可能性,展示了多元的、自由创造的发展前景。曹禺剧作不仅有其本身独特的价值,而且他对话剧艺术不断探索求新的精神,也是现代话剧发展进程中最宝贵的东西。曹禺既是现代话剧真正意义上的奠基人,又是现代话剧艺术史的一座高峰。

雷雨(节选)

第二幕

〔午饭后,天气很阴沉,更郁热,潮湿的空气,低压着在屋内的人,使人成为烦躁的了。周萍一个人由饭厅走上来，望望花园，冷清清的，没有一个人。偷偷走到书房门口，书房里是空的，也没有人。忽然想起父亲在别的地方会客，他放下心，又走到窗户前开窗门，看着外面绿荫荫的树丛。低低地吹出一种奇怪的哨声，中间他低沉地叫了两三声"四凤！"不一时，好像听见远处有哨声在回应，渐移渐近，他有缓缓地叫了一声"凤儿！"门外有一个女人的声音，"萍，是你么？"萍就把窗门关上。

〔四凤由外面轻轻地跑进来。

萍　（回头，望着中门，四凤正从中门进，低声，热烈地）凤儿！（走近，拉着她的手。）

四　不，（推开他）不，不。（谛听，四面望）看看，有人！

萍　没有，凤，你坐下。（推她到沙发坐下。）

四　（不安地）老爷呢？

萍　在大客厅会客呢。

四　（坐下，叹一口长气。望着）总是这样偷偷摸摸的。

萍　哦。

四　你连叫我都不敢叫。

萍　所以我要离开这儿哪。

四　（想一下）哦，太太怪可怜的。为什么老爷回来，头一次见太太就发这么大的脾气？

萍　父亲就是这样，他的话，向来不能改的。他的意见就是法律。

四　（怯懦地）我——我怕得很。

萍　怕什么？

四　我怕万一老爷知道了，我怕。有一天，你说过，要把我们的事告诉老爷的。

萍　（摇头，深沉地）可怕的事不在这儿。

四　还有什么？

萍　（忽然地）你没有听见什么话？

四　什么？（停）没有。

萍　关于我，你没有听见什么？

四　没有。

萍　从来没听见过什么？

四　（不愿提）没有——你说什么？

萍　那——没什么！没什么。

四　（真挚地）我信你，我相信你以后永远不会骗我。这我就够了。——刚才，我听你说，你明天就要到矿上去。

萍　我昨天晚上已经跟你说过了。

四　（爽直地）你为什么不带我去？

萍　因为（笑）因为我不想带你去。

四　这边的事我早晚是要走的。——太太，说不定今天要辞掉我。

萍　（没想到）她要辞掉你，——为什么？

四　你不要问。

萍　不，我要知道。

四　自然因为我做错了事。我想，太太大概没有这个意思。也许是我瞎猜。（停）萍，你带我去好不好？

萍　不。

四　（温柔地）萍，我好好地侍候你，你压迫这么一个人。我跟你缝衣服，烧饭做菜，我都做得好，只要你叫我跟你在一块儿。

萍　哦，我还要一个女人，跟着我，侍候我，叫我享福？难道，这些年，在家里，这种生活我还不够么？

四　我知道你一个人在外头是不成的。

萍　凤，你看不出来，现在我怎么能带你出去？——你这不是孩子话吗？

四　萍，你带我走！我不连累你，要是外面因为我，说你的坏话，我立刻就走。你——你不要怕。

萍　（急躁地）凤，你以为我这么自私自利么？你不应该这么想我。——哼，我怕，我怕什么？（管不住自己）这些年，我做出这许多的……哼，我的心都死了，我恨极了我自己。现在我的心刚刚有点生气了，我能放开胆子喜欢一个女人，我反而怕人家骂？哼，让大家说吧，周家大少爷看上他家里面的女下人，怕什么，我喜欢她。

四　(安慰他)萍，不要离开。你做了什么，我也不怨你的。(想)

萍　(平静下来)你现在想什么？

四　我想，你走了以后，我怎么样。

萍　你等着我。

四　(苦笑)可是你忘了一个人。

萍　谁？

四　他总不放过我。

萍　哦，他呀——他又怎么样？

四　他又把前一个月的话跟我提了。

萍　他说，他要你？

四　不，他问我肯嫁他不肯。

萍　你呢？

四　我先没有说什么，后来他逼着问我，我只好告诉他实话。

萍　实话？

四　我没有说别的，我只提我已经许了人家。

萍　他没有问别的？

四　没有，他倒说，他要供给我上学。

萍　上学？(笑)他真呆气！——可是，谁知道，你听了他的话，也许很喜欢的。

四　你知道我不喜欢，我愿意老陪着你。

萍　可是我已经快三十了，你才十八，我也不比他的将来有希望，并且我做过许多见不得人的事。

四　萍，你不要同我瞎扯，我现在心里很难过。你得想出法子，他是个孩子，老是这样装着腔，对付他，我实在不喜欢。你又不许我跟他说明白。

萍　我没有叫你不跟他说。

四　可是你每次见我跟他在一块儿，你的神气，偏偏——

萍　我的神气那自然是不快活的。我看见我最喜欢的女人时常跟别人在一块儿。哪怕他是我的弟弟，我也不情愿的。

四　你看你又扯到别处。萍，你不要扯，你现在到底对我怎么样？你要跟我说明白。

萍　我对你怎么样？（他笑了。他不愿意说，他觉得女人们都有些呆气，这一句话似乎有一个女人也这样问过他，他心里隐隐有些痛）要我说出来？（笑）那么，你要我怎么说呢？

四　（苦恼地）萍，你别这样待我好不好？你明明知道我现在什么都是你的，你还——你还这样欺负人。

萍　（他不喜欢这样，同时又以为她究竟有些不明白）哦！（叹一口气）天哪！

四　萍，我父亲只会跟人要钱，我哥哥瞧不起我，说我没有志气，我母亲如果知道了这件事，她一定恨我。哦，萍，没有你就没有我。我父亲，我哥哥，我母亲，他们也许有一天会不理我，你不能够的，你不能够的。（抽咽）

萍　四凤，不，不，别这样，你让我好好地想一想。

四　我的妈最疼我，我的妈不愿意我在公馆里做事，我怕她万一看出我的谎话，知道我在这里做了事，并且同你……如果你又不是真心的，……那我——那我就伤了我妈的心了。（哭）还有……

萍　不，凤，你不该这样疑心我。我告诉你，今天晚上我预备到你那里去。

四　不，我妈今天回来。

萍　那么，我们在外面会一会好么？

四　不成，我妈晚上一定会跟我谈话的。

萍　不过，明天早车我就要走了。

四　你真不预备带我走么？

萍　孩子！那怎么成？

四　那么，你——你叫我想想。

萍　我先要一个人离开家，过后，再想法子，跟父亲说明白，把你接出来。

四　（看着他）也好，那么今天晚上你只好到我家里来。我想，那两间房子，爸爸跟妈一定在外房睡，哥哥总是不在家睡觉，我的房子在半夜里一定是空的。

萍　那么，我来还是先吹哨；（吹一声）你听得清楚吧？

四　嗯，我要是叫你来，我的窗上一定有个红灯，要是没有灯，那你千万不要来。

萍　不要来。

四　那就是我改了主意，家里一定有许多人。

萍　好，就这样。十一点钟。

四　嗯，十一点。

〔鲁贵由中门上，见四凤和周萍在这里，突然停止，故意地做出懂事的假笑。

贵　哦！（向四凤）我正要找你。（向萍）大少爷，您刚吃完饭。

四　找我有什么事？

贵　你妈来了。

四　（喜形于色）妈来了，在哪儿？

贵　在门房，跟你哥哥刚见面，说着话呢。

〔四凤跑向中门。

萍　四凤，见着你妈，代我问问好。

四　谢谢您，回头见。（凤下）

贵　大少爷，您是明天起身么？

萍　嗯。

贵　让我送送您。

萍　不用，谢谢你。

贵　平时总是你心好，照顾着我们。您这一走，我同这丫头都得惦记着您了。

萍 （笑）你又没有钱了吧？

贵 （好笑）大少爷，您这可是开玩笑了。——我说的是实话，四凤知道，我总是背后说大少爷好的。

萍 好吧。——你没有事么？

贵 没事，没事，我只跟您商量点闲拌儿。您知道，四凤的妈来了，楼上的太太要见她，……

〔繁漪由饭厅上，鲁贵一眼看见她，话说成一半，又吞进去。

贵 哦，太太下来了！太太，您病完全好啦？（繁漪点一点头）鲁贵直惦记着。

繁 好，你下去吧。

〔鲁贵鞠躬由中门下。

繁 （向萍）他上哪去了？

萍 （莫明其妙）谁？

繁 你父亲。

萍 他有事情，见客，一会儿就回来。弟弟呢？

繁 他只会哭，他走了。

萍 （怕和她一同在这间屋里）哦。（停）我要走了，我现在要收拾东西去。（走向饭厅）

繁 回来，（萍停步）我请你略微坐一坐。

萍 什么事？

繁 （阴沉地）有话说。

萍 （看出她的神色）你像是有很重要的话跟我谈似的。

繁 嗯。

萍 说吧。

繁 我希望你明白方才的情景。这不是一天的事情。

萍 （躲避地）父亲一向是那样，他说一句就是一句的。

繁 可是人家说一句，我就要听一句，那是违背我的本性的。

萍 我明白你。（强笑）那么你顶好不听他的话就得了。

繁　萍，我盼望你还是从前那样诚恳的人。顶好不要学着现在一般青年人玩世不恭的态度。你知道我没有你在我面前，这样，我已经很苦了。

萍　所以我就要走了。不要叫我们见着，互相提醒我们最后悔的事情。

繁　我不后悔，我向来做事没有后悔过。

萍　（不得已地）我想，我很明白地对你表示过。这些日子我没有见你，我想你很明白。

繁　很明白。

萍　那么，我是个最糊涂，最不明白的人。我后悔，我认为我生平做错一件大事。我对不起自己，对不起弟弟，更对不起父亲。

繁　（低沉地）但是最对不起的人有一个，你反而轻轻地忘了。

萍　我最对不起的人，自然也有，但是我不必同你说。

繁　（冷笑）那不是她！你最对不起的是我，是你曾经引诱的后母！

萍　（有些怕她）你疯了。

繁　你欠了我一笔债，你对我负着责任；你不能看见了新的世界，就一个人跑。

萍　我认为你用的这些字眼，简直可怕。这种字句不是在父亲这样——这样体面的家庭里说的。

繁　（气极）父亲，父亲，你撇开你的父亲吧！体面？你也说体面？（冷笑）我在这样的体面家庭已经十八年啦。周家家庭里做出的罪恶，我听过，我见过，我做过。我始终不是你们周家的人。我做的事，我自己负责任。不像你们的祖父，叔祖，同你们的好父亲，偷偷做出许多可怕的事情，祸移在别人身上，外面还是一副道德面孔，慈善家，社会上的好人物。

萍　繁漪，大家庭自然免不了不良分子，不过我们这一支，除了我，……

繁　都一样，你父亲是第一个伪君子，他从前就引诱过一个良家的姑娘。

萍　你不要乱说话。

繁　萍,你再听清楚点,你就是你父亲的私生子!

萍　(惊异而无主地)你瞎说,你有什么证据?

繁　请你问你的体面父亲,这是他十五年前喝醉了的时候告诉我的。(指桌上相片)你就是这年青的姑娘生的小孩。她因为你父亲又不要她,就自己投河死了。

萍　你,你,你简直……——好,好,(强笑)我都承认。你预备怎么样?你要跟我说什么?

繁　你父亲对不起我,他用同样手段把我骗到你们家来,我逃不开,生了冲儿。十几年来像刚才一样的凶横,把我渐渐地磨成了石头样的死人。你突然从家乡出来,是你,是你把我引到一条母亲不像母亲,情妇不像情妇的路上去。是你引诱我的!

萍　引诱!我请你不要用这两个字好不好?你知道当时的情形怎么样?

繁　你忘记了在这屋子里,半夜,我哭的时候,你叹息着说的话么?你说你恨你的父亲,你说过,你愿他死,就是犯了灭伦的罪也干。

萍　你忘了。那时我年青,我的热叫我说出来这样糊涂的话。

繁　你忘了,我虽然只比你大几岁,那时,我总还是你的母亲,你知道你不该对我说这种话么?

萍　哦——(叹一口气)总之,你不该嫁到周家来,周家的空气满是罪恶。

繁　对了,罪恶,罪恶。你的祖宗就不曾清白过,你们家里永远是不干净。

萍　年青人一时糊涂,做错了的事,你就不肯原谅么?(苦恼地皱着眉)

繁　这不是原谅不原谅的问题,我已预备好棺材,安安静静地等死，一个人偏把我救活了又不理我，撇得我枯死，慢慢地渴死。让你说，我该怎么办？

萍　那，那我也不知道，你来说吧！

繁　（一字一字地）我希望你不要走。

萍　怎么，你要我陪着你，在这样的家庭，每天想着过去的罪恶，这样活活地闷死么？

繁　你既知道这家庭可以闷死人，你怎么肯一个人走，把我放在家里？

萍　你没有权利说这种话，你是冲弟弟的母亲。

繁　我不是！我不是！自从我把我的性命，名誉，交给你，我什么都不顾了。我不是他的母亲。不是，不是，我也不是周朴园的妻子。

萍　（冷冷地）如果你以为你不是父亲的妻子，我自己还承认我是我父亲的儿子。

繁　（不曾想到他会说这一句话，呆了一下）哦，你是你父亲的儿子。——这些月，你特别不来看我，是怕你的父亲？

萍　也可以说是怕他，才这样的吧。

繁　你这一次到矿上去，也是学着你父亲的英雄榜样，把一个真正明白你，爱你的人丢开不管么？

萍　这么解释也未尝不可。

繁　（冷冷地）怎么说，你到底是你父亲的儿子。（笑）父亲的儿子？（狂笑）父亲的儿子？（狂笑，忽然冷静严厉地）哼，都是没有用，胆小怕事，不值得人为他牺牲的东西！我恨着我早没有知道你！

萍　那么你现在知道了！我对不起你，我已经同你详细解释过，我厌恶这种不自然的关系。我告诉你，我厌恶。我负起我的责任，我承认我那时的错，然而叫我犯了那样的错，你也不能完全没有责任。你是我认为最聪明，最能了解的女子，所以我想，你最后会原谅我。我的态度，你现在骂我玩世不恭也

好，不负责任也好，我告诉你，我盼望这一次的谈话是我们最末一次谈话了。（走向饭厅门）

繁　（沉重地语气）站着。（萍立住）我希望你明白我刚才说的话，我不是请求你。我盼望你用你的心，想一想，过去我们在这屋子里说的，（停，难过）许多，许多的话。一个女子，你记着，不能受两代的欺侮，你可以想一想。

萍　我已经想得很透彻，我自己这些天的痛苦，我想你不是不知道，好请你让我走吧。

〔周萍由饭厅下，繁漪的眼泪一颗颗地流在腮上，她走到镜台前，照着自己苍白的有皱纹的脸，便嘤嘤地扑在镜台上哭起来。

〔鲁贵偷偷地由中门走进来，看见太太在哭。

贵　（低声）太太！

繁　（突然抬起）你来干什么？

贵　鲁妈来了好半天啦！

繁　谁？谁来了好半天啦？

贵　我家里的，太太不是说过要我叫她来见么？

繁　你为什么不早点来告诉我？

贵　（假笑）我倒是想着，可是我（低声）刚才瞧见太太跟大少爷说话，所以就没有敢惊动您。

繁　啊你，你刚才在——

贵　我？我在大客厅里伺候老爷见客呢！（故意地不明白）太太有什么事么？

繁　没什么，那么你叫鲁妈进来吧。

贵　（谄笑）我们家里是个下等人，说话粗里粗气，您可别见怪。

繁　都是一样的人。我不过想见一见，跟她谈谈闲话。

贵　是，那是太太的恩典。对了，老爷刚才跟我说，怕明天要下大雨，请太太把老爷的那一件旧雨衣拿出来，说不定老爷就要出去。

繁　四凤跟老爷检的衣裳，四凤不会拿么？

贵　我也是这么说啊，您不是不舒服么？可是老爷吩咐，不要四风，还是要太太自己拿。

繁　那么，我一会儿拿来。

贵　不，是老爷吩咐，说现在就要拿出来。

繁　哦，好，我就去吧。——你现在叫鲁妈进来，叫她在这房里等一等。

贵　是，太太。

〔鲁贵下，繁漪的脸更显得苍白，她在极力压制自己的烦郁。

繁　（把窗户打开吸一口气，自语）热极了，闷极了，这里真是再也不能住的。我希望我今天变成火山的口，热烈烈地冒一次，什么我都烧个干净，当时我就再掉在冰川里，冻成死灰，一生只热热烈烈地烧一次，也就算够了。我过去的是完了，希望大概也是死了的。哼，什么我都预备好了，来吧，恨我的人，来吧。叫我失望的人，叫我忌妒的人，都来吧，我在等候着你们。（望着空空的前面，既而垂下头去，鲁贵上。）

贵　刚才小当差进来，说老爷催着要。

繁　（抬头）好，你先去吧。我叫陈妈过去。

〔繁漪由饭厅下，贵由中门下。移时鲁妈——即鲁侍萍——与四凤上。鲁妈的年级约有四十七岁的光景，鬓发已经有点斑白，面貌白净，看上去也只有三十八九岁的样子。

她的眼有些呆滞，时而呆呆地望着前面，但是在那修长的睫毛，和她圆大的眸子间，还寻得出她少年时静慰的神韵。她的衣服朴素而有身份，旧蓝布裤褂，很洁净地穿在身上。远远地看着，依然像大家户里落迫的妇人。她的高贵的气质和她的丈夫的鄙俗，好小，恰成一个强烈地对比。

〔她的头还包着一条白布手巾，怕是坐火车围着避上的，她说话总爱微微地笑，尤其因为刚刚见着两年未见的亲儿女，神色还是快慰地闪着快乐的光彩。她的声音很低，很沉稳，语音像一个南方人曾经和北方人相处很久，夹杂着许多模糊，轻快的南方音，但是她的字句说得很清楚。她的牙齿非常整齐,笑的时候在嘴角旁露出一对深深的笑涡,叫我们想起来四凤笑时口旁一对浅浅的涡影。

〔鲁妈拉着女儿的手,四凤就像个小鸟偎在她身边走进来。后面跟着鲁贵,提着一个旧包袱。他骄傲地笑着,比起来,这母女的单纯的欢欣,他更是粗鄙了。

四　太太呢?

贵　就下来。

四　妈,您坐下。(鲁妈坐)您累么?

鲁　不累。

四　(高兴地)妈,您坐一坐。我给您倒一杯冰镇的凉水。

鲁　不,不要走,我不热。

贵　凤儿,你跟你妈拿一瓶汽水来(向鲁妈),这公馆什么没有?一到夏天,柠檬水,果子露,西瓜汤,桔子,香蕉,鲜荔枝,你要什么,就有什么。

鲁　不,不,你别听你爸爸的话。这是人家的东西。你在我身旁跟我多坐一回,回头跟我同——同这位周太太谈谈,比喝什么都强。

贵　太太就会下来,你看你,那块白包头,总舍不得拿下来。

鲁　(和蔼地笑着)真的,说了那么半天。(笑望着四凤)连我在火车上搭的白手巾都忘了解啦。(要解它)

四　(笑着)妈,您让我替您解开吧。(走过去解。这里,鲁贵走到小茶几旁,又偷偷地把烟放在自己的烟盒里。)

鲁　(解下白手巾)你看我的脸脏么?火车上尽是土,你看我的头发,不要叫人家笑。

四　不,不,一点都不脏。两年没见您,您还是那个样。

鲁　哦,凤儿,你看我的记性。谈了这半天,我忘记把你顶喜欢的东西跟你拿出来啦。

四　什么?妈。

鲁　(由身上拿出一个小包来)你看,你一定喜欢的。

四　不,您先别给我看,让我猜猜。

鲁　好,你猜吧。

四　小石娃娃?

鲁　(摇头)不对,你太大了。

四　小粉扑子。

鲁　(摇头)给你那个有什么用?

四　哦,那一定是小针线盒。

鲁　(笑)差不多。

四　那您叫我打开吧。(忙打开纸包)哦!妈!顶针!银顶针!爸,您看,您看!(给鲁贵看)。

贵　(随声说)好!好!

四　这顶针太好看了,上面还镶着宝石。

贵　什么?(走两步,拿来细看)给我看看。

鲁　这是学校校长的太太送给我的。校长丢了个要紧的钱包,叫我拾着了,还给他。校长的太太就非要送给我东西,拿出一大堆小手饰叫我挑,送给我的女儿。我就捡出这一件,拿来送给你,你看好不好?

四　好,妈,我正要这个呢。

贵　咦,哼,(把顶针交给四凤)得了吧,这宝石是假的,你挑得真好。

四　(见着母亲特别欢喜说话,轻蔑地)哼,您呀,真宝石到了您的手里也是假的。

鲁　凤儿,不许这样跟爸爸说话。

四　(撒娇)妈您不知道,您不在这儿,爸爸就拿我一个人撒气,尽欺负我。

贵　(看不惯他妻女这样"乡气",于是轻蔑地)你看你们这点穷相,走到大家公馆,不来看看人家的阔排场,尽在一边闲扯。四凤,你先把你这两年的衣裳给你妈看看。

四　(白眼)妈不稀罕这个。

贵　你不也有点手饰么？你拿出来给你妈开开眼。看看还是我对，还是把女儿关在家里对？

鲁　(想鲁贵)我走的时候嘱咐过你，这两年写信的时候也总不断地提醒你，我说过我不愿意把我的女儿送到一个阔公馆，叫人家使唤。你偏——(忽然觉得这不是谈家事的地方，回头向四凤)你哥哥呢？

四　不是在门房里等着我们么？

贵　不是等着你们，人家等着见老爷呢。(向鲁妈)去年我叫人跟你捎个信，告诉你大海也当了矿上的工头，那都是我在这而嘀咕上的。

四　(厌恶她父亲又表白自己的本领)爸爸，您看哥哥去吧。他的脾气有点不好，怕他等急了，跟张爷刘爷们闹起来。

贵　真他妈的。这孩子的狗脾气我倒忘了，(走向中门，回头)你们好好在这屋子里坐一会，别乱动，太太一会儿就下来。

〔鲁贵下。母女见鲁贵走后，如同犯人望见看守走了一样，舒展地吐出一口气来。母女二人相对默然地笑了一笑，刹那间，她们脸上又浮出欢欣，这次是由衷心升起来愉快的笑。

鲁　(伸出手来，向四凤)哦，孩子，让我看看你。

〔四凤走到母亲前，跪下。

四　妈，您不怪我吧？您不怪我这次没听您的话，跑到周公馆做事吧？

鲁　不，不，做了就做了。——不过为什么这两年你一个字也不告诉我，我下车走到家里，才听见张大婶告诉我，说我的女儿在这儿。

四　妈，我怕您生气，我怕您难过，我不敢告诉您。——其实，妈，我们也不是什么富贵人家，就是像我这样帮人，我想也没有什么关系。

鲁　不，你以为妈怕穷么？怕人家笑我们穷么？不，孩子，妈最知道认命，妈最看得开，不过，孩子，我怕你太年青，容易一阵子犯糊涂，妈受过苦，妈知道的。你不懂，你不知道这世界太——人的心太——。（叹一口气）好，我们先不提这个。（站起来）这家的太太真怪！她要见我干什么？

四　嗯，嗯，是啊（她的恐惧来了，但是她愿意向好的一面想）不，妈，这边太太没有多少朋友，她听说妈也会写字，念书，也许觉着很相近，所以想请妈来谈谈。

鲁　（不信地）哦？（慢慢看这屋子的摆设，指着有镜台的柜）这屋子倒是很雅致的。就是家俱太旧了点。这是——？

四　这是老爷用的红木书桌，现在做摆饰用了。听说这是三十年前的老东西，老爷偏偏喜欢用，到哪儿带到哪儿。

鲁　那个（指着有镜台的柜）是什么？

四　那也是件老东西，从前的第一个太太，就是大少爷的母亲，顶爱的东西。您看，从前的家俱多笨哪。

鲁　咦，奇怪。——为什么窗户还关上呢？

四　您也觉得奇怪不是？这是我们老爷的怪脾气，夏天反而要关窗户。

鲁　（回想）凤儿，这屋子我像是在哪儿见过似的。

四　（笑）真的？您大概是想我想的梦里到过这儿。

鲁　对了，梦似的。——奇怪，这地方怪得很，这地方忽然叫我想起了许多许多事情。（低下头坐下）

四　（慌）妈，您怎么脸上发白？您别是受了暑，我给您拿一杯冷水吧。

鲁　不，不是，你别去，——我怕得很，这屋子有鬼怪！

四　妈，您怎么啦？

鲁　我怕得很，忽然我把三十年前的事情一件一件地都想起来了，已经忘了许多年的人又在我心里转。四凤，你摸摸我的手。

四　（摸鲁妈的手）冰凉，妈，您可别吓坏我。我胆子小，妈，妈,——这屋子从前可闹过鬼的!

鲁　孩子,你别怕,妈不怎么样。不过,四凤,我好像我的魂来过这儿似的。

四　妈,您别瞎说啦,您怎么来过?他们二十年前才搬到这儿北方来,那时候,您不是这在南方么?

鲁　不,不,我来过。这些家俱,我想不起来——我在哪见过。

四　妈,您的眼不要直瞪瞪地望着,我怕。

鲁　别怕,孩子,别怕,孩子。(声音愈低,她用力地想,她整个的人,缩,缩到记忆的最下层深处。)

四　妈,您看那个柜干什么?那就是从前死了的第一个太太的东西。

鲁　(突然低声颤颤地向四凤)凤儿,你去看,你去看,那柜子靠右第三个抽屉里,有没有一只小孩穿的绣花虎头鞋。

四　妈,您怎么拉?不要这样疑神疑鬼地。

鲁　凤儿,你去,你去看一看。我心里有点怯,我有点走不动,你去!

四　好我去看。

〔她有到柜前,拉开抽斗,看。

鲁　(急)有没有?

四　没有,妈。

鲁　你看清楚了?

四　没有,里面空空地就是些茶碗。

鲁　哦,那大概是我在做梦了。

四　(怜惜她的母亲)别多说话了,妈,静一静吧,妈,您在外受了委屈了,(落泪)从前,您不是这样神魂颠倒的。可怜的妈呀。(抱着她)好一点了么?

鲁　不要紧的。——刚才我在门房听见这家里还有两位少爷?

四　嗯!妈,都很好,都很和气的。

鲁　(自言自语地)不,我的女儿说什么也不能在这儿多呆。不成。不成。

四　妈，您说什么？这儿上上下下都待我很好。妈，这里老爷太太向来不骂底下人，两位少爷都很和气的。这周家不但是活着的人心好，就是死了的人样子也是挺厚道的。

鲁　周？这家里姓周？

四　妈，您看您，您刚才不是问着周家的门进来的么？怎么会忘了？（笑）妈，我明白了，您还是路上受热了。我先跟你拿着周家第一个太太的像片，给您看。我再跟你拿点水来喝。

〔四凤在镜台上拿了像片过来，站在鲁妈背后，给她看。

鲁　（拿着像片，看）哦！（惊愕地说不出话来，手发颤。）

四　（站在鲁妈背后）您看她多好看，这就是大少爷的母亲，笑得多美，他们并说还有点像我呢。可惜，她死了，要不然，——（觉得鲁妈头向前倒）哦，妈，您怎么啦？您怎么？

鲁　不，不，我头晕，我想喝水。

四　（慌，掐着鲁妈的手指，搓着她的头）妈，您到这边来！（扶鲁妈到一个大的沙发前，鲁妈手里还紧紧地拿着相片）妈，您在这儿躺一躺。我跟您拿水去。

〔四凤由饭厅门忙跑下。

鲁　哦，天哪。我是死了的人！这是真的么？这张相片？这些家俱？怎么会？——哦，天底下地方大得很，怎么？熬过这几十年偏偏又把我这个可怜的孩子，放回到他——他的家里？哦，好不公平的天哪！（哭泣）

〔四凤拿水上，鲁妈忙擦眼泪。

四　（持水杯，向鲁妈）妈，您喝一口，不，再喝几口。（鲁妈饮）好一点了么？

鲁　嗯，好，好啦。孩子，你现在就跟我回家。

四　（惊讶）妈，您怎么啦？

〔由饭厅传出繁漪喊“四凤”的声音。

鲁　谁喊你？

四 太太。

繁 四凤!

四 唉。

繁 四凤,你来,老爷的雨衣你给放在哪儿啦?

四 (喊)我就来。(向鲁妈)您等一等,我就回来。

鲁 好,你去吧。

〔四凤下。鲁妈周围望望,走到柜前,抚摸着她从前的家俱,低头沉思。忽然听见屋外花园里走路的声音。她转过身来,等候着。

〔鲁贵由中门上。

贵 四凤呢?

鲁 这儿的太太叫了去啦。

贵 你回头告诉太太,说找着雨衣,老爷自己到这儿来穿,还要跟太太说几句话。

鲁 老爷要到这屋里来?

贵 嗯,你告诉清楚了,别回头老爷来到这儿,太太不在,老头儿又发脾气了。

鲁 你跟太太说吧。

贵 这上上些些许多底下人都得我支派,我忙不开,我可不能等。

鲁 我要回家去,我不见太太了。

贵 为什么?这次太太叫你来,我告诉你,就许有点什么很要紧的事跟你谈谈。

鲁 我预备带着凤儿回去,叫她辞了这儿的事。

贵 什么?你看你这点——

〔周繁漪由饭厅上。

贵 太太。

繁 (向门内)四凤,你先把那两套也拿出来,问问老爷要哪一件。(里面答应)哦,(吐出一口气,向鲁妈)这就是四凤的妈吧?叫你久等了。

贵 等太太是应当的。太太准她来跟您请安就是老大的面子。

（四凤由饭厅出，拿雨衣进。）

繁　请坐！你来了好半天啦。（鲁妈只在打量着，没有坐下。）

鲁　不多一会，太太。

四　太太。把这三件雨衣都送给老爷那边去啦。

贵　老爷说放在这儿，老爷自己来拿，还请太太等一会，老爷见您有话说呢。

繁　知道了。（向四凤）你先到厨房，把晚饭的菜看看，告诉厨房一下。

四　是，太太。（望着鲁贵，又疑惧地望着繁漪由中门下。）

繁　鲁贵，告诉老爷，说我同四凤的母亲谈话，回头再请他到这儿来。

贵　是，太太。（但不走）

繁　（见鲁贵不走）你有什么事么？

贵　太太，今天早上老爷吩咐德国克大夫来。

繁　二少爷告诉过我了。

贵　老爷刚才吩咐，说来了就请太太去看。

繁　我知道了。好，你去吧。

〔鲁贵由中门下。

繁　（向鲁妈）坐下谈，不要客气。（自己坐在沙发上）

鲁　（坐在旁边一张椅子上）我刚下火车，就听见太太这边吩咐，要为来见见您。

繁　我常听四凤提到你，说你念过书，从前也是很好的门第。

鲁　（不愿提到从前的事）四凤这孩子很傻，不懂规矩，这两年叫您多生气啦。

繁　不，她非常聪明，我也很喜欢她。这孩子不应当叫她伺候人，应当替她找一个正当的出路。

鲁　太太多夸奖她了。我倒是不愿意这孩子帮人。

繁　这一点我很明白。我知道你是个知书答礼的人，一见面，彼此都觉得性情是直爽的，所以我就不妨把请你来的原因现在跟你说一说。

鲁　（忍不住）太太，是不是我这小孩平时的举动有点叫人说闲话？

繁　（笑着，故为很肯定地说）不，不是。

〔鲁贵由中门上。

贵　太太。

繁　什么事？

贵　克大夫已经来了，刚才汽车夫接来的，现时在小客厅等着呢。

繁　我有客。

贵　客？——老爷说请太太就去。

繁　我知道，你先去吧。

〔鲁贵下。

繁　（向鲁妈）我先把我家里的情形说一说。第一我家里的女人很少。

鲁　是，太太。

繁　我一个人是个女人，两个少爷，一位老爷，除了一两个老妈子以外，其余用的都是男下人。

鲁　是，太太，我明白。

繁　四凤的年级很青，哦，她才十九岁，是不是？

鲁　不，十八。

繁　那就对了，我记得好像比我的孩子是大一岁的样子。这样年青的孩子，在外边做事，又生得很秀气的。

鲁　太太，如果四凤有不检点的地方，请您千万不要瞒我。

繁　不，不，（又笑了）她很好的。我只是说说这个情形。我自己有一个孩子，他才十七岁，——恐怕刚才你在花园见过——一个不十分懂事的孩子。

〔鲁贵自书房门上。

贵　老爷催着太太去看病。

繁　没有人陪着克大夫么？

贵　王局长刚走，老爷自己在陪着呢。

鲁　太太，您先看去。我在这儿等着不要紧。

繁　不，我话还没有说完。（向鲁贵）你跟老爷说，说我没有病，我自己并没有要请医生来。

贵　是，太太。（但不走）

繁　（看鲁贵）你在干什么？

贵　我等太太还有什么旁的事情要吩咐。

繁　（忽然想起来）有，你跟老爷回完话之后，你出去叫一个电灯匠，刚才我听说花园藤萝架上的就电线落下来了，走电，叫他赶快收拾一下，不要电了人。

贵　是，太太。

〔贵由中门下。

繁　（见鲁妈立起）鲁奶奶，你还是坐呀。哦，这屋子又闷起来啦。（走到窗户，把窗户打开，回来，坐）这些天我就看着我这孩子奇怪，谁知这两天，他忽然跟我说他很喜欢四凤。

鲁　什么？

繁　也许预备要帮助她学费，叫她上学。

鲁　太太，这是笑话。

繁　我这孩子还想四凤嫁给他。

鲁　太太，请您不必往下说，我都明白了。

繁　（追一步）四凤比我的孩子大，四凤又是很聪明的女孩子，这种情形——

鲁　（不喜欢繁漪的暧昧的口气）我的女儿，我总相信是个懂事，明白大体的孩子。我向来不愿意她到大公馆帮人，可是我信得过，我的女儿就帮这儿两年，她总不会做出一点糊涂事的。

繁　鲁奶奶，我也知道四凤是个明白的孩子，不过有了这种不幸的情形，我的意思，是非常容易叫人发生误会的。

鲁　（叹气）今天我到这儿来是万没想到的事，回头我就预备把她带走，现在我就请太太准了她的长假。

繁　哦，哦，——如果你以为这样办好，我也觉得很妥当的，不过有一层，我怕，我的孩子有点傻气，他还是会找到你家里见四凤的。

鲁　您放心。我后悔得很，我不该把这个孩子一个人交给她的父亲管的，明天，我准离开此地，我会远远地带她走，不会见着周家的人。太太，我想现在带着我的女儿走。

繁　那么，也好。回头我叫帐房把工钱算出来。她自己的东西我可以派人送去，我有一箱子旧衣服，也可以带去，留着她以后在家里穿。

鲁　（自语）凤儿，我的可怜的孩子！（坐在沙发上，落泪）天哪。

繁　（走到鲁妈面前）不要伤心，鲁奶奶。如果钱上有什么问题，尽管到我这儿来，一定有办法。好好地带她回去，有你这样一个母亲教育她，自然比这儿好的。〔朴园由书房上。

朴　繁漪！（繁漪抬头。鲁妈站起，忙躲在一旁，神色大变，观察他）你怎么还不去？

繁　（故意地）上哪儿？

朴　克大夫在等你，你不知道么？

繁　克大夫，谁是克大夫？

朴　跟你从前看病的克大夫。

繁　我的药喝够了，我不预备在喝了。

朴　那么你的病……

繁　我没有病。

朴　（忍耐）克大夫是我在德国的好朋友，对于妇科很有研究。你的神经有点失常，他一定治得好。

繁　谁说我的神经失常？你们为什么这样咒我？我没有病，我没有病，我告诉你，我没有病！

朴　（冷酷地）你当着人这样胡喊乱闹，你自己有病，偏偏要讳病忌医，不肯叫医生治，这不就是神经上的病态么？

繁　哼，我假若是有病，也不是医生治得好的。（向饭厅门走）

朴　(大声喊)站住！你上哪儿去？

繁　(不在意地)到楼上去。

朴　(命令地)你应当听话。

繁　(好像不明白地)哦！(停，不经意地打量他)你看你！(尖声笑两声)你简直叫我想笑。(轻蔑地笑)你忘了你自己是怎么样一个人啦！(又大笑，由饭厅跑下，重重地关上门。)

朴　来人！

〔仆人上。

仆　老爷！

朴　太太现在在楼上。你叫大少爷陪着克大夫到楼上去跟太太看病。

仆　是，老爷。

朴　你告诉大少爷，太太现在神经病很重，叫他小心点，叫楼上老妈子好好地看着太太。

仆　是，老爷。

朴　还有，叫大少爷告诉克大夫，说我有点累，不陪他了。

仆　是，老爷。

〔仆人下。朴园点着一枝吕宋烟，看见桌上的雨衣。

朴　(向鲁妈)这是太太找出来的雨衣吗？

鲁　(看着他)大概是的。

朴　(拿起看看)不对，不对，这都是新的。我要我的旧雨衣，你回头跟太太说。

鲁　嗯。

朴　(看她不走)你不知道这间房子底下人不准随便进来么？

鲁　(看着他)不知道，老爷。

朴　你是新来的下人？

鲁　不是的，我找我的女儿来的。

朴　你的女儿？

鲁　四凤是我的女儿。

朴　那你走错屋子了。

鲁　哦。——老爷没有事了?

朴　(指窗)窗户谁叫打开的?

鲁　哦。(很自然地走到窗户,关上窗户,慢慢地走向中门。)

朴　(看她关好窗门,忽然觉得她很奇怪)你站一站,(鲁妈停)你——你贵姓?

鲁　我姓鲁。

朴　姓鲁。你的口音不像北方人。

鲁　对了,我不是,我是江苏的。

朴　你好像有点无锡口音。

鲁　我自小就在无锡长大的。

朴　(沉思)无锡?嗯,无锡(忽而)你在无锡是什么时候?

鲁　光绪二十年,离现在有三十多年了。

朴　哦,三十年前你在无锡?

鲁　是的,三十多年前呢,那时候我记得我们还没有用洋火呢。

朴　(沉思)三十多年前,是的,很远啦,我想想,我大概是二十多岁的时候。那时候我还在无锡呢。

鲁　老爷是那个地方的人?

朴　嗯,(沉吟)无锡是个好地方。

鲁　哦,好地方。

朴　你三十年前在无锡么?

鲁　是,老爷。

朴　三十年前,在无锡有一件很出名的事情——

鲁　哦。

朴　你知道么?

鲁　也许记得,不知道老爷说的是哪一件?

朴　哦,很远的,提起来大家都忘了。

鲁　说不定,也许记得的。

朴　我问过许多那个时候到过无锡的人,我想打听打听。可是那个时候在无锡的人，到现在不是老了就是死了，活着的多半是不知道的，或者忘了。

鲁　如若老爷想打听的话，无论什么事，无锡那边我还有认识的人，虽然许久不通音信，托他们打听点事情总还可以的。

朴　我派人到无锡打听过。——不过也许凑巧你会知道。三十年前在无锡有一家姓梅的。

鲁　姓梅的？

朴　梅家的一个年轻小姐，很贤慧，也很规矩，有一天夜里，忽然地投水死了，后来，后来，——你知道么？

鲁　不敢说。

朴　哦。

鲁　我倒认识一个年轻的姑娘姓梅的。

朴　哦？你说说看。

鲁　可是她不是小姐，她也不贤慧，并且听说是不大规矩的。

朴　也许，也许你弄错了，不过你不妨说说看。

鲁　这个梅姑娘倒是有一天晚上跳的河，可是不是一个，她手里抱着一个刚生下三天的男孩。听人说她生前是不规矩的。

朴　(苦痛)哦！

鲁　这是个下等人，不很守本分的。听说她跟那时周公馆的少爷有点不清白，生了两个儿子。生了第二个，才过三天，忽然周少爷不要了她，大孩子就放在周公馆，刚生的孩子抱在怀里，在年三十夜里投河死的。

朴　(汗涔涔地)哦。

鲁　她不是小姐，她是无锡周公馆梅妈的女儿，她叫侍萍。

朴　(抬起头来)你姓什么？

鲁　我姓鲁，老爷。

朴　(喘出一口气，沉思地)侍萍，侍萍，对了。这个女孩子的尸首，说是有一个穷人见着埋了。你可以打听得她的坟在哪儿么？

鲁　老爷问这些闲事干什么？

朴　这个人跟我们有点亲戚。

鲁　亲戚？

朴　嗯，——我们想把她的坟墓修一修。

鲁　哦——那用不着了。

朴　怎么？

鲁　这个人现在还活着。

朴　（惊愕）什么？

鲁　她没有死。

朴　她还在？不会吧？我看见她河边上的衣服，里面有她的绝命书。

鲁　不过她被一个慈善的人救活了。

朴　哦，救活啦？

鲁　以后无锡的人是没见着她，以为她那夜晚死了。

朴　那么，她呢？

鲁　一个人在外乡活着。

朴　那个小孩呢？

鲁　也活着。

朴　（忽然立起）你是谁？

鲁　我是这儿四凤的妈，老爷。

朴　哦。

鲁　她现在老了，嫁给一个下等人，又生了个女孩，境况很不好。

朴　你知道她现在在哪儿？

鲁　我前几天还见着她！

朴　什么？她就在这儿？此地？

鲁　嗯，就在此地。

朴　哦！

鲁　老爷，你想见一见她么？

朴　不，不，谢谢你。

鲁　她的命很苦。离开了周家，周家少爷就要了一位有钱有门第的小姐。她一个单身人，无亲无故，带着一个孩子在外乡什么事都做，讨饭，缝衣服，当老妈，在学校里伺候人。

朴　她为什么不再找到周家？

鲁　大概她是不愿意吧？为着她自己的孩子，她嫁过两次。

朴　以后她又嫁过两次？

鲁　嗯，都是很下等的人。她遇人都很不如意，老爷想帮一帮她么？

朴　好，你先下去。让我想一想。

鲁　老爷，没有事了？（望着朴园，眼泪要涌出）老爷，您那雨衣，我怎么说？

朴　你去告诉四凤，叫她把我樟木箱子里那件旧雨衣拿出来，顺便把那箱子里的几件旧衬衣也捡出来。

鲁　旧衬衣？

朴　你告诉她在我那顶老的箱子里，纺绸的衬衣，没有领子的。

鲁　老爷那种纺绸衬衣不是一共有五件？您要哪一件？

朴　要哪一件？

鲁　不是有一件，在右袖襟上有个烧破的窟窿，后来用丝线绣成一朵梅花补上的？还有一件，——

朴　（惊愕）梅花？

鲁　还有一件绸衬衣，左袖襟也绣着一朵梅花，旁边还绣着一个萍字。还有一件，——

朴　（徐徐立起）哦，你，你，你是——

鲁　我是从前伺候过老爷的下人。

朴　哦，侍萍！（低声）怎么，是你？

鲁　你自然想不到，侍萍的相貌有一天也会老得连你都不认识了。

朴　你——侍萍？（不觉地望望柜上的相片，又望鲁妈。）

鲁　朴园，你找侍萍么？侍萍在这儿。

朴　(忽然严厉地)你来干什么？

鲁　不是我要来的。

朴　谁指使你来的？

鲁　(悲愤)命！不公平的命指使我来的。

朴　(冷冷地)三十年的工夫你还是找到这儿来了。

鲁　(愤怨)我没有找你，我没有找你，我以为你早死了。我今天没想到到这儿来，这是天要我在这儿又碰见你。

朴　你可以冷静点。现在你我都是有子女的人，如果你觉得心里有委屈，这么大年级，我们先可以不必哭哭啼啼的。

鲁　哭？哼，我的眼泪早哭干了，我没有委屈，我有的是恨，是悔，是三十年一天一天我自己受的苦。你大概已经忘了你做的事了！三十年前，过年三十的晚上我生下你的第二个儿子才三天，你为了要赶紧娶那位有钱有门第的小姐，你们逼着我冒着大雪出去，要我离开你们周家的门。

朴　从前的恩怨，过了几十年，又何必再提呢？

鲁　那是因为周大少爷一帆风顺，现在也是社会上的好人物。可是自从我被你们家赶出来以后，我没有死成，我把我的母亲可给气死了，我亲生的两个孩子你们家里逼着我留在你们家里。

朴　你的第二个孩子你不是已经抱走了么？

鲁　那是你们老太太看着孩子快死了，才叫我抱走的。(自语)哦，天哪，我觉得我像在做梦。

朴　我看过去的事不必再提起来吧。

鲁　我要提，我要提，我闷了三十年了！你结了婚，就搬了家，我以为这一辈子也见不着你了；谁知道我自己的孩子个个命定要跑到周家来，又做我从前在你们家做过的事。

朴　怪不得四凤这样像你。

鲁　我伺候你，我的孩子再伺候你生的少爷们。这是我的报应，我的报应。

朴　你静一静。把脑子放清醒点。你不要以为我的心是死了，你以为一个人做了一件于心不忍的是就会忘了么？你看这些家俱都是你从前顶喜欢的动向，多少年我总是留着，为着纪念你。

鲁　（低头）哦。

朴　你的生日——四月十八——每年我总记得。一切都照着你是正式嫁过周家的人看，甚至于你因为生萍儿，受了病，总要关窗户，这些习惯我都保留着，为的是不忘你，弥补我的罪过。

鲁　（叹一口气）现在我们都是上了年纪的人，这些傻话请你不必说了。

朴　那更好了。那么我见可以明明白白地谈一谈。

鲁　不过我觉得没有什么可谈的。

朴　话很多。我看你的性情好像没有大改，——鲁贵像是个很不老实的人。

鲁　你不明白。他永远不会知道的。

朴　那双方面都好。再有，我要问你的，你自己带走的儿子在哪儿？

鲁　他在你的矿上做工。

朴　我问，他现在在哪儿？

鲁　就在门房等着见你呢。

朴　什么？鲁大海？他！我的儿子？

鲁　他的脚趾头因为你的不小心，现在还是少一个的。

朴　（冷笑）这么说，我自己的骨肉在矿上鼓励罢工，反对我！

鲁　他跟你现在完完全全是两样的人。

朴　（沉静）他还是我的儿子。

鲁　你不要以为他还会认你做父亲。

朴　（忽然）好！痛痛快快地！你现在要多少钱吧？

鲁　什么？

朴　留着你养老。

鲁　(苦笑)哼,你还以为我是故意来敲诈你,才来的么?

朴　也好,我们暂且不提这一层。那么,我先说我的意思。你听着,鲁贵我现在要辞退的,四凤也要回家。不过——

鲁　你不要怕,你以为我会用这种关系来敲诈你么?你放心,我不会的。大后天我就会带四凤回到我原来的地方。这是一场梦,这地方我绝对不会再住下去。

朴　好得很,那么一切路费,用费,都归我担负。

鲁　什么?

朴　这于我的心也安一点。

鲁　你?(笑)三十年我一个人都过了,现在我反而要你的钱?

朴　好,好,好,那么你现在要什么?

鲁　(停一停)我,我要点东西。

朴　什么?说吧?

鲁　(泪满眼)我——我只要见见我的萍儿。

朴　你想见他?

鲁　嗯,他在哪儿?

朴　他现在在楼上陪着他的母亲看病。我叫他,他就可以下来见你。不过是——

鲁　不过是什么?

朴　他很大了。

鲁　(追忆)他大概是二十八了吧?我记得他比大海只大一岁。

朴　并且他以为他母亲早就死了的。

鲁　哦,你以为我会哭哭啼啼地叫他认母亲么?我不会那么傻的。我难道不知道这样的母亲只给自己的儿子丢人么?我明白他的地位,他的教育,不容他承认这样的母亲。这些年我也学乖了,我只想看看他,他究竟是我生的孩子。你不要怕,我就是告诉他,白白地增加他的烦恼,他自己也不愿意认我的。

朴　那么，我们就这样解决了。我叫他下来，你看一看他，以后鲁家的人永远不许再到周家来。

鲁　好，希望这一生不至于再见你。

朴　（由衣内取出皮夹的支票签好）很好，这一张五千块钱的支票，你可以先拿去用。算是拟补我一点罪过。

鲁　（接过支票）谢谢你。（慢慢撕碎支票）

朴　侍萍。

鲁　我这些年的苦不是你那钱就算得清的。

朴　可是你——

〔外面争吵声。鲁大海的声音："放开我，我要进去。"三四个男仆声："不成，不成，老爷睡觉呢。"门外有男仆等与大海的挣扎声。

朴　（走至中门）来人！（仆人由中门进）谁在吵？

仆　就是那个工人鲁大海！他不讲理，非见老爷不可。

朴　哦。（沉吟）那你叫他进来吧。等一等，叫人到楼上请大少爷下楼，我有话问他。

仆　是，老爷。

〔仆人由中门下。

朴　（向鲁妈）侍萍，你不要太固执。这一点钱你不收下，将来你会后悔的。

鲁　（望着他，一句话也不说。）

〔仆人领着大海进，大海站在左边，三四仆人立一旁。

大　（见鲁妈）妈，您还在这儿？

朴　（打量鲁大海）你叫什么名字？

大　（大笑）董事长，您不要向我摆架子，您难道不知道我是谁么？

朴　你？我只知道你是罢工闹得最凶的工人代表。

大　对了，一点儿也不错，所以才来拜望拜望您。

朴　你有什么事吧？

大　董事长当然知道我是为什么来的。

朴　（摇头）我不知道。

大　我们老远从矿上来，今天我又在您府上大门房里从早上六点钟一直等到现在，我就是要问问董事长，对于我么工人的条件，究竟是允许不允许？

朴　哦，那么——那么，那三个代表呢？

大　我跟你说吧，他们现在正在联络旁的工会呢。

朴　哦，——他们没告诉旁的事情么？

大　告诉不告诉于你没有关系。——我问你，你的意思，忽而软，忽而硬，究竟是怎么回子？

〔周萍由饭厅上，见有人，即想退回。

朴　（看萍）不要走，萍儿！（视鲁妈，鲁妈知萍为其子，眼泪汪汪地望着他。）

萍　是，爸爸。

朴　（指身侧）萍儿，你站在这儿。（向大海）你这么只凭意气是不能交涉事情的。

大　哼，你们的手段，我都明白。你们这样拖延时候不就是想去花钱收买少数不要脸的败类，暂时把我们骗在这儿。

朴　你的见地也不是没有道理。

大　可是你完全错了。我们这次罢工是有团结的，有组织的。我们代表这次来并不是来求你们。你听清楚，不求你们。你们允许就允许；不允许，我们一直罢工到底，我们知道你们不到两个月整个地就要关门的。

朴　你以为你们那些代表们，那些领袖们都可靠吗？

大　至少比你们只认识洋钱的结合要可靠得多。

朴　那么我给你一件东西看。

〔朴园在桌上找电报，仆人递给他；此时周冲偷偷由左书房进，在旁偷听。

朴　（给大海电报）这是昨天从矿上来的电报。

大　（拿过去看）什么？他们又上工了。（放下电报）不会，不会。

朴　矿上的工人已经在昨天早上复工，你当代表的反而不知道么?

大　(惊,怒)怎么矿上警察开枪打死三十个工人就白打了么?(又看电报,忽然笑起来)哼,这是假的。你们自己假作的电报来离间我们的。(笑)哼,你们这种卑鄙无赖的行为!

萍　(忍不住)你是谁?敢在这儿胡说?

朴　萍儿!没有你的话。(低声向大海)你就这样相信你那同来的代表么?

大　你不用多说,我明白你这些话的用意。

朴　好,那我把那复工的合同给你瞧瞧。

大　(笑)你不要骗小孩子,复工的合同没有我们代表的签字是不生效力的。

朴　哦,(向仆)合同!(仆由桌上拿合同递他)你看,这是他们三个人签字的合同。

大　(看合同)什么?(慢慢地,低声)他们三个人签了字。他们怎么会不告诉我就签了字呢?他们就这样把我不理啦?

朴　对了,傻小子,没有经验只会胡喊是不成的。

大　那三个代表呢?

朴　昨天晚车就回去了。

大　(如梦初醒)他们三个就骗了我了,这三个没有骨头的东西,他们就把矿上的工人们卖了。哼,你们这些不要脸的董事长,你们的钱这次又灵了。

萍　(怒)你混帐!

朴　不许多说话。(回头向大海)鲁大海,你现在没有资格跟我说话——矿上已经把你开除了。

大　开除了?

冲　爸爸,这是不公平的。

朴　(向冲)你少多嘴,出去!(冲由中门走下)

大　哦,好,好,(切齿)你的手段我早就领教过,只要你能弄钱,你什么都做得出来。你叫警察杀了矿上许多工人,你还——

朴　你胡说！

鲁　（至大海前）别说了，走吧。

大　哼，你的来历我都知道，你从前在哈尔滨包修江桥，故意在叫江堤出险——

朴　（低声）下去！

〔仆人等啦他，说"走！走！"

大　（对仆人）你们这些混帐东西，放开我。我要说，你故意淹死了二千二百个小工，每一个小工的性命你扣三百块钱！姓周的，你发的是绝子绝孙的昧心财！你现在还——

萍　（忍不住气，走到大海面前，重重地大他两个嘴巴。）你这种混帐东西！（大海立刻要还手，倒是被周宅的仆人们拉住。）打他。

大　（向萍高声）你，你（正要骂，仆人一起打大海。大海头流血。鲁妈哭喊着护大海。）

朴　（厉声）不要打人！（仆人们停止打大海，仍拉着大海的手。）

大　放开我，你们这一群强盗！

萍　（向仆人）把他拉下去。

鲁　（大哭起来）哦，这真是一群强盗！（走至萍前，抽咽）你是萍，——凭，——凭什么打我的儿子？

萍　你是谁？

鲁　我是你的——你打的这个人的妈。

大　妈，别理这东西，您小心吃了他们的亏。

鲁　（呆呆地看着萍的脸，忽而又大哭起来）大海，走吧，我们走吧。（抱着大海受伤的头哭。）

萍　（过意不去地）父亲。

朴　你太鲁莽了。

萍　可是这个人不应该乱侮辱父亲的名誉啊。

〔半晌。

朴　克大夫给你母亲看过了么？

萍　看完了，没有什么。

朴　哦，（沉吟，忽然）来人！

〔仆人由中门上。

朴　你告诉太太，叫她把鲁贵跟四凤的工钱算清楚，我已经把他们辞了。

仆　是，老爷。

萍　怎么？他们两个怎么样了？

朴　你不知道刚才这个工人也姓鲁，他就是四凤的哥哥么？

萍　哦，这个人就是四凤的哥哥？不过，爸爸——

朴　（向下人）跟太太说，叫帐房跟鲁贵同四凤多算两个月的工钱，叫他们今天就去。去吧。

〔仆人由饭厅下。

萍　爸爸，不过四凤同鲁贵在家里都很好。很忠诚的。

朴　哦，（呵欠）我很累了。我预备到书房歇一下。你叫他们送一碗浓一点的普洱茶来。

萍　是，爸爸。

〔朴园由书房下。

萍　（叹一口气）嗨！（急由中门下，冲适由中门上。）

冲　（着急地）哥哥，四凤呢？

萍　我不知道。

冲　是父亲要辞退四凤么？

萍　嗯，还有鲁贵。

冲　即使她的哥哥得罪了父亲，我们不是把人家打了么？为什么欺负这么一个女孩子干什么？

萍　你可问父亲去。

冲　这太不讲理了。

萍　我也这样想。

冲　父亲在哪儿？

萍　在书房里。

〔冲走至书房，萍在屋里踱来踱去。四凤由中门走进，颜色苍白，泪还垂在眼角。

萍 （忙走至四凤前）四凤，我对不起你，我实在不认识他。

四 （用手摇一摇，满腹说不出的话。）

萍 可是你哥哥也不应该那样乱说话。

四 不必提了，错得很。（即向饭厅去）

萍 你干什么去？

四 我收拾我自己的东西去。再见吧，明天你走，我怕不能见你了。

萍 不，你不要去。（拦住她）

四 不，不，你放开我。你不知道我们已经叫你们辞了么？

萍 （难过）凤，你——你饶恕我么？

四 不，你不要这样。我并不怨你，我知道早晚是有这么一天的，不过，今天晚上你千万不要来找我。

萍 可是，以后呢？

四 那——再说吧！

萍 不，四凤，我要见你，今天晚上，我一定要见你，我有许多话要同你说。四凤，你……

四 不，无论如何，你不要来。

萍 那你想旁的法子来见我。

四 没有旁的法子。你难道看不出这是什么情形么？

萍 要这样，我是一定要来的。

四 不，不，你不要胡闹，你千万不……

〔繁漪由饭厅上。

四 哦，太太。

繁 你们在那而啊！（向四凤）等一回，你的父亲叫电灯匠就回来。什么东西，我可以交给他带回去。也许我派人跟你送去——你家住在什么地方？

四 杏花巷十号。

繁　你不要难过，没事可以常来找我。送你的衣服，我回头叫人送到你那里去。是杏花巷十号吧？

四　是，谢谢太太。

〔鲁妈在外面叫“四凤！四凤！”

四　妈，我在这儿。

〔鲁妈由中门上。

鲁　四凤，收拾收拾零碎的东西，我们先走吧。快下大雨了。

〔风声，雷声渐起。

四　是，妈妈。

鲁　（向繁漪）太太，我们走了。（向四凤）四凤，你跟太太谢谢。

四　（向太太请安）太太，谢谢！（含着眼泪看萍，萍缓缓地转过头去。）

〔鲁妈与四凤由中门下，风雷声更大。

繁　萍，你刚才同四凤说的什么？

萍　你没有权利问。

繁　萍，你不要以为她会了解你。

萍　这是什么意思？

繁　你不要再骗我，我问你，你说要到哪儿去？

萍　用不着你问。请你自己放尊重一点。

繁　你说，你今天晚上预备上哪儿去？

萍　我——（突然）我找她。你怎么样？

繁　（恫吓地）你知道她是谁，你是谁么？

萍　我不知道，我只知道我现在真喜欢她，她也喜欢我。过去这些日子，我知道你早明白的很，现在你既然愿意说破，我当然不必瞒你。

繁　你受过这样高等教育的人现在同这么一个底下人的女儿，这是一个下等女人——

萍　（爆烈）你胡说！你不配说她下等，你不配，她不像你，她——

繁　（冷笑）小心，小心！你不要把一个失望的女人逼得太狠了，她是什么事都做得出来的。

萍　我已经打算好了。

繁　好，你去吧！小心，现在（望窗外，自语，暗示着恶兆地）风暴就要起来了！

萍　（领悟地）谢谢你，我知道。

〔朴园由书房上。

朴　你们在这儿说什么？

萍　我正跟母亲说刚才的事呢。

朴　他们走了么？

繁　走了。

朴　繁漪，冲儿又叫我说哭了，你叫他出来，安慰安慰他。

繁　（走到书房门口）冲儿！冲儿！（不听见里面答应的声音，便走进去。）

〔外面风雷声大作。

朴　（走到窗前望外面，风声甚烈，花盆落地大碎的声音。）萍儿，花盆叫大风吹倒了，你叫下人快把这窗关上。大概是暴风雨就要下来了。

萍　是，爸爸！（由中门下）

〔朴园站在窗前，望着外面的闪电。

幕落。

创作于一九三三年

（选自《曹禺全集》第1卷，人民文学出版社2014年版）

作品简析

四幕剧《雷雨》是曹禺的代表作，也是中国话剧走向成熟的奠基之作。作品发表于1934年，是一部杰出的现实主义家庭悲剧。郭沫若称它是"一篇难得的优秀的力作"，巴金说："《雷雨》是靠着它本身的力量把读者和观众征服了的"，刘西渭称赞它是"一出动人的戏，一部具有伟大性质的长剧"。

《雷雨》集中于一天时间，从上午到午夜两点钟，两个舞台背景(周家客厅、鲁家住房)。在有限的时间与空间的架构中，作品描绘了周、鲁两个家庭，八个人物之间长达30年错综复杂的纠葛和尖锐矛盾的冲突，通过血缘伦常纠葛与情爱冲突，探索出人性的复杂与人的悲剧。本文节选的是第二幕，是全剧中最关键的一幕。所谓“关键”，是说通过这场戏，全剧的情节发生了一个意想不到的变化：鲁侍萍认出了周朴园。这个三十年前被遗弃的女子，可以说是百感交集，但所有这些感受都经历过沧桑的冷却。她见到周朴园时心情是复杂的，是无法用任何语言能够表达出来的。而周朴园形象的复杂性在这一幕里也被揭示得淋漓尽致。周朴园当年是诚心诚意的爱着侍萍，但是，当周朴园面临家庭、婚姻的选择时，他自私怯弱的本性就暴露出来。当鲁妈告诉他她就是当年的侍萍的时候，他开始还有些久别重逢时的愕然，但接着就严厉起来，并问她来周公馆的目的是什么？是谁指使她来的？说明周朴园平时对侍萍的怀念实际是虚伪的。他害怕侍萍会毁了他现在的名誉和地位，毁了他的家庭的体面和社会地位，甚至害怕鲁侍萍会勒索他的金钱。鲁侍萍一生的苦难，丝毫没有打动他的心，他关心的只有自己。

《雷雨》是一部命运悲剧和社会悲剧。除了主题内蕴，它在艺术形式上的成功也是多层面的。首先是独具匠心的艺术结构，整个剧作的结构安排紧凑、精巧，戏剧冲突激烈，环环相扣，高潮迭起；其次剧中的人物形象无论主次都充满矛盾的性格和错综复杂的情感，剧中的八个人物，性格鲜明，每个人都可以独立成戏；最后《雷雨》中极富个性化的语言不仅符合人物特定的身份地位，而且最大限度地体现出人物的心理和情感特征。可以说《雷雨》一举奠定了曹禺在中国现代文学史上的杰出地位。

研习导引

说不尽的《雷雨》

《雷雨》问世80年来经久不衰，它引起几代学者的解读，也吸引着戏剧、影视各路艺术家竞相搬演，人们从各个不同的角度对它的故事情节、人物关系作出各自的解读，不同时代的学者的不同解读新意迭出。《雷雨》问世不久，周扬撰文指出其反封建性并批评其宿命论："作者看出了大家庭的罪恶和危机，对家庭中的封建势力提出了抗议，一个沉痛的、有良心的，但却是消极的抗议，……反封建是这剧本的主题，那么宿命论就成了它的Sub-Text（潜在主题）。"①有学者从基督教文化影响的角度指出"《雷雨》的序幕让周朴园走进教堂，尾声让周朴园聆听《圣经》诵读，戏剧正文以回忆形式出现，就好像是周朴园深蕴内心的长长的忏悔祷文。"②还有运用精神分析派的观点，认为剧中人物周萍对繁漪的爱欲里，有恋母情结的成分。③ 孔庆东则从接受美学的视角研究了《雷雨》，考察了在不同的历史时期《雷雨》演出时导演、演员对它的不同理解、不同的处理，勾勒了以导演、演员、观众为主体的《雷雨》接受史，向人们展示了《雷雨》强大的艺术生命力。④《雷雨》是现代话剧创作的典范，奠定了现代话剧这一新生艺术样式在中国现代文学史、戏剧史的地位。

思考题

1. 你认为在《雷雨》中谁是真正的主角？说说你的理由。

---

① 周扬：《论＜雷雨＞和＜日出＞》，《光明》第2卷第8期，1937年。

② 曾广灿，许正林：《曹禺早期剧作中的基督教意识》，《文史哲》1993年第1期。

③ 李俊：《＜雷雨＞：悲剧冲突及其主题》，《戏剧》1998年第1期。

④ 孔庆东：《从＜雷雨＞演出史看＜雷雨＞》，《文学评论》1991年第1期。

2. 在《雷雨》序中，曹禺声明他创作此剧时“在发泄着被压抑的愤懑，毁谤着中国的家庭和社会”，然而他同时又说“《雷雨》对于我是个诱惑，与雷雨俱来的情绪蕴成我对宇宙间许多神秘的事物一种不可言喻的憧憬”。你如何理解这两种创作心理状态(或指向)及其在剧作中的表现?

拓展阅读

1. 钱谷融:《〈雷雨〉人物谈》，上海文艺出版社 1980 年版。

2. 朱栋霖:《论曹禺的戏剧创作》，人民文学出版社 1987 年版。

3. 田本相:《曹禺传》，北京十月文艺出版社 1988 年版。

4. 王富仁:《〈雷雨〉导读》，中华书局 2002 年版。

5. 钱理群:《大小舞台之间:曹禺戏剧新论》，北京大学出版社 2007 年版。

6. 刘勇，李春雨编:《曹禺评说七十年》，文化艺术出版社 2007 年版。

7. 邹红编:《曹禺研究》，吉林文史出版社 2010 年版。

8. 陈国恩主编:《中国现代话剧名作导读》，长江文艺出版社 2004 年版。

视频资料:

电影《雷雨》，孙道临导演，上海电影制片厂 1984 年上映。

《中国现代文学名著导读》各执笔人负责篇章如下：

汪娟博士负责编写郁达夫、茅盾、巴金、沈从文、钱钟书、赵树理、冯至、艾青、朱自清九位作家的篇章。

彭海云博士负责编写鲁迅、萧红、徐志摩、周作人、梁实秋、丰子恺、穆旦、曹禺八位作家的篇章。

周敏博士负责编写老舍、张爱玲、张恨水、卞之琳、林语堂、丁西林六位作家的篇章。

马琳博士负责编写胡适、郭沫若二位作家的篇章。